Zum Autor

Andreas Wieners, Jahrgang 1962, studierter Bauingenieur, verfasste während seiner Arbeit als Leiter des Technischen Marketings eines großen Industrieunternehmens diverse ingenieurtechnische Fachartikel. Seit dieser Zeit ließ ihn das Schreiben nicht mehr los. Mit „Rat Race – Bis zum letzten Mann" veröffentlicht er seinen ersten Thriller.

Das zweite Buch „Das Geheimnis des Rock ´n ´Roll" ist in Arbeit und wird demnächst erscheinen.

Zum Buch

John Henry und sein Team stehen vor einem scheinbar unlösbaren Fall. Die Frau des angesehenen kanadischen Arztes Dr. Martin Hamilton wird entführt. Hamilton wird erpresst dem Entführer ein dubioses Medikament auszuhändigen. Bei der Übergabe wird der Arzt ermordet. Der Täter flüchtet. Er tötet den Gast einer Reisegruppe, die die Trails im Grenzgebiet Kanada/USA per Mountainbikes durchquert. Er nimmt die Identität des toten Gastes an und flieht unerkannt über die Grenze. Es beginnt eine atemberaubende Verfolgungsjagd. Der Täter scheint den Kommissaren immer eine Nasenlänge voraus zu sein. Verzweifelt suchen sie nach dem Motiv und der Lösung der Frage um was für ein Medikament es sich handelt. Wo will der Täter hin, wer sind seine Auftraggeber und vor allem wer ist der Täter? Erst als Tracy Lord, die junge Computerspezialistin, eine unglaubliche Entdeckung macht, kommt Licht ins Spiel. Das Motiv für das Handeln des Mörders liegt in der Vergangenheit. Während Tracy die einzelnen Teile recherchiert und das Puzzle ein konkretes Bild annimmt, verfolgt ihr draufgängerischer Kollege Bill Ward den Täter, der während seiner Flucht immer wieder tötet. Nach und nach wird klar, dass ihm nur drei Tage zur Verfügung stehen, den Plan umzusetzen und seinen Hass zu befriedigen.

Schonungslos spannend! Mit einer rasanten Geschwindigkeit – so als wäre der Leser selbst auf der Flucht - zieht das Buch seine Leser in seinen Bann.

Bibliographische Information der Deutschen Nationalbibliothek: Die Deutsche Nationalbibliothek verzeichnet diese Publikation in der Deutschen Nationalbibliografie; detaillierte bibliografische Daten sind im Internet über http://dnb.dnb.de abrufbar.

© 2017 Andreas Wieners

Herstellung

BoD – Books on Demand, Norderstedt

ISBN: 9 783 743 141 940

Andreas Wieners

RA~~D~~T – RACE
BIS ZUM LETZTEN MANN

Ein Thriller – nicht nur für Radfahrer

Kapitel 1
Tag 1

1
Kelowna, Britisch-Kolumbien
Kanada

Mit zitternden Händen lenkte der alte Mann den weißen Chevrolet auf den Parkplatz vor das Krankenhaus. Zwischen zwei gekennzeichneten Parkflächen kam der Wagen abrupt zu stehen. Der Fahrer hatte den Motor im zweiten Gang abgewürgt. Die Tür öffnete sich. Zwei Beine berührten den Boden, zwei Arme ergriffen den Türholm und hieften den massigen Körper des Arztes langsam aus dem Wagen. Das Aussteigen schien Dr. Martin Hamilton mehr als schwer zu fallen. Schweißperlen hatten sich auf seiner Stirn gebildet und ließen das gescheitelte, lichte, weiße Haar auf der Stirn kleben. Es war nicht nur das Gewicht, Hamilton hatte eine viel schwerere Last zu tragen. Auf wackeligen Beinen näherte sich der siebzigjährige Mann dem Haupteingang, ungeachtet blieb die Wagentür des Chevrolets offen. Die automatische Glastür öffnete sich, als der seit kurzem pensionierte, leitende Arzt des Krebstherapiezentrums das alte Gebäude betrat.

Joe Miller, der im Empfangsbereich des Krankenhauses arbeitete, erhob sich von seinem Stuhl und ging auf Hamilton zu. Er sah sofort, dass hier etwas nicht stimmen konnte.

„Dr. Hamilton, kann ich Ihnen helfen?", begrüßte er seinen am ganzen Körper zitternden ehemaligen Chef.

Hamilton winkte ab.

„Danke, Joe, aber ich muss nur kurz ins Labor, etwas holen, dann bin ich wieder verschwunden", war die fahrige, nervöse Antwort.

„Doc, Sie wissen, dass ich Sie nicht mehr allein in das Labor lassen kann, ich muss erst den diensthabenden Stationsarzt informieren."

Miller drehte sich um und wollte zum Telefon gehen.

„Joe, nein, bitte nicht telefonieren", hörte er Hamiltons flehende Stimme.

Miller schaute dem alten Mann ins Gesicht: *„Doc, was ist los, irgendetwas stimmt doch nicht."*

Hamilton sackte in sich zusammen: *„Er hat Maria als Geisel genommen, bitte lassen Sie mich in das Labor. Wenn ich ihm nicht bringe was er will, wird er sie töten"*, waren seine verzweifelten Worte.

Joe, der bei einem der letzten feierlichen Anlässe auch Maria Hamilton die Frau des Arztes kennengelernt hatte, griff dem Arzt unter den Arm und führte ihn in einen der Nebenräume.

„Doc, bitte setzten Sie sich, ich werde den Stationsarzt sofort informieren, bitte bleiben Sie ruhig."

„Wer hat Dienst?"

„Dr. Smith, ihr ehemaliger Assistent."

„Gut Joe, holen Sie Smith."

Es dauerte keine fünf Minuten bis der schlaksige Assistenzarzt den Raum betrat.

„Martin, was ist passiert?", wollte er aufgebracht wissen.

Joe Miller hatte sich auf Wunsch von Dr. Smith wieder in den Empfangsbereich begeben. Die beiden Ärzte waren jetzt unter sich.

„Adrian, bitte hören Sie mir gut zu, Sie müssen mir helfen", begann Hamilton, der sich für einen Moment gefasst hatte.

„Wir, also Maria und ich sind heute Morgen überfallen worden. Ein maskierter Verbrecher hat Maria in seine Gewalt genommen und droht damit sie zu töten, wenn ich ihm nicht bis viertel vor sieben ein bestimmtes Medikament aus unserem Therapiezentrum bringe."

„Was? Martin, das ist ja furchtbar, wir müssen sofort die Polizei informieren."

Dr. Smith blickte entsetzt zu Hamilton.

„Auf keinen Fall die Polizei, er wird sie töten, wenn ich die Polizei informiere!", rief Hamilton aufgebracht.

„Ich brauche das Medikament, die Zeit läuft mir davon, bitte Adrian", flehte Hamilton.

„Martin, bitte glauben Sie mir, wir müssen die Polizei informieren. Um was für ein Medikament handelt es sich, ich lasse es sofort holen."

„Mmh…", stöhnte Hamilton schwerfällig, massierte sich die schweißnasse Stirn und dachte nach wie er es Adrian erklären konnte.

„Ich muss selbst in das Labor, wissen Sie, es handelt sich um ein noch nicht zugelassenes Medikament….eine Art Studie."

Smith sah ihn fragend mit hochgezogenen Augenbrauen an: „Wie, nicht zugelassen, verdammt Martin, was erzählen Sie mir hier? Geiselnahme, nicht zugelassenes Medikament?"

„Ich kann Ihnen das jetzt nicht alles im Detail erklären, die Zeit läuft mir davon, er meint es ernst, …. er wird Maria töten."

Hamilton schlug die Hände vors aschfahle Gesicht, er hatte die anfängliche Fassung wieder vollkommen verloren. Verzweiflung übermannte den alten Arzt.

„Er wird sie töten, …. er wird sie töten", stammelte er immer wieder, schien jetzt völlig geistesabwesend zu sein.

Adrian Smith wusste nicht mehr weiter, fuhr sich mit der Hand durch die lockigen, dunklen Haare. Er griff zum Hörer und wählte die Nummer der Polizei.

2
Kelowna, Britisch-Kolumbien
Kanada

Das Telefon klingelte zum vierten Mal, als eine brüchige, ängstliche Stimme sich meldete: *„Ja, bitte."*

„Maria, ich bin es…. Martin, geht es Dir gut?", fragte Hamilton am anderen Ende der Leitung und drehte nervös das Telefonkabel in seiner linken Hand.

„Was gibt es?", hörte er die harte Stimme des Entführers, der Maria das Telefon aus der Hand genommen hatte.

„Hören Sie, tun Sie meiner Frau nichts, Sie bekommen was Sie wollen, aber ich brauche noch etwas Zeit. Einen unbeobachteten Augenblick, damit ich in das Labor komme. Um viertel nach sechs ist hier Schichtwechsel, dann komme ich unbemerkt in den Keller, dort wo sich das Labor befindet. Bitte!", flehte Hamilton.

„Keine Spielchen! Also gut, wenn ich das Mittel bis halb acht nicht habe, ist die Alte tot. Denk daran, Sie ist tot!"

Die Leitung war tot.

Chief Superintendent John Henry legte seine Hand beruhigend auf Hamiltons Schulter.

„Gut gemacht, das haben Sie sehr gut gemacht, wir haben jetzt immerhin 45 Minuten Zeit gewonnen."

Direkt nach Adrian Smiths Anruf hatten sich die beiden Kommissare John Henry und Bill Ward auf den Weg zum

Krankenhaus gemacht. Henry war an diesem Morgen bereits sehr früh auf dem Revier gewesen, er hatte schlecht geschlafen – Vollmondnächte waren schon immer ein Problem für ihn. Ihm war sofort klar, dass der Faktor Zeit in diesem Fall eine entscheidende Rolle spielen würde. Er hatte seinen Partner Inspector Bill Ward, der noch auf dem Weg ins Revier war, informiert, direkt ins Krankenaus zu kommen. Die beiden Kommissare gehören einer Sondereinheit der Royal Canadian Mounted Police (RCMP) an, die sich auf Geiselnahme, Mord und Sonderaufgaben spezialisiert hatte. John Henry, der Leiter dieser Einheit, hatte im letzten Jahr sein vierzigjähriges Dienstjubiläum gefeiert und verfügte über einen messerscharfen Verstand. Mit seinen 112 kg zog der übergewichtige Chief Superintendent mittlerweile - ganz zur Freude seiner Frau Rita - den Innendienst vor. Rita konnte es kaum abwarten, dass John in zwei Jahren endlich in Pension gehen würde. Dann würden John und sie zu der lang geplanten Reise nach Europa aufbrechen. John Henry war der Analytiker der beiden Kommissare und nicht zu vergleichen mit dem dreißigjährigen Bill Ward. Der kernige, durchtrainierte, gut aussehende Inspector war ein Hitzkopf und seit drei Jahren der Partner von Henry. Der muskulöse Frauentyp hätte sich auch als Cowboy irgendwo in Montana gut gemacht, als Draufgänger war er das komplette Gegenteil des Chief Superintendent. Ergänzt wurde das Team durch Corporal Tracy Lord. Die fünfundzwanzigjährige rot-blonde Computerspezialistin gehörte erst seit sechs Monaten zum Team.

Beiden Kommissaren war sofort klar, dass sie einige Streifenwagen zum Haus von Hamilton schicken mussten, um die Situation unter Kontrolle zu bringen. Sie mussten es nur Dr. Hamilton klarmachen. Das war Henrys Aufgabe. Bill Ward würde den Einsatz vor Ort leiten.

„Dr. Hamilton", begann Henry mit ruhiger Stimme, *„Sie brauchen uns zu diesem Zeitpunkt noch nichts über das Medikament und den Täter erzählen. Schreiben Sie uns bitte nur Ihre Adresse auf. Seien Sie ganz beruhigt, mein Partner und ich haben schon viele Fälle mit Geiselnahmen in aller Ruhe gelöst. Wir dürfen jetzt nicht die Nerven verlieren."*

„Ich …, ich werde alles genau so machen wie Sie es mir sagen", antwortete Dr. Hamilton. Er schrieb mit zittriger Hand seine Anschrift auf den vor ihm liegenden Block und reichte ihn Henry, der ihn umgehend zu Ward rüberschob.

„Bitte, tun Sie alles, damit meiner Frau nichts passiert, Sie hat ein schwaches Herz."

„Seien Sie beruhigt, Sie können sich auf uns verlassen. Es war vollkommen richtig, dass Sie uns informiert haben", antwortete Henry und legte seine Hand auf Hamiltons linke, immer noch zitternde Hand, um ihn zu beruhigen.

Routinemäßig hatte Bill Ward in der Zeit ein Team von Einsatzbeamten zusammenstellen und ihnen Hamiltons Anschrift zukommen lassen. Der dunkelhaarige Inspector machte sich jetzt selbst auf den Weg zu Hamiltons Haus, das in der Hobson Road direkt am Okanagan Lake lag. Es war eins dieser freistehenden Häuser mit direktem Wasserzugang und eigenem Bootssteg. Hamiltons Haus lag rund acht Kilometer vom Krankenhaus entfernt in südlicher Richtung. Ward hatte je zwei Streifenwagen mit vier Polizisten der Royal Canadian Mounted Police aus Kelowna angefordert. Zwei Teams würden aus dem Headquarter an der Doyle Avenue und zwei aus dem südlichen Revier an der Lakeshore Road kommen.

Ward steuerte seinen Wagen vom Therapiezentrum direkt auf die Lakeshore Road. Als er die Abzweigung zur Hobson Road von Norden her erreichte, waren keine zehn Minuten vergangen. Der Berufsverkehr hatte noch nicht eingesetzt. Hamiltons Haus war das siebte Haus der Straße. Ein leicht geschwungener, gepflasterter Weg führte zum Eingang des mit Backsteinen geklinkerten Gebäudes. Rechts vom Eingang befand sich eine mit dem Gebäude verbundene Doppelgarage. Das Haus lag mittig auf dem Grundstück. Je eine Hecke trennte es von den beiden Nachbargrundstücken. Der hintere Teil des Grundstücks war von der Straße aus nicht einsehbar und grenzte direkt ans Wasser. Zur Hobson Road hin boten größere Büsche und Bäume einen Sichtschutz. Inspector Ward, der seinen Wagen direkt vor einem der

Büsche geparkt hatte, stieg aus und betrat gemeinsam mit vier nicht uniformierten Kollegen die Einfahrt zum Grundstück. Ward, der vorzugsweise Lederjacke, Jeans und Cowboy-Stiefel trug, war nicht als Polizist zu erkennen.

Je ein Fahrzeug der anwesenden Teams sperrte die Hobson Road in nördlicher und südlicher Richtung. Die restlichen neun Beamten hatten sich in drei Teams aufgeteilt. Zwei Teams mit je zwei Polizisten begaben sich auf die Nachbargrundstücke, so dass sie das Grundstück seitlich von der hinteren Seite aus betreten konnten. Bis auf die Wasserseite war das Gebäude nun komplett umstellt. Es befanden sich keine Fahrzeuge in der Einfahrt, als sich die fünf Polizisten der vorderen Haustür näherten. Die Tore der Garage waren verschlossen. Eine Überwachungskamera konnten sie nirgends entdecken. Ward drückte auf die Klingel. Keine Reaktion. Auch nach mehrmaligem Klingeln tat sich nichts, eine bedrückende Stille breitete sich aus. Ward nahm den Hausschlüssel, den Dr. Hamilton ihm gegeben hatte, und schloss die Tür auf. Routinemäßig betraten die fünf Polizisten jetzt das zweistöckige Gebäude. Vom Flur aus führte eine Treppe in die obere Etage. Ein Kellerabgang war nicht vor-handen. Ward hob die linke Hand und zeigte mit zwei Fingern in Richtung Treppe. Mit der rechten Hand hatte er seine halb-automatische SIG P220 aus dem Schulterhalfter gezogen. Zwei der Polizisten gingen geräuschlos in Richtung Treppenhaus. Die beiden anderen folgten Ward mit gezogenen Waffen. Ward drückte die Klinke der Flurtür nach unten, ein knarzendes Geräusch durchbrach die fassbare Stille, als sich die Holztür langsam öffnete. Die Polizisten blickten in das Wohnzimmer des Hauses. Jetzt lief alles in rasender Schnelle ab. Zeitgleich strömten sie in die angrenzende Küche und das Gäste WC. Öffneten die Terassentür, um die vier weiteren Polizisten, die das Grundstück über die Nachbarseiten betreten hatten, einzulassen. Die komplette untere Etage war menschenleer. Die vier Polizisten stürmten jetzt in die obere Etage, um diese mit den am Treppen-aufgang verschanzten Kollegen zu durchsuchen. In der oberen Etage befanden sich zwei Schlafzimmer, ein großes Bad und ein Arbeitszimmer. Auch diese Zimmer waren menschenleer. Mittlerweile hatte das Team aus der unteren Etage auch die Garage durchsucht. Sie fanden nichts. Das ganze Haus war verlassen, weder der mutmaßliche Geiselnehmer noch Maria Hamilton waren in dem Gebäude oder auf dem Grundstück. Auf den ersten Blick deutete nichts auf einen Einbruch oder eine Geiselnahme hin.

Bill Ward wählte John Henrys Nummer: *„John, hier ist niemand, weder ein Geiselnehmer noch Hamiltons Frau, das Haus ist menschenleer, wir konnten bislang auch keine Einbruchsspuren entdecken. Wen hat Hamilton vom Krankenhaus aus angerufen? Kontrolliere doch mal die Telefonnummer."*

„Das habe ich bereits direkt nach dem Anruf veranlasst, es ist die offizielle Telefonnummer von Hamiltons Hausanschluss. Hamilton ist jetzt mit dem Medikament unterwegs zum Haus, er ist auf dem Parkplatz und startet gerade seinen Wagen. Ich werde auch kommen."

Henry legte auf, fuhr sich mit der Hand durch das mittlerweile vollkommen graue Haar und sah aus dem Fenster. Hamilton hatte den weißen Chevrolet gestartet und fuhr in Richtung Ausgang des Parkplatzes. John Henry hatte gemeinsam mit Hamilton das Medikament aus dem Labor geholt. Es handelte sich um eine farblose Flüssigkeit, die in fünf Fläschchen mit jeweils 50ml abgefüllt war. Hamilton hatte erklärt, dass er an einem krebsbekämpfenden Mittel geforscht hatte. Der Arzt hatte diese Forschung alleine durchgeführt, da das Therapiezentrum keine Forschungszulassung hatte und die Mitarbeiter ihre Arbeit ausschließlich auf die Therapierung, nicht auf die Forschung konzentrierten. Hamilton hatte seine Forschungen hauptsächlich zu dienstfreien Zeiten und an Wochenenden ohne Wissen der Klinik durchgeführt. Welche Konsequenzen das für Hamilton haben würde, interessierte Chief Superintendent Henry nicht, das war nicht seine Baustelle. Er erhob sich aus seinem Stuhl und blickte erneut aus dem Fenster. Hamilton hatte das Ende des Parkplatzes erreicht, als ein schwarzes Fahrzeug mit getönten Scheiben den Weg des Chevrolets kreuzte. Hamilton musste scharf bremsen. Der schwarze BMW setzte sich direkt parallel zur linken Seite des Chevrolets. John Henry sah wie das Seitenfenster sich nach unten öffnete und der Lauf einer schallgedämmten Pistole zum Vorschein kam. Innerhalb kürzester Zeit wechselten die fünf Fläschchen die Fahrzeuge. Der Lauf der Waffe blitzte kurz auf. Aus kürzester Distanz traf die abgefeuerte Kugel den Kopf des Arztes mittig in die Stirn. Dr. Hamilton sackte in sich zusammen und war auf der Stelle tot. Der schwarze BMW schoss mit quietschenden Reifen vom Parkplatz.

3
Similkameen River
Kanadisch-amerikanisches Grenzgebiet

Vor fünf Jahren hatten die Zwillingsbrüder Andy und Bruce Osborne ihr Unternehmen – Bike for Fun, Ltd. – im kanadisch-amerikanischen Grenzgebiet gegründet. Das Unternehmen lag auf kanadischer Seite, direkt am Similkameen River und bot mehrtägige Mountainbikereisen von Kanada aus bis in den Okanagan Wenatchee National Forest auf amerikanischer Seite an. Nach langen Verhandlungen mit beiden Staaten war es den Brüdern gelungen eine exklusive Lizenz zu erhalten, die es ihnen erlaubte die Trails in beiden Staaten zu benutzen, ohne dass sich ihre Gäste ständigen Grenzkontrollen unterwerfen mussten.

Andy, der fünf Minuten ältere der beiden Brüder, wählte die Nummer der Grenzstation in Osoyoos: *„Hallo Bob, Andy Osborne hier, wir erwarten heute vier neue Gäste, ich schicke Dir gleich die Personal- und Passdaten durch. Bruce plant eine dreitägige Tour in das Gebiet rund um den Chopaka Mountain."*

„All right, geht klar", hörte er Bobs Stimme.
„Was macht die Familie ..... ?"

Es war immer dasselbe Prozedere. Gäste die an der Tour teilnehmen wollten, mussten sich vorab mit ihren Passdaten und wenn sie außerhalb von Kanada oder den USA ihren Wohnsitz hatten, zusätzlich mit den genehmigten Visanummern bei Bike for Fun anmelden. Von hieraus wurden dann alle erforderlichen Formalitäten und Bestimmungen sowohl auf kanadischer als auch auf US-amerikanischer Seite durch Bruce, Andy oder dessen Frau Carol Osborne erledigt. Die Gäste brauchten sich um nichts zu kümmern. Sie sollten hundert Prozent ihrer Urlaubszeit für sich und ihre Bikes haben.

Die zweiunddreißig Jahre alten Brüder waren optisch nur durch ihre unterschiedlichen Haarschnitte voneinander zu unterscheiden. Während Andy die dunklen Haare kurz, mit militärischem Undercut trug, bevorzugte Bruce die mittellangen Haare offen zu tragen, während der Touren band er sie unter dem Helm zum Zopf.

Bruce betrat das Büro, während seine Hände die Haare zu einem Zopf formten, fragte er seinen Bruder: *„Sind die Formalitäten erledigt? In gut einer Stunde erwarte ich die heutigen Gäste."*

Andy nickte kurz.

„Hier ist die Liste mit den Namen, die Genehmigungen kommen gleich per Fax."

Bruce warf einen Blick auf die Liste.

Michael Lardie – US Amerikaner aus Seattle, 32 Jahre
Mark Kendall – Kanadier aus Calgary, 35 Jahre
Tony Montana – US Amerikaner aus Portland – 35 Jahre
Jack Russell – Kanadier aus Vancouver– 31 Jahre

„Vom Alter her sieht die Truppe ja ganz homogen aus und wenn ich mir ihre Angaben über die gewünschten Bikes anschaue, sieht das auch ganz ordentlich aus. Das könnten drei gute Tage werden", sagte Bruce mit Blick in Richtung Andy. Die beiden Brüder hatten ihr Hobby zum Beruf gemacht und freuten sich über jede Tour mit ihren Gästen.

„Ich werde wohl erst an der Gabelung zum Chopaka Mountain entscheiden, welche Route wir nehmen. Dann habe ich mir auch ein Bild davon gemacht, wie fit die vier wirklich sind. Und was steht für Dich heute noch so an?", foppte er seinen Bruder.

Andy hob den Kopf und lächelte gequält: *„Hör auf, Du weißt genau, dass ich die Truppe gerne begleiten würde. Aber heute muss* *ich mit Carol Wohl oder Übel nach Osoyoos. Babysachen, Kinderwagen und Bett. Wir werden nach dem Mittag fahren."*

Carol, die im sechsten Monat schwanger war, hatte darauf bestanden, dass Andy sich jetzt am Anfang der Saison mit um die Babysachen kümmern sollte. War die Saison erstmal im Gange, würden Sie zu nichts mehr kommen. Schon jetzt hatten sie genügend Vorbuchungen, so dass die Brüder die nächsten Touren mit jeweils zehn Gästen aus Sicherheitsgründen nur gemeinsam durchführen konnten. Heute, mit vier Gästen, würde Bruce ausreichen. Gute fünfhundert Meter vom Haus der Osbornes entfernt lag das Vintner Resort in dem sie ihre Gäste untergebracht hatten. Zwischen beiden Häusern lag am Abzweig zur Sunmac Road ein bewaldeter Parkplatz auf dem die Gäste nach dem Einchecken ins Resort ihre Fahrzeuge abstellen konnten.

4
Kelowna, Britisch-Kolumbien
Kanada

John Henry war vom Krankenhaus aus zurück ins Hauptquartier, einem verschachtelten Flachdachbau an die Doyle Avenue, gefahren. Er hatte Bill Ward sofort über die Geschehnisse auf dem Parkplatz in Kenntnis gesetzt. Mit dieser Brutalität des Täters hatte der erfahrene Chief Superintendent nicht gerechnet. Er organisierte umgehend eine großräumige Straßensperrung. Tracy Lord saß in einem der Nebenräume und trank einen Kaffee, während sie die Personaldaten von Martin und Maria Hamilton in ihren Computer tippte. Henry drehte seinen Kopf vom Fenster, das die beiden Räume miteinander verband. Die Verdunkelungsjalousien waren geöffnet, so dass er Tracy sehen konnte. Er griff in die Schublade seines Schreibtisches und holte eine große Straßenkarte hervor. Der Chief Superintendent breitete die Karte auf seinem Schreibtisch aus. Sie mussten davon ausgehen, dass sich neben dem Entführer auch Maria Hamilton, die neunundsechzigjährige, herzkranke Ehefrau von Martin Hamilton, im Wagen befunden hatte.

Die Stadt Kelowna konnte über die Harvey Avenue – dem Highway 97 - in nördlicher und süd-westlicher Richtung verlassen werden. In östlicher Richtung gabelten sich der Hwy 97 und der Kelowna Creek Hwy 33. Wählte der Entführer seinen Fluchtweg über die süd-westliche Route, musste er zunächst den Okanagan Lake überqueren. Henry fuhr mit seinem Finger die einzelnen Routen nach.

Die RCMP hatte fünf Reviere in Kelowna, in jeder Himmelsrichtung eins, sowie das im Zentrum gelegene Hauptquartier. Henry hatte Straßensperren jeweils an den Stadträndern errichten lassen. Der Berufsverkehr hatte bereits eingesetzt. Über Funk war er mit Bill Ward in ständigem Kontakt.

Bill raste mit dem Chevrolet Caprice in Richtung Okanagan Lake. Er lenkte den Wagen mit harter Hand. Diese Route hatte er instinktiv gewählt, obwohl die Wahrscheinlichkeit, dass der Entführer eine der anderen Fluchtmöglichkeiten genommen hatte, gleich groß war. Bislang hatten Sie keinerlei Informationen. Er wusste nicht was er davon halten sollte, was John ihm soeben mitgeteilt hatte, als er die Brücke über den Okanagan Lake mit Ziel West Kelowna querte. Die Sirene hatte er auf dem Wagendach befestigt und schaltete diese nun ein, um sich im beginnenden Berufsverkehr Platz zu schaffen.

„Hatte der Entführer geahnt, dass Hamilton doch die Polizei informieren würde?" ging es ihm durch den Kopf, während er die Geschwindigkeit hochhielt.

Was Ward nicht wissen konnte: Der mit einem schwarzen Baseballcap und dunkler Sonnenbrille getarnte Täter hatte sofort nach dem Anruf des Arztes das Haus verlassen, um zum Krankenhaus zu fahren. Er lauerte Hamilton am Ausgang des Krankenhausparkplatzes auf, um die Medikamente an sich zu nehmen und den Arzt zu ermorden. Eiskalt und ohne jede Gefühlsregung hatte der den Abzug der Waffe gedrückt. Dieser Mord sollte nicht der letzte sein.

Maria Hamilton lag zu diesem Zeitpunkt bereits mit einer klaffenden Schusswunde tot im Kofferraum des BMW. Der Täter hatte die alte Frau direkt nach dem Anruf ihres Mannes mit einem gezielten Genickschuss hingerichtet. Im Haus hatte er sämtliche Spuren beseitigt. Ihre Leiche hatte in eine Wolldecke eingewickelt in den Kofferraum des BMW gelegt. Dem Täter war sofort klar, dass in kürzester Zeit Straßensperren errichtet werden würden. Trotz des romantischen Images – hervorgerufen durch das Tragen ihrer Paradeuniform - dem roten Waffenrock und königsblauen Abzeichen - zu offiziellen Veranstaltungen, hatten die höflichen, aber stoischen Polizisten der Royal Canadian Mounted Police den Ruf jeden Verbrecher zu fangen. Der Täter hatte das Highwaydreieck bereits hinter sich gelassen, als er im Rückspiegel das Blaulicht erkannte. Die südliche Straßensperre hatte er gerade erreicht. Er reihte sich in den Verkehr ein und fuhr auf Peachland zu. Der Highway 97 schlängelte sich jetzt parallel zum See im südlichen Teil von British Columbia durch das Okanagan-Becken. Am Ende des Sees würde er in 35 km Penticton erreichen, von hieraus waren es noch weitere 60 km bis zur Grenze zum US-Bundesstaat Washington. Maria Hamiltons Leiche würde er unterwegs entsorgen. Der Täter hielt das Tempo hoch, durfte aber nicht übertreiben, um nicht aufzufallen.

Bill Ward hatte die Straßensperre im Highwaydreieck erreicht und stoppte den Caprice. Er erkundigte sich bei den Kollegen, ob der schwarze BMW bereits gesichtet worden war und griff anschließend zum Funk: *"John, ich bin jetzt an der Gabelung Hwy 97/97C, hier ist bislang kein schwarzer BMW durchgekommen, allerdings ist die Sperre auch gerade erst errichtet worden."*

"Scheiße", fluchte Henry am anderen Ende, *"auch die anderen Sperren melden bislang nichts Positives. Wir werden Ärger bekommen. Noch habe ich die zuständige Division nicht informiert. Wir werden Helikopter aus Vancouver oder Surrey ordern müssen."*

Er würde seinen direkten Vorgesetzten Commissioner Frank Lord, den Leiter der Division E mit Sitz in Surrey anrufen müssen. Frank Lord hatte die Sondereinheit in Kelowna vor vier Jahren ins Leben gerufen und John Henry zu ihrem Leiter ernannt.

Inspector Bill Ward legte den Kopf in den Nacken und begann sich das Kinn zu massieren während er überlegte. Er griff erneut zum Funk: *"John, gibt es irgendwelche neuen Erkenntnisse über das Medikament und was der Entführer damit will?"*

"Nach Aussage von Hamilton handelt es sich um ein noch nicht zugelassenes Krebs-Medikament, eine Art Vorstudie, die aber nach seiner Aussage eine vielversprechende Wirkung hat. Offensichtlich sterben die Krebszellen nach kurzer Zeit. Allerding ist das Medikament wie gesagt nicht zugelassen und es gibt somit auch keine Langzeitstudien. Hamilton hat es nur an Tieren ausprobiert."

Bill Ward knetete weiterhin geistesabwesend sein Kinn, als Henry sich nochmal meldete.

"Eigentlich gibt es doch nur zwei Gründe warum einer das noch nicht marktreife Medikament haben will. Erstens, er stiehlt es für die Konkurrenz, die davon erfahren hat, dass Hamilton diese Forschungen durchgeführt hat. Zweitens, er stiehlt es für einen Auftraggeber, der selbst Krebs hat und es für sich – oder vielleicht auch für einen Verwandten – als letzte Möglichkeit sieht dem Tod von der Schippe zu springen."

"Oder", sagte Ward, der jetzt wieder hellwach war, *"er braucht es für sich selbst oder seine eigne Familie und ist somit sein eigener Auftraggeber."*

"Das könnte auch sein. Ich werde jetzt die Division in Kenntnis setzten und anschließend in Hamiltons Haus fahren, wir brauchen noch mehr Informationen über das Medikament, vor allem die Wikungsweise. Möglicherweise finden wir dort Hinweise. Kommst Du zurück ins Revier?"

"John, ich werde dem Highway folgen, vielleicht war er ja schon durch."

"Ok", antwortete der Chief Superintendent, *"ich halte Dich auf dem Laufenden."*

5
Britisch-Kolumbien
Kanada

Der Highway hatte den schwarzen BMW mittlerweile an Princeton vorbei, Richtung Skaha Lake geführt, an dessen nördlichem Ufer der Regionalflughafen von Penticton liegt. Der Täter verließ den Highway und lenkte das Fahrzeug in die Green Mountain Road, die ihn zum Flughafen bringen würde, vorher musste er die Leiche in seinem Kofferraum noch loswerden. Er folgte der Straße bis er dichter bewaldete Regionen erreicht hatte, hier gab es keine Häuser mehr weit und breit. Er wählte einen der schmalen Waldwege und stoppte den Wagen. Stieg aus und öffnete den Kofferraum.

Auf der anderen Seite des Waldweges sah er ein dicht wucherndes Gestrüpp. Hinter dem Gestrüpp würde er die Leiche verstecken. Seine Arme umschlossen Marias schlaffen Körper, er hob sie an und zog sie aus dem Wagen. Ihr Gewicht nahm er kaum war, als er sie zur andern Seite des Waldweges trug. Er handelte jetzt vollkommen automatisch, passte auf dass er möglichst keine Spuren hinterließ. Mit dem linken Bein schob er einige Zweige zur Seite, um die tote Frau hinter das Gebüsch zu legen, als er das Motorengeräusch hörte. Kurz darauf sah er den Range Rover, der aus entgegengesetzter Richtung aus dem Wald kam.

„Scheiße, auch das noch, was mache ich jetzt?"

Hiermit hatte er nicht gerechnet, die Gegend schien doch menschenleer. Panikartig ließ er die Leiche fallen, rannte zurück zum BMW, startete den Motor, ließ die Räder durchdrehen, der schwarze BMW schoss zurück in Richtung Green Mountain Road. Jeff Barnes, der den Land Rover steuerte, hielt neben der toten Frau und informierte umgehend die Polizei.

„Bill", meldete sich John Henry über Funk, *„wir haben eine Spur. In einem Waldstück in der Nähe der Green Mountain Road im Bezirk von Penticton ist die Leiche einer älteren Frau gefunden worden; und wir haben einen Zeugen, der gesehen hat, wie die Tote hinter einem Gebüsche entsorgt werden sollte. Der Zeuge hat beobachtet,*

dass der Täter einen schwarzen BMW fuhr. Er ist wieder zurück nach Penticton gefahren. Wo befindest Du Dich jetzt?"

„Immer noch auf dem Hwy 97, Höhe Summerland, eine gute Viertelstunde von Penticton entfernt", antwortete Ward, der die Sirene bereits wieder eingeschaltet hatte. Er rammte seinen schwarzen Cowboystiefel auf das Gaspedal, das er bis zum Anschlag durchtrat.

„Bleib auf dem Highway, ich werde Tracy kurz ein paar Dinge checken lassen, dann melde ich mich wieder. Over and out."

Die Funkverbindung war unterbrochen. John Henry gab Tracy ein kurzes Handzeichen, die daraufhin den Nebenraum verließ, um in Henrys Büro zu kommen. Vor sechs Monaten hatte sie ihre Ausbildung als Jahrgangsbester Corporal mit dem Spezialgebiet Computer-Informatik abgeschlossen und war in das Headquarter der RCMP von Kelowna in Henrys Team gewechselt. Als sie das Büro betrat, hob die bildhübsche, junge Frau leicht ihren Kopf: *„Was kann ich für Sie tun John?"* Chief Superintendent Henry informierte sie kurz über die neuesten Geschehnisse. *„Wir haben einen weiteren Toten. Noch ist nicht einhundertprozentig sicher, dass es sich um Maria Hamilton handelt, obwohl alles dafür spricht. Ich werde zu Hamiltons Haus fahren, wir benötigen den Ausweis und ein aktuelles Bild von seiner Frau. Prüfen Sie bitte umgehend die möglichen Fluchtwege südlich von Penticton, informieren Sie die Kollegen vor Ort, sie sollen sich die Leiche ansehen und mit dem Zeugen vor Ort sprechen. Alle Infos bitte zeitgleich an Bill und mich."*

John Henry hatte sich während er sprach schon die Jacke übergezogen und hielt Tracy jetzt ganz gentlemanlike die Bürotür auf.

„Danke, ich melde mich bei Ihnen und Bill."

Ein zarter Frühlingsduft folgte ihrem rot-blond gelocktem Haar, als sie zügigen Schrittes Henrys Büro verließ.

Henrys Fahrzeug verließ gerade den Parkplatz des Headquarters, als sich Tracys Stimme bereits meldete.

„Tracy hier, können Sie mich hören John und Du auch Bill?"
„Ja, Yep", meldeten sich Henry und Ward nahezu zeitgleich.

„Ich habe folgende Infos zur Fluchtroute. Der Entführer könnte versuchen den Regionalflughafen von Penticton anzusteuern, um von dort aus einen Flug zu nehmen. Ich habe mich bereits in die Abflugdatenbank des Flughafens eingeloggt. Für heute Morgen sind zwei Regionalflüge gebucht worden. Der erste Flug geht nach Calgary in gut einer halben Stunde, es sind acht Passagiere gemeldet, von denen sieben bereits eingecheckt haben. Der andere Flug nach Vancouver geht in gut einer Stunde, hier sind zehn Passagiere gemeldet, fünf haben bereits eingecheckt. Die Passagierlisten werden mir gleich zugeschickt."

„Gut Tracy, informieren Sie die Kollegen aus Penticton, die sollen die Passagiere überprüfen", meldete sich Henry.

„Was bleibt ihm sonst noch?", hörten sie Wards fragende Stimme.

Tracy meldete sich wieder. *„Er könnte auch weiterhin den BMW benutzen. Der Hwy 97 gabelt sich hinter Kaleden mit dem Hwy 3A, der später in den Hwy 3 übergeht. Beide führen zum Grenzübergang Osoyoos oder er folgt ihm ganz nach Westen Richtung Vancouver."*

„Grenze", bellte Inspector Ward ins Micro.

„Das sehe ich auch so. Vancouver ist zu weit entfernt. Entweder zum Flughafen oder zum Grenzübergang in die USA", pflichtete John Bill bei.

Die Aufgaben wurden nun folgendermaßen verteilt:

Tracy würde das Revier in Penticton informieren, das den Flughafen überwachen würde. Von Princeton aus würde eine weitere Straßensperre Richtung Hedley durch die dort ansässigen Reviere auf dem Hwy 3 errichtet werden, falls der Entführer doch die Route nach Vancouver wählen würde. Schließlich würde Tracy noch die CBSA, die Canada Border Services Agency informieren, um den Grenzübergang in die USA bei Osoyoos zu kontrollieren. Inspector Bill Ward jagte den Caprice den Hwy hinunter, die zarte Schönheit des "White Lake Grassland"-Schutzgebietes mit seinen Graslandschaften, Felsenformationen, Teichen und Baumständen aus alten Ponderosa Pinien nahm der gut aussehende Junggeselle nicht wahr. Seine Gedanken konzentrierten sich ganz auf die Straße, sein Blick suchte unermüdlich einen schwarzen BMW. Vorbei an zahlreichen Weingütern erreichte er die nördliche Spitze des Lake Osoyoos, als er gute zweihundert Meter vor sich einen zügig fahrenden schwarzen BMW entdeckte. Geistesgegenwärtig schaltete er die Sirene aus, um nicht weiter aufzufallen.

Der Entführer hatte das Licht der Sirene im Spiegel bereits bemerkt, bevor es ausgeschaltet worden war. Der Caprice war ihm auf dem Fersen. Die geplante Flucht nach Vancouver über den Regionalflughafen, um von dort aus zu seinem eigentlichen Ziel zu gelangen, war geplatzt. Er wurde das Gefühl nicht los, dass der Flughafen überwacht wurde. Er versuchte sich weiter zu konzentrieren, ohne den Blick aus dem Rückspiegel zu nehmen. Dass man ihn bei der Entsorgung der Leiche beobachtete war nicht geplant.

„Verdammt, was hatte der Land Rover dort zu suchen?", ging es durch seinen Kopf.

Der Caprice blieb auf Abstand, das beutete, er wird Verstärkung anfordern. Die beiden Wagen erreichten den Ortsrand von Osoyoos. In der Stadt kreuzen sich der in Nord-Süd-Richtung verlaufende Hwy 97 und der in Ost-West-Richtung verlaufende Hwy 3. Bill Ward hatte John Henry und Tracy Lord darüber informiert, dass er den BMW aufgespürt hatte. Tracy wurde sofort aktiv und informierte die Straßensperren sich in Richtung Osoyoos zu bewegen. Sie würden den schwarzen BMW von allen Seiten einkesseln. Chief Superintendent John Henry war mittlerweile in Hamiltons Haus eingetroffen und hatte den

Ausweis und die Bilder von Maria Hamilton gefunden. Die Kollegen vor Ort hatten den Zeugen Jeff Barnes bereits befragt. Zur Täterbeschreibung konnte er nicht viel beitragen, lediglich, dass es sich sehr wahrscheinlich um eine männliche Person handelte, die ein dunkles Baseballcap und eine Sonnenbrille trug. Der vor Ort anwesende Polizeiarzt hatte festgestellt, dass Maria Hamilton durch einen Genickschuss aus nächster Nähe ermordet worden war.

„Also ein weiterer Mord, es sieht so aus, als wollte der Entführer jeden, der sich ihm in den Weg stellte auslöschen", fasste Henry seine Erkenntnisse zusammen.

„Das passt auch zu meiner Recherche", meldete sich jetzt Tracys klare Stimme.

Inspector Bill Ward trat urplötzlich auf die Bremse, den Erkenntnissen von John und Tracy lauschend, hatte er einen Augenblick nicht aufgepasst, als ein Truck auf die linke Spur wechselte und jetzt vor ihm fuhr.

„Tracy, Stopp mal, ich muss mich jetzt konzentrieren, son`blöder Truck hat sich vor mich gesetzt. Ich kann den BMW nicht mehr sehen", rief er ins Funkgerät.

Der Caprice befand sich direkt im Highwaykreuz, als der Truck zurück auf die rechte Spur wechselte und sein Überholmanöver beendete. Bill trat auf die Kupplung, schaltete einen Gang herunter und rammte das rechte Bein auf das Gaspedal, um die beiden Trucks vor ihm zu überholen. Wenige Sekunden später schoss er an ihnen vorbei. Freie Sicht, doch der BMW war verschwunden. Im Seitenspiegel erkannte er, dass sich der BMW genau zwischen den beiden Trucks befand und jetzt auf den Hwy 3 wechselte. *„Scheiße",* fluchte Ward und schlug mit den Händen aufs Lenkrad ein, *„ich habe ihn verpasst, er hat den Hwy gewechselt."* Der Caprice musste bis zum Boundary Motel durchfahren, bevor er die Richtung wechseln konnte und die Verfolgung wieder aufnahm. Tracys Stimme meldete sich wieder. *„Bill, er will nach Vancouver, das passt auch zu meiner Recherche. Er war auf dem Flug nach*

Vancouver gemeldet, von den zehn Passagieren sind nur neun erschienen. Er hat sich unter falschem Namen – Andrew Falkner - und falscher Sozialversicherungsnummer registriert. Was uns weiterhelfen könnte ist jedoch das Passbild, das er benutzt hat, es zeigt einen 30 bis 40 jährigen Mann mit blonden, glatten Haaren. Andrew Falkner ist rothaarig."

Tracy war genial, was sie so alles aus dem Computer zauberte, erstaune Bill immer wieder. Die rot-blonde Kollegin hatte nicht nur einen hübschen, sondern auch einen äußerst gescheiten Kopf. Jetzt hatten sie ein Bild. Der unpersönliche Entführer nahm menschliche Züge an.

„Wir kommen voran", jetzt war John Henry auf dem Kanal, er hatte die ganze Zeit in seinem Wagen vor Hamiltons Haus gesessen und geschwiegen, um die Situation tiefer zu analysieren.

„Wir haben seinen Plan durchkreuzt, wenn er vorhatte mit dem Flugzeug zu entkommen, ist die jetzige Route zu der wir ihn gezwungen haben nicht geplant. Wir kennen sein Ziel. Er muss von nun an improvisieren und ist auf das was kommt nicht vorbereitet. Bill, Du musst ihn weiter unter Druck setzten, dann wird er Fehler machen."

Tracy war wieder an der Reihe: *„Wir nähern uns ihm von zwei Seiten, die Streifenwagen haben von Norden aus bereits Cawston erreicht. Bill, Du erhältst in den nächsten Minuten Verstärkung von der CBSA."*

„Die sind bereits hinter mir. Wir biegen gerade gemeinsam auf den Hwy 3."

„Tracy, prüfen Sie bitte, wo der Hwy 3 zwischen Osoyoos und Cawston verlassen werden kann. Ich komme zurück ins Headquarter", schloss Henry die Funkverbindung.

Anschließend wählte er erneut die Nummer von Frank Lord in Surrey. Bislang hatte der Commissioner keine Helikopter schicken können, da es in Vancouver einen schweren Verkehrsunfall gegeben hatte und alle verfügbaren Maschinen im Einsatz für das

Vancouver Police Department waren. Sie würden noch gut eine Stunde benötigen, bevor sie zwei Maschinen losschicken konnten. Die beiden einigten sich darauf erneut zu telefonieren, sobald Henry wieder das Headquarter in Kelowna erreicht hatte.
Tracy blickte auf den Monitor in ihrem Büro, sie hatte die Straßenkarte aufgerufen und prüfte in Gedanken alle Ausfahrtmöglichkeiten des Hwy 3. Die Computermaus begann ihre Reise im Norden direkt am Ortsausgang von Cawston und fand bis zum letzten Standpunkt von dem aus sich Bill gemeldet hatte neun mögliche Abfahrten.

Acht von ihnen endeten letztendlich irgendwo als Sackgasse im Niemandsland. Lediglich die Nighthawk Road führte über einen kleinen Grenzübergang in die Vereinigten Staaten von Amerika. Tracys Finger flogen über die Tastatur und tippten Port of entry Nighthawk in den Computer. Die Grenzstation war besetzt. Offiziell konnte man von 06:00 bis 21:00 Uhr die Grenze passieren. Am späten Abend und nachts war die Grenze geschlossen.

Tracy fuhr sich mit der linken Hand um die Mundwinkel, überlegte kurz, ob sie die Grenzstation direkt informieren sollte. *„Oder war das zu keck?"* Als Corporal hatte sie noch keinerlei Befugnisse und außerdem lag die Grenzstation auf amerikanischen Boden. Sie würde John Henry anrufen, der dann sicherlich den Dienstweg einhalten würde und seinen Vorgesetzten Commissioner Frank Lord informieren würde. Obwohl, es reizte sie doch sehr ihren Vater direkt anzurufen. Tracy war allein mit ihrem Vater aufgewachsen, Tracys Mutter war früh an Krebs gestorben. Frank Lord hatte sich immer ein zweites Kind - einen Sohn - gewünscht. Das war ihm leider nicht vergönnt. Umso stolzer war er, als Tracy ihm mitteilte, auch in den Polizeidienst einzutreten, um dann in kürzester Zeit ihre Ausbildung als Jahrgangsbeste abzuschließen.

Tracy wählte Henrys Mobilnummer: *„John, hören Sie, Tracy hier."*

In kurzen Sätzen teile sie mit, was sie herausgefunden hatte.

„*Hervorragende Arbeit, bitte informieren Sie Ihren Vater direkt, damit er sich mit den Amerikanern in Verbindung setzt. Und sagen Sie ihm auch, dass ich mich sobald ich im Büro bin nochmals bei ihm melde.*" John Henry wartete auf eine Antwort, doch das Mobilphone blieb stumm. „*Tracy, haben Sie mich verstanden?*" Nach kurzer Zeit hörte er ein zögerliches: „*Ja, ... und Danke.*"

„*Gerne*", Henry beendete das Gespräch. Diesen Erfolg gönnte er Tracy von ganzem Herzen, wusste er doch wie ehrgeizig sie war.

Das komplette Team der Verfolger traf sich nahezu zeitgleich an der Abfahrt zur Nighthawk Road, fünf Wagen von Cawston aus kommend und fünf Wagen aus Richtung Osoyoos kommend. Bill steuerte den Caprice als erstes Fahrzeug, stoppte den Wagen und stieg aus. Es folgte eine kurze Einweisung der Teams. „*Bis zur Grenze ist das unser Ding, danach müssen wir wohl an die Amis übergeben*", schloss er seine Einweisung und stieg zurück in den Caprice, dessen Fahrersitz noch warm war.

Tracy hatte mit ihrem Vater gesprochen, der mächtig stolz auf sie war, auch wenn er sich das am Telefon nicht anmerken ließ. Der hochaufgeschossene, schlanke, grauhaarige Leiter der Division E würde sich persönlich um die amerikanische Seite kümmern.

Am Nighthawk Grenzübergang hatten nur vier Beamtete Dienst, aber sie waren schnell und hatten die schmale Straße bereits durch mobile Sperren gesichert. Ihre vier MP5 im Anschlag standen sie hinter der Barriere und warteten. Direkt auf Grenzhöhe verlief die Nighthawk Road in einem neunzig Grad Bogen auf die Barriere zu. Die Beamten konnten nicht erkennen, wann und welches Fahrzeug mit welcher Geschwindigkeit einbiegen würde. Sie waren auf alles gefasst. Die Anweisungen, die sie erhalten hatten waren kurz und unmissverständlich. Sollte der schwarze BMW nicht halten, würden sie ohne zu zögern von der Schusswaffe Gebrauch machen.

6
Waldparkplatz, Similkameen River
Kanadisch-amerikanisches Grenzgebiet

Der erste Gast hatte den Waldparkplatz erreicht und begab sich zum Kofferraum seines Fahrzeuges, um sein Gepäck und den Rucksack mit Wechselkleidung für die dreitägige Mountainbike-Tour zu holen, als ein schwarzer BMW viel zu schnell auf den Parkplatz einbog. Aufgeschreckt von den blockierenden Reifen, drehte der Gast sich um, reflexartig sprang er zur Seite. Aber zu spät! Die schwere Limousine touchierte ihn leicht und er stürzte zu Boden. Er griff er sich an das Bein und versuchte aufzustehen. Die Fahrertür des BMW öffnete sich und der Gast sah den Fahrer auf sich zukommen. Offensichtlich ein weiterer Gast.

„Scheiße, das tut mir leid, ich habe Dich nicht gesehen", entschuldigte sich der andere Gast, als er ihm beim Aufstehen half. Der nur leicht Verletzte stand wieder und belastete sein Bein. *„Nochmal Glück gehabt, keine Schwellung. Kann das Bein ohne Schmerzen belasten."*

Die Männer sahen sich an und stellten fest, dass sie sich verblüffend ähnlich sahen. Sie hätten Brüder oder zumindest Verwandte sein können. Gleiche Größe, Statur und Haarfarbe, ähnlicher Haarschnitt.

„Gehörst Du auch zum Team der Mountainbikefahrer?"

„Yeap, bei Dir kann man es ja nicht übersehen, Du bist ja schon vollständig umgezogen. Übrigens geile Schuhe, welche Größe?" die Hand des zweiten Gastes zeigte fragend Richtung Kofferraum.

„Sind mein ganzer Stolz, habe ich letzte Woche erst neu gekauft und nur zweimal getragen. Größe 43, wie üblich etwas enger geschnitten und super leicht." Er nahm die rot-weißen Specialized Schuhe aus dem Kofferraum und drehte sich um. Vor Schreck ließ er die Schuhe fallen, als er in den schallgedämmten Lauf einer Pistole sah. Zwei Kugeln der Beretta 92FS durchbohrten sein Herz, er war sofort tot. Nachdem der zweite Gast den BMW etwas verdeckter parkte, so dass man ihn vom Eingang aus nicht direkt sehen

konnte, entkleidete er den toten Gast und zog dessen Radkleidung an. Den toten Gast verstaute er im Kofferraum des schwarzen BMW. Die Beretta legte er in den Rucksack. Bevor er die Medikamente hinzulegte, holte er eine Spritze aus dem Handschuhfach stach sie in eins der Fläschchen, zog die Spritze auf und setzte sich einen Schuss in den Oberschenkel. Anschließend packte er seine eigenen Sachen in einen Plastikbeutel, den er im Wald unter einem Laubhaufen vergrub.

7
Grenzübergang Nighthawk
Kanada/USA

Der schwarze BMW war nirgends zu sehen, als Bill Ward die Absperrung am Grenzübergang als erstes Fahrzeug erreichte. Rätselhaft, wo war er nur geblieben. Oder sollte er doch eine andere Ausfahrt gewählt haben?

„Tracy, der BMW muss eine andere Ausfahrt gewählt haben, die Absperrung und Nighthawk hat er nicht passiert."

Tracys Blick verfolgte konzentriert den Bildschirm, alle anderen Möglichkeiten endeten letztendlich in einer Sackgasse, von wo aus der BMW nicht weiterkommen würde. Hatte Sie sich zu früh gefreut?

„Verdammt, ich war mir so sicher."

„Welche der anderen Ausfahrten kommt der Grenze am nächsten", meldete sich Chief Superintendent John Henry, der gerade den Parkplatz des Headquarters erreicht hatte, über Funk.

Tracys Blick wanderte zurück auf den Bildschirm. *„Chopaka Road, die dritte Ausfahrt nach Cawston führt bis nah an die Grenze. Gute zwanzig Kilometer von Nighthawk aus."*

Tracy zoomte das Sattelitenbild näher heran, um mehr Details erkennen zu können. *„Ist eigentlich mehr ein Waldweg, als eine Straße. Gute einhundert Meter vor der grünen Grenze endet dann* *auch der Waldweg, von dort aus müsste er zu Fuß weiter. Ein Geländewagen könnte es auch schaffen."*

Bill Ward hatte den Caprice bereits gewendet, sein schwarzer Stiefel drückte auf das Gaspedal, er jagte zurück zum Hwy 3. Hoffentlich hatten sie ihn nicht verloren.

8
Bike for Fun Ltd., Similkameen River, Kanadisch-amerikanisches Grenzgebiet

Bruce und Andy Osborne begrüßten die vier Gäste, die jetzt vollzählig anwesend waren. *„Hallo zusammen. Ich bin Andy, das ist Bruce, mein jüngerer Zwillingsbruder"*, scherzte Andy. *„Bruce wird die nächsten drei Tage euer Guide sein."*

„Hi Leute", nickte Bruce und tippte sich an die Stirn.

„Also, wen haben wir denn hier?"

Er ging die vier Gäste der Reihe nach durch. Michael, Mark, Tony und Jack hoben jeweils die Hand, wenn sie an der Reihe waren. Bruce blätterte in den Anmeldeformularen. *„Mensch Tony, Du bist Sportlehrer, da haben wir ja schon mal einen Profi unter uns"*, scherzte er. Alle vier machten einen durchtrainierten Eindruck, der Radsport schien kein Fremdwort für sie zu sein. Carol, die mit dem Rücken an der Hauswand lehnte und sich mit einer Hand über ihr kleines Bäuchlein fuhr, sah sich die Gäste genauer an, während diese begannen ihre Rücksäcke zu öffnen.

„Könnten fast Brüder sein", ging es ihr durch den Kopf, alle hatten nahezu die gleiche Größe und blonde Haare.

Jeder prüfte den Inhalt seines Rucksacks auf Vollzähligkeit der Radsachen. Bruce hatte hierzu eine Liste der notwendigen Sachen vorbereitet, die er den Gästen vorab schon zugeschickt hatte.

Mark Kendall, der smarte Rechtsanwalt aus Calgary, kniete vor seinem Rucksack, krault sich das blonde Haar und hob den Kopf:

„Ich habe keine Regenjacke mit, ist das tragisch? Das Wetter sieht doch ganz gut aus."

„Wir haben zwar gutes Wetter, aber in den Bergen kann das schnell umschlagen. Carol wird Dir eine aus unserem Shop holen, welche Größe hast Du?"

„Ich muss die Jacke vergessen haben, dachte ich hätte sie gestern Abend noch eingepackt. Größe L müsste passen."

Tony, Jack und Michael hatten alle auf der Liste stehenden Sachen in ihren Rucksäcken. Gemeinsam checkte die Truppe jetzt noch die Bikes, alle Gäste erhielten die neusten Trek Top Fuel Fullys in mattschwarzer Lackierung. Die Osborne Brüder hatten mit dem amerikanischen Bikehersteller eine Vereinbarung getroffen, die es ermöglichte die neuesten Modelle während ihrer Routen zu testen.

„Wow, was für geile Maschinen, die kommen doch erst nächstes Jahr auf den Markt", Jack, der aus Vancouver kam und als Steuerberater arbeitete, ließ seiner Begeisterung freien Lauf.

„Warte ab, die 29" Laufräder und die 100mm Fahrwerksgabel werden die eine oder andere Unebenheit schlucken, ohne dass ihr es merkt", bemerkte Bruce nicht ohne Stolz. „Und das alles bei dem Gewicht". Er stemmte das nicht einmal 10kg schwere Rad spielend in die Höhe. „Wenn alles gecheckt ist, dann können wir aufbrechen."

Bruce umarmte Carol und klatsche Andy ab.

„Also Bruderherz, bis in zwei Tagen."

Die Gäste hatten ihre Helme aufgesetzt und verabschiedeten sich mit einem lauten:

„Let´s ride now!"

Direkt hinter dem Haus kreuzten sie über eine kiesige Furt den Similkameen River, das Abenteuer hatte begonnen. Der Trail führte die Truppe recht zügig zur Grenze, auf ihrem Weg in den Okanagan Wenatchee National Forest. Als erstes Ziel visierten sie den Hurley Peak an. Die Gruppe folgte dem Lauf des Flusses über die kanadisch-amerikanische Grenze.

Die Trails führten nach flachen 250 Höhenmeter dabei durch wurzelige Kiesbänke über die Hochufer und dann wieder um Reifenbreite direkt am Wasser entlang. Die gewählte Strecke brachte die Muskeln der Biker auf Betriebstemperatur. Bruce, der die Gruppe nun in gemäßigtem Tempo anführte, war zufrieden, die Gäste schienen auf gleichem Niveau die Bikes zu beherrschen. Tony war direkt hinter ihm, während die anderen drei etwas auf Abstand fuhren. Sie verließen das Flussbett und begannen ihren ersten Aufstieg zum Hurley Peak. Die Steigungsprozente blieben auf den ersten Kilometern entlang der Gebirgsflanken überwiegend im angenehmen Bereich. So dass die Gruppe hier noch getrost ihre Blicke schweifen ließ, um die Gegend zu genießen. Sie ließen den Gipfel des Berges rechts von sich liegen und steuerten ihre Bikes auf den Chopaka Mountain zu.

9
Winthrop, Okanagan Wenatchee National Forest
USA
Vor einem Jahr

Die Anspannung stand ihm ins Gesicht geschrieben, nur für einen kurzen Moment hielt Ron Sugar inne, bevor er sich umgehend auf den Weg machte. Vom Gelände des Flugplatzes Lost River aus waren es gute dreißig Kilometer bis zur Townhall von Winthrop, einem ehemaligen Saloon, in der sich das Büro des Bürgermeisters befand. Lost River, eine Ansammlung weit verstreuter Häuser im Tal am Rande der Flüsse Lost River und Methow River, gehört zum Verwaltungsbezirk von Winthrop. Sugar betrat wütend das zweistöckige Holzgebäude, das wie auch die anderen Häuser Winthrops im Stil des Wilden Westens erbaut worden war, durch den Seiteneingang. Er sprang zwei Stufen auf einmal nehmend die Treppe in das Obergeschoss hinauf. Ohne zu klopfen riss der Anfang fünfzigjährige, hochgewachsene und durchtrainierte Mann die Tür zum Büro des Bürgermeisters auf.

„Ed, Du warst es, der mir zugesichert hat, dass Deine Parteifreunde dafür Sorge tragen werden, dass mein Flugplatz für größere Maschinen zugelassen wird!", schrie er Ed Blind, den Bürgermeister von Winthrop, einer 400 Seelengemeinde im Okanagan County, an. Blind, der hinter seinem antiken Edelholzschreibtisch saß, hob beschwichtigend die Hände: *„Ron, beruhige Dich."*

Sugar, der vollkommen außer sich war, tobte, griff über den Schreibtisch, packte Blind mit beiden Händen am Revers seines braunkarierten Jackets und begann den rund einen Kopf kleineren, weit über 100 kg schweren Bürgermeister kräftig zu schütteln.

„Und jetzt, was erzählst Du mir da, Sie werden keine großen Maschinen zulassen! Ich hätte das Parkhaus nie gebaut. Du hast mich immer wieder bekräftigt zu investieren!"

Sugar fletsche seine Zähne, spannte seine Muskeln und hob Blind aus dem Stuhl: *„Ron, das wird eine Goldgrube, waren Deine Worte! Die Erweiterung und Zulassung sind reine Formsache, lass mich nur machen! Den Vertrag mit dem Mietwagenverleiher habe ich bereits geschlossen. Die ersten fünfzig Wagen werden nächsten Monat geliefert. Und jetzt!"*, schrie Sugar außer sich vor Wut mit Schaum vor dem Mund. *„Jetzt willst Du mir erzählen, dass Du und Deine Genossen die Zulassung nicht durchdrücken konnten!"*

„Ron, bitte, beruhige Dich." Ed Blind fasste Sugars Unterarme mit hochrotem Kopf. *„Bitte, lass mich los"*, stammelte er.

Sugar ließ Blind jetzt los, der zurück in seinen Stuhl fiel. Der Puls hämmerte in den Schläfen seines glatt rasierten Schädels, als er Blind aus zusammengekniffenen Augen anstarrte.

Im Okanagan National Forest gab es mehrere kleine Helikopter-Stützpunkte, die vor allem Rundflüge über die abgelegenen Bergseen und Gletscher anboten. Gleichzeitig dienten sie dazu

Bergsteiger aus allen Teilen des Landes nah an die Granitwände und vulkanischen Basaltformen des zweitgrößten zusammenhängenden Waldgebietes der USA zu transportieren. Ein lukratives Geschäft. Die Landschaft zeichnet sich durch ein kompliziertes System von tiefsten Canyons aus, die immer wieder Wanderer in diese Gegend lockten. Das gesamte Gebiet war in acht unterschiedliche lokale Ranger Distrikt Büros aufgeteilt. Der Kongress der Vereinigten Staaten hatte beschlossen einen dieser Helikopter-Stützpunkte weiter auszubauen, um den Tourismus zu fördern. Alle Gäste sollten konzentriert über einen nationalen Flugplatz in das Gebiet gelangen. Nach langen Diskussionen, in denen Ed Blind und seine Parteigenossen alle Möglichkeiten ihres Netzwerkes einsetzten, um die jeweiligen Vorsteher der einzelnen Distrikte zu überzeugen, dass Lost River der geeignete Standort war, blieben zur Auswahl letztendlich nur noch zwei Standorte übrig. Lost River und Lake Wenatchee. Lake Wenatchee machte schlussendlich das Rennen, darüber hatten Blinds Parteifreunde Ed heute Morgen informiert.

„Man hat mich erst heute Morgen informiert, dass wir die Abstimmung verloren haben, sie werden Lake Wenatchee ausbauen. Und glaube mir, ich konnte nichts machen." Blind machte eine Pause, atmete tief durch und wischte sich den Schweiß mit dem Ärmel seines Jackets von der hohen Stirn: *„Ron, es kommt noch viel schlimmer."*

„Was meinst Du damit, es kommt noch viel schlimmer", raunzte Sugar schnaubend mit pulsierenden Schläfen und zog die Stirn kraus.

„Sie,...sie", begann Blind stotternd, *„sie werden Lost River komplett stilllegen."*

„Das kann nicht sein. Ed, wenn das stimmt, dann bin ich pleite. Wir müssen uns etwas einfallen lassen." Sugars Wut war maßlos, er begann fieberhaft darüber nachzudenken, was er tun könnte. Der Flugplatz war seine Existenz, er hatte all sein Geld in das neue zweistöckige Parkhaus und die Verlängerung der Landebahn investiert. Wenn jetzt der kleine Flugplatz ganz geschlossen wird,

ist alles vorbei. Er hätte alles verloren. Das konnte er auf keinen Fall zulassen. Eine Idee begann sich im Kopf des Mannes mit dem breiten Stiernacken zu formen, plötzlich wusste er, wen er anrufen musste. Ron Sugar machte auf dem Absatz kehrt und verließ das Büro, startete den Jeep und wählte eine Nummer in Las Vegas.

10
Similkameen River,
Kanadisch-amerikanisches Grenzgebiet

Inspector Bill Ward trieb den Caprice über die Chopaka Road. Als die kleine Straße in einen Waldweg überging, wirbelten die Räder Steine und Sand auf. Eine Staubwolke begleitete den Wagen. Bill nahm den Fuß nicht vom Gas. Er bremste scharf, als der Pfad abrupt endete. Große Granitblöcke und tiefe Furchen im Waldboden machten eine Weiterfahrt unmöglich. Hinter Bill stoppten die Streifenwagen. Er griff in das Handschuhfach und nahm ein Fernglas aus seinem Wagen. Von einem der Granit-blöcke aus beobachtete er die Gegend, die vor ihm lag, suchte verzweifelt nach Spuren. Zurück im Wagen meldete er sich resigniert per Funk: *„Bill hier. Wir haben die grüne Grenze erreicht. Hier ist niemand durchgekommen. Es ist sind keine Reifenspuren zu erkennen. Wir haben ihn verloren."*

„Bill", hörte er John Henrys Stimme, *„er muss irgendwo in der Gegend sein. Wir werden jetzt nicht aufgeben. Fahrt zurück zum Highway, wir melden uns."*

Bill war sofort klar, dass John mit seiner stoischen Beharrlichkeit fieberhaft an einer Lösung arbeiten würde, also musste auch er sich wieder motivieren.

Chief Superintendent John Henry saß Tracy gegenüber und trommelte leise mit seinen Fingern auf der Schreibtischplatte: *„Was kann uns die Kiste jetzt noch sagen?"* er zeigte auf Tracys Bildschirm.

„Es gibt zwischen dem Standpunkt an dem Bill den schwarzen BMW zuletzt gesehen hat und der Chopaka Road nur noch eine Ab-

zweigung die in die Nähe der Grenze kommt." Tracy zog die Straßenkarte auf und drehte den Bildschirm in Johns Richtung. *„Die Sunmac Road führt in das Grenzgebiet, sie endet in einem Kreisverkehr. Von dort aus gibt es keine weitere Straßenanbindung mehr, sollte er diesen Weg genommen haben, müsste er tatsächlich zu Fuß weiter. Aber John, wenn wir Ihrer Theorie folgen, dann muss der Entführer improvisieren, er kann nicht wissen, wo die Straße enden wird. Er steht unter Druck."*

„Sie haben Recht Tracy. Bill soll diese Möglichkeit noch überprüfen, dann haben wir alles versucht. Ich habe in Dr. Hamiltons Haus diese beiden Ordner gefunden, die uns vielleicht weiterhelfen können."

John Henry legte zwei matt schwarze Ringordner auf den Tisch vor Tracy.

Bill Ward, der dieser Fluchtmöglichkeit nur wenige Chancen einräumte, lenkte den Caprice gefolgt von den anderen Streifenwagen in die Sunmac Road. Die asphaltierte Straße verlief entlang des Similkameen Rivers und hatte zwei Abzweige in Richtung Fluss. Je einen Streifenwagen positionierte er an den Abzweigen mit dem Befehl dort zu warten. Die restlichen Fahrzeuge fuhren bis zum Ende der Straße. Die Straße endete in einem Kreisverkehr umgeben von hohen Pinien, sie führte die Fahrzeuge wieder zurück. Rechts und links entlang der Straße lagen die drei Gebäude des Weingutes Forbidden Fruits. Vier Winzer bearbeiteten seit gut zwei Stunden die Rebflächen am Straßenrand. Sie hatten weder ein Fahrzeug noch fremde Personen seit dieser Zeit gesehen. Langsam rollte die Fahrzeug-kolonne zurück. Wachsame Augen suchten die Straßenränder ab, ohne etwas Auffälliges entdecken zu können. Nach kurzer Fahrstrecke bogen sie in Vintners Resort ein. Ein Weingut, das auch Gäste beherbergte. Der Caprice rollte auf den Vordereingang des zweistöckigen Holzgebäudes zu, als eine dunkelhaarige, attraktive Frau auf der Veranda erschien. Bill verließ den Wagen. Die Frau stellte sich als Cathie Vintner vor. Ohne die Frau allzu sehr zu beunruhigen gab Bill an, dass die Polizei einen flüchtigen Autofahrer suchte. Zurzeit beherberge man vier männliche Gäste, die alle heute Morgen angereist wären, gab sie Bill Auskunft.

„Wenn Sie möchten, zeige ich Ihnen die Anmeldeunterlagen."

Bill betrat gemeinsam mit der Frau das Haus. Eine Theke säumte den Eingangsbereich des Resorts. Während Cathie Vintner die Anmeldeunterlagen unter der Teke hervorholte, ließen Bills braune Augen ihren Blick durch den Eingangsbereich schweifen. Deckenhohe Glastüren führten in den gepflegten Außenbereich, der mittig gelegene Pool ließ auf Erholung und entspannten Luxus im atemberaubenden Similkameental, einer der herausragenden Weinregionen, schließen. Cathie Vintner legte die Anmeldeformulare auf den Tresen.

Inspector Ward las die Namen der Gäste:

Michael Lardie – US Amerikaner aus Seattle
Tony Montana – US Amerikaner aus Portland
Mark Kendall – Kanadier aus Calgary
Jack Russell – Kanadier aus Vancouver

„Sind die Herren im Haus, falls nicht, wo kann ich sie finden?"

„Nein, die Herren sind nicht im Haus, sie haben eine dreitägige Mountainbiketour bei Bike for Fun gebucht", antwortete Cathie Vintner und strich sich eine ihrer dunklen Locken aus der Stirn. *„Ich erwarte sie erst übermorgen gegen Abend zurück."*

„Seit wann sind die vier Herren hier?", fragte Ward, während er die Namen in sein Notizbuch notierte.

„Alle vier sind hier heute Morgen einzeln voneinander angekommen, sie haben ihre Sachen auf die Zimmer gebracht und sind dann gleich rüber zu Bike for Fun."

„Was heißt rüber?" fragte Ward erstaunt und hob den Kopf.

„Die Osbornes, also die Eigentümer von Bike for Fun, sind unsere Nachbarn. Es ist das nächste Haus auf der Straße, keine fünfhundert Meter von hier."

Cathie Vintner hob ihren Arm und zeigte automatisch nach links von ihr aus gesehen.

„Wie sind sie angekommen? Ich habe keine Fahrzeuge gesehen."

„Nachdem sie eingecheckt hatten, sind sie mit ihren Wagen zu den Osbornes gefahren. Seitlich vom Haus befindet sich zwischen unserem Haus und dem der Osbornes ein Waldparkplatz. Ich gehe davon aus, dass sie die Fahrzeuge dort abgestellt haben. Was hat der gesuchte Mann denn verbrochen?" Cathie Vintner wurde jetzt neugierig.

Ohne auf ihre Frage zu antworten sagte Ward: *„Eine letzte Frage noch. Haben sich die Männer hier getroffen oder sind sie alleine zum Parkplatz gefahren, ohne sich gesehen zu haben?"*

„Hier haben sie sich nicht gesehen", Cathie Vintner musste jetzt nachdenken, *„nein, wenn ich mich recht erinnere sind sie auch nacheinander zu den Osbornes gefahren, ohne sich zu begegnen."*

Ward schob ihr die Anmeldeformulare zurück über den Tresen: *„Würden Sie die bitte an unser Revier in Kelowna zu Händen Mrs. Corporal Tracy Lord faxen? Danke."* Bill Ward hielt ihr seine Visitenkarte entgegen.

11
Kelowna, Britisch-Kolumbien
Kanada

John Henry saß Tracy Lord in ihrem Büro gegenüber. Beide hatten die Ordner jetzt komplett gesichtet. Henrys Füße steckten mittlerweile in altmodischen Hausschuhen, er hatte es sich ein wenig bequem gemacht. Die Tote war eindeutig als Maria Hamilton identifiziert worden. Todesursache Genickschuss.

John Henry hatte Tracy in kurzen Sätzen mitgeteilt, dass er die beiden Ordner verschlossen in einem Wandtresor gefunden hatte. Der passende Schlüssel befand sich am Schlüsselbund von Dr. Hamilton.

„Tracy", begann Henry, der seine Hände über seinem Bauch gefaltet hatte: *„Wir müssen verstehen, warum der Entführer das Medikament benötigt, wir suchen nach seinem Motiv für die Geiselnahme. Lassen Sie uns zusammenfassen, was wir bislang haben."*

Tracy warf mit ihrem Beamer ein großes Bild an die Wandtafel, die in ihrem Büro hing, und rief die einzelnen Datensätze aus ihrem Computer auf. John Henry verfolgte aufmerksam was Tracy tat. Sie war schon ein Glücksgriff für die beiden Kommissare. Für Bill Ward war das Schreiben von Berichten und die Aufbereitung der Indizien ein Graus. Henry selbst kannte sich kaum mit Computern aus und hätte sicherlich für die Zusammenstellung der Indizien die gute, alte Pinnwand benutzt. Der Beamer warf eine Kopie des Bildes, mit dem sich der Täter am Flughafen registriert hatte an die Wand. Dahinter hatte Tracy das Wort Täter und ein großes Fragezeichen geschrieben.

Es folgte

Alter: 30-40 Jahre
Haarfarbe: Blond, glatt
Fluchtfahrzeug: BMW, schwarz
Tatwaffe: Pistole

Unterhalb des Täters folgten die Bilder von Martin und Maria Hamilton, die sie mit Opfer 1 und Opfer 2 betitelt hatte. Die Todesursachen waren mit Kopfschuss – Genickschuss beschrieben.

Im linken Teil der Wandtafel erschienen die Namen der Gäste von Bike for Fun:

Michael Lardie – US Amerikaner aus Seattle, 32 Jahre
Mark Kendall – Kanadier aus Calgary, 35 Jahre
Tony Montana – US Amerikaner aus Portland – 35 Jahre
Jack Russell – Kanadier aus Vancouver– 31 Jahre

John Henry lehnte sich zurück und betrachtete schweigend die Wandtafel. Nach einer Weile schloss er seine Augen und verschränkte seine Arme vor der Brust. Jeder, der ihn nicht kannte, dachte der dicke Mann würde ein Nickerchen machen. John Henry war jedoch hellwach, er musste nachdenken und konzentrierte sich am besten mit geschlossenen Augen.

Tracy hatte mittlerweile die beiden schwarzen Ordner, die Henry in Hamiltons Tresor gefunden hatte überflogen und die wichtigsten Daten in eingescannt.

Henry öffnete seine Augen und sah erneut auf die Wandtafel: *„Tracy konnten Sie schon neue Erkenntnisse in den beiden Ordnern finden, die wichtig für uns sein könnten?"*

Tracy klickte auf ihre Tastatur:

Ordner eins:

In diesem Ordner fanden sich Hinweise über die Zusammensetzung des Medikamentes an dem Dr. Hamilton forschte.

„Ich habe die Daten eingescannt, an die Kriminaltechnik gesendet und um eine zügige Stellungnahme gebeten", antwortete Tracy. *„Gleichzeitig habe ich einige der Suchmaschinen mit der Rezeptur und den Inhaltsstoffen des Medikamentes gefüttert."*

John Henry hob seine Augenbrauen: *„Und?"*

„Es scheint sich nicht um ein Mittel zur Bekämpfung von Krebs zu handeln."

„Sondern, um was handelt es sich dann?" fragte Henry verblüfft.

Hatte der alte Arzt sie angelogen?

„Die einzelnen Bausteine weisen darauf hin, dass es sich um eine leistungssteigernde Substanz, die Sportlern kurzfristig zu Höchstleistungen verhilft, handelt. Sie muss vor einem Wettkampf intravenös gespritzt werden und gewährleistet für 24 Stunden eine extreme Leistungssteigerung und Schmerzunempfindlichkeit."

„Aha, das ist interessant", Henry rieb sich die Nase. Unvorstellbar für ihn, was Tracy diesem Computer so alles entlockte.

Der Computer meldete sich mit einem kurzen „Bing!"
„Es wird noch interessanter, Chief", Tracy schob jetzt die neusten Informationen mit der Computermaus zusammen, so dass diese unmittelbar auf der Wandtafel erschienen.

Bei der Mixtur der verwendeten Einzelbausteine ist die Substanz nach 24 Stunden nicht mehr nachzuweisen.

„Jetzt wird mir auch klar, warum Hamilton uns nicht die Wahrheit gesagt hat", triumphierte Tracy, die bereits neue Informationen sah, die sich durch ein weiteres „Bing!" des Computers angekündigt hatten.

„Und warum?" wollte Chief Henry wissen.

„Die Einnahme von Dopingmitteln im Sport ist illegal. Das ist ja nichts neues, aber das Kontrollnetzt ist in den letzten Jahren immer engmaschiger geworden. Jetzt wird es interessant. Sowohl der Vertrieb als auch die Einnahme sind strafbar. Das bedeutet alle in der Kette, also Hersteller, Ärzte, Funktionäre und Athleten werden bestraft. Das Höchstmaß liegt bei zehn Jahren Gefängnis."

Tracy machte eine kurze Pause, bevor sie fortfuhr: „Und jetzt wird es noch interessanter, wenn man die Informationen aus dem zweiten Ordner hinzufügt."

Der Beamer projizierte ein neues Bild an die Wandtafel. John Henry konnte nicht glauben, was es dort las.

12
Similkameen River
Kanadisch-amerikanisches Grenzgebiet

Bill Ward lenkte den Caprice auf den zwischen den Häusern, abseits der Straße gelegenen Waldparkplatz. Er ließ seinen Blick kreisen und sah vier Fahrzeuge, ein schwarzer BMW war jedoch nicht unter ihnen.

„*Mist*", murmelte er innerlich, schaltete in den Rückwärtsgang und fuhr zurück auf die Sunmac Road. Das Haus der Osbornes befand sich keine einhundert Meter abseits der Straße. Die asphaltierte Zufahrt machte einen leichten Bogen vorbei am zweistöckigen Holzhaus und endete vor einem weiteren kleineren Holzhaus. Zwischen den Häusern befand sich eine Art Werkstatt, deren Tür offenstand. Wards Blick sah Mountainbikes in verschiedenen Farben und Größen durch das bodentiefe Fenster der Werkstatt. Er stoppte den Wagen und stieg aus. Hinter ihm hielten drei weitere Streifenwagen. Die restlichen Wagen fuhren die Sunmac Road auf und ab, um jeden Winkel erneut genau zu inspizieren.

Ward betrat die Werkstatt, ein altes Radio spielte Buckcherry´s Song "Dreams". Er klopfte gegen die Tür: *„Hallo ist hier jemand?"*

„Komme sofort", hörte er eine Stimme weiter hinten im Raum. Es dauerte keine dreißig Sekunden bis ein dunkelhaariger, sportlicher Typ bekleidet mit Jeans und einem Bikershirt mit der Aufschrift „bike or sleep" auf ihn zukam.

„Andy Osborne, was kann ich für Sie tun, Sir?"

Osborne hob verwundert die Augenbrauen, als er die drei Streifenwagen zu Gesicht bekam, die vor seiner Werkstatt standen. Bill Ward erzählte ihm die gleiche Geschichte wie Cathie Ventner. Osborne bestätigte, dass sie vier neue Gäste hätten, die vor gut zwei Stunden zusammen mit seinem Bruder Bruce zu ihrer dreitägigen Mountainbiketour durch den Okanagan Wenatchee National Forest aufgebrochen waren. Ihm sei nichts Besonderes an den Gästen aufgefallen, alle machten einen sportlichen, radbegeisterten Eindruck auf ihn. Bill Ward wollte sich gerade verabschieden, als sich sein Funkgerät meldete. Eine der Polizeistreifen hatte den schwarzen BMW auf dem Waldparkplatz entdeckt. Der Wagen war versteckt hinter einigen Büschen geparkt, so dass er auf den ersten Blick nicht zu sehen war.

„Ok, ich komme rüber zum Parkplatz", gab Ward ins Mikro. An Andy Osborne gewandt sagte er: *„Herr Osborne, würden Sie sich*

bitte zu unserer Verfügung halten, ich werde nochmal wiederkommen." Osborne nickte. *„Klar doch, ich bin noch gute drei Stunden hier, bevor ich mit meiner Frau los muss."*
Der schwarze BMW war abseits der vier anderen Fahrzeuge geparkt worden. Der Entführer hatte ihn im hinteren Teil des Waldparkplatzes verdeckt von zwei großen dichtbewachsenen Büschen versteckt. Bill Ward stieg aus und betrachtete den BMW. Auf den ersten Blick war nichts Auffälliges zu sehen. Mit in den Hüften gestemmten Armen stand er vor dem Fahrzeug, luchsartig suchten seine braunen Augen das Fahrzeug nach Spuren ab, bevor er auf dem Absatz kehrt machte und zurück zum Caprice ging. Er drückte die Taste der Funkverbindung: *„Bill hier."*

Tracy Lord meldete sich am anderen Ende der Leitung.

„Wo ist John?"

„Der sitzt mir gegenüber in meinem Büro."

„OK, hier ist mein Lagebericht. Wir haben den BMW verlassen aufgefunden. Auf den ersten Blick nichts Auffälliges. Der Täter muss zu Fuß weitergeflüchtet sein", brachte Bill Ward seine Kollegen auf den Ermittlungsstand vor Ort. *„Hier sind weitere vier Wagen auf dem Parkplatz abgestellt. Es handelt sich dabei höchstwahrscheinlich um die Fahrzeuge der vier Gäste aus dem Vintner Resort."*

„Die Namen habe ich bereits von Cathie Vintner erhalten", ertönte Tracys Stimme.

„Ich gebe Dir die Kennzeichen und Fahrzeugtypen durch, check mal, wem welches Fahrzeug gehört. Wir haben hier einen grauen Jeep Cherokee, einen roten Cadillac ATS Coupe, einen weißen Camaro und einen roten Dodge Charger. Der schwarze BMW hat ein US Kennzeichen ....

„Entschuldigung Inspector Ward", unterbrach ihn einer der Streifenbeamten. *„Kommen Sie bitte mit zu dem weißen Camaro, wir haben rote Spritzer am Kofferraum entdeckt, sieht aus wie Blut."* Bill Ward drückte nochmals kurz auf die Funktaste: *„Wir*

haben hier wahrscheinlich Blutspritzer entdeckt, ich sehe mir das mal an und melde mich gleich noch einmal. Over and out."

Bill ging auf den Camaro zu, bückte sich vor dem Kofferraum und erkannte mehrere rote Spritzer, die kreisförmig an der Rückseite des weißen Camaros das Bild eines intensiven Sprühnebels bildeten: *„Sieht ganz nach Blut aus."*

„Ich sehe aber kein Blut am Boden", sein Blick hatte sich weg vom Kofferraum hin zum Waldboden gesenkt, den er jetzt akribisch absuchte. Neben dem aufgewühlten Boden einer Bremsspur entdeckte er vier verschiedene Fußabdrücke in der Nähe des Camaros. Die Springerstiefel des Streifenbeamten und die Abdrücke seiner Cowboy Stiefel konnte er zügig den Spuren zuordnen, dann glaubte er noch zwei andere Fußabdrücke zu erkennen. Er kniete sich nieder, um die Abdrücke genauer zu betrachten. Es hatte den Anschein, als hätten sich zwei Personen vor dem Kofferraum des Camaro gegenübergestanden. Eine der Spuren, die sich vollflächig tief in den Waldboden gedrückt hatte, führte seitlich weg vom Camaro. Die anderen Abdrücke schienen nur zum Absatz hin tiefer in den Waldboden gedrückt zu sein, so als wäre die Person nach hinten weggekippt.

„Sperren Sie den Bereich um den Camaro großzügig ab, damit keiner der Kollegen hier weitere Spuren hinterlässt, wir warten auf die Kriminaltechnik", wies er die Streifenpolizisten an.

Bill Ward ging zurück zum Funk und teilte seine Entdeckungen Tracy Lord mit.

„Schick mir die Kriminaltechnik zur Sunmac Road zum Haus der Osbornes. Die Wagen sind auf dem Waldparkplatz abgestellt worden."

„OK, mache ich. Sie müssten in gut einer Stunde bei Euch sein. Übrigens hat Dr. Hamilton nicht an einem neuen Krebsmedikament geforscht, sondern an einem leistungssteigernden, illegalen Dopingmittel."

Diese Information ließ eindeutig nur ein Motiv zu. Hamilton hatte an einem Dopingmittel experimentiert, es ging schlichtweg um Geld, glaubte Ward zu wissen.

13
Okanagan Wenatchee National Forest
USA

Mittlerweile hatten die fünf Biker den Fuß des zur Bergkette der nördlichen Cascaden gehörenden Chopaka Mountain erreicht, als Bruce seine rechte Hand hob, das Zeichen zum Anhalten gab. Er winkte die Männer zu sich.

„Bis hierher war unsere Reise ja reinster Kindergarten", begann er und erntete ein vielseitiges: *„Na klar, jetzt geht´s los!"*, seiner vier Gäste.

„Spaß beiseite, der Chopaka Mountain ist gut 2400 Meter hoch, es geht jetzt fünf Kilometer bergauf."

„Wieviel Höhenmeter machen auf den fünf Kilometern", erkundigte sich Michael Lardie, der aus Seattle stammende Autoverkäufer.

„Wir haben einen Aufstieg von 550 Metern vor uns", erläuterte Bruce und deutete mit ausgestrecktem Arm auf den links von ihnen liegenden Berggipfel steil nach oben.

„Wow, das sind ja mehr als 10% Steigung im Schnitt", Mark Kendall schien wirklich beindruckt.

„Ich habe einen guten Eindruck von Euch", machte Bruce seinen Gästen Mut. *„Der erste Teil ist noch nicht so steil, kostet aber am meisten Kraft. Wir müssen diesem sandigen Pferdeweg gut einen Kilometer folgen"*, Bruce deutete auf den breiten Sandweg, der ihren Trail kreuzte. *„Hier können wir noch zu zweit nebeneinander, leicht versetzt fahren. Kettet nicht zu dick, um Kraft zu sparen. Wählt einen mittleren Gang und eine Trittfrequenz von 60, damit die Hinterräder im Sand nicht durchdrehen"*, empfahl der erfahrene Guide. *„Bildet Zweiergruppen und achtet auf Euren Partner. Ich schlage vor, dass Michael und Mark Team 1 bilden, Jack und Tony sind dann Team 2. Passt das?"*

„Jau, Yeap, OK , passt", waren die Antworten der vier Gäste.

„Wir werden den Pferdeweg dann nach gut einem Kilometer verlassen und nach links in einen schmalen Singletrail einbiegen. Ab hier wird's richtig steil. Fahrt dann hintereinander und achtet auf die Wurzeln, die den Weg kreuzen. Sollte einer von Euch stürzen, dann ist in erster Linie sein Partner für die Hilfe zuständig. Der Trail ist zu schmal, um zu wenden. Fahrt möglichst weit links. Der Trail ist gut drei Kilometer lang, hier könnt Ihr zeigen, was Ihr drauf habt. Immer dünn treten. Im Anschluss folgt noch ein steiniger Pfad von gut zwei Kilometern, dann haben wir unser Ziel erreicht. Am Rande zur Baumgrenze befindet sich eine Hütte, hier werden wir unsere erste Pause machen und mit einem phantastischen Ausblick belohnt. Habt Ihr noch Fragen?", beendete Bruce seine Einweisung.

„Da es ja nur bergauf geht, sollten wir da nicht unsere Jacken ausziehen?" fragte Jack ganz spontan.

„Gute Idee, jedem, dem bereits jetzt schon warm ist, kann ich das nur empfehlen."

Jack, Michael und Mark zogen ihre dünnen Windjacken aus und verstauten diese in ihren Rucksäcken, Tony wollte seine Jacke noch anbehalten.

Bruce bog als erster in den Pferdeweg, ihm folgten Team 1 und im Anschluss Team 2. Tony bildete das Schlusslicht der Gruppe. Der Sand war sehr weich und von vielen Pferdehufen stark aufgewühlt. Der Pfad wurde häufig von der berittenen Einheit der Wenatchee Parkranger genutzt. Nahezu wöchentlich patrouillierten sie ihren jeweiligen Distrikt, um nach dem Rechten zu sehen. Besonders in den Sommermonaten bestand hier durch achtlose Wanderer, die trotz des eindeutigen Verbots immer wieder Lagerfeuer entfachten und dann nicht richtig löschten, die Gefahr von Waldbränden. Jetzt zu Beginn der Saison, war hier noch nicht so viel los, so dass die Ranger sich daher mehr auf die Hauptwege konzentrierten. Am Chopaka Mountain war die letzte Patrouille erst gestern vorbeigekommen. Mit nahezu konstanter Trittfrequenz kurbelten sie ihre Bikes durch den Sand, auch Tony begann nun unter seiner Jacke leicht zu schwitzen. Rechts und links des Weges säumten hohe Pinien den Weg. Der weiche Sand war trocken und feinkörnig. Plötzlich drehte Michaels Hinterrad durch, er hatte einen Moment nicht aufgepasst und war in eine besonders weiche Sandlinse gefahren, abrupt mussten die hinter ihm fahrenden Jack und Tony bremsen. Sie klickten sich schnell aus ihren Pedalen und brachten die Bikes zum Stehen. Michael hatte sein Rad wieder unter Kontrolle und kurbelte konstant weiter. „Scheiße", fluchte Tony leise, der jetzt zusammen mit Jack wieder aus dem Stand starten musste. Das kostete Konzentration und Kraft. Beide fuhren mit größerem Abstand zu Team 1 weiter. Team 1 hatte zusammen mit Bruce den abzweigenden Singletrail bereits erreicht. Jack konnte noch erkennen wie Michael nach links in den Trail einbog. *„Da vorne müssen wir links rein"*, informierte er den mit jetzt größerem Abstand hinter ihm fahrenden Tony. Tony hob seinen Blick vom Sand, auch Jack war bereits in den Singletrail eingebogen. Der Trail lief unter 90 Grad vom Sandweg weg. Tony steuerte sein Bike in einem größeren Bogen in den Trail, der bereits nach gut zehn Metern eine scharfe Kurve nach rechts vollzog. Mitten im Scheitelpunkt querte eine fette Wurzel den Trail. Tony kettete rechtzeitig in einen leichteren Gang, hob das Vorderrad beim Queren der Wurzel kurz an und achtete darauf, dass sein Hinterrad nicht durchdrehte. *„Geschafft"*. Direkt nach der nächsten Kurve folgte eine Stufe, die genommen werden musste. Der Trail schlängelte sich unaufhörlich nach oben, Wurzeln und Stufen mit Höhenunterschieden von bis zu einem halben Meter wechselten sich ständig ab. Der Aufstieg forderte von allen vollste Konzentration. Bruce hatte nicht übertrieben. Ständiges Sitzen und Stehen, um die einzelnen Hindernisse zu überwinden, raubte Kraft und vor allem Konzentration. Die Gruppe war nun komplett auseinander gefallen. Bruce und Mark hatten bereits den wurzeligen Part verlassen und bogen auf die letzten zwei Kilometer ein. Hier säumten dicke Steinblöcke den teilweise kaum mehr als reifenbreiten Weg. Ständiges Fahren im Stehen war erforderlich, zum Glück ließ die Steigung etwas nach. Links von ihnen konnte die Holzhütte bereits erkannt werden, die jedoch noch keiner wahrnahm, da sich ihre Blicke in den schmalen Trail gefressen hatten. Vollste Konzentration war auch im letzten Teilstück des Anstiegs erforderlich. Nach und nach erreichten alle die Hütte. Zufriedenheit und Stolz strahlte aus allen Gesichtern über den gemeisterten Aufstieg. Die fünf klatschen sich gegenseitig jubelnd ab. Sie setzten sich erschöpft auf die beiden vor der Hütte platzierten Bänke und ließen ihre Blicke schweifen. Bruce hatte auch hier nicht übertrieben, eine atemberaubende Aussicht empfing die Biker. Bis weit in das Tal des Similkameen Rivers reichte ihr Blick bei strahlend blauem Himmel. Nach einer Weile, in der sie sprachlos auf den Bänken saßen und die umgebene Natur genossen, erhob sich Bruce, stieß die unverschlossene Tür zur Holzhütte auf und forderte die Männer auf einzutreten.

Die einfach ausgestattete Hütte bot sechs Personen eine Übernachtungsgelegenheit in drei Etagenbetten. An der hinteren Wand befand sich ein offener Kamin mit frisch aufgehäuftem Holz. Wer hier übernachtete, brauchte in den immer noch frostig kalten Nächten nicht zu frieren. Jedes Bett war mit zwei dicken Decken und einem Schlafsack ausgestattet. Vor der linken Wand befand sich ein großer Tisch mit sechs Stühlen, an der Wand hing eine um 180 Grad schwenkbare Karte.

„Hereinspaziert und setzt Euch", forderte Bruce die vier auf an dem Tisch Platz zu nehmen. *„Wir werden gut eine Stunde Pause machen, um uns zu regenerieren, ihr solltet auch ein bis zwei Müsliriegel zu Euch nehmen."*

„Ich könnte jetzt schon ein ganzes Steak verdrücken", scherzte Mark, der in seinem Rucksack nach Essbarem suchte.

„Du hast ja auch schon am ersten richtigen Anstieg mächtig Druck gemacht, wir sind doch im Urlaub oder ist jemand auf der Flucht?", entgegnete Jack mit breitem Grinsen im Gesicht.

Er konnte nicht ahnen wie Recht er hatte.

„Nur Tony unser Sportlehrer hatte offensichtlich Probleme mitzuhalten", warf Michael mit Blick in Richtung Tony in die Runde.

„*Das lag doch nur daran, weil Du uns gezwungen hast auf dem Sandweg abzusteigen*", konterte Tony.

Die vier foppten sich noch eine Weile gegenseitig. Bruce, der offensichtlich unbemerkt von den anderen irgendetwas in ein kleines Gerät, das an der Wand neben der Eingangstür befestigt war, eingegeben hatte, ergriff das Wort: „*Ich will Euch kurz erklären, wie es heute weitergeht.*" Er stand jetzt vor der schwenkbaren Karte und zeichnete einen unsichtbaren Kreis mit seiner rechten Hand: „*Hier seht Ihr das komplette Gebiet des Okanagan Wenatchee National Forest mit allen Hauptwegen. Wenn die Karte jetzt um 180 Grad auf die andere Seite gedreht wird*", er gab der Karte einen leichten Schubs, so dass sie sich in Richtung Jack drehte. Anschließend fuhr er fort: „*Dann sieht man auf der Rückseite vier Detailausschnitte die die jeweils nächsten Berge in den vier Himmelsrichtungen und die entsprechenden Trails zeigen. Wir befinden uns hier.*" Er deutet mit dem Finger auf das rote Kreuz, das die Holzhütte am Chopaka Mountain markierte.

„*Nordnordöstlich von hier ist der Hurley Peak, da sind wir heute Morgen als erstes vorbeigekommen, wenn Ihr Euch erinnert?*" sein Blick schweifte in die Runde und er erhielt ein zustimmendes Kopfnicken aller vier, die gespannt auf die Karte starrten.

„*Südwestlich von hier ist unser eigentliches Ziel für heute, der Iron Gate Campground, da werden wir übernachten. Wir werden den Joe Mills Mountain nördlich von uns liegen lassen, hierzu werden wir rund einhundert Höhenmeter downhill fahren, es folgt dann eine Strecke von einem Kilometer über den parallelen Bergkamm*", mit dem Finger fuhr er die Strecke auf der Detailkarte nach, gefolgt von vier aufmerksamen Augenpaaren. „*In Anschluss werden wir den Olallie Creek kreuzen. Hier ist Vorsicht geboten, da der Fluss zurzeit viel Wasser führt. Wir können ihn nur über eine kleine Holzbrücke queren. Hierzu müssen wir die Bikes ein Stück tragen, da die Brücke abseits unseres Trails liegt. Haben wir den Fluss gequert, geht es gute drei Kilometer bergab, bevor der Anstieg zum Goodenough Peak erfolgt. Hier gibt es ebenfalls eine Holzhütte wie diese und wir entscheiden wenn wir dort angekommen sind wie es weitergeht. Wir können von dort aus direkt zum Iron Gate*

Campground fahren oder noch ein bis zwei Anstiege mitnehmen, das liegt ganz an Eurer Kondition", kitzelte er die Männer.

„Was ist das für ein Gerät an der Wand", wollte Tony wissen, der in Richtung Ausgangstür zeigte.

„Gute Frage, hätte ich fast vergessen zu erwähnen", antwortete Bruce während Mark auf das Gerät zuging, um es näher zu betrachten.

„Das ist ein sogenannter Datentransmitter, er befindet sich in jeder der Holzhütten im gesamten National Forest."

Bruce erläuterte den Sinn des Gerätes. Jede Firma, die im Tourismusgeschäft dieser Region tätig war, hatte einen eigenen Firmencode. Immer wenn man eine dieser Hütten erreichte, wurde der entsprechende Code eingegeben und sowohl an den jeweiligen Rangerdistrikt als auch an die Firma selbst übermittelt. So entstand ein Raster der jeweiligen Tour. Sollte unterwegs etwas passieren, ein Sturz eines Bergsteigers oder Bikers oder sollte sich ein Wanderer zwischen den Hütten verlaufen, so konnte das Gebiet für die Suchtrupps klar definiert werden. Die Eingabe war Pflicht und löste automatisch eine Suchaktion aus, wenn sie bis spätestens 18:00 Uhr des jeweiligen Tages nicht erfolgte. Es war die einzige Möglichkeit sich zu verständigen, da es kein Mobilnetz im Forest gab und somit eine Verständigung per Handy nicht möglich war. Private Nutzer der Hütten erhielten vor ihrer Tour im jeweiligen Rangerdistrikt eine Nummer, die für den Aufenthalt im Forest Gültigkeit besaß, auch sie waren verpflichtet, die Daten einzugeben.

„Da ich unseren Firmencode vorhin bereits eingegeben habe, wissen Andy und Carol schon, dass wir den Chopaka Mountain gesund erreicht haben."

„Woher wissen sie, dass uns nicht doch etwas passiert ist, einer von uns könnte doch schwer gestürzt sein", wollte Michael wissen.

„Hinter den Firmencode wird, wenn alles OK ist ein plus gesetzt, sollte irgendetwas Schwerwiegendes passiert sein und man

benötigt Hilfe, dann wird ein Minus gesetzt. Hier an der Wand, neben dem Transmitter sind noch einige Zahlenkombinationen angegeben, die etwas genauer bezeichnen, was passiert ist. Gibst Du nach dem Minus noch 1 ein bedeutet das zum Beispiel schwerer Sturz mit Brüchen", erläuterte Bruce.

"Super System", Jack war begeistert. *"Wir sind also nicht auf uns gestellt, sollte etwas passieren."*

"Genau".

"Wann geht's weiter?", wollte Tony wissen.

"Eigentlich haben wir noch gute 15 Minuten, aber Ihr seid die Gäste, wenn sich alle fit fühlen können wir weiterfahren."

Tony verließ als letzter die Hütte, mit seinem Handy hatte er noch ein paar Bilder gemacht. Er zog die Tür hinter sich zu und forderte die anderen auf sich kurz zum Gruppenfoto zusammenzustellen. Allen hatte die Pause gutgetan, sie fühlten sich frisch und waren damit einverstanden sofort aufzubrechen. Die Teams wurden beibehalten und es ging die ersten einhundert Meter downhill Richtung Joe Mills Mountain. Dem Entführer war klar, dass er handeln musste. Sollte die Polizei die Leiche gefunden haben, dann wüssten sie wie und wohin er geflohen war. Sie folgten dem Trail bis zum Olallie Creek.

14
Waldparkplatz, Similkameen River
Kanadisch-amerikanisches Grenzgebiet

Die Kriminaltechnik hatte den Waldparkplatz in der Sunmac Road am Similkameen River nahe der Grenze zwischen Kanada und den USA erreicht. Die zwei Männer und drei Frauen der KT nahmen sämtliche Fußabdrücke, die sich in der Nähe des weißen Camaros befanden. Die roten Spritzer an der Rückseite des Fahrzeuges erwiesen sich tatsächlich als Blut. Eine Schnellanalyse hatte ergeben, dass es sich um menschliches Blut handelte.

Corporal Tray Lord hatte bislang lediglich zwei Halter ermitteln können, die in Kanada lebten. Der Cadillac ATS Coupe war auf den aus Calgary stammenden Rechtsanwalt Mark Kendall zugelassen. Als Halter des Doge Charger konnte der in Vancouver lebende Steuerberater Jack Russel ermittelt werden. Beide waren im Vintner Resort gemeldete Gäste und gehörten zu den vier Männern, die bei Bike for Fun eine dreitägige Mountainbiketour gebucht hatten. Die Kommissare gingen davon aus, dass es sich bei den beiden anderen Fahrzeugen mit US amerikanischen Kennzeichen um die beiden anderen Gäste Michael Lardie und Tony Montana handelte. Dies war aus den USA jedoch noch nicht bestätigt worden, so dass der Jeep Cherokee und der Camaro ZL1 noch nicht ihren Haltern zugeordnet werden konnten. Über den schwarzen BMW gab es aus den USA auch noch keine Neuigkeiten.

Nachdem die KT alle Spuren aufgenommen hatte, wurde der Kofferraum des weißen Camaro aufgebrochen, hier fanden sich jedoch keinerlei Hinweise auf ein Verbrechen.

Inspector Bill Ward ordnete an, dass nacheinander die anderen Fahrzeuge aufgebrochen wurden. In keinem fand die KT Hinweise auf ein Verbrechen. Zuletzt öffneten die Polizisten den Kofferraum des versteckt geparkten schwarzen BMW. In ihm fand man die Leiche eines 1,78m großen Mannes mit blonden Haaren. In seiner Brust steckten zwei Kugeln, abgefeuert aus einer Beretta 92FS. Beide Kugeln durchdrangen aus nächster Nähe das Herz des Mannes, blieben jedoch in seinem Brustkorb stecken und führten zu seinem sofortigen Tod. Den Spuren zufolge war der Mann vor dem weißen Camaro erschossen worden. Anschließend kippte er nach hinten über und schlug mit dem Hinterkopf gegen den Wagen, daher auch die Blutspritzer an der Rückseite des Camaros. Die zweite Person trug die Leiche zum schwarzen BMW und legte sie in den Kofferraum. Der Camaro gehörte entweder Tony Montana oder Michael Lardie. Einer von ihnen musste der Tote sein. Oder hatte es sich ganz anders abgespielt? Auf jedenfall musste der Tote einer der Gäste sein, davon konnte man ausgehen.

Andy Osborne hatte bestätigt, dass vier Gäste mit seinem Bruder unterwegs waren. Das bedeutete einer der Gäste musste der Entführer sein. Und jetzt auch ein Dreifachmörder. Er flüchtete mit einem Mountainbike über die Grenze. Das war sicherlich nicht geplant.

Bill musste zurück zu den Osbornes und mit Andy sprechen.

15
Kelowna, Polizeirevier Headquarter
Kanada

John Henry starrte auf die Informationen die Tracy Lord dem zweiten Ordner entlockt hatte. In kürzester Zeit waren ihre schmalen Finger über die Tastatur geflogen und hatten die Informationen aus persönlichen Daten, Zeugnissen und Notizen von Hamilton anschaulich für den Chief Superintendent zusammengefasst und dargestellt.

Dr. Martin Hamilton hatte vor über dreißig Jahren eine Praxis in Halifax eröffnet und sich auf die Behandlung von Sportverletzungen spezialisiert. Vor allem um den Wiederaufbau, also die medizinische Rehabilitation, von verletzten Profisportlern hatte er sich gekümmert. Sein Hauptgebiet war die sogenannte Anschlussheilbehandlung auf medikamentöser Basis. Hierbei hatte er sich mit der Herstellung und Anwendung unterschiedlichster Schmerzmittel beschäftigt. Sportler aus der ganzen Welt und aus den unterschiedlichsten Disziplinen, hauptsächlich jedoch aus der Leichtathletik und dem Radsport waren seine Kunden. Seine damaligen Partner waren an der Entwicklung solcher Medikamente stark interessiert. Die verabreichten Mittel führten bei den genesenen Sportlern zu Höchstleistungen und verringerten das Schmerzempfinden maßgeblich. Hamilton war es offensichtlich damals schon klar, dass das Verabreichen solcher Mittel nicht ganz legal war, aber das Risiko erwischt zu werden war nicht hoch. Falls man doch erwischt wurde, waren die Strafen gering. Das Geld, das er und seine Partner verdienen konnten, war enorm. Vor fünfzehn Jahren war das Strafmaß für die Verwendung von Dopingmitteln jedoch drastisch verschärft worden. Es war von zunächst drei Jahren auf bis zu 10 Jahren erhöht worden. Sportler, Ärzte und Funktionäre wurden zudem lebenslang in ihrer Berufsausübung gesperrt. Die Einführung des sogenannten erweiterten Strafmaßes beinhaltete zusätzlich die Haftbarmachung aller Beteiligten an Vermögensvorteilen durch Gewinnabschöpfung. Das bedeutete, wer nach 10 Jahren aus dem Gefängnis kam, würde finanziell kein Bein mehr an den Boden bekommen. Allen legalen Sportveranstaltungen egal ob in der Leichtathletik, dem Radsport, Ballsport, Kampfsport... war ein engmaschiges Kontrollsystem übergestülpt worden. Das Strafmaß für das Inverkehrbringen, Verschreiben oder das Anwenden von Dopingmitteln war mittlerweile weltweit strafbar. Seit fünf Jahren hatte es weltweit keinen einzigen Dopingfall mehr gegeben. Die Wahrscheinlichkeit hier Geld zu machen und nicht aufzufallen war kaum noch möglich. Hamilton und seine Partner hatten mit der Entwicklung und dem Vertrieb dieser Mittel aufgehört. Sie hatten genug Geld verdient und konnten quasi ein neues Leben beginnen. Hamilton ist dann nach Kelowna gegangen, um in der Krebstherapie tätig zu sein. Hier hatte er auch Maria kennengelernt und geheiratet.

Dr. Hamilton hatte jedoch vor einiger Zeit wieder begonnen an einem neuen Mittel zu forschen, es schien, als wäre er regelrecht besessen davon ein Mittel zu finden, das die Leistung für einen kurzen Zeitraum extrem steigert. Er wollte wissen, wozu Lebewesen in der Lage sind. Er hatte sein neuestes Mittel bereits an Tieren ausprobiert und es funktionierte. Die Tiere wurden nach der Einnahme zwar sehr aggressiv aber letztendlich starben sie nicht.

„Jetzt ist klar, warum er uns belogen hatte. Er hatte Angst ins Gefängnis zu müssen."

Henry hob die Augenbrauen und schaute Tracy an: *„Wer wusste von den Forschungen? Konnten Sie irgendetwas in der Akte finden?"*

Tracy scrollte die Dokumente hinunter.

„Ich habe hier eine handschriftliche Aktennotiz von Hamilton gefunden."

Vor etwa einem Jahr hatte ihn einer seiner alten Partner angerufen, um ein wenig über die alten Zeiten zu plaudern. Hamilton hatte sich gewundert, dass er sich nach so langer Zeit meldete. Im

Laufe des Gespräches hatte Hamilton erwähnt, dass er noch weiter an der Entwicklung von leistungssteigernden Mitteln geforscht hatte. Aber nun in einer Art Sackgasse steckte. Hamilton hatte dann einige Zeit nichts von ihm gehört, bis er sich letzten Monat nochmal bei ihm meldete, um sich nach seinen Forschungen zu erkundigen. Hamilton teilte ihm mit, dass er den entscheidenden Baustein gefunden hatte und sich sicher war, dass das Mittel auch bei Menschen erfolgreich funktionieren wird. Da er aber demnächst in Pension gehen würde, war er gezwungen mir der Entwicklung aufzuhören.

„Tracy, wie heißt der Partner, dem Hamilton davon erzählt hatte?", unterbrach Chief Superintendent Henry die Präsentation der Computerspezialistin.

„Sein Name ist Bishop, Joseph Bishop."

„Tracy, lassen Sie sich alle Einzelheit über diesen Bishop geben und finden Sie heraus, wo wir ihn finden können. Ich werde Bill über unsere Kenntnisse informieren."

John Henry erhob sich langsam aus dem Bürostuhl und verließ den Raum hinüber in sein Büro. Er funkte Bill Ward an und informierte ihn darüber, dass es sich bei der Toten um Maria Hamilton handelte, sie war eindeutig identifiziert worden. Die Untersuchungen zur genauen Todesursache liefen noch, aber offensichtlich war sie durch einen Genickschuss getötet worden. Bei dem Medikament handelte es sich offenbar nicht um ein Krebsmittel, sondern um eine leistungsfördernde, illegale Substanz. Er berichtete kurz was er über Hamiltons Vergangenheit wusste. Über die Entwicklung und die Verabreichung von Dopingmitteln. Der einzige, der von Hamiltons Forschungen wusste, war sein alter Partner. Ein Mann namens Joseph Bishop. Tracy würde versuchen alles über diesen Bishop herauszufinden.

Jetzt war Inspector Ward an der Reihe seinen Partner über den aktuellen Stand seiner Ermittlungen in Kenntnis zu setzten. Er berichtete über den Toten, den sie auf dem Waldparkplatz im Kofferraum des Camaro gefunden hatten.

„John, der weiße Camaro gehört einem der Gäste aus Vintners Resort. Entweder einem gewissen Tony Montana oder einem Michael Lardie. Leider haben wir immer noch keine Bestätigung aus den USA, welcher Wagen wem gehört. Oder?"

John Henry schrieb in großen Buschstaben auf ein Blatt Papier – Wissen Sie schon wem der Camaro gehört – anschließend drehte er sich mit seinem Stuhl in Richtung Glasscheibe, die die beiden Büros voneinander trennte und hob das Blatt in die Höhe. Auf der anderen Seite der Scheibe schüttelte Tracy mit zusammengekniffenen Lippen den Kopf.

„Stimmt Bill, die Amis sind mal wieder echt langsam in ihren Ermittlungen, wir wissen noch nicht wem der Camaro gehört."

„Ich vermute, dass einer der beiden Männer der Tote ist. Da jedoch vier Gäste zur Mountainbiketour aufgebrochen sind, müsste der Mörder jetzt unter ihnen sein. Möglicherweise ist es dieser Joseph Bishop", schloss Bill Ward seine Vermutungen.

„Könnte sein."

„Wo kann der Entführer mit dem Dopingmittel kurzfristig Geld machen?", war Bills logische Frage.

„Ich dachte mir, dass Du diese Frage stellst", antwortete John Henry. „Es geht nur bei illegalen Sportveranstaltungen, mit hohen Wetteinsätzen. Da wo die Strukturen einer Wettmafia vorhanden sind."

„Kampfsport, oder?", vermutete Wards.

„Könnte sein, wir sind noch nicht soweit, Tracy surft noch in ihren Datenbanken. Aber es kommt noch etwas hinzu, Tray hat herausgefunden, dass das Mittel ungekühlt und wenn es einmal der elektromagnetischen Strahlung innerhalb des Aufbewahrungs-

schrankes entzogen wurde, nur eine Haltbarkeitsdauer von 72 Stunden hat. Das bedeutet, seit der Entwendung aus der Klinik läuft die Haltbarkeit der Substanz ab. Um wirksam zu sein, muss es in den nächsten drei Tagen verbraucht werden. Wenn der Täter das Flugzeug nach Vancouver bekommen hätte, dann könnten seine potenziellen Abnehmer nahezu überall sein, denn er hätte von Vancouver aus weiterfliegen können und innerhalb von gut zwei Tagen nahezu jeden Ort auf der Welt erreichen können. Wenn ihm das Risiko aber zu groß gewesen ist, dass etwas schieflaufen könnte und er einen Plan B hatte, dann müssen seine Abnehmer in dieser Region sein", schloss John Henry seine Überlegungen.

„Ich werde zu den Osbornes fahren, um mir die Region in die die Mountainbiker fahren mal näher anzusehen. Over and out."

16
Okanagan Wenatchee National Forest
USA

Der Trail endete abrupt vor einer Felskante, die steil zum tosend rauschenden Wasser des Olallie Creek abfiel. Der Fluss führte einen extrem hohen Wasserstand, gespeist aus den schmelzenden Schneemassen der umliegenden Gebirge. Die gewaltigen Wassermassen verwandelten den Wildwasserfluss in ein reißendes, saugendes Monster, das sich gute hundert Meter tief in das Gebirge gefressen hatte. Felsige und stark abschüssige Flussabschnitte ließen das Wasser bis zu zehn Meter Höhe aufspritzen, die Energie der Wassermassen entlud sich in sagenhaften Fontänen. Die Teams hatten die Felskante erreicht und warfen vorsichtige Blicke in den Canyon. Gut fünfzig Meter bergauf konnten sie die kleine Holzbrücke sehen, die den Fluss querte. Bruce wies die Truppe an ihre Bikes zu schultern und den rechts gelegenen Klettersteig bergauf zur Brücke zu nehmen. Er musste gegen den Lärm der tosenden Wassermassen anschreien, um sich Gehör zu verschaffen. Die Teams sollten nacheinander, einzeln im Abstand von zwei Minuten mit dem Aufstieg beginnen, dann zügig die kleine Brücke überqueren und über den Kletter-steig auf der anderen Seite die Bikes wieder nach unten tragen. Von dort aus würde der Trail sie dann gemeinsam dreihundert Meter bergab führen, bevor der Aufstieg zum Goodenough Peak folgte. Bruce schulterte sein Bike über die linke Schulter und stieg als erster in den Klettersteig. Seine rechte Hand ergriff das Stahl-seil des in den Fels geschlagenen Geländers und er begann zügig aufzusteigen. Mark folgte ihm zwei Minuten später in gleicher Weise. Anschließend machte sich Michael auf den Weg. Jack hatte sein Bike bereits geschultert, als er Tony ein lautes: „Ahh, verdammt!", kreischen hörte. Als er sich umdrehte, sah er Tony an der Felskante ihm den Rücken zugedreht sitzen und sich den linken Knöchel massieren.

„Was ist passiert?" schrie Jack, der sein Bike auf dem Boden ablegte und auf Tony zuging. Tony drehte seinen Kopf zur Seite, aus den Augenwinkeln konnte er die Brücke erkennen und sah, dass Bruce auf der anderen Flussseite hinter einem Felsen verschwand und mit dem Abstieg begonnen hatte. Jack hatte Tony erreicht und beugte sich zu ihm hinunter, um ihn besser verstehen zu können.

„Scheiße, ich bin umgeknickt, kannst Du mir helfen?"

„Klar, tut's sehr weh?"

Tony kniff das Gesicht zusammen und nickte.

„Du musst auf die andere Seite kommen, und mir aufhelfen, dann werden wir sehen, ob ich den Fuß belasten kann. Aber pass auf die Felskante hinter Dir auf."

Jack legte seinen Arm unter Tonys Achsel und begann zu ziehen, während sich Tony auf den gesunden Knöchel stütze. Ein kurzer Ruck und Tony stand einbeinig neben Jack.

„Danke, Jack, ich versuche mal ob ich den Fuß belasten kann."

Vorsichtig setzte Tony den linken Fuß auf den Boden, er stöhnte leicht und verzerrte das Gesicht vor Schmerz. Das sah nicht gut aus.

„Du kannst mich jetzt loslassen, ich werde mal etwas Druck auf den Fuß geben."

Tony stand jetzt aufrecht auf beiden Füßen neben Jack. Urplötzlich legte er sein ganzes Gewicht auf den linken Fuß, drehte seinen Körper seitlich, hob das rechte Bein und kickte Jack kraftvoll in die linke Seite. Jack, der vollkommen überrascht war, fing an zu taumeln, verlor sein Gleichgewicht und stürzte kopfüber in den Canyon. Das Getöse des Flusses lag über Jacks Schreien. Binnen Sekunden hatte das Monster Jack verschlungen. Tony lief zu Jacks Bike, hob es auf und warf es die Schlucht hinunter. Ohne Bike rannte er dem Klettersteig entgegen. Die Brücke war noch leer, aber Mark musste sie jeden Augenblick betreten. Tony musste sich beeilen, wollte er zumindest Michael noch erreichen, der fast fünf Minuten Vorsprung hatte, aber offensichtlich noch im Klettersteig war.

17
Bike for Fun, Similkameen River
Kanadisch-amerikanisches Grenzgebiet

Bill Ward war zurück zu den Osbornes gefahren.

„Bitte kommen Sie herein Inspector Ward, ich trinke gerade einen Kaffee mit meinem Mann. Kann ich Ihnen auch eine Tasse anbieten?", Carol Osborne deute in Richtung Küche und schloss die Haustür hinter sich.

„Gerne", antwortete Bill Ward. Der Kaffee würde ihm sicherlich gut tun.

„Was können wir für Sie tun?"

Andy Osborne erhob sich von Küchentisch und bat Ward an Platz zu nehmen. Carol goss den beiden Männern Kaffee ein.

„Vielen Dank."

Ward setzte sich und zeigte auf den hölzernen Hochstuhl, der seitlich am Küchentisch stand.

„Schon für den Nachwuchs gekauft?"

„Nein, den habe ich im Winter selbst gebaut", antwortete Andy nicht ohne Stolz.

„Junge oder Mädchen?"

„Steht noch nicht fest", lächelte Carol.

Bill Ward hob die Tasse und trank einen Schluck vom dampfenden Kaffee, dessen Aroma seinen Magen beruhigte. Er verspürte Hunger.

„Als ich vorhin das erste Mal hier gewesen bin, hatte ich Ihnen mitgeteilt, dass wir einen flüchtigen Autofahrer suchen", begann der Inspector. „Wir haben seinen Wagen jetzt auf dem Waldparkplatz gefunden. Im Kofferraum des Wagens befand sich eine männliche Leiche."

„Oh", Carol und Andy Osborne schauten Ward erschrocken an.

„Wir gehen davon aus, dass die Leiche die eines Ihrer Gäste ist und der Verbrecher jetzt seinen Platz eingenommen hat. Bitte denken Sie noch einmal darüber nach, ob ihnen nichts Außergewöhnliches an den vier Männern aufgefallen ist. Jede noch so geringe Kleinigkeit kann sehr wichtig für uns sein. Wir vermuten zudem, dass der Täter in die USA flüchten wollte."

„Wie wurde der Mann getötet?", wollte Andy Osborne wissen.

„Er wurde erschossen."

„Das bedeutet, der Täter ist bewaffnet und falls er sich tatsächlich unter den Gästen befindet, dann ist die Gruppe jetzt in Gefahr?", resümierte Andy.

„Korrekt, deshalb ist es umso wichtiger, dass Sie uns wirklich alles sagen, was Ihnen zu den Männern einfällt und wohin genau die Tour sie führen wird."

Bill Ward schaute den beiden Osbornes abwechselnd ins Gesicht.

„Uns ist wirklich nichts Besonderes aufgefallen, außer …", Carol machte eine Pause. *„Außer, dass sie sich alle ziemlich ähnlich sahen, sie hätten Brüder oder zumindest Verwandte sein können. Außerdem ist mit der Gruppe alles in Ordnung, sie sind wohlauf."*

„Wie kommen Sie darauf?", wollte der Inspector wissen.

„Wir haben eine Nachricht von Bruce, Andys Bruder der die Gruppe führt, erhalten, dass die Gruppe den Chopaka Mountain erreicht hat und alles in Ordnung ist", antwortete Carol Osborne.

„Hat ihr Bruder ein Telefon, so dass wir zurückrufen können", wandte Ward sich an Andy und war jetzt ganz Ohr.

„Nein, in der Gegend gibt es kein Netz, so dass man nicht telefonieren kann." Andy Osborne erläuterte das Datentransmitter-System und die Pflicht sich zu melden. Er stand auf und holte eine Karte des gesamten National Forest. Andy war jetzt aufgebracht, offensichtlich befand sich sein Bruder in der Gesellschaft eines Mörders und er wusste nichts davon.

„In den Datentransmitter wurde der Standort Chopaka Mountain eingegeben und ein Pluszeichen", das ist hier. Andy zeigte Bill Ward den genauen Standort. *„Das Pluszeichen bedeutet alles ist in Ordnung."*

„Wo werden sie von dort aus hinfahren, gibt es eine feste Route?", wollte Ward wissen.

„Nein, es gibt keine feste Route, das hängt immer davon ab, was unsere Gäste wünschen. Fest steht auch nicht wo sie übernachten werden. Normalerweise suchen wir einen der umliegenden Campgrounds auf. Aber wenn die Gäste es wünschen, kann auch auf einer der Hütten übernachtet werden. Wenn ich mir die Uhrzeiten ansehe, vom Aufbruch bis zum Chopaka Mountain, dann ist die Gruppe ganz zügig unterwegs."

„Das würde bedeuten, dass auch der Täter kein ungeübter Fahrer ist", schloss Inspector Ward aus dieser Information.

Carol war ins Büro gegangen und hatte auf Wunsch von Inspector Ward die Anmeldeunterlagen der vier Gäste geholt. Die vier waren zwischen 31 und 35 Jahre alt, also etwas älter als er selbst, das würde bedeuten, dass auch der Täter Mitte bis maximal Ende dreißig sein müsste.

„Spätestens heute Abend so gegen 18:00h wird sich Bruce wieder über den Datentransmitter melden", unterbrach Andy Osborne Bill Wards Gedanken. *„Eigentlich müssten Sie den Iron Gate Campground anfahren, zu Beginn der Saison übernachten wir eher selten in den Hütten auf den Bergen. Dort gibt es auch eine Festnetzleitung."*

Carol war mittlerweile vom Tisch aufgestanden und schien etwas zu essen vorzubereiten.

„Wie weit kann der Täter bis morgen Abend kommen? Können Sie das einschätzen Mr. Osborne?"

„Wie meinen Sie das? Er müsste sich dann von der Gruppe trennen und alleine weiterfahren." Andy Osborne legte seine Stirn in Falten. *„Und er müsste sich im National Forest auskennen."*

„Unterstellen wir mal er kennt sich aus und trennt sich von der Gruppe", antwortete Ward.

Andy verstand nicht worauf der Inspector hinaus wollte. Er blickte auf die vor ihm liegende Karte. Im Norden von Chopaka Mountain war die Grenze zu Kanada, hierhin würde er sicherlich nicht zurückfahren. Wollte er in den Osten, dann hätte er sich schon von der Gruppe trennen müssen, ansonsten müsste er wieder zurück fahren. Wenn das der Fall gewesen wäre, dann hätte Bruce einen anderen Code gewählt. Es blieben also nur noch der Westen und der Süden.

„In westlicher Richtung, würde er irgendwo im National Park landen. Schlägt er die südliche Richtung ein, könnte er bis zur Südspitze des Lake Chelan am Highway 97 kommen."

„*OK, was ich wissen muss.... entschuldigen Sie kurz.*" Das Klingeln seines Handys unterbrach Inspektor Ward, der sich erhob und die Küche verließ.

Chief Superintendent John Henry war am Apparat: „*Bill, es gibt Neuigkeiten aus den USA.*" Henry berichtete, dass der BMW in Kettle Falls, nicht weit von der Grenze, als gestohlen gemeldet worden war. Er ging nicht davon aus, dass der Täter aus diesem Ort kommt, sondern dass er es vermeiden wollte, lange Strecken mit einem gestohlenen Fahrzeug durch die Vereinigten Staaten zu fahren. Also lag es nahe ein Fahrzeug aus einem grenznahen Ort zu stehlen.

Der Jeep Cherokee konnte Michael Lardie zugeordnet werden, der Camaro war auf Tony Montana zugelassen.

„*Das bedeutet, bei dem Toten handelt es sich um Tony Montana*", schloss Inspector Ward.

„*Ja, unsere Kriminaltechnik hat die Fingerabdrücke der Leiche genommen. Es ist eindeutig Tony Montana*", bestätigte John Henry.

„*Das bedeutet, die Theorie, dass der Täter die Identität von Tony Montana angenommen hat und jetzt mit der Gruppe der Mountainbikefahrer unterwegs ist, stimmt?*" Es war mehr eine rhetorische Frage, die sich Bill Ward bereits selbst beantwortet hatte.

„*So ist es. Das bedeutet aber auch, dass wir jetzt raus sind*", John Henry wartete auf Bills Antwort. Der zögerte jedoch. „*Wie raus?*"

„*Der Täter ist jetzt in den Vereinigten Staaten, wir sind nicht mehr zuständig. Auch wenn wir wollten, der Fall ist operativ für uns hier zu Ende. Wir werden unseren Bericht schreiben und den Amis zur Verfügung stellen. Ich weiß, das passt Dir nicht. Mir übrigens auch nicht, aber so ist es nun mal. Komm zurück ins Headoffice*", schloss der Chief Superintendent.

Inspector Ward war verärgert, als er zurück in die Küche ging. Andy Osborne war dabei einen Rucksack mit Radsachen zu packen. Carol hatte ihm etwas zu essen zubereitet. *"Danke für ihre Hilfe, wo waren wir stehen geblieben?"* Bill Ward war mit seinen Gedanken woanders. Er war nicht bloß verärgert, nein er war stocksauer, dass er den Fall jetzt abgeben musste. Schließlich hatte das Team um John Henry bislang alles richtig gemacht. Sie hatten die richtigen Schlüsse gezogen. Der Täter würde ihnen entkommen, wenn sie jetzt alles an die Amerikaner abgeben mussten. *"Scheiße, was konnte er nur tun?"*, fragte er sich in Gedanken.

"Inspector", unterbrach Andy Osborne Bills Gedanken. *"Ich habe mitbekommen, dass der Tote identifiziert worden ist und dass Ihre Theorie korrekt ist und der Mörder unter unseren Gästen ist. Außerdem habe ich auch gehört, dass Sie jetzt raus sind aus dem Fall. Ist das korrekt?"*

"Hören Sie, darüber ist das letzte Wort noch nicht gesprochen, wir müssen das mit den amerikanischen Kollegen......", Bill biss sich vor Wut fasst auf die Zunge, aber einem Zivilisten gegenüber musste er hier die Form wahren.

"Ich sehe Ihnen doch an, dass Ihnen das nicht passt, aber Sie müssen sich an Ihre Vorschriften halten, nicht wahr?"

Bill überlegte was er antworten sollte, die Wut stand ihm offensichtlich ins Gesicht geschrieben.

"Hören Sie Inspector, ich werde jetzt aufbrechen und meinen Bruder suchen. Ich kann hier nicht sitzen bleiben und warten, dass etwas noch Schrecklicheres passiert."

"Auf keinen Fall werden Sie das. Denken Sie daran, der Täter ist bewaffnet und geht äußerst brutal zur Sache."

Andy sah dem Inspector ins Gesicht: *"Wie wollen Sie mich daran hindern. Ich habe die Lizenz mich frei im Grenzgebiet auf beiden Seiten zu bewegen. Seien Sie doch ehrlich, wenn es ihr Bruder wäre, was würden Sie dann tun? Hier rumsitzen und warten?"*

„Okay, Sie haben ja Recht, aber.....", Bill dachte nach. „Wie wollen Sie ihm folgen, mit dem Mountainbike?"

„Klar, womit denn sonst?"

„Warten Sie noch einen Moment, bitte." Ward hatte eine Idee, wählte die Nummer von John Henrys Mobiltelefon und ging vor die Tür ins Freie.

„Was willst Du? Zusammen mit dem Osborne Bruder auf Gangsterjagd gehen?"

„John, beruhige Dich. Andy Osborne kann ich es nicht verbieten, er ist ein freier Mann und hat eine Lizenz sich im Grenzgebiet frei zu bewegen. Sollen wir ihn etwa alleine ziehen lassen? Er ist wild entschlossen seinen Bruder zu suchen."

John Henry wusste, dass Bill ein Hitzkopf war, aber ganz unrecht hatte er nicht. Er befürchtete auch, dass sie die Spur des Täters verlieren würden, wenn sie den Fall jetzt operativ in die Hände der Amerikaner abgeben würden.

„Okay", sagte er wohlwissend, dass sich Bill Ward eh nicht davon abbringen lassen würde. Er musste nur noch einen Weg finden, dass offiziell alles irgendwie abgesegnet werden würde. Hierzu musste er Commissioner Frank Lord - Tracys Vater - in sein Vertrauen ziehen.

„Bill, Du reichst für morgen offiziellen Urlaub ein. Der Fall wird von mir an die Amerikaner abgegeben. Halte mich auf dem Laufenden über Deine Urlaubserlebnisse. Viel Glück."

Bill wusste, dass er und sein Partner gleich tickten, nur war John viel besonnener. Er würde einen Weg finden, dass man ihnen offiziell nicht ans Bein pinkeln konnte.

Carol hatte den beiden Männern eine warme Mahlzeit bereitet, wohlwissend, dass es in den nächsten Stunden für sie nichts warmes mehr zu essen geben würde.

Bill Ward hatten die Osbornes mit den notwendigen Radsachen ausgestattet. Da der Inspector recht sportlich aussah, hoffte Andy Osborne, dass er seinem Tempo einigermaßen Schritt halten konnte. Bill trennte sich von seinen geliebten schwarzen Stiefeln und stieg in die Radsachen. Andy hielt Carol in seinen Armen und verabschiedete sich von ihr: *„Wir werden zum Iron Gate Campground fahren, von dort aus werden wir uns melden."*

Die beiden Männer brachen auf. Bill Ward kam erstaunlich gut mit dem Mountainbike zurecht. Andy hatte ein Tempo eingeschlagen, bei dem er gut mithalten konnte. Er hatte die südliche Route gewählt, die sie durch das Tal zwischen den beiden Gipfeln des Chopaka Mountain führte. Da sie hauptsächlich Hauptwege und keine Singletrails nutzen, kamen sie zügig voran. Andy ging davon aus, dass sein Bruder die nördliche Route gewählt hatte, um zum Iron Gate Campground zu gelangen. Eine Übernachtung in den Bergen würde er den Gästen sicherlich ausschlagen. Seinem Bruder auf der nördlichen Route zu folgen hätte keinen Sinn gemacht, da hier zu viele Höhenmeter zu überwinden waren und die Gruppe bereits einen großen Vorsprung hatte. In den späten Nachmittagsstunden müsste er gemeinsam mit dem Inspector den Campground erreicht haben.

John Henry hatte Commissioner Frank Lord über den Stand der Ermittlungen informiert.

„Geben Sie mir eine Stunde, John", hatte Lord geantwortet. *„Dann habe ich den zuständigen District-Sheriff des Okanagan County informiert. Das Headoffice des Sheriffs sitzt in Spokane, das sind über dreihundert Kilometer bis zum Chopaka Mountain. Ich gehe davon aus, dass er die Parkranger des National Forest mit der Suche beauftragen wird. Die Rolle von Inspector Bill Ward bleibt zunächst unter uns."*

Tom Rogers, der zuständige Sheriff aus Spokane, informierte umgehend Chief Ranger Jim Baker aus dem nahegelegensten Ranger Distrikt in Tonasket, das gute sechzig Kilometer vom Chopaka Mountain entfernt lag. Die berittenen Ranger würden jeden Tourist, den sie in dem riesigen Waldgebiet antreffen würden, überprüfen. Jim Baker machte sich allerdings nicht allzu große Hoffnungen, dass man heute noch erfolgreich sein würde, da seine Ranger bereits auf dem Rückweg nach Tonasket waren. Bislang lagen ihm keine auffälligen Meldungen vor. Er würde sich aber umgehend bei Rogers melden, sobald er weitere Informationen hatte.

18
Okanagan Wenatchee National Forest
USA

Dadurch dass Tony beide Hände zur Verfügung hatte kam er zügig im Klettersteig voran. Hinter dem ersten Felsvorsprung konnte er Michael erkennen, der mit geschultertem Bike vor der Holzbrücke stand. Als Tony die Brücke erreichte, hatte Michael sie gerade überquert und drehte sich noch einmal um, um den berauschenden Blick in den gut hundertfünfzig Meter tieferliegenden Canyon zu genießen, dann sah er Tony. Ohne Bike und wo war Jack, der eigentlich vor Tony an der Reihe war. Tony winkte wie wild mit den Armen, um auf sich aufmerksam zu machen. Offensichtlich war etwas passiert und er brauchte Michaels Hilfe. Michael legte das Bike ab und lief auf Tony zu, der ihm auf der gut zwanzig Meter langen Brücke entgegen kam. Beide trafen sich in der Mitte der Brücke wild gestikulierend. Der Lärm des tosenden Wassers ließ keine Kommunikation zu. Tony legte seinen Arm um Michaels Schulter und zeigte aufgeregt in die Richtung aus der er gekommen war. Michael schüttelte den Kopf, er konnte beim besten Willen nichts verstehen, der Fluss schluckte sämtliche Worte. Die Brücke war schmal, zwei Männer konnten kaum nebeneinander gehen. An jedem Ende der Brücke ragten Kragträger aus rechtwinklig aufeinander aufgeschichteten Baumstämmen aus dem felsigen Untergrund. Die Widerlager der Brücke waren mit einer Hinterfüllung aus Steinen gesichert. Rundhölzer verliefen unter einer Neigung gegen die Schluchtmitte und bildeten mit den horizontal aufgelegten Holzstämmen einen Bogen. Rechts und links an den Seitenrändern der Brücke befanden sich vertikale Holzpflöcke, die mit einem zwischen ihnen gespannten Stahlseil eine Art Geländer bildeten. Michael zwängte sich an dem apathisch, resignierend blickenden Tony vorbei, um auf die andere Seite zu kommen, er wollte wissen was passiert war. Tony ließ er mit hängenden Schultern und gesenktem Kopf hinter sich. Mit der rechten Hand griff Michael das Stahlseil, um sich zu sichern. Nach zwei Schritten spürte er einen dumpfen Schmerz in seinem Rücken, als Tony ihm mit voller Wucht ins Kreuz trat. Der Länge nach fiel er zu Boden und schlug sich das Kinn blutig, Tony stand urplötzlich über ihm. Was war nur in Tony gefahren, schoss es ihm durch den Kopf, doch bevor sich ein neuer Gedanken bilden konnte, trat Tony erneut zu. Diesmal traf er Michaels Kopf, der sich reflexartig zur Seite drehte und dem Brückenrand jetzt gefährlich nahe war. Seine rechte Hand ergriff das Stahlseil. Er versuchte benommen auf die Knie zu kommen, als er die linke Hand nachziehen wollte, spürte er den nächsten Tritt, der ihn zwischen Stahlseil und Holzboden kickte. Nur mit einer Hand hing er jetzt frei in der Luft. Tony trat erneut zu und traf die Hand mit voller Wucht. Der stählerne Cleat seines Radschuhs bohrte sich durch den Handschuh in Michaels Haut. Unter großen Schmerzen krümmten sich seine Finger, als ihn sein Körpergewicht in die Tiefe riss. Die Gischt des aufspritzenden Wassers ließ Michaels Körper im Nebel verschwinden. Tony rannte über die Brücke, schnappte sich Michaels Bike und warf es die Brücke hinunter. Er musste zurück sein Bike holen. Die Zeit war knapp und seine Kraft ließ nach. Er musste sich eine neue Dosis spritzen.

Bruce saß auf dem Oberrohr seines Bikes, das er nun wie einen Hocker benutzte, und wartete auf seine Gäste, als ihm Mark aus dem Klettersteig entgegen kam.

„Ganz schön heavy", keuchte Mark, das geht auf die Kondition, *„mal sehen wie lange die anderen brauchen".*

Geschützt durch einen breiten Felsblock war das Rauschen des Flusses hier nicht so laut wahrzunehmen, so dass die beiden ohne zu schreien miteinander sprechen konnten.

„Wir haben genug Zeit. Ich denke, der eine oder andere wird den Ausblick von der Brücke noch ein wenig genießen, bevor er sich an den Abstieg macht. Ich habe Euch ja auch deshalb zeitversetzt losgeschickt, damit jeder genügend Zeit hat."

Als nach weiteren zehn Minuten noch keiner der anderen erschien, legte Bruce das Bike auf den Boden und sagte: *„Komm Mark, wir können hier um den großen Felsblock auf die andere Seite gehen, von dort aus ist die Brücke zu sehen, mal schauen wo die anderen bleiben."*

Ein schmaler Pfad führte die beiden Männer um den Felsblock. Sie hatten jetzt freie Sicht auf die gut fünfzig Meter höher verlaufende Brücke. Ihre Blicke konnten jedoch keinen der anderen auf der Brücke ausmachen, sie war menschenleer. Das Rauschen des Flusses auf dieser Seite war wieder ohrenbetäubend, so dass sie sich ansahen und fragend ihre Schultern hoben. Wo waren die anderen? Bruce gab Mark ein Zeichen wieder zurück auf die schützende Seite des Felsblockes zu gehen. Bruce drehte als erster ab, als er Marks Arm auf seiner Schulter spürte und seinen Kopf erneut Richtung Canyon drehte. Mark hatte sich ebenfalls Richtung Fluss gedreht und zeigte mit ausgestrecktem Arm in Richtung Holzbrücke. Beide erblickten Tony, der jetzt mit geschultertem Bike die Brücke auf der gegenüberliegenden Seite betrat. Wo waren Michael und Jack? Bruce und Mark sahen sich verwundert an und machten sich auf zurück hinter den Felsblock. Geschützt vor dem Lärm des Flusses begann Bruce: *„Das verstehe ich nicht, Tony war doch der letzte in der Gruppe, wo sind Michael und Jack?"*

Die beiden warteten noch einige Minuten bis Tony ihnen aus dem Klettersteig entgegen kam.

„Hi Männer, was für ein phantastischer Blick von der Brücke in den Canyon", waren seine begeisterten Worte.

„Wo sind Michael und Jack?", fragte Bruce jetzt sichtlich nervös.

„Keine Ahnung, sie müssten doch hier sein", war Tonys erstaunte Antwort. *„Michael ist kurz nach Mark aufgestiegen und anschließend Jack vor mir. Wie Du gesagt hast, haben wir jeweils zwei bis drei Minuten gewartet bevor wir mit dem Aufstieg begonnen haben."*

„Aber es gab doch keine Abzweigung unterwegs, man konnte sich doch nicht verlaufen", mischte sich Mark jetzt aufgebracht ein.

„Das stimmt." Bruce wurde nachdenklich.

„Das bedeutet, sie müssen von der Brücke gefallen sein", Tony schlug sich entsetzt die Hände vors Gesicht.

„Oh Gott", stöhnte Mark, *„was machen wir jetzt bloß?"*

Tony und Mark starrten Bruce erwartungsvoll an.

„Bleibt hier bei den Bikes, ich werde nochmal auf die Brücke zurück, um zu sehen, ob ich irgendetwas entdecken kann", war seine eher hilflos wirkende Antwort.

Bruce verschwand im Klettersteig.

Tony musste jetzt handeln, auch Mark musste sterben.

Tony legte seinen Rucksack auf den Boden und spürte den kalten Stahl der Waffe in seiner Hand, als ihm Mark entgegentrat und sagte: *„Komm lass uns auf die andere Seite des Felsblocks gehen, von dort aus können wir Bruce auf der Brücke sehen."*

„OK."

Mark drehte sich um und betrat den schmalen Trampelpfad, der hinter den Felsblock führte. Tony folgte ihm, seine Waffe in der Trikottasche. Beide Männer standen nebeneinander und blickten hoch zur Brücke, sie sahen wie Bruce aus dem Abstieg auf der gegenüberliegenden Seite zurück auf die Brücke kam. Langsam überquerte er die Brücke mit gesenktem Kopf. Resignierend oder nach Spuren suchend, das konnten die beiden nicht erkennen. Ungefähr in der Mitte der Brücke kniete er nieder, er schien den Boden der Brücke nach Spuren abzusuchen. Langsam stand er wieder auf, überquerte die Brücke und war im Klettersteig verschwunden, um mit dem Abstieg zu beginnen. Mark drehte sich um, damit die beiden sich auf den Rückweg machen konnten, als er etwas Hartes in seiner Magengegend verspürte. Er riss die Augen weit auf als er erkannte, dass Tony ihm eine Waffe gegen seinen Körper drückte. Entsetzt trat er sichtlich geschockt einen Schritt zurück. Musste er sterben ging es ihm durch den Kopf? Warum tat Tony das? Wie zu einer Eissäule erstarrt, blickte er Tony mit aufgerissenem Mund in die Augen. Der verzog keine Miene und stieß Mark gezielt vor den Brustkorb, so dass der augenblicklich nach hinten fiel. Seine Arme fingen wild an zu rudern, verzweifelt versuchte er das Gleichgewicht zu finden und den Sturz zu vermeiden. Er hatte keine Chance, der Stoß kam unverhofft und mit solch einer Kraft, dass er rückwärts taumelnd den Canyon hinunterstürzte.

Bruce, der den Abstieg im Klettersteig begonnen hatte, hielt kurz inne - tausend Gedanken rasten durch seinen Kopf. *„Wie kann das sein, dass beide unabhängig voneinander von der Brücke stürzten? Wo waren die Räder? Ein Mensch passte durch die Geländer der Brücke, aber die Räder nicht. Hatte jemand nachgeholfen, aber wer? Tony hatte gerade erst die Brücke betreten, das hatte er selbst gesehen, zu diesem Zeitpunkt war jedoch kein anderer auf der Brücke. Hatten Michael und Jack sich auf der Brücke gestritten? Sie machten beide einen vernünftigen Eindruck auf ihn. Von Spannungen war in der ganzen Truppe nichts zu spüren. Wem gehörte das Blut, das er auf der Brücke entdeckt hatte. Es konnte auch von einem Greifvogel stammen, der Beute gerissen und verspeist hatte. War es überhaupt Blut? Oder war alles ein unglaublicher Zufall?"*

Er musste Tony und Mark jetzt auf kürzestem Weg zum Iron Gate Campground bringen und dort den Vorfall melden. Er begann seinen Abstieg fortzusetzten. Als er wieder unten angekommen war, lagen die drei Bikes auf dem Boden, Tony und Mark konnte er nirgends sehen.

„Verfluchter Mist, was ist hier los?", ging es ihm durch den Kopf.

„ Tony!!!!! Mark!!!!! wo seid Ihr!!!", schrie er so laut er konnte. Keine Reaktion, nur das Rauschen des Flusses konnte er wahrnehmen. Weit konnten sie nicht sein ohne die Räder. Vielleicht waren sie auf die andere Seite des Felsblocks gegangen, um den Canyon nach Hinweisen abzusuchen? Je mehr er darüber nachdachte, war das die logischste Schlussfolgerung. Er ging Richtung Trampel-

pfad, um sie zu suchen, als ihm Tony aus dem Pfad entgegentrat. Er konnte seinen Augen nicht glauben, als er in den Lauf einer Waffe blickte.

„Hey Tony, was geht hier ab?"

„Halt die Klappe und stell mir keine Fragen!", war Tonys kurze Antwort, die Beretta zielte auf Bruce Körper. *„Wir werden jetzt gemeinsam und zwar langsam weiter nach unten fahren. Du fährst vor, bleib schön in meinem Sichtfeld, solltest Du versuchen abzuhauen, werde ich nicht zögern Dich zu erschießen"*, befahl Tony, der seine Waffe jederzeit griffbereit in die Brusttasche seines Trikots gesteckt hatte.

Bruce folgte dem Befehl und überlegte fieberhaft, was er tun könnte, um die Situation zu seinen Gunsten zu ändern. Offensichtlich war Tony ein eiskalter Mörder, der nicht zögern würde ihn zu erschießen. Warum hatte er die anderen ermordet? Was hatte er vor? Und vor allem wo wollte er hin?

Langsam, ohne sich umzublicken, fuhr Bruce den Trail bis zum Aufstieg des Goodenough Peak.

„Stop, wie weit ist die Hütte entfernt", wollte Tony wissen bevor sie zum den Anstieg abbogen.

„Keine dreißig Höhenmeter, Du kannst sie von hieraus schon sehen", war die kurze Antwort.

„Steig ab, wir verstecken die Räder hier im Wald und gehen zu Fuß bis zur Hütte."

Tony hielt die Beretta im Anschlag als sie sich auf zur Hütte machten. Die Räder hatten sie abseits des Pacific North West Trails im Wald versteckt. Bruce ging voraus, Tony folgte ihm schweigend. Sie brauchten nicht lange bis sie die Hütte erreicht hatten. Von hieraus hatten sie freien Blick in den unterhalb liegenden Goodenough Park, eine begrünte große Freifläche. *„Optimal als Hubschrauberlandplatz geeignet"*, dachte Tony. Die beiden Männer betraten die Hütte, sie war der Hütte am Chopaka

Mountain nahezu identisch. Tony erblickte sofort was er suchte, den Datentransmitter. Er las die Bedeutung der einzelnen Zahlen, dann ging er zu der Karte, die an der Wand hing. Er schoss zwei Fotos mit seinem Handy bevor er die Karte umdrehte. Er studierte die Detailkarten auf der anderen Seite, bevor er auch diese fotografierte.

„Bruce, ich brauche den Firmencode und dann dreh Dich um."

„Warum?"

„Stell keine Fragen. Tu einfach was ich Dir sage. Du willst doch gesund wieder nach Hause kommen?"

Bruce, der nervös mit einer roten Kordel spielte, nannte Tony die Kombination und drehte sich widerwillig um, so konnte er nicht mehr erkennen was Tony in den Datentransmitter eintippte. Tony tippte den Firmencode ein, setzte ein Plus dahinter und tippe dann eine 9. Nun wussten Andy und Carol, dass die Gruppe gut am Goodenough Peak angekommen war und plante hier über Nacht zu bleiben. Bruce spielte weiter mit der Kordel, er hatte unzählige Knoten in die Kordel geknotet. *„Und wie geht es jetzt weiter?"*, wütend warf er die Kordel zu Boden.

19
Iron Gate Campground
USA

Gegen 17 Uhr erreichten Inspector Ward und Andy Osborne den Iron Gate Campground. Ein kleines Schild wies darauf hin, dass sie ihr Ziel erreicht hatten. Der schmale Weg, der sie auf die Lichtung führte, endete direkt vor dem einzigen Haus des Campgrounds. Das Haus hatte weder Fenster noch Türen, es war eine komplett offene Holzkonstruktion mit einer umlaufenden Balustrade aus schweren Holzschwellen. Ein mit Schindeln gedecktes Satteldach sorgte dafür, dass es bei Regen zumindest trocken im Inneren des Hauses blieb. Rechts vom Haus befand sich ein Picknickplatz mit mehreren Bänken und Tischen, die fest im Erdreich verankert waren und den Wanderern die Möglichkeit zur Pause gaben. Sie lehnten ihre Bikes gegen einen der Tische, und betraten das Haupthaus durch den offenen Eingang. Inspector Ward sah sich erstaunt um, offensichtlich hatte er sich den Campground anders vorgestellt.

„Sie schauen überrascht", sagte Andy Osborne, der das erstaunte Gesicht des Inspectors bemerkt hatte.

„Wo kann man hier übernachten?"

Andy wies auf die flachen Bereiche zwischen den hohen Nadelbäumen: „*Dieser Bereich direkt in der Nähe des Haupthauses ist für Camper gedacht, die ihre eigenen Zelte mitgebracht haben."*

Bill Ward ließ seinen Blick schweifen, kein einziges Zelt war hier aufgeschlagen.

Andy drehte sich nach rechts und wies auf eine Gruppe dichter Tannen.

„*Zudem gibt es fünf Holzhütten hinter den Tannen. Die sind für Leute wie uns, die keine Zelte mithaben. Lassen Sie uns hinübergehen und nachsehen ob es Gäste gibt."*

Die beiden Männer machten sich auf den Weg zu der rund einhundert Meter entfernt liegenden Baumgruppe. Auf gut halbem Weg konnte Bill Ward die erste Holzhütte, noch geschützt von einigen Bäumen, erkennen. Ein weiterer asphaltierter Weg führte von Osten her in diesen Bereich.

„*Das ist die direkte Verbindung zur Toats Coule Road"*, erläuterte Andy, der bemerkt hatte, dass Ward den asphaltierten Weg fragend ansah. „*Einige der Gäste kommen mit ihren Autos und starten von hieraus ihre Wanderungen. Auch die Parkranger nutzen diese Straßen."*

Tatsächlich schienen doch Gäste auf dem Campground anwesend zu sein. Die Männer sahen einen grauen Pickup vor einer der Holzhütten geparkt. Als sie sich der Hütte näherten, trat ein breitschultriger Hüne von mindestens 1,90m Größe vor die Tür. Ein bärtiges Gesicht grinste in ihre Richtung. Der Hüne hob die Hand zum Gruß. Ihm folgte ein schlaksiger, fast ebenso großer Mann, der ebenfalls die Hand zum Gruß hob und ein „*Hello"* murmelte. Der Hüne stieg auf die Ladefläche des Pickups und reichte dem anderen Rücksäcke und Angeln herunter. Bill und Andy hoben ebenfalls ihre Hände zum Gruß. Offensichtlich handelte es sich um zwei Angler, die die Nacht hier im Campground verbringen wollten. Andy und Bruce kontrollierten die restlichen vier Holzhäuser, die jedoch leer waren. Jedes der Holzhäuser war mit vier Betten, einem Tisch und vier Stühlen ausgestattet. In jedem Haus befand sich ein Vorratsschrank mit verschiedenen Konserven und Wasserflaschen, die in regelmäßigen Abständen von den zuständigen Rangern gefüllt wurden.

„Wer bezahlt das Essen?", wollte Bill Ward wissen.

„Reiseveranstalter wie wir, melden nach der Benutzung der Hütten ihre Gäste und zahlen entsprechend für die Verpflegung und Nutzung der Hütten. Die anderen Gäste, wie die beiden Angler, können ein Saisonticket oder auch ein Tagesticket in den verschiedenen Rangerbüros kaufen", erläuterte Andy Osborne das System. *„Lassen Sie uns zurück zum Haupthaus gehen, im Gebäude befindet sich eine Telefonzelle. Ich werde Carol anrufen, um zu erfahren ob es Neuigkeiten gibt."*

Im Haupthaus angekommen warf Andy etwas Hartgeld in den Münzautomat und wählte die Nummer von Bike for Fun. Carol meldete sich am anderen Ende: *„Hallo Schatz, ich habe vor gut einer Stunde eine Nachricht vom Goodenough Peak erhalten. Der Zahlencode des Datentransmitters sagt, dass die Gruppe offensichtlich gut dort angekommen ist und plant dort über Nacht zu bleiben."*

Andy atmete erleichtert auf: *„Das hört sich erstmal gut an. Ich werde es gleich dem Inspector mitteilen. Ich melde mich später nochmal, wenn wir geklärt haben, wie es hier weitergeht."*

Zeitnah zum Eingang der Nachricht hatte Jim Baker aus dem Ranger District in Tonasket den zuständigen District-Sheriff Tom Rogers in Spokane informiert und Entwarnung gegeben, denn auch er hatte die Nachricht erhalten.

Bill Ward saß an einem der Tische und sprach laut vor sich hin: „Was bedeutet das? Die Gruppe ist noch zusammen, der Täter hat sich noch nicht zu erkennen gegeben.

Oder, der Täter zwingt die Gruppe diese Nachricht zu senden. Aber warum? Er weiß, dass bis 18 Uhr eine Nachricht der Gruppe gesendet werden muss, sonst wird man nach ihnen suchen, also greift er dem vor.

Oder, der Täter ist alleine und hat die Nachricht gesendet."

„Das würde aber bedeuten", unterbrach Osborne, der aufmerksam zugehört hatte, die Gedanken des Inspectors, *„er müsste die anderen irgendwo gefangen halten oder umgebracht haben, da die sich sonst von woanders gemeldet hätten."*

„Das ist korrekt", bestätigte Bill Ward. „Wie weit sind wir eigentlich von…. Wie hieß der Ort noch…. entfernt?"

„Goodenough Peak. Mit dem Rad sind es gute vier Stunden, wenn wir dem Hauptweg folgen. Querfeldein….", überlegte Andy, „könnte man es in vielleicht in drei Stunden schaffen."

Um sicher zu sein was mit der Gruppe war und ob sich der Täter tatsächlich unter ihnen befand, mussten die beiden wohl oder übel zum Goodenough Peak.

Andy, der an der hölzernen Balustrade lehnte, sagte: *„Wir haben heute Vollmond, bis zum Goodenough Peak können wir es noch schaffen, wenn wir sofort aufbrechen. Wir sollten aber den Hauptweg nehmen, das ist sicherer."*

„Zeigen sie mir mal die Karte."

Andy breitete die Karte auf dem Tisch aus.

„Was ist das hier?" Ward zeigte auf eine kreisförmige Vertiefung mit dem Namen Hells Hole.

„Hells Hole ist ein tiefliegendes Becken. Von hieraus aber nur über den Hauptweg zu erreichen. Querfeldein müssten mehrere Flüsse

gequert werden. Es gibt aber keine Brücken in diesem Bereich".
Andy fuhr mit der Hand über die Karte. *"Und die Flüsse führen zur Zeit zu viel Wasser."*

"Von Hells Hole zum Goodenough Peak, ist das machbar?"

"Klar, hier kann man quer durch den Goodenough Park fahren, das wäre der kürzeste Weg."

"Wie lange brauchen wir...... sagen wir mal mit einem Wagen bis nach Hells Hole und dann mit den Bikes bis zum Goodenough Peak?" Ward schien eine Lösung gefunden zu haben.

Andy sah ihn fragend an: *"Vorausgesetzt wir hätten ein Fahrzeug, eine Stunde bis nach Hells Hole und dann noch eine weitere Stunde bis zum Goodenough Peak. Wir müssten auch hier zwei Flüsse queren, aber es gibt provisorische Holzbrücken. "*

"Gut, folgen Sie mir."

Die beiden nahmen ihre Räder und fuhren zurück zu den Holzhütten. Inspector Ward zückte seinen Ausweis und erklärte dem Hünen, dass sie seine Hilfe benötigten und er sie nach Hells Hole bringen musste. Vorher riefen Sie Carol Osborne an und baten Sie sich mit Tracy Lord und John Henry in Verbindung zu setzten, um die beiden auf dem Laufenden zu halten. Sie vereinbarten, dass sie sich per Datentransmitter vom Goodenough Peak aus wieder melden würden. Es dauerte keine fünfzig Minuten und der Pickup hielt am Rand des Beckens von Hells Hole, das sich wie ein großer Krater in die umliegende Landschaft fraß. Andy Osborne und Bill Ward hoben ihre Räder vom Pickup und winkten dem Hünen hinterher, der sich zurück Richtung Iron Gate Campground verabschiedete.

Es ging zunächst leicht bergab und es dauerte keine zwanzig Minuten, bis sie den ersten Fluss erreicht hatten. Osborne hatte übertrieben, als er von Holzbrücken sprach, die den Fluss überbrückten. Lediglich zwei nebeneinanderliegende Gerüstbohlen, die durch unterseitige Laschen miteinander verbunden waren, führten über den Fluss, der an dieser Stelle auch nur gute fünf

Meter breit war. Für Osborne war es kein Problem. Er fuhr über den gut fünfzig Zentimeter breiten Steg zügig zum anderen Ufer.

„Nicht ins Wasser sehen und zügig rüberfahren."

Ward holte tief Luft und gab sich einen Ruck. Auf der anderen Seite angekommen atmete er aus.

„Alles gut."

Andy deute auf den Weg, es war ein ausgewaschener Singletrail, der leicht bergauf in Richtung Goodenough Park führte. Nach einer weiteren halben Stunde hatten Sie den zweiten Fluss erreicht. Der Fluss hatte hier eine Breite von gut zehn Metern. Es gab ein Problem, die Gerüstbohle bestand nur aus einem Brett von rund dreißig Zentimetern, es war auf zwei Baumstämme genagelt, um genügend Steifigkeit zur Überbrückung des Flusses zu gewährleisten.

„Und jetzt?", fragte Ward, der bereits vom Rad gestiegen war.

„Rad schultern und zu Fuß weiter", war Osbornes kurze Antwort. Er stand bereits mit geschultertem Rad auf der Holzbohle. Seinen Rucksack hatte er sich vor die Brust gebunden. Zügig überquerte er den Fluss. *„Und immer daran denken, nicht nach unten schauen."* Der Fluss hatte sich an dieser Stelle gut fünf Meter in den Grund gefressen.

Bill hatte offensichtlich Probleme das Rad sicher zu schultern. *„Geben Sie mir das Rad, Inspector"*, Osborne war bereits wieder zurück zum anderen Ufer gekommen und stand jetzt direkt vor Ward.

„Danke für die Hilfe und lassen Sie den Inspector weg, ich heiße Bill."

„Andy". Die beiden Männer gaben sich kurz die Hand und überquerten nacheinander den Fluss.

In weiteren zehn Minuten hatten Sie den Goodenough Park durchquert. Andy zeigte in Richtung Peak an dessen südlicher Flanke die Holzhütte bereits zu erkennen war. Am Fuße des Peaks hob Andy die rechte Hand und gab das Zeichen zum Anhalten. *„Lass uns den Aufstieg zu Fuß machen, es sind nur noch dreißig Höhenmeter zu überwinden. Die Räder lassen wir hier, sonst müssten wir sie tragen. "* Bill war das ganz recht. Er holte die SIG P220 aus dem Rucksack und steckte die Waffe in die Seitentasche seiner Radjacke. Die beiden Männer begannen den Aufstieg, erreichten zügig die Hütte und schauten sich um. Räder waren nirgends zu sehen. Bill ging auf die Tür zu, seine Waffe im Anschlag. Andy stand neben ihm. Mit einem Ruck öffnete er die Tür und Bill sprang in den Raum. Die Hütte, die aus nur einem Raum bestand, war leer. Niemand war anwesend.

„Verdammt, wo sind die bloß", fluchte er.

Die beiden Männer sahen sich ratlos an. Hatten Sie die Nachricht falsch gedeutet. Was war hier los?

„Eins ist klar", fand Andy als erster seine Sprache zurück, *„Irgendjemand hat von hieraus eine Nachricht mit dem Datentransmitter abgeschickt."*

Die Frage war nur wer?

Andy sah sich in der Hütte genauer um, als er eine rote Kordel auf dem Boden entdeckte. Er bückte sich, hob die Kordel auf und schaute Bill in die Augen: *„Bruce, mein Bruder war hier."*

Bill hob die Augenbrauen: *„Wie kommst Du darauf?"*

„Ist´ne lange Geschichte."

Schon als Jungen hatten sich die Zwillingsbrüder versteckte Nachrichten zukommen lassen. Hierbei bedienten sie sich farbiger Kordeln. Bruce verwendete rote und Andy blaue Kordeln. Ein geheimer Code von Koten und Schlaufen, die sie in die Kordeln wickelten, übermittelte ihnen die Nachrichten.

Andy betrachtet die rote Kordel jetzt ganz genau.

Die Kordel hatte zwei nebeneinander liegende Knoten am oberen Ende, dann folgte eine Lücke von fünf Zentimetern, anschließend

18 kleine Knoten, wieder eine Lücke und nochmal 13 Knoten, dann folgte eine kreisrunde Schlaufe auf deren linker Seite im unteren Viertel der Schlaufe die Kordel endete.

Andy hatte die Kordel auf den Tisch gelegt und ging zur Karte hinüber, die an der Wand hing. Er drehte die Karte so, dass die Seite mit den Detailausschnitten nach vorne zeigte.

Bill beobachtete erstaunt, was Andy tat.

Andy schaute auf die Karte und rieb sich seine dunklen Bartstoppeln: *„Ich glaube, ich hab's. Also, die ersten beiden Knoten bedeuten es sind zwei Personen unterwegs. Das bedeutet Bruce und der gesuchte Täter."*

Andy machte eine kurze Pause. Beide Männer hatten die gleichen Gedanken, ohne sie auszusprechen war ihnen klar, dass die anderen drei Gäste tot sein mussten.

Andy sah wieder auf die Kordel. *„Jetzt folgt eine verschlüsselte Ortsangabe. 18 kleine Knoten weisen auf den Buchstaben R hin und 13 kleine Knoten auf M, dann folgt die Richtung in der sie unterwegs sind."*

Er zeigte auf die kreisrunde Schlaufe: *„Hier Bill, die kreisrunde Schlaufe ist die Erde und die Kordel endet im dritten Quadranten."*

Bill hatte das System verstanden: *„Das würde bedeuten, dass sie in südwestlicher Richtung unterwegs sind."*

Beide blickten jetzt gemeinsam auf die an der Wand hängende Karte und suchten nach einem Ort mit den Buchstaben R und M. Andys Finger wanderte die Karte in südwestlicher Richtung entlang:

Horseshoe Mountain, Pick Peak, Windy Peak, Topaz Mountain, Cal Peak…..

„Da!", rief Andy als erster. *„Remmel Mountain!"*

„Wie weit?", war Bills spontane Frage.

„Über den Pacific North West Trail, das ist der Hauptweg, fast fünf Stunden, ohne Pausen. Heute ist das nicht mehr zu schaffen, wir haben jetzt fast halb acht Uhr."

Die beiden überlegten, was sie heute noch tun könnten. Bruce Osborne und Tony Montana hatte Goodenough Peak gegen 16 Uhr erreicht und die falsche Nachricht per Datentransmitter gesendet. Bei Vollmond konnte man maximal bis 21 Uhr fahren. Ohne Pause könnte Montana das eigentlich nicht schaffen, seine Kräfte müssten schwinden. Das würde bedeuten, dass die beiden irgendwo zwischen hier und Remmel Mountain übernachten mussten. Den Pacific NW Trail hatten sie offensichtlich nicht gewählt, denn der führte in westliche Richtung. Bruce hatte aber die Kordel in südwestlicher Richtung enden lassen. Also waren sie den Flussläufen gefolgt. Um 16 Uhr war das noch möglich, jetzt war es zu spät dafür. Andy war sich sicher, sie würden in Topaz Peak oder, wenn Montana –oder wie immer der Täter hieß - ein guter Radfahrer war, es vielleicht auch bis zur Hütte am Carl Peak geschafft haben. Andy ging in der Hütte auf und ab. Er überlegte welche Nachricht er Carol per Datentransmitter senden sollte. Dann entschieden die beiden dem Pacific NW Trail noch bis zum Haig Mountain zu folgen und in einer der Hütten zu übernachten. Auf dieser Route lagen keine Campgrounds mehr, sie konnten daher nur noch über die Datentransmitter in den Hütten mit Carol kommunizieren. Andy hatte Carol die verschlüsselte Nachricht übermittelt. Die beiden Männer folgten bereits wieder dem NW Pacific Trail. Bill fragte sich unterdessen, was der Täter am Remmel Mountain wollte, das konnte doch nicht sein Endziel sein.

20
Goodenough Peak
USA
Tag 1, vor 3 Stunden

Tony öffnete die Tür der Holzhütte und schob Bruce vor sich her: *„Los zurück zu den Rädern, es geht weiter."*

Unberührt lagen die Räder in ihren Verstecken. Ein weiter Weg lag vor den Männern. Ununterbrochen kurbelten sie die Räder entlang der Berghänge. Tony bevorzugte die dichter bewaldeten Regionen. Schon bald hatten Sie Horseshoe Mountain und die Region um den Pick Peak hinter sich gelassen. Tony schien vor Kraft nur so zu strotzen, er zeigte keinerlei Müdigkeitserscheinungen als sie die Quelle des Horseshoe Creeks erreichten. Hier hielten sie kurz an, um ihre Wasserflaschen mit dem glasklaren Quellwasser zu füllen. Tony verspürte keinen Hunger, das ewige Auf und Ab zwischen den einzelnen Bergen konnte ihm nichts anhaben. Die zweite Dosis, die er sich am Olallie Creek gespritzt hatte, zeigte ihre volle Wirkung. Nach kurzer Rast trieb er Bruce an weiter zu fahren, obwohl es mittlerweile bereits früher Abend war. Bruce, der die ganze Zeit über geschwiegen hatte, suchte verzweifelt nach einer Fluchtgelegenheit. Ihm war klar, dass Tony ihn noch brauchte, denn selbst die Fotos, die er von den Detailkarten geschossen hatte, endeten vor Remmel Mountain. Danach würde Tony neue Informationen über die Route benötigen. Bis Remmel Mountain würden Sie es jedoch auf keinen Fall mehr schaffen, der Aufstieg war brutal. Sie mussten vorher irgendwo nächtigen. Lange Zeit folgten die beiden Männer dem Horseshoe Creek bis sie den Chewuch River erreichten , ständig am Rand des Flussbettes im Schutz der Bäume, um nicht gesehen zu werden, fuhren sie schweigend weiter. Als der Trail den Tungsten Creek überquerte, war die Nacht bereits hereingebrochen. Dank des Vollmondes hatten sie jedoch immer noch gute Sichtverhältnisse. Unermüdlich trieb Tony die beiden weiter. Der Chewuch Trail verlief in sanften Hügeln nahezu parallel zum Fluss, er war relativ breit und gefahrenlos zu bewältigen. Der Vollmond erzeugte bizarre Schattenspiele zwischen den Bäumen, während die Männer unaufhaltsam weiterkurbelten. Auf der Höhe von Four Point Creek trafen sie auf den Coleman Ridge Trail. Tony ließ die Bikes stoppen und kontrollierte die Fotos der Detailkarten auf seinem Handy. Die Karten endeten hier.

„Hey Bruce, wie kommen wir zum Remmel Mountain? Irgendwo habe ich auf der Karte einen See mit ein paar Hütten gesehen", raunzte Tony.

„In rund vier km erreichen wir den Four Point Lake am Fuße von Remmel Mountain, dort gibt es ein paar Anglerhütten", antwortete

Bruce widerwillig. Er wusste, dass es keinen Zweck hatte jetzt auf Stur zu stellen und hoffte, dass sie in einer der Hütten übernachten würden. Falls ja, würde er versuchen nachts zu fliehen. Die vier Kilometer zogen sich noch eine Weile hin, da der in Wellen verlaufende Trail ihnen noch dreihundert Höhenmeter abverlangte, ehe sie den See erreichten, der rund fünfzig Meter abseits vom Trail lag. Die erste Hütte befand sich weitere fünfzig Meter entfernt direkt am Seeufer. Sie war unverschlossen, spartanisch eingerichtet, mit zwei Betten, vier großen Wolldecken, Schrank, Tisch, zwei Stühlen und einer Feuerstelle mit Kamin. Mittlerweile war es sehr kalt geworden.

„Kein Feuer, die Decken müssen reichen!", befahl Tony.

In dem Schrank fanden sie Besteck, Essensvorräte und Wasserflaschen.

„Die Räder nehmen wir mit in die Hütte und gib mir mal Deine Werkzeugtasche."

Bruce löste seine Werkzeugtasche vom Sattelgestell und legte sie auf den Tisch vor Tony, der bereits auf einem der Stühle Platz genommen hatte und die Beretta demonstrativ in der rechten Hand hielt.

„Auskippen!", befahl er.

Bruce kippte den Inhalt auf den Schreibtisch. Zwei Ersatzschläuche, ein gefalteter Mantel, Flickzeug, ein Werkzeugtool und acht Kabelbinder fielen aus der Tasche.

„Genau die habe ich gesucht", sagte Tony und griff nach den Kabelbindern.

„Lege Dich jetzt auf das linke Bett", befahl er Bruce. Anschließend fesselte er die linke Hand und den linken Fuß am Bettrahmen, stellte Bruce eine Wasserflasche an das Bett und gab ihm zwei getrocknete Würste. Bruce war so gefesselt, dass er nicht fliehen, aber essen und trinken konnte. Er verspürte großen Hunger und verschlang die erste Wurst mit großen Bissen.

„Später werde ich uns noch eine heiße Suppe auf dem Gaskocher zubereiten."

Tony stand auf und ging vor die Tür, er musste nachdenken.

21
Kelowna, Polizeirevier Headquarter
Kanada

Carol hatte Tracy Lord und John Henry über die erhaltenen Nachrichten in Kenntnis gesetzt. Andy Osborne und Bill Ward hatten mittlerweile die Hütte am Haig Mountain erreicht und versuchten ein wenig Schlaf zu bekommen. Sie wollten morgen sehr früh Richtung Remmel Mountain aufbrechen.

Chief Superintendent Henry starrte auf die große Wandtafel in Tracys Büro, auf der der Beamer ihnen alle vorliegenden Informationen präsentierte. Mittlerweile waren die Ermittler über fünfzehn Stunden im Einsatz. Sie beschlossen den Tag zu beenden, um nach Hause zu fahren. Morgen früh wollten sie sich zeitig im Büro treffen, um die Daten, die Tracys Suchmaschine ihnen über Nacht liefern würde, zu analysieren.

Henrys Magen knurrte, als er das Büro verließ, er hatte wenig gegessen. Er war sich sicher, dass Rita ihm noch das Mittagessen aufwärmen würde, wenn er zu Hause war. Rita und John Henry waren seit achtunddreißig Jahren miteinander verheiratet, ihre Ehe war kinderlos geblieben. Vor vier Jahren wechselte John Henry von Surrey nach Kelowna und übernahm den Aufbau und die Leitung der Sondereinheit der RCMP. Rita war glücklich über den Umzug in die mit 120000 Einwohnern achtgrößte Stadt in Britisch Kolumbien. Ritas Eltern und Geschwister lebten hier am Lake Okanagan und so war Rita ihrer Familie nahe und pflegte den Kontakt zu ihren Neffen und Nichten. Sie konnte es kaum erwarten, dass John endlich in den Ruhestand ging. Nach all den Jahren an seiner Seite, immer mit Rücksicht auf seinen Job, würde bald die Zeit kommen, in der sie sich ihren großen Traum gemeinsam erfüllen konnten. Eine Reise nach Europa.

Tracy hatte es da nicht so gut, sie war erst vor sechs Monaten nach Kelowna gekommen und lebte alleine in einem der mehrgeschossigen Apartmenthäuser mit Blick auf den See. Unterwegs würde sie in Downtown im Mad Mango Cafe noch einen Cesars Salat mit Putenbruststreifen zu sich nehmen. Ihre Gedanken kehrten zurück an ihren ersten Arbeitstag vor gut sechs Monaten. Leichte Nervosität machte sich breit, als Tracy zum ersten Mal das Gebäude an der Doyle Avenue betrat, um ihre Arbeit in der Sondereinheit aufzunehmen. Ungewöhnlich lange hatte sie an diesem Morgen gebraucht, um die richtigen Klamotten und das dezente Makeup für ihren ersten Tag zu wählen. Tracy wollte auf keinen Fall overdresst - aber auch nicht zu leger - gekleidet sein. Letztendlich entschied sie sich für eine modische, hellblaue Bluse und eine dunkle Baumwollhose mit passendem Blazer. Hierzu trug sie Lederschuhe mit leichtem Absatz, eine Kombination, die man als business formal bezeichnen würde. Schnurstracks ging sie auf das Büro von Chief Superintendent Henry zu, der sie freundlich, jedoch mit einer spürbaren Zurückhaltung, die eine gewisse Skepsis vermuten ließ, willkommen hieß. Henry stellte Tracy zunächst ihrem zukünftigen Partner Bill Ward vor, bevor er sie mit Kollegen der anderen Abteilungen bekannt machte. Ward machte keinen Hehl daraus, dass er Tracy für äußerst attraktiv hielt. Lange, vielleicht ein wenig zu lange, hielt er ihre Hand während er sich kurz vorstellte. Wards Augen hafteten an Tracy, so als wäre er die personifizierte Form eines Körperscanners. Tracy musste lächeln, als sie ihm sanft aber bestimmt ihre Hand entzog.

Während Sie herzhaft in die Putenstreifen ihres Salates biss, dachte Tracy erneut an Bill Ward, der diese Nacht in einer Holzhütte auf einem Berg verbringen musste. Die beiden verstanden sich gut, nachdem Tracy dem Frauenschwarm gleich zu Beginn ihrer Arbeitsaufnahme in der Sondereinheit klar gemacht hatte, dass für sie keine Affäre zwischen Arbeitskollegen in Frage kommt. Ward hatte das selbstverständlich ganz anders gesehen, als er begann mit Tracy zu flirten. Affären unter Kollegen hätten noch nie geschadet, sie würden das Zusammengehörigkeitsgefühl eher noch stärken. Ward, der dreißigjährige Sportfanatiker, liebte schnelle Autos und war in den Fitnessstudios und Pubs von Kelowna zu Hause. Von Zeit zu Zeit ging Tracy mit Bill Ward auf ein after work Bier in einen der Pubs.

Ward machte keinen Hehl daraus, dass er sich in Begleitung der attraktiven rot-blonden Tracy überaus wohl fühlte. Bei solchen Gelegenheiten überhäufte er sie mit allen möglichen Komplimenten. Heute Abend vermisste Tracy den smarten Sunnyboy zum ersten Mal und war über sich selbst erstaunt, dass er ihr ungeachtet seiner forschen Art schon in kurzer Zeit ans Herz gewachsen war. Trotz ihrer offensichtlichen Attraktivität hatte Tracy seit über drei Jahren keine feste Beziehung mehr. Ihre letzte Beziehung hatte sie mit dem Wechsel zur Polizeischule beendet. Tom, ihr damaliger Freund, konnte sich ein gemeinsames Leben mit einer angehenden Polizistin einfach nicht vorstellen. Auch an der Polizeischule war sie ihrem Prinzip kein Verhältnis zwischen Arbeitskollegen treu geblieben. Der ein oder andere One-night-stand an den vielen einsamen Wochenenden hatte auch nicht das gehalten, was er versprochen hatte. Musste sie mit der Illusion leben, dass eine Polizistin nur mit einem Polizisten glücklich werden konnte. Dann wäre Bill ja doch keine so schlechte Wahl. Tracy musste schmunzeln als sie den letzten Bissen ihres Salates gegessen hatte. Sie bezahlte und fuhr in Gedanken an Bill nach Hause.

Tag 2

22
Okanagan Wenatchee National Forest
USA

Bruce hatte schlecht geschlafen und alle Knochen taten ihm weh, als Tony ihn weckte. Die Sonne war gerade aufgegangen, als sie bereits wieder im Sattel saßen. In wenigen Minuten hatten sie den Fuß des fast 3000 Meter hohen Berges erreicht, dessen Spitze vollkommen von Schnee bedeckt war. *„Auf welcher Höhe liegt die Hütte?"*, wollte Tony wissen. Sie hatten gute vierhundert Höhenmeter am Stück zu überwinden, der Berg stand wie eine Wand vor ihnen, jedoch nichts konnte Tony aufhalten, als sie die Bikes in den schmalen Trail lenkten. Mühsam schraubten sie sich im dünnsten Gang kurbelnd Kehre um Kehre nach oben. Der Trail war technisch nicht so schwierig, aber extrem steil. Schon nach einhundert Höhenmetern brannten die Beine. Nach weiteren einhundert Metern schien die Luft dünner zu werden und die Lungen sogen die kalte Luft tief ein. Auch Tony spürte jetzt seine schmerzenden Lungenflügel, obwohl er heute Morgen nochmal eine Dosis gespritzt hatte. Bruce hatte jetzt Druck gemacht und zwischen den Fahren hatte sich eine Lücke von gut dreißig Metern gebildet. Sie hatten rund zweidrittel des Weges geschafft, als der Trail in eine 180 Grad Kehre verlief. Bruce hatte die Kehre bereits genommen und befand sich nun drei Meter oberhalb von Tony. Er schraubte die Federung der Gabel auf die härteste Stufe, kurbelte weiter, bis er direkt über Tony stand.

„Jetzt oder nie", sagten ihm seine Gedanken als er das Bike an den Rand des Trails steuerte und mit aller Kraft das Vorderrad anhob, ein kräftiger Tritt auf die Kurbel und Bike samt Fahrer hoben ab.

Bruce, der Wahnsinnige, sprang und landete direkt hinter Tony auf dem drei Meter tiefer gelegenen Trail. Rücken an Rücken mit dem Feind. Die Gabel tauchte bis zum Anschlag ein, als das Bike am Boden aufschlug. Tony erschrak, riss sein Bike instinktiv an die Bergflanke und stürzte, die Beretta fiel aus der Trikottasche. Bruce saß auf seinem Bike und beschleunigte umgehend downhill. Bis Tony sich wieder aufgerafft hatte, war Bruce bereits unterwegs. Tony suchte die Waffe, sie lag neben einem kleineren Felsvorsprung. Er hob sie auf. Seine Augen verfolgten den Trail. Bruce war verschwunden, die Flucht geglückt. Tony hatte jetzt keine Zeit mehr zu verlieren, schulterte das Bike und legte den restlichen Weg bis zur Hütte zu Fuß zurück. In der Hütte fotografierte er die Karten mit seinem Handy, er hatte gefunden wonach er suchte. Nach einer kurzen Pause begann er mit dem Abstieg und folgte der Bergkette in westlicher Richtung. In weitem Bogen umfuhr er die in den Tälern gelegenen Campgrounds auf seinem Weg zum Ziel. Gegen Mittag hatte er den Diamond Creek erreicht, an seiner Quelle füllte er seine beiden Wasserflaschen und aß zwei luftgetrocknete Würste. Er folgte dem Creek bis dieser in den Lost River mündete. Der Fluss würde ihn bis an sein Ziel führen.

23
Kelowna, Polizeirevier Headquarter
Kanada

Tracy saß bereits am Computer, als John Henry das Headquarter betrat. Der Chief Superintendent sah müde aus, die zweite Vollmondnacht hatte ihm nicht gutgetan. Er hatte sich im Bett hin und her gewälzt, ohne richtigen Schlaf zu finden. Der Anblick des dampfenden Kaffees, den Tracy ihm auf den Tisch stellte, schien den Kampf gegen seine Müdigkeit bereits aufgenommen zu haben, obwohl er noch keinen Schluck getrunken hatte.

„Tracy, Sie können offensichtlich Gedanken lesen, das ist genau das was ich jetzt brauche. Was habe Sie heute wieder köstliches gemacht?"

Genüsslich sog er den Duft der frisch gebrühten Excelsa Bohnen ein. Tracy, die ein Faible für außergewöhnliche Kaffees hatte, überraschte die Kommissare immer wieder mit neuen, ausgezeichneten Kaffeesorten.

„Meine neueste Entdeckung, Chief. Ist nicht so sehr bekannt, die Excelsa Bohne kommt aus dem Westen Afrikas und ist ein echter Geheimtipp. Der hohe Koffeinanteil wirkt wahre Wunder", erläuterte Tracy nicht ohne Stolz.

Henry nahm das Stichwort auf, nachdem er den ersten Schluck des Kaffees genossen hatte: *„Welches Wunder hat denn Ihre Suchmaschine heute Nacht verbracht. Haben wir Infos über diesen Bishop?"*

„Wir haben 25 Profile erhalten, die ich schon vorsortiert habe, indem ich einen weiteren Filter aufgerufen habe. Am Ende bleiben eigentlich nur vier Profile übrig", fasste Tracy die Daten, die die Suchmaschinen über Nacht herausgefiltert hatten, zusammen.

Auf der Wandtafel erschienen die vier Profile:

Joseph Bishop: Business Development Spezialist für Informations-Management in der IT Branche, Selbstständiger aus Detroit

Joseph Bishop: Construction Consulting, unabhängiger Berater der Bauindustrie aus Seattle

Joseph Bishop: Inhaber des Hotel Resorts "Black Rose" aus Las Vegas

Joseph Bishop: Superintendent der US Air Force aus Chicago

„Chief, ich habe mir gestern Abend nochmal die persönlichen Aufzeichnungen von Dr. Hamilton genauer angesehen und bin dabei auf den Namen Ron Sugar gestoßen. Offensichtlich handelt es sich hierbei um den zweiten Partner von Hamilton."

Henry hob die Augenbrauen. *„Verdammt ehrgeizig die Kleine"*, ging es ihm durch den Kopf.

Auf der Wandtafel halbierte sich das Bild und es erschienen drei Profile unter dem Namen Ron Sugar

Ronald (Ron) Sugar: Businessmann, Inhaber und Geschäftsführer eines Flugplatzes in Lost River

Ronald (Ron) D. Sugar: Senior Berater für Unternehmen aus der Medizinbranche, Los Angeles

Ronald (Ron) Louis Sugar: Inhaber eines Bestattungsunternehmens aus Houston

„Ich versuche die Verbindungen zwischen Bishop und Sugar herzustellen. Mal sehen was mir der Computer da herausfiltert."

„Ok, tun Sie das. Ich werde Ihren Vater anrufen. Da die sieben Personen alle aus den USA kommen, muss er nochmal mit den Amerikanern sprechen. Die sollen denen mal einen Besuch abstatten. Mal schauen was dabei herauskommt."

24
Okanagan Wenatchee National Forest
USA

Bill Ward und Andy Osborne hatten die Hütte am Haig Mountain bereits verlassen und folgten dem Pacific NW Trail Richtung Remmel Mountain seit über einer Stunde. Der Schlaf hatte beiden Männern gut getan, sie kamen zügig voran. Inspector Ward erwies sich als geeigneter Mountainbiker und konnte das von Osborne eingeschlagene Tempo recht gut mithalten. Andy hatte vorgeschlagen dem Trail bis hinter Apex Mountain zu folgen. Vor dort aus hatten sie einen freien Blick auf das Tal vor Remmel Mountain. Die herrliche Landschaft mit ihren atemberaubenden Blicken auf die umliegenden Berge nahm Bill an diesem Morgen spürbarer wahr als gestern. Eigentlich hatte er die Suche aufgegeben. Sie würden Montana oder wie immer der Täter hieß hier nicht finden können. Er wollte Andy Osborne heute jedoch noch zur Seite stehen, bevor er sich dann aus irgendeinem der Orte, die sie gegen Nachmittag erreichen wollten, abholen ließ. Andy hob die Hand und die Räder stoppten, er zeigte auf ein südlich liegendes Plateau. *„Lass uns kurz dort hinfahren, wir haben dann einen Blick über das ganze Tal vor Remmel Mountain"*, schlug er vor. Bill folgte ihm. Andy legte sein Rad zu Boden und holte ein Fernglas aus seinem Rucksack, dann ging er bis an den Rand des Plateaus. Links von ihnen befand sich Apex Mountain. Hier begann er mit seiner Suche und schwenkte dann den Blick in Richtung Südwesten bis Remmel Mountain. Der fast 3000 Meter hohe Berg bot einen gigantischen Anblick.

Andy reichte Bill das Fernglas: „*Hier, vor Remmel Mountain kannst Du Four Point Lake sehen. Der See liegt am Fuß von Remmel Mountain.*"

Bill sah durch das Fernglas, erkannte den See und suchte die Gegend ab. „*Vor dem See kann ich einen Trail erkennen.*"

„*Coleman Ridge*", antwortete Andy wie aus der Pistole geschossen. „*Wir werden nach der nächsten Kehre downhill Richtung Chewuch River fahren und stoßen dann auf den Coleman Ridge Trail. Von da aus können wir den Aufstieg zum Remmel Mountain absuchen. Wenn wir sie da nicht finden sollten, dann…*", er machte eine Pause und fuhr resignierend fort, „*… dann ist es eh vorbei und sie sind über alle Berge.*"

Bill drehte sich zu Andy und gab ihm das Fernrohr zurück.

„*Wir werden nicht aufgeben. Auch wenn wir Deinen Bruder nicht finden. Du kannst Dir sicher sein, dass meine Kollegen auch an der Suche arbeiten und alles tun werden, um ……*"

Er klopfte Andy auf die Schulter, ihm fehlten die richtigen Worte. Bill war klar, dass der Täter auch Andys Bruder töten würde, wenn sie ihn nicht vorher finden würden. Aber was sollte er machen? Sie kamen in dieser Gegend einfach nicht schneller voran. Andy nickte: „*Schon gut, lass uns weiter fahren.*" Die Männer klickten ihre Cleats in die Pedalen und machten sich auf den Weg.

25
Las Vegas
USA
Vor einem Jahr

Joseph Bishop hatte das Mobiltelefon beiseitegelegt und stand jetzt auf der Balustrade in der ersten Etage. Er blickte gedankenverloren in das riesige Foyer seines Hotels. Sein Blick blieb nur kurz an dem prunkvollen Leuchter, der von der fast zwölf Meter hohen Decke herabhing, hängen. Das Licht brach sich in tausend geschliffenen Kristallplättchen und spiegelte sich auf den weißen Marmorstufen der vier in jede Himmelsrichtung führenden

Treppenabgänge wider. Das alles gehörte ihm, doch Ron Sugars Anruf bereitete ihm Kopfschmerzen. Sollte er alles verlieren? Seine Gedanken schweiften zurück in eine längst vergangene Zeit. Er konnte den Duft der Lombardei förmlich riechen, als er daran dachte wie alles begann.

26
Lombardei
Italien
Vor über 30 Jahren

Der Eselskarren zog den Feldweg, der parallel zur Via Cerca von Caleppio di Settala Richtung Cambiago verlief, entlang. Die Sonne stand hoch am Himmel und der Duft der Gräser von den umliegenden Feldern zog an ihnen vorüber. Die Luft war rein und es wehte ein lauer Wind aus den Alpen hinunter in das Tal des Po. Voller Vorfreude auf den heutigen Tag waren die Freunde Antonio Colombo und Giuseppe Vescova früh aufgebrochen und hatten die sieben Kisten mit den neuen Stahlrohren vorsichtig auf den Eselskarren gehievt. Antonios Großvater Angelo Luigi Colombo hatte die Firma Columbus Tubi bereits 1919 gegründet und stellte handgefertigte Stahlrohre für den Fahrradrahmenbau her. Antonio und Giuseppe brachten die Rohre jetzt in das gut dreißig Kilometer entfernte Cambiago zu Ernesto Colnago, den bekannten italienischen Fahrradrahmenbauer. Ernesto hatte den beiden Jungen versprochen, dass sie ihm heute bei der neuen Rahmenfertigung zusehen durften. Giuseppe ließ die Zügel locker, rückte seine Brille zurecht und schielte auf das kleine Kästchen, das Antonio fest zwischen seinen Händen hielt. In dem Kästchen befand sich das Wertvollste der Columbusrohre, das handgestanzte Wahrzeichen la Columba, die Taube. Jedes Steuerrohr eines aus Columbusrohren gefertigten Fahrradrahmens zierte dieses Wahrzeichen und bescheinigte somit seine Echtheit. In dem Kästchen befanden sich genau zwanzig Plaketten mit dem Abbild der Taube. Ernesto Colnago hatte zwanzig Rohrsätze in unterschiedlichen Durchmessern und Wandstärken bestellt, er wollte zwanzig Rennräder fertigen. Giuseppe musste dieses Kästchen in seinen Besitz bringen, sonst würde er große Probleme mit dem Asiaten bekommen, dem er die Originalplaketten bereits verkauft hatte. Fünfzig Prozent hatte er als Anzahlung erhalten, das restliche Geld würde er mit Übergabe der Ware bekommen. Er lenkte den Karren in die Via Brianza, in wenigen Minuten hatten sie die Werkstatt von Ernesto Colnago erreicht. Ernesto öffnete das Tor zur Stahlschmiede und ließ die Jungen ein.

„Hallo Ernesto", grüßte Antonio freundlich, *„Vater hatte keine Zeit uns mit dem Auto zu bringen, so dass wir mit dem Eselskarren gekommen sind. Ich habe meinen Freund Giuseppe mitgebracht. Ist das in Ordnung?"*

„Sì, sì va bene", war die herzliche Antwort.

„Hast Du etwas Wasser für Toni? Er scheint mir etwas erschöpft zu sein nach dem langen Weg. Er ist ja auch nicht mehr der Jüngste."

Ernesto deutete mit der Hand zur rechten Wand, dorthin wo sich ein großes Becken mit Wasser befand: *„Nimm den linken Hahn, das ist Brunnenwasser, einen Eimer findest Du neben dem Becken. Leg das Kästchen mit den Plaketten auf den Tisch in der hinteren Ecke und holt mir dann die Kisten mit den Rohren."*

Antonio legte das Kästchen mitten auf den Tisch, so dass es gut sichtbar war. Er füllte den Eimer mit Wasser und ging dann mit Giuseppe nach draußen, um Toni Wasser zu bringen und den Eselskarren zu entladen, während der Esel durstig das Wasser aus dem Zinkeimer schlürfte. Lange Neonleuchten waren an der Decke der Werkstatt angebracht, um die einzelnen Arbeitsbereiche mit genügend Licht zu erleuchten. Die Wände waren mit Tafeln versehen, an denen die verschiedensten Werkzeuge hingen. Regale aufgefüllt mit unterschiedlichsten Materialien säumten die noch offenen Bereiche zwischen den Werkbänken. Alles war feinsäuberlich angeordnet. Mitten im Raum befanden sich die Fräs- und Drehbänke. Es roch nach Stahl und Öl.

Ernesto öffnete die Deckel der sieben Kisten mit einem Brecheisen. In jeder Kiste befanden sich unterschiedliche Rohre sowohl im Durchmesser als auch in der Wandstärke. Er ging zu einem großen Stahltisch, dessen eiserne Tischplatte gelocht war. Der

Meister legte die zu einem Rahmen gehörenden Rohre auf den Tisch und fixierte die einzelnen Rohre mit Bolzen in den Löchern auf dem Tisch. Mit staunenden Augen betrachteten die Jungen wie die Rohre in der Rahmenlehre einen Fahrradrahmen auf dem Tisch bildeten. Ernesto holte Stahlwinkel, Schieblehre und Maßband bevor er mit der Vermessung der einzelnen Rohre begann. Von Zeit zu Zeit blickte er auf den an einem Ständer befestigten Konstruktionsplan. Nachdem er die Rohre entsprechend vermessen hatte, spannte er sie in einen Schraubstock und begann sie unter den erforderlichen Winkeln und Bögen auf Länge zu sägen, zu feilen und zu fräsen. Er begann mit dem Steuerrohr, es folgten Ober-, Unter,- und Sitzrohr, bevor er sich letztendlich mit den vier Streben und dem Tretlager beschäftigte. Die Augen des fünfzehnjährigen Antonio konnten sich nicht vom Geschehen abwenden, ständig beobachtete er genauestens was der Meister tat. Der ein Jahr ältere Giuseppe blickte immer dann, wenn Ernesto für einen neuen Arbeitsschritt Werkzeug holte, kurz zu dem Kästchen mit den Plaketten. Unberührt lag es auf dem Tisch in der hinteren Ecke. Die drei waren allein in der Werkstatt, als Ernesto begann die Rohre zu schleifen und zu polieren. Jeder noch so kleine Grat wurde von den Kanten entfernt. Anschließend legte er sie wieder auf die stählerne Tischplatte und fixierte die Bolzen entsprechend. „Na", lächelte er den Jungen zu, *„sieht schon aus wie ein richtiger Rahmen".* Nachdem er die Rohre in der Rahmenlehre in Position gebracht hatte, wurden sie mit einer provisorischen Naht geheftet. Anschließend folgte das Verlöten. Er begann zunächst die Kettenstreben mit den Ausfallenden zu verlöten. In dem blauen Kegel der Acetylen und Sauerstoffflamme begann das Lot unter ca. sechshundertfünfzig Grad Celsius zu schmelzen. Ernesto benutze hierfür ausschließlich Silberlot. Immer wieder beobachtete er hierbei die Färbung der Flamme, das Lot floss zielgenau an die entsprechenden Stellen. *„Diesen Arbeitsgang nenne ich die Vermählung der einzelnen Teile, sie sind nun unzertrennlich miteinander verbunden",* erläuterte er den Jungen was er gerade tat. Mit offenem Mund starrten die Jungen auf den in dem Ständer eingespannten Fahrrahmen, der nun komplett verlötet war.

„So das ist genug für heute, der Rahmen bleibt über Nacht in dem Wasserbad", sagte Ernesto, der den Rahmen jetzt aus dem Ständer nahm und zu dem großen Waschbecken an der gegenüberliegenden Seite brachte. Antonio folgte ihm sofort. Das war Giuseppes einzige Möglichkeit zu handeln. Im Rücken der beiden anderen bewegte er sich mit großen Schritten katzenartig in die hintere Ecke und nahm das Kästchen mit den Plaketten an sich. Schnell und unbemerkt ließ er es unter seinem Pullover verschwinden, anschließend knöpfte er seine Jacke zu und ging zum Wasserbecken, in das Ernesto gerade den Rahmen tauchte.

Giuseppe fing jetzt an zu schwitzen. Schweiß bildete sich auf seiner Stirn. Was sollte er nur machen, wenn Ernesto noch nach dem Kästchen schaute? Doch ehe seine Gedanken eine passende Antwort fanden, drehte Ernesto sich plötzlich und unerwartet zu ihm um:

„He, Giuseppe, ist Dir nicht gut? Du schwitzt und siehst ganz blass aus."

„Meister", stammelte der sichtlich überraschte Giuseppe, *„mir ist ein wenig schlecht."*

„Das kann von dem Flussmittel kommen, das ich benutzt habe", erklärte Ernesto besorgt.

„Lasst uns vor die Tür gehen und frische Luft schnappen."

Er schob Giuseppe vor sich her Richtung Ausgang. Der Junge atmete tief durch, als er den seichten Wind in seinem Gesicht spürte.

„Es wird schon besser".

„Für heute ist eh Schluss. Wenn ihr Lust habt, könnt ihr morgen wiederkommen. Morgen ist das Verputzen der Nähte angesagt. Anschließend müssen wir noch die Zuganschläge und den Umwerfersockel anlöten, bevor der Rahmen ein letztes Mal gerichtet wird."

Ernesto machte nun eine Pause und sah die Jungen fragend an: *„Habe ich noch etwas vergessen?"*

Giuseppe war mit seinen Gedanken ganz woanders, er wollte nur weg.

„Na klar", rief Antonio, *„was ist mit den Plaketten?"*

„Gut aufgepasst", antwortete Ernesto, *„die werden natürlich vor dem Richten noch auf das Steuerrohr gelötet."*

Giuseppe drückte das Kästchen unter seinem Pullover fest gegen seinen Oberkörper, er begann wieder zu schwitzen, sein Herz raste und schlug ihm bis zum Hals.

„Wenn Du willst suchen wir uns morgen noch gemeinsam eine Farbe für den Rahmen aus", sagte Ernesto an Antonio gewandt. *„Das neue Fahrrad ist nämlich für Deinen Vater. Es ist mein Geburtstagsgeschenk. Aber nicht verraten"*, witzelte er. *„So, macht Euch zurück auf den Weg nach Hause, wir sehen uns dann morgen."*

Giuseppe ließ sich das nicht zweimal sagen, er sprang auf den Karren, nahm die Zügel in die Hand und machte Toni Beine. Auf dem Rückweg schwiegen die Jungen. Während Antonio von dem neuen Fahrrad für seinen Vater träumte, gab es in Giuseppes Kopf nur einen Gedanken. Heute Nacht würde er Italien verlassen und zwar für immer.

Als die Jungen das Haus von Antonios Eltern erreicht hatten, stand Antonios Mutter in der Tür und rief ihm zu: *„Antonio, beeile Dich bitte, Ernesto Colnago ist am Telefon und möchte Dich sprechen!"*

Giuseppe, der ahnte was kommen könnte, sagte: *„Antonio, ich gehe schon mal nach Hause, mir ist immer noch etwas schlecht. Wir sehen uns dann morgen früh, ich bin um sieben Uhr wieder hier."*

„Okay, lege Dich am besten etwas hin, damit Du morgen wieder fit bist." Er klopfte dem Freund auf die Schulter, sprang von der Eselskarre, band Toni am Geländer fest und ging ins Haus.

Giuseppe schlenderte um die Häuserecke, vorbei an der großen Produktionshalle. Als er aus dem Sichtfeld von Antonios Elternhaus war, begann er zu rennen. Keuchend erreichte er die Strada Provinciale. Hier lief er weiter, bis er den Parkplatz vor der Gärtnerei erreichte, die sich hinter den Produktionshallen von Columbus Tubi befand. Er blickte nach allen Seiten, drehte sich um die eigene Achse und suchte nach dem Fahrzeug. Dann sah er den roten Fiat, der zweimal die Lichthupe betätigte. Giuseppe ging auf den Wagen zu, öffnete die Beifahrertür und stieg ein.

„Hast Du was wir brauchen?", fragte der am Steuer sitzende junge Mann.

„Ja, Ron ich habe die Plaketten. Fahr los, ich glaube der alte Colnago hat gemerkt, dass die Plaketten verschwunden sind."

Ron Sugar, der zwei Jahre älter war als Giuseppe, startete den Fiat und lenkte ihn auf die Autostrada Richtung Mailand.

Giuseppes Gefühl hatte ihn nicht getäuscht, Ernesto Colnago vermisste das Kästchen mit den Plaketten. Antonio war das unerklärlich, er hatte es auf den Tisch in der hinteren Ecke gestellt, da war er sich hundert Prozent sicher. Er würde morgen Giuseppe danach fragen, bevor die beiden wieder zu Ernesto kommen würden. Mit Vater musste er auch sprechen, was sollte geschehen, falls die Plaketten nicht mehr auftauchten? Vater würde Giuseppe in Verdacht haben sie gestohlen zu haben, aus welchem Grunde auch immer. Vater hatte Vorbehalte gegenüber Giuseppe und war nicht glücklich darüber, dass die beiden Jungen miteinander befreundet waren. Giuseppe hatte ein schlechtes Elternhaus. Seine Mutter war früh verstorben, er lebte alleine mit seinem Vater, einem Trinker, Taugenichts und Betrüger.

„Der Apfel fällt nicht weit vom Stamm", waren Luigi Colombos Worte, wenn er seinen Sohn vor dem Umgang mit Giuseppe warnte. Und er sollte Recht behalten. Das Kästchen mit den Plaketten blieb für immer verschwunden und Giuseppe wurde auch nicht mehr gesehen.

Giuseppe hatte Ron Sugar, der eigentlich Ronaldo Zucchero hieß und aus Palermo auf Sizilien stammte, in einer der Spelunken im Hafen von Genua kennengelernt. Gemeinsam mit seinem Vater war Giuseppe vor gut einem halben Jahr in Genua, um irgendein illegales Geschäft mit unreifen Bananen, das sein Vater eingefädelt hatte, abzuwickeln. Allerdings war Giuseppes Vater zu blöd, um den geplanten Betrug geschickt genug über die Bühne gehen zu lassen, so dass die geprellten Einzelhändler ihm eine kräftige Tracht Prügel verpassten und ihm die Bananen abnahmen. Giuseppes Vater ließ die Wut über sein Ungeschick zunächst an Giuseppe aus, dem er zwei ordentliche Ohrfeigen verpasste, als der über seine Dummheit zu lächeln begann. Es waren nicht die ersten Schläge, die Giuseppe nach dem Tod seiner Mutter erhalten hatte. In letzter Zeit schlug ihn der Alte ständig. Anschließend wollte Giuseppes Vater seinen Frust von den letzten Lira, die er noch besaß, ersaufen und suchte eine dieser Hafenspelunken auf. Hier waren die Unterwelt und Kleinkriminelle Stammgäste. Bester Umgang für ein neues Geschäft. Giuseppe ließ er vor der Tür sitzen. Der Junge hob seine Brille vom Boden, steckte sie in seine Jackentasche und rieb sich die geschwollene Wange.

Ron Sugar, ein hochaufgeschossener Bursche von achtzehn Jahren, kam an diesem Abend aus einer der schlechtbeleuchteten Gassen des Hafenviertels gegenüber der Spelunke geschlendert und sah Giuseppe vor dem Treppenabgang mit geschwollenem Gesicht hocken.

„He, was ist los mit Dir?", sprach er ihn an. Giuseppe beäugte den Fremden misstrauisch.

„Was geht Dich das an?", warf er ihm kampfeslustig entgegen und stand auf.

Die beiden hatten annähernd die gleiche Größe und blickten sich gegenseitig in die Augen. So verharrten sie wortlos einige Zeit nach dem Motto: Wer zuerst wegsieht, hat verloren. Nach einer Weile begann Sugar lauthals zu lachen, auch Giuseppe musste grinsen, wenn auch noch mit einer gewissen Zurückhaltung. Die

beiden schienen sich zu mögen. *„Komm"*, sagte Sugar nach einer Weile, *„lass uns in die Kneipe gehen, ich gebe einen aus."*
Gemeinsam stiegen sie die Treppe hinunter in das Untergeschoß. Ron zog die Tür auf und sie betraten die Spelunke. Die Beleuchtung war düster, die Decke niedrig, das Mobiliar alt und abgenutzt. Die Luft, die ihnen entgegen kam, war stickig und total verraucht. Einige zwielichtige Personen standen an der Theke, die sich im rechten Teil der Kneipe befand. Mitten unter ihnen sah Giuseppe seinen Vater wild gestikulierend sprach er mit einem der anderen Männer. Giuseppe wollte nicht in die Nähe seines Vaters, so dass Ron ihn in die hintere Ecke an einen kleinen, noch unbesetzten Tisch steuerte. Er orderte zwei große Bier, die er umgehend bezahlte. Neugierig und misstrauisch wurde Giuseppe von dem alten Buckligen betrachtet, der ihnen die Getränke brachte. Als dieser jedoch Ron Sugar in dem schummerigen Licht erkannte, hob er kurz die Hand, murmelte etwas Unverständliches und drehte den beiden den Rücken zu. Die Getränke waren nicht teuer, dennoch müsste man darauf achten, dass man nicht übervorteilt wurde. Giuseppe hatte davon gehört, dass man in solchen Spelunken häufig betrunken gemacht und ausgeraubt werden konnte.
Ron und Giuseppe redeten noch lange in dieser Nacht und beschlossen einen Deal. Ron würde Giuseppe mitnehmen. Mit nach Kanada. Dort könnte er ein neues Leben beginnen. Das Schiff würde in einem halben Jahr auslaufen, bis dahin müsste er allerdings seinen Teil des Geldes aufgetrieben haben, um die Papiere, die Ron besorgen würde, zu bezahlen. Durch Rons Kontakte würden sie einen Job auf dem Schiff bekommen und könnten sich während der Reise die Kosten für die Überfahrt erarbeiten.
Ron beugte sich näher zu Giuseppe hinüber und flüsterte unter vorgehaltener Hand: *„Die Asiaten fälschen alles, was ihnen in die Finger kommt. Sie zahlen gut für Zertifikate und Originale. Luxuswaren, das ist ihr Ding. Mein Kontaktmann braucht zwanzig dieser Originalplaketten, die mit der Taube. Besorge sie und Du bist dabei."*
Ron hielt Giuseppe seine Hand entgegen. Giuseppe schlug ein.

Der Fiat hatte den Ring um Mailand hinter sich gelassen und bog auf die A7 Richtung Genua. Giuseppe öffnete das Kästchen und hielt es Ron entgegen, der drehte seinen Kopf schaute kurz nach rechts und sah die glänzenden Plaketten mit der Taube. *„Heute Abend erhalten wir die Papiere für die Überfahrt und Du Deinen neuen Pass"*, er blickte zu Giuseppe: *„Ab heute heißt Du nicht mehr Giuseppe Vescova, sondern"*, er machte eine kurze Pause und fuhr fort, *„Joseph Bishop."*

27
Genua
Italien
Vor über 30 Jahren

Seinen neuen Namen konnte sich Joseph gut merken. Vescova hieß in englischer Sprache Bishop und Giuseppe hieß Joseph. Ron hatte ihm einen Seesack besorgt in dem er alle Habseligkeiten für die Überfahrt nach Kanada bei sich trug. Der Tag neigte sich seinem Ende, als die beiden mit geschulterten Seesäcken das Hafenbecken Cristoforo Colombo in Genua erreichten. Die "Seagull" hatte vor gut zwei Stunden an der Hafenwand festgemacht und die Beladung der Container war in vollem Gange als Ron auf den schmalen Holzsteg zeigte, der hinauf zum Oberdeck führte. Vier Jungen hatten den Holzsteg bereits vor ihnen betreten, Joseph war der letzte in der Reihe. Am Ende des Holzsteges stand ein hochgewachsener, bärtiger, älterer Mann in weißer Stoffhose und blauer Kapitänsjacke – Oleg Blochin, der Kapitän der "Seagull" kontrollierte die Papiere der Jungen. Er strich ihre Namen aus einer Liste und nahm ihre Papiere entgegen. Joseph wurde nervös, als er an der Reihe war und Blochin wiederholt abwechselnd in sein Gesicht und dann auf das Foto im Pass sah. Die Zeit schien stehen zu bleiben, bis er schließlich auch Joseph durchwinkte und ihn in englischer Sprache anwies sich mit den anderen fünf Jungen auf das Unterdeck auf die Steuerbordseite zu begeben.

Die "Seagull" war ein zum Containerschiff umgebauter Tanker, der unter russischer Flagge fuhr. Die gesamte Besatzung sprach russisch und nur wenige Worte englisch, aber es waren einige Italiener unter ihnen, die ebenfalls in Genua angeheuert hatten. Nur Kapitän Blochin und Viktor der Schiffsarzt, der auch gleichzeitig der Koch war, sprachen englisch. Ron und Joseph begaben sich auf das Unterdeck, ihre Kajüte, die sie sich mit den anderen vier Jungen – Alberto, Cesare, Fabrizio und Gustavo – teilen mussten, war eng und dreckig. Zwei Bullaugen zur Steuerbordseite ließen nur wenig Tageslicht in den kleinen Raum fallen. Ron und Joseph wählten die beiden übereinander angeordneten Kojen in der hinteren Ecke, sie teilten sich einen der drei Spinde. Die Matratzen waren durchgelegen und rochen schlecht. In der Mitte des Raums befand sich ein mit dem Boden verschraubter Metalltisch mit sechs Stühlen. Zwei Neondeckenlampen tauchten den Raum in steriles Licht. Die sechs Jungen hatten ihre Seesäcke verstaut und die Betten einander zugeteilt, als Viktor und Oleg Blochin die Kajüte betraten. Der kleine, dicke Koch las die Namen der Jungen vor, während der hochgewachsene, drahtige Blochin regungslos dastand und die Reaktionen der Jungen beobachtete. Alberto, Cesare und Fabrizio wurden der Containercrew zugeteilt, Gustavo und Ron sollten im Maschinenraum arbeiten und Joseph kam in die Kombüse zu Viktor als Smutje – so nannte man die nicht ausgebildeten Küchenjungen. Viktor nahm Joseph direkt mit in die Kombüse, während die anderen noch auf die zuständigen Bootsmänner warten mussten.

Joseph betrat die nicht einmal fünf Quadratmeter große Kombüse. Da Joseph weder russisch noch englisch sprach, gestikulierte Viktor in den ersten Tagen wild mit seinen Händen, wenn er erklärte was Joseph zu tun hatte. Als Koch war der Smut, wie Viktor genannt wurde, für die Zubereitung aller Speisen an Bord zuständig. Neben dem Frühstück, dem Mittag- und dem Abendessen musste er auch eine kleine, warme Mahlzeit für die um Mitternacht arbeitenden Seewächter zubereiten. Joseph war somit sein Gehilfe. Da sich der Kühlraum aller Lebensmittel im hinteren Teil des untersten Decks auf der Backbordseite befand und der Kapitän seine Mahlzeiten ausschließlich auf der Kommandobrücke zu sich nahm, lernte Joseph die "Seagull" schneller und besser kennen als die anderen Jungen. Er nutzte die weiten Wege, um sich mit allem vertraut zu machen.

Neben der Kombüse befand sich in Schiffsmitte in der unteren Etage der Schiffsaufbauten ein weiterer Raum, den Viktor als seine Arztpraxis und als Behandlungsraum nutzte. In zwei abschließbaren Schränken befanden sich die unterschiedlichsten

Medikamente und Pillen, an der Wand war eine klappbare Liege befestigt auf der Viktor die Kranken behandeln konnte. In einem zusätzlichen dritten Schrank waren die unterschiedlichsten medizinischen Geräte verschlossen. Neben dem Raum befand sich eine Kammer mit weiteren medizinischen Gerätschaften.

Die Route der "Seagull" brachte sie von Genua nach Barcelona, Valencia und Lissabon. In jedem der Häfen wurden Container be- und entladen. In Lissabon begleitete Joseph Viktor, um weitere Lebensmittel einzukaufen. Viktor hatte am Abend vorher zusammen mit Joseph alle vorhandenen Lebensmittel in ein kleines Buch eingetragen. Während die "Seagull" den Tejo gute zehn Kilometer an der Uferlinie Lissabons hinauf tuckerte, um die im Norden des Stadtgebietes liegenden Containerumschlagplätze zu erreichen, kalkulierte Viktor die richtigen Menge der zu bevorratenden Lebensmittel. Da die Lager- und Kühlkapazitäten begrenzt waren und eine Nachversorgung auf See nicht möglich, legte er großen Wert darauf, dass alles seine Richtigkeit hatte. Schließlich war er als Smut hierfür verantwortlich. Joseph und Viktor hatten sich darauf verständigt englisch miteinander zu sprechen, so konnte Joseph bereits die neue Sprache erlernen, die er zukünftig sprechen würde, wenn er Kanada erreicht hatte. Joseph lernte schnell, so dass er bereits nach kurzer Zeit Viktor antworten konnte, wenn dieser etwas fragte. Es war vorerst das letzte Mal, dass er festen Boden unter seine Füße bekam, bevor sie sich auf die lange Reise über den Atlantischen Ozean aufmachten. Unter voller Kraft lief die "Seagull" 15 Knoten hatte Viktor erklärt, so dass sie, wenn alles perfekt lief, gute drei Wochen bis nach Kanada brauchten.

Kapitän Oleg Blochin hatte ihnen drei Stunden Zeit gegeben, um die Lasten, so wurden die Lagermöglichkeiten genannt, voll auszuschöpfen und richtig zu befüllen, damit es auf See nicht zum Verlust großer Mengen an Lebensmitteln kam.

Die beiden hatten sich bereits um fünf Uhr auf den Weg zum Großmarkt gemacht. Viktor stand an der Reling und kratzte seinen Bauch, während sie auf den Pritschenwagen warteten, der sie abholen sollte. Mit dem Fahrer nahmen sie zusammen im Führerhaus Platz, während Viktor dem Fahrer klar machte, dass sie in spätestens drei Stunden wieder an Bord sein müssten. Der Großmarkt befand sich außerhalb des Hafenbereiches, damit sie das Hafengebiet verlassen konnten, hatte Blochin Viktor ihre Pässe mitgegeben, die er in der Innentasche seiner Jacke trug. Sie passierten den Zoll ohne Probleme und hatten den Großmarkt in kurzer Zeit erreicht. Schnellen Schrittes eilte Viktor durch die einzelnen Gänge, kaufte Brot, Mehl, Hefe, verschiedene Früchte, Nudeln, Kartoffeln, Reis, Fleisch, Käse und Würste ein. Während Viktor die Bezahlung übernahm, war es Josephs Aufgabe alle Einkäufe sicher zu dem Kleintransporter zu schaffen und die Pritsche zu beladen. Die Pritsche war schnell randgefüllt. Als Joseph zurück in die Halle des Großmarktes kam, um nach Viktor zu suchen, sah er wie Viktor in einer Apotheke, die sich am westlichen Ausgang der großen Halle befand, verschwand. Joseph, der neugierig geworden war, folgte Viktor zur Apotheke. Er drückte seine Nase auf die Fensterscheibe und rückte seine Brille etwas näher an seine Augen, um zu erkennen, was sich in der Apotheke abspielte. Ein mit einem weißen Kittel bekleideter Mann, offensichtlich der Apotheker, gestikulierte wild mit seinen Händen und schüttelte immer wieder seinen Kopf. So als wollte er Viktor klarmachen, dass es das, was er von ihm haben wollte hier nicht gab oder er ihm zumindest nicht geben wollte. Als der Apotheker sich kurz zu dem mit Medikamenten gefüllten Regalen umdrehte, zog Viktor einen großen Schraubenzieher unter seiner Jacke hervor und schlug den Apotheker nieder. Viktor lief um die Theke und griff zielsicher in einige Regale und packte verschiedene Pulver und Flüssigkeiten in einen kleinen Pappkarton. Joseph, der ihn dabei beobachtete, lief schnell zurück und verschwand im Treiben des Großmarktes, als Viktor Anstalten machte die Apotheke wieder zu verlassen.

Lässig lehnte Joseph mit beiden Händen in den Hosentaschen an der Pritsche des Wagens, als Viktor aus dem Großmarkt auf das Fahrzeug zukam. *„Wir müssen los"*, sagte er kurz angebunden. Den kleinen Pappkarton schob er unter die Plane des Pritschenwagens.

„Hast Du an die Kiste portugiesischen Portwein für den Kapitän gedacht?", fragte Viktor.

„*Merda!*", fluchte Joseph.

„*Hier hast du Geld, laufe schnell in die Weinhandlung an der Ecke*", Viktor deutete links neben das Haupttor des Großmarktes. „ *Ich melde uns schon mal beim Zoll an und erledige die Formalitäten.*"

Als Joseph zurückkam, sah er Viktor, der wild gestikulierend mit einem der Zollbeamten sprach. Sie mussten den Wagen an die Seite fahren und sollten die Plane öffnen, damit der Zoll ihre Waren stichprobenartig kontrollieren konnte. Der Fahrer startete den Pritschenwagen. „*Kann ich noch die Kiste Wein auf die Pritsche packen?*", Joseph sah den Zollbeamten fragend an. Der gab ihm das OK und drehte sich wieder in Viktors Richtung, hielt die Reisepässe in seiner Hand und sagte ihm, dass die Kontrolle auf dem Parkplatz Nummer 6 neben dem Zollgebäude stattfinden würde. Joseph hatte die Kiste Port auf der Pritsche verstaut und saß vorne im Wagen, als drei Zollbeamte die Waren kontrollierten. Da sie nichts Außergewöhnliches fanden, baten zwei der Zollbeamten Viktor kurz mit ins Zollamt, um den Passierschein entgegenzunehmen. Der dritte Beamte lief noch einmal um den Wagen, bevor er den anderen folgte. Viktor erhielt den Passierschein ohne weitere Probleme. „*Wo sind die Pässe?*", fragte er den dritten Beamten, der jetzt das Gebäude betrat. „*Die habe ich dem Jungen gegeben*", war die knappe Antwort.

Viktor ging zurück zum Wagen. Joseph saß in der Mitte der durchgehenden Sitzbank, die Pässe lagen auf Viktors Platz.

Der Wagen fuhr los. Viktor und Joseph schwiegen auf dem Rückweg zum Containerhafen, aber ihre Gedanken rasten.

Viktor fragte sich, wo der kleine Pappkarton geblieben war. Die Zollbeamten hatten ihn nicht entdeckt. Oder hatte der dritte Beamte ihn doch entdeckt und ihn an sich genommen. War das der Grund warum er noch länger am Wagen geblieben war? Wenn ja, könnte er die Pulver und Flüssigkeiten zu einem guten Preis auf dem Schwarzmarkt für Drogen verkaufen.
Joseph konnte nicht glauben, was er nun wusste. Schnell hatte er einen Blick in Viktors Pass geworfen. Viktor hieß gar nicht Viktor,

sondern sein richtiger Name war Hamilton. Dr. Martin Hamilton. Er stammte aus Halifax in Kanada. Warum nur nannte er sich Viktor? Oder waren die Papiere gefälscht?

28
Atlantischer Ozean
Vor über 30 Jahren

Die "Seagull" hatte eine Länge von 150 Meter und eine Breite von 24 Meter, sie lief jetzt unter voller Kraft, um die 15 Knoten zu machen auf ihrer Fahrt durch den aufgewühlten Atlantik. Die Besatzung hatte das Abendessen beendet und Joseph war dabei das Geschirr zu spülen, als Ron Sugar durch die Kombüsentür lugte.

„*He, Joseph ich habe für morgen Abend vier italienische Seeleute gefunden, die mit uns spielen wollen. Wir treffen uns um 21:00 Uhr in ihrer Kajüte.*"

„*Was ist mit den anderen beiden, die noch zur Belegung der Kajüte gehören?*"

„*Die haben Nachtwache. Wir können also zu sechst am Tisch Platz nehmen.*"

„*Gut, Ron, komm kurz rein und schließ die Tür hinter Dir. Ich muss Dir was sagen.*"

Ron runzelte die Stirn: „*Was gibt es geheimnisvolles?*"

Joseph brauchte einen Verbündeten. Ron war zwar nicht der Hellste, aber er war groß, muskulös und stark, während Joseph zwar groß, aber schmal und clever war. Er erzählte Ron von den Einkäufen im Großmarkt, von der Pappschachtel mit den Medikamenten, Pulvern und Flüssigkeiten, die er, bevor die Pritsche des Wagens vom Zoll kontrolliert worden war, an sich genommen hatte.

„*Und, wo ist die Schachtel jetzt?*", wollte Ron wissen.
„*Ich habe sie im Kühlraum versteckt.*"

„Wenn die Medikamente illegal sind", begann Ron laut zu denken, *„dann können wir sie in Halifax doch gewinnbringend verkaufen. Was hältst Du davon?"*

„Keine gute Idee", antwortete Joseph, der den Spüllappen beiseitegelegt hatte, seine Hände trocknete und sich das Kinn rieb.

„Erstens kennen wir uns auf diesem Gebiet nicht gut aus, die Gefahr an die falschen Leute zu geraten ist groß. Wir sind neu in Kanada und würden bei einem Vergehen sicherlich sofort wieder ausgewiesen werden. Zweitens kommt Viktor aus Halifax und hat dort sicherlich die besten Verbindungen das Zeug abzusetzen. Er würde sofort davon erfahren, wenn wir die Waren in Umlauf gebracht hätten."

„Woher weißt Du, dass Viktor aus Halifax kommt?", fragte Ron sichtlich erstaunt.

Joseph kielt kurz inne und fragte sich, ob er Ron eine Geschichte auftischen sollte oder ob er ihm alles erzählen sollte. Er entschied sich für die Wahrheit.

„Wow, das ist ja ein Ding. Nicht nur wir reisen unter falscher Identität sondern auch Viktor. Oder sollen wir ihn ab jetzt mit Martin Hamilton ansprechen?"

Ron war stolz auf die Freundschaft mit Joseph, obwohl er ihn erst seit kurzem kannte, hatte er ihn in sein Geheimnis eingeweiht. Unerwartet öffnete sich die Tür der Kombüse und Viktor betrat den Raum: *„Wie ich sehe hast Du Hilfe bekommen"*, waren seine Worte hierbei zeigte er in Richtung Ron Sugar. *„Das ist gut so, Du musst die Mahlzeit für die Seewächter um Mitternacht heute alleine zubereiten. Ich muss noch den Steuermann behandeln, der sich seinen Fuß verstaucht hat."* Viktor drehte sich wortlos um und verließ die Kombüse.

Joseph winkte Ron zu sich und erläuterte ihm seinen Plan. *„Verstehst Du was ich meine? So werden wir das richtig große Geld machen. Als Basiskapital benötigen wir die Gewinne aus unseren*

Spielen mit den Matrosen. Für die große Kohle brauchen wir Viktor. Ich muss nur noch den richtigen Zeitpunkt abwarten, um mit ihm zu sprechen."

Ron sah Joseph mit großen Augen an. Wie clever sein Freund doch war. Ihre Zukunft schien gesichert. In dieser Nacht schliefen sie beide unruhig, Sie träumten vom großen Geld, aber auch von der Gefahr dass Viktor nicht mitziehen und Kapitän Blochin sie kielholen lassen würde.

Ron und Joseph betraten um 21:00 h die Kajüte der vier Matrosen mit denen sie sich zum Spielen verabredet hatten. Joseph hatte zwei Stunden Zeit, dann musste er zurück, um die Mahlzeit für die Seewächter zu bereiten.

Die vier Seeleute setzten sich auf die Stühle der einen Seite des Tisches, Joseph saß ihnen gegenüber, die Tür der Kajüte im Rücken und holte drei halbierte Wallnussschalen und eine grüne Erbse aus seiner Hosentasche. Ron stand an der Kajütentür schmiere. Sie durften auf keinen Fall erwischt werden. Blochin, den sie unter vorgehaltener Hand den „Alten" nannten, hatte Glücksspiele strengstens verboten.

„Sie kennen das Hütchenspiel?", fragte Joseph in die Runde. Er siezte die Seeleute, um ihnen das Gefühl der Überlegenheit zu geben. Sie sollten den Eindruck haben, der schüchterne Junge mit der Brille hätte mächtig Respekt vor ihnen.

Dir vier nickten und ließen bereits jetzt die Nussschalen nicht mehr aus ihren Augen. Joseph platzierte die Erbse unter der mittleren Nussschale. Rechts und links daneben platzierte er zwei leere Schalen. Er begann dann die Hütchen mit mittlerer Geschwindigkeit mehrfach zu vertauschen, wobei er die Erbse jedoch immer in der Mitte liegen ließ.

„Wir spielen von rechts nach links. Nach der letzten Runde in der ich die Hütchen verschoben habe kann derjenige von Ihnen um dessen Einsatz wir spielen, auf das Hütchen zeigen unter dem er die Erbse vermutet. Wenn er gewinnt, wird sein Einsatz verdoppelt und

zurückgezahlt. Die anderen dürfen ihn beraten. Wir akzeptieren nur Kanadische Dollar. Das Geld wird nach jeder Runde ausgezahlt. Schuldscheine werden nicht akzeptiert. Nach jeder Runde wird der Einsatz verdoppelt. Wer weniger als den erforderlichen Einsatz an Bargeld hat, scheidet aus", erläuterte er ruhig, hierbei sah er den Seemännern durch seine Brille in die Augen und lächelte ihnen schüchtern zu. Die vier nickten wortlos.

Die Seeleute verdienten 50 Dollar am Tag bei freier Kost und Logis an Bord. Der Kapitän zahlte den Lohn jeweils am Ende einer Woche bar aus, gestern waren sie seit einer Woche auf See und hatten den ersten Lohn seit ihrer Abreise in Genua erhalten. Jeder der Seemänner hatte somit maximal 350 Dollar zur Verfügung. Sollten alle vier bis zum Schluss spielen, ging es um 1400 Kanadische Dollar. Ron hatte ebenfalls 350 Dollar erhalten, Joseph, der erst 16 Jahre alt war, hatte 210 Dollar für die erste Woche erhalten. Die Hälfte des Geldes mussten die Jungen am Ende der Fahrt Blochin zurückzahlen, sozusagen als Gegenleistung, dass er sie über den großen Teich in eine neue Welt mitgenommen hatte. Hieran versschwendeten sie heute Nacht jedoch keinen Gedanken. Joseph, der die Bank war, konnte somit maximal 560 Dollar verspielen, bevor er gewinnen musste. Das Geld der Bank hatte Joseph unsichtbar für die anderen Spieler in einer Pappschachtel deponiert, so dass keiner erkennen konnte wieviel Geld noch in der Bank war.

Joseph hatte das Spiel und insbesondere die Tricks von seinem Vater gelernt, der im Hafen von Genua damit die eine oder andere Lira hinzuverdient hatte.

Joseph suggerierte den Seemännern, dass sie aus dem Spiel als Sieger hervorgehen können auch wenn sie den Bewegungen nicht folgen könnten, dann könnten sie wie im Glücksspiel die Position der Erbse richtig erraten, wobei die Chancen 1:2 verteilt seien, da der Mitspieler zwischen drei Schalen wählen konnte, von denen nur eine die richtige sein könnte.

Die Seeleute setzten in den ersten Runden abwechselnd und starteten mit zehn Dollar, jeder von ihnen gewann. Ron schenkte den Männern nach jeder Runde ein Glas Rum ein, den Joseph aus der Speisekammer gestohlen hatte. Bereits nach der zweiten Runde stachelten sie sich gegenseitig an. Jeder der vier Männer hatte jetzt drei Runden gespielt und gewonnen, so dass insgesamt zwölf Spiele gespielt worden waren in denen sie 280 Dollar gesetzt hatten. Joseph und Ron hatten somit 280 Dollar verloren und noch 280 Dollar in der Bank. Der Einsatz in Runde vier betrug 80 Dollar pro Spieler, es wurde Zeit dass die Bank in dieser Runde zumindest ein Spiel gewann. Die Bank verlor jedoch die ersten drei Spiele dieser Runde. Während Joseph die Schalen für das letzte Spiel kreisen ließ, ging Ron zur Tür und warf einen Blick nach draußen. Ein kurzes: *„Ruhe, draußen läuft einer der Offiziere über den Gang"*, störte den Spieler links außen in seiner Konzentration. Joseph nutze diese Chance und das Spiel der vierten Runde ging an die Bank. In Runde fünf gewann die Bank die ersten beiden Spiele und verlor die letzten beiden Spiele. Ron verstand das System nicht, warum machte Joseph nicht kurzen Prozess und zog den Seeleuten das Geld sofort aus der Nase? Der Einsatz in Runde sechs betrug 320 Dollar pro Kopf. Die ersten beiden Spiele gewann die Bank, die letzten beiden Spiele verlor die Bank.

„Wieder das gleiche System", ging es Ron durch den Kopf, so konnten sie doch nicht gewinnen.

„Bevor wir die siebte Runde eröffnen, gibt es folgenden Zwischenstand", begann Joseph mit ruhiger Stimme zu erläutern. *„Spieler 1 und Spieler 2"*, er deutete auf die beiden rechts außen sitzenden Spieler, *„haben nur noch jeweils 20 Dollar, der Einsatz für Runde sieben beträgt 640 Dollar, möchten Sie noch Geld nachordern?"* Die beiden schüttelten ihre Köpfe und winkten ab. Obwohl sie ihr Geld verloren hatten, wirkten sie nicht wütend, da sie das Gefühl hatten, dass ihre beiden Kollegen gewonnen hatten und nicht die Bank.

Joseph eröffnete Runde sieben, es waren jetzt nur noch zwei Spieler im Spiel. Spieler drei war an der Reihe. Joseph rotierte die Hütchen mit gleichmäßiger Geschwindigkeit, die Erbse schien sich nicht zu bewegen. Spieler drei ließ seine Augen den kreisenden

Bewegungen folgen, es hatte etwas Hypnotisierendes. Joseph ließ die Hütchen schwimmen. Plötzlich schob er das mittlere Hütchen nach vorne und platzierte die beiden anderen Hütchen direkt dahinter, die Erbse wanderte nahezu automatisch in das letzte Hütchen der Reihe. Mit der nächsten Bewegung platzierte er die Hütchen wieder horizontal vor Spieler drei. Der hatte die Orientierung verloren: *„Schieße, wo ist die Erbse".* Der Spieler neben ihm zeigte auf das rechte Hütchen, die beiden anderen Spieler waren sich sicher: *„Nein, nein, das linke Hütchen ist es!"*

„Seid Ihr Euch sicher?", fragte er die beiden. Er wählte das linke Hütchen. Joseph hob die Nussschale hoch. Unter ihr befand sich keine Erbse.

„Hab ich doch gesagt, es ist das rechte Hütchen", lachte Spieler vier. Joseph hob das mittlere Hütchen. Keine Erbse.

„Siehst Du, hättest Du nur auf mich gehört!"

Schnell schob Joseph das rechte Hütchen mit verdeckter Hand nach vorne und hob es im gleichen Zug an, indem er den hinteren Rand zuerst nach oben bewegte, hierbei ließ er die Erbse aus seiner Hand unter die Nussschale gleiten. Alle glaubten, dass sich die Erbse unter dem rechten Hütchen befunden hatte. Tatsächlich hatte Joseph die Erbse die ganze Zeit in seiner Hand versteckt. Er hätte die Erbse auch unter dem mittleren Hütchen platzieren können, so aber hatte er den vierten Spieler so manipuliert, dass dieser jetzt glaubte, er sei unschlagbar.
Das zweite Spiel der siebten Runde verlor Joseph absichtlich und stärkte damit das Selbstbewusstsein von Spieler vier nochmals. Spieler 3 war ausgeschieden, da er den Mindesteinsatz von 1280 Dollar für die nächste Runde nicht aufbringen konnte. Spieler vier hatte bis auf eine alle Runden gewonnen und jetzt 1460 Dollar, so dass er ganz verrückt darauf war, die Runde acht alleine gegen die Bank zu spielen. Er knallte 1280 Dollar auf den Tisch, rieb sich die Hände und starrte Joseph in die Augen: *"Los Junge, lass sehen was Du drauf hast. Ich bin sicher, nach dieser Runde gehe ich mit dem ganzen Geld nach Hause."* An die anderen Spieler gewandt sagte er: *"Von Euch will ich nichts hören, keine Tipps. Ich entscheide*

alleine", hob das Glas Rum und kippte sich die braune Flüssigkeit in einem Shot in die Kehle.

Joseph legte die Erbse unter die mittlere Schale. Die Bank hatte nur noch 120 Dollar in der Kasse unter dem Tisch. Er musste gewinnen, sonst wäre hier die Hölle los. Joseph begann damit die Hütchen zu verschieben. Jedes Mal verschob er die Erbse mit. Seine Finger bewegten sich nicht, lediglich die geschlossene Hand ließ er kreisen. Es war keine Muskelanspannung erkennbar. Plötzlich spreizte er die Finger, ließ sie über die Hütchen fliegen, ohne diese zu verschieben. Der Spieler war irritiert, durch das plötzliche Öffnen der Hand hatte es den Anschein, als hätten die Hütchen ihren Platz gewechselt. Joseph stoppte die Bewegung und legte seinen rechten Zeigefinger auf das mittlere Hütchen: *„Wo ist die Erbse?"*

„Nicht mit mir!", lachte der Spieler und legte seinen Zeigefinger auf die rechte Nussschale. *„Hier ist die Erbse!"*

Joseph hob die linke Schale.
Keine Erbse.
Unerwartet sagte er dann: *"Ich biete Ihnen an weiterzuspielen, mit nur zwei Hütchen."*

Der Spieler begann laut zu lachen, ohne seinen Finger von der rechten Schale zu nehmen drehte er seinen Kopf zu den anderen Spielern: *„Der will mich wohl verarschen!"* Alle begannen laut zu lachen. *„Das Spiel ist beendet, her mit der Kohle."*

„Ok, dann nicht", sagte Joseph mit ruhiger Stimme. *„Dann haben Sie verloren. Drehen Sie das Hütchen um."*
Der Seemann starrte Joseph in die Augen, auf seiner Stirn bildeten sich kleine Schweißperlen. *„Was ist, wenn ich doch weiterspielen will?"*

„Dann dürfen Sie das Hütchen nicht hochheben und wir spielen weiter."
„Auf keinen Fall", er hob das Hütchen hoch. Unter dem Hütchen befand sich keine Erbse.

„Los zeig mir das andere Hütchen!"

Joseph hob die Nussschale hoch. Unter ihr lag die Erbse.

„Ich muss jetzt zurück in die Kombüse, leider ist das Spiel für heute beendet." Joseph ließ die 1280 Dollar in der Pappschachtel verschwinden, drückte sie Ron in die Hand und verließ zusammen mit ihm die Kajüte.

Ron war vollkommen aufgewühlt, als sie die Kombüse erreichten. Joseph schien die Ruhe selbst. *„Ich verstehe nicht warum Du so lange gespielt hast? Du hättest sie doch viel schneller verlieren lassen können. Und warum hast Du nicht die ganze Kohle abgesahnt? Wieviel haben wir überhaupt gewonnen?"* Die Fragen sprudelten nur so aus Ron heraus, als er die Pappschachtel auf die Theke in der Kombüse stellte und zu zählen anfing.

„Immer der Reihe nach", begann Joseph. *„Wir haben 840 Dollar gewonnen und 560 Dollar Startkapital. Zusammen besitzen wir jetzt 1400 Dollar, 280 Dollar müssen wir Blochin für die erste Woche zahlen, bleiben 1120 Dollar für uns."*

„Stimmt", bestätigte Ron, der das Geld gezählt hatte.

„Du musst die Spieler bei Laune halten, wenn Du ihnen das ganze Geld sofort aus der Tasche ziehst, dann ist schlechte Stimmung vorbereitet. Keiner ist ohne Geld nach Hause gegangen", erläuterte Joseph, *„auch wenn sie letztendlich alle verloren haben, kommt ihnen das nicht ganz so schlimm vor, weil sie immer noch etwas übrig behalten haben. Sie hatten nicht das Gefühl, dass die Bank sie abgezockt hatte."*

„Wie clever Joseph doch war", dachte Ron.

„Außerdem werden sie jetzt bei den anderen nicht schlecht über uns reden, wir wollen doch noch weitere Spiele mit den anderen Seeleuten spielen, oder?", blickte er Ron an.

„*Joseph, Du bist genial.*" Ron war begeistert: „*Ich bin froh Dein Freund zu sein.*"

„*Kümmere Du Dich um weitere Spieler, in Kanada teilen wir uns dann den Gewinn.*"

Es sollten jede Woche weitere Spiele immer nach dem gleichen Muster folgen. Joseph wollte mit fast zehntausend Dollar Startkapital in Kanada aufschlagen.
Ron verließ die Kombüse, während Joseph begann die Mahlzeit für die Seewächter vorzubereiten. Er musste den richtigen Zeitpunkt abwarten, um mit Viktor zu sprechen. Vorher musste er jedoch noch Viktors Spind aufbrechen, ihm fehlten noch einige Informationen, die er hoffte dort zu finden.
Das heiße Wasser sprudelte in den vier großen Töpfen über dem Gasherd, die Joseph mit Nudeln befüllte, während Viktor die Bolognesesoße für das Mittagessen vorbereitete. Die Tür zur Kombüse ging auf und Oleg Blochin stand unerwartet im Raum:
„*Viktor, der Steuermann klagt immer noch über Schmerzen, Du musst ihn nochmal behandeln, ich lasse ihn in den Behandlungsraum bringen. Komm jetzt sofort, ich habe keinen Ersatz für ihn. Er braucht ein ganz spezielles Schmerzmittel, Du weißt schon was ich meine. Lass den Jungen das Essen alleine kochen. Ich schicke ihm einen der anderen Jungen, der helfen soll.*"

Der Befehlston des Kapitäns war harsch und ungeduldig.

„*Kapitän Blochin, entschuldigen sie Sir, könnten sie Ron, ... Ron Sugar aus meiner Kajüte herschicken?*", unterbrach Joseph den Kapitän.

Blochin zog die Stirn kraus, doch bevor er etwas sagen konnte, sprach Joseph weiter: „*Der war schon mal hier und hat geholfen, der kennt sich bereits aus und weiß wo alles liegt.*"

„*Stimmt*", bestätigte Viktor, „*der war vorgestern Abend hier, als ich den Steuermann behandelt habe.*"

Der Alte stimmte zu und verließ gemeinsam mit Viktor den Raum.

„Das ist der richtige Zeitpunkt, um mit Viktor zu sprechen", schoss es Joseph durch den Kopf.

„Der Kapitän sagt, ich soll .... ", betrat Ron die Kombüse.

„Pass auf", unterbrach ihn Joseph aufgeregt, *„wo sind Alberto, Cesare und Fabrizio?"*

„Die haben ihre Container schon kontrolliert, Fabrizio muss mich allerdings jetzt im Maschinenraum vertreten. Alberto und Cesare liegen auf ihren Kojen und haben Pause."

„Hol die beiden, damit sie Dir helfen. Das Essen ist so gut wie gekocht. Serviert der ganzen Mannschaft das Essen. Ich bringe dem Alten das Essen zuerst, dann muss ich mit Viktor sprechen, der Zeitpunkt ist gekommen und zwar jetzt."

Ron stellte keine Fragen, er tat was der Freund ihm sagte. Joseph hatte immer die richtigen Ideen und wusste was er wann und wie zu tun hatte.
Wie in einem Nobelrestaurant hatte Joseph für die Spagetti edlen Parmesan besorgt und einen kleinen Salat dazu kredenzt. Die Spagetti und die Bologneseoße hatte er unter einem Warmhaltedeckel platziert. Er hatte sich einen sauberen weißen Küchenkittel übergezogen und stieg mit vollem Tablett die Treppen bis in die dritte Etage empor. Kapitän Blochin saß bereits an seinem Tisch, der extra im hinteren Bereich der Kommandobrücke auf einem kleinen Podest platziert worden war, als Joseph die Kommandobrücke betrat. Oleg Blochin saß leicht erhöht und konnte den ganzen Raum überblicken. Joseph näherte sich dem Tisch und stellte das Tablett mit den Speisen ab. Aus der Tasche seines weißen Küchenkittels zauberte er eine Flasche Rotwein und ein Weinglas. Er goss dem Alten ein und servierte das Essen. Zu guter Letzt raspelte er den edlen Parmesan über die heiße Soße. Joseph verneigte sich kurz und wünschte dem Kapitän guten Appetit.

„Nicht so schnell, junger Mann", der Kapitän schien bestens gelaunt, mit dem Rotwein hatte er nicht gerechnet. Und auch die

Art wie Joseph servierte, schien ihm gut zu gefallen. Joseph sah zu Blochin, der einen Schluck Rotwein in ein Wasserglas füllte und es ihm reichte.

„Zuerst wird hier vorgekostet."

Ohne zu zögern trank Joseph den Wein.

„Und jetzt die Soße."

Joseph griff nach dem Löffel, als Blochin zu lachen begann und abwinkte: *„Schon gut, Du kannst gehen."*

Joseph bedankte sich und verließ die Brücke. Nun war er sich sicher, dass Viktor alleine mit dem Steuermann war. Der Kapitän würde sie nicht stören während er aß.

Schnellen Schrittes eilte er zum Behandlungsraum, er hielt sein Ohr gegen die verschlossene Tür und drückte die Klinke nach unten. Ein qualvolles Stöhnen drang aus dem Behandlungsraum, als Joseph die Tür öffnete. Der Steuermann lag mit dem Rücken auf der Liege, den Kopf zu Wand gedreht und stöhnte. Viktor war in der an die gegenüberliegende Seite angrenzenden Kammer verschwunden. Joseph betrat leise den Behandlungsraum und ging in die Kammer. Der Steuermann war zu sehr mit sich und seinen Schmerzen beschäftigt, als dass er etwas bemerkt hätte. Joseph schlich in die Kammer und schloss die Tür hinter sich. Viktor drehte sich erschrocken um. Joseph hielt den Zeigefinger vor seinen Mund und deutete Viktor an zu schweigen. In der Hand hielt er den kleinen Pappkarton mit den Pulvern, Pillen und medizinischen Flüssigkeiten, die Viktor brauchte, um die Schmerzen des Steuermannes zu lindern.

„Viktor", begann Joseph, der mit dem Rücken an der Tür lehnte, leise zu flüstern, *„oder soll ich Sie Martin oder Dr. Hamilton nennen?"*

Viktor erschrak: *„Woher....?"*

„Ich weiß alles", bluffte Joseph. *„Hier nehmen Sie die Schachtel und helfen Sie dem Steuermann, ich erkläre Ihnen später alles."*

Viktor wusste nicht wie ihm geschah, was wollte der junge Bengel von ihm? Ganz automatisch griff er sich die Schachtel, rührte die unterschiedlichen Pülverchen und Flüssigkeiten, in einem nur ihm bekannten Verhältnis, nachdem er sie vorher abgewogen hatte, zusammen und zog sie in eine Spritze. Als er die Tür zum Behandlungsraum öffnete, stand Blochin vor ihm: *„Wie weit bist Du?"* harschte der ihn an. Joseph drückte sich mit dem Rücken an die Wand, um nicht gesehen zu werden. Viktor trat aus der Kammer, zog die Tür zurück, ohne sie zu schließen. *„Ich muss ihm nur noch die Spritze geben, die wirkt sofort."* Joseph erwähnte er mit keinem Wort.

„Das hast Du ja in Afghanistan gelernt, bevor wir geflohen sind oder.... Dr. Hamilton? Vergiss das nicht. Ich brauche den Steuermann in zehn Minuten voll einsatzfähig", lachte Blochin aus rauer Kehle und verließ den Raum. Im Türrahmen drehte er sich nochmal um: *„Und schick mir den Smutje, diesen Joseph. Ich bin fertig, das Geschirr kann abgeräumt werden."*

„Afghanistankrieg", ging es Joseph durch den Kopf. Der Kreis schloss sich und die einzelnen Teile des Puzzles fügten sich nun ineinander. Gestern Abend hatte Ron für ihn das Schloss vor Viktors Spind mit einem Draht aufgebrochen, hier fanden sie im oberen Fach eine schmale Kladde mit Zeugnissen, Lebenslauf und militärischen Dokumenten – ausgestellt auf den Namen Viktor Sokolow. Viktor war 1945 im russischen Orenburg, unweit der Grenze zu Kasachstan geboren. Er hatte an der Staatlichen Medizinakademie Apothekenwissenschaften studiert, bevor er in den Dienst der Militäruniversität der Streitkräfte der Russischen Föderation eintrat. Hier hatte er offensichtlich unter dem Deckmantel des Militärs an leistungssteigernden Substanzen für den zivilen und den militärischen Einsatz geforscht. Zusätzlich fanden sie Dokumente und Papiere des kanadischen Stabsarztes Dr. Martin Hamilton. In Hamiltons Reisepass waren die Geburtsdaten und das Passbild von Viktor eingefügt. Viktor hatte

offensichtlich vor die Identität von Martin Hamilton anzunehmen, sobald sie Kanada erreichten.
Der Steuermann verließ noch leicht humpelnd, aber ohne Schmerzen, den Behandlungsraum und machte sich auf zur Kommandobrücke, wo Blochin bereits auf ihn wartete.

Viktor schloss die Tür des Behandlungsraumes von innen und ging auf den einen halben Kopf größeren Jungen zu. Ganz dicht vor ihm blieb er stehen, warf seinen Kopf in den Nacken und bluffte Joseph an: *„Junge, was willst Du von mir? Hast Du keinen Schiss, dass ich das Kapitän Blochin melde und der Dich einfach über Bord wirft?"*

Der sechszehnjährige Joseph sah den gut zwanzig Jahre älteren Viktor nachdenklich an. Er wurde leicht nervös, hatte er zu hoch gepokert und würde jetzt die Quittung bekommen? Dann sagte er völlig verblüffend: *„Ich möchte Ihr Partner werden, das ist alles."*

„Wie, mein Partner?", Viktor verstand nicht.

„Viktor", begann Joseph, *„oder soll ich Sie Martin nennen?"*

„Nicht hier an Bord, bloß nicht", Viktor wurde nervös.

„Also gut, Viktor. Ich habe die Schachtel mit den Medikamenten für Sie vor dem Zoll in Sicherheit gebracht. Ich weiß, dass Sie den Apotheker niedergeschlagen haben. Ich weiß, dass Sie Viktor Sokolow heißen, aber unter dem Namen Dr. Martin Hamilton nach Kanada einreisen wollen. Außerdem weiß ich aus Ihren Papieren, dass Sie gar kein Arzt sind, sondern Apotheker."

„Was ist mit meinen Papieren?" Viktor schien nicht nur nervös zu sein, er schien Angst zu bekommen, nicht vor Joseph, sondern davor, dass Blochin von diesem Gespräch erfahren würde.
„Sie brauchen keine Angst zu haben", beruhigte ihn Joseph, der Viktors Gefühlszustand gespürt hatte.

„Die Papiere liegen in Ihrem Spind, das einzige was ich an mich genommen habe, ist der Totenschein und der Aktenvermerk über die

Todesursache von Dr. Martin Hamilton. Martin Hamilton wurde ermordet, der Totenschein sagt jedoch etwas anderes aus. Der Mord an Hamilton sollte vertuscht werden. Und…", Joseph hielt kurz inne, *„und, Sie kennen den Mörder…!"*

Joseph schaute Viktor ins Gesicht: *„Und ich kenne ihn jetzt auch und damit ihr Geheimnis"*, bluffte er.

„Nein, nein, ich habe Hamilton nicht ermordet!" Viktor hob beschwichtigend seine Hände.

„Ich weiß", sagte Joseph mit ruhiger Stimme, *„es war Oleg Blochin, aber Sie haben den Totenschein gefälscht. Und damit erpresst er Sie. Sie brauchen keine Angst zu haben, vertrauen Sie mir, ich werde Ihnen helfen. Erzählen Sie mir die ganze Geschichte und ich werde Ihnen sagen wie ich Ihnen helfen kann."*

Viktor war überrascht wie gut Joseph die einzelnen Informationen, die er kannte, kombiniert hatte. Was hatte er zu verlieren, er würde Joseph die Geschichte erzählen. Er brauchte Hilfe, um ein neues Leben beginnen zu können und er musste Oleg Blochin loswerden. Aber zunächst schickte er den Jungen zu Blochin, um das Geschirr abzuräumen.

29
Afghanistan

Bewaffnete Konflikte in Afghanistan gab es schon seit einiger Zeit. Dann, im September vor fast zwei Jahren, übernahm Hafizullah Amin die Macht und versuchte den Widerstand niederzuschlagen. In der Folge eskalierte der Bürgerkrieg in Afghanistan. Am ersten Weihnachtstag vor zwei Jahren überschritten die ersten Einheiten der 40. Armee der Sowjetunion die Grenze nach Afghanistan. Gleichzeitig wurden 7.000 Elitesoldaten der 103. Luftlandedivision nach Kabul und Bagram eingeflogen, unter ihnen Viktor Sokolow. Der Apotheker machte seine Ausbildung zum Stabsarzt und begleitete die Elitesoldaten. Kurz nach Weihnachten führten schon länger im Land befindliche Spezialtruppen des KGB die geheime Operation Storm-333 durch. Viktor nahm an diesem

Einsatz teil und traf den vom KGB angeworbenen kanadisch-amerikanischen Militärarzt Dr. Martin Hamilton.

Hamilton hatte bereits am Vietnamkrieg teilgenommen und war Spezialist für Amphetamintherapien. Er hatte entscheidend an der Entwicklung sogenannter Go Pills gearbeitet. Die Einnahme dieser Pillen erhöhte die Leistungssteigerung, Kampfbereitschaft und Aggressivität der Soldaten. Durch die Verwendung von Pervitin und Dexedrin wurden Müdigkeit und Schmerzempfinden weitgehend ausgeschaltet.
In der Operation Storm-333 erstürmten die Elitesoldaten den Tajbeg-Palast und weitere strategisch wichtige Punkte in Kabul. Hafizullah Amin wurde hierbei getötet. Der leitende Offizier dieser Operation war Hauptmann Oleg Blochin, ein ehemaliger Marinekapitän. Blochin hatte schnell erkannt, wie wichtig die Einnahme der Go Pills für seine Soldaten war. Seit der Einnahme der Pillen erwiesen sie sich als brutale, schmerzunempfindliche Kampfmaschinen. Allerdings traute Blochin dem kanadisch-amerikanischen Militärarzt nicht, da er sich für Geld vom Klassenfeind hatte abwerben lassen. Er stellte Viktor Sokolow dem Arzt zur Seite. Die beiden sahen sich überraschend ähnlich. Es war Sokolows Aufgabe die Zusammensetzung der Go Pills zu analysieren und Hamilton so viel Wissen wie möglich zu entlocken.
Sokolow kannte sich als gelernter Apotheker bestens in der Zusammensetzung und Wirkung chemischer Basiselemente und medizinischer Medikationen aus. Eines Abends kam es in einer Bar zum Streit zwischen Hamilton und Blochin, die beide den Dienstgrad eines Hauptmanns trugen. Im Verlaufe des Streits tötete Blochin Hamilton. Blochin wies Sokolow an, den Totenschein zu manipulieren und einen natürlichen Tod zu bescheinigen, was dieser auch tat. Blochin führte ein grausames Regiment in seiner Einheit und lies Sokolow immer dubiosere Medikamente erstellen. Der Bürgerkrieg in Afghanistan schien aus den Fugen zu geraten. Der KGB wies jedoch jegliche Kenntnis an der Operation Storm-333 und einer möglichen Teilnahme an der Ermordung von Hafizullah Amin zurück. Als der politische Druck auf Moskau immer größer wurde, brauchte man einen Sündenbock. Die Tat wurde als Alleingang einer Eliteeinheit unter

Führung von Hauptmann Blochin dargestellt. Mit sofortiger Wirkung wurde Blochin suspendiert und sollte vor ein Militärgericht gestellt werden. Blochin erpresste Sokolow, der Angst hatte ebenfalls unehrenhaft aus der Armee entlassen und aufgrund von Dokumentenfälschung im Militärgefängnis zu landen, mit ihm nach Kanada zu fliehen. Er besorgte Sokolow gefälschte Papiere – aufgrund ihrer Ähnlichkeit – nahm dieser die Identität von Dr. Martin Hamilton an. In Kanada wollte er Sokolows Wissen an die Amerikaner verkaufen. Beiden gelang die Flucht. Alte Seilschaften Blochins verschafften ihnen den Platz auf der "Seagull".

30
Atlantischer Ozean
Vor über 30 Jahren

„Nun kennst Du die komplette Geschichte", sagte Viktor. „Wie willst Du mir helfen Blochin loszuwerden?"

„Ich denke, jetzt wo wir Partner sind, können wir uns auch duzen, ich bin Joseph." Der Junge hielt ihm seine Hand hin.

Viktor musste lachen, ganz schön dreist der Bursche, aber clever. Die beiden gaben sich die Hand.

„Ach", sagte Joseph, „eins habe ich noch vergessen, Ron Sugar gehört auch dazu. Wir brauchen ihn, wenn … wenn's mal brenzlig wird. Er ist groß, stark und das Wichtigste, er vertraut mir total."

Viktor nickte, er wusste, dass ein Widerspruch seinerseits sinnlos gewesen wäre.

Josephs Idee Blochin loszuwerden war einfach, er sollte vergiftet werden. Viktor würde ein schnell wirkendes Gift mischen, dass sie Blochin ins Essen untermischen würden.

„Das hört sich einfach an", entgegnete Viktor, „aber Blochin lässt von Zeit zu Zeit einen der Seeleute vorkosten. Vergiss nicht, er ist ein erfahrener Soldat und wittert schon im Voraus wenn etwas nicht stimmt."

„Ich weiß", entgegnete Joseph, „er hat mich selbst auf die Idee gebracht. Lass mich nur machen."

Die Tage vergingen nun wie in Flug bis die „Seagull" in kanadische Gewässer schipperte. Ron und Joseph hatten den Seemännern im Verlauf der Hütchenspiele fast neuntausend Dollar abgeluchst. Am Abend bevor sie den Hafen von Halifax erreichten, rief Viktor nach dem Abendessen Joseph und Ron zusammen. Sie standen gemeinsam in der kleinen Kombüse, als Viktor zu sprechen begann: „Blochin wird Euch die Pässe morgen nicht geben. Er wird verkünden, dass die Pässe erst nach dem Entladen der Container ausgehändigt werden. Dann ist er selbst längst verschwunden. Er will mit mir, direkt nach dem er mit mir gemeinsam gefrühstückt hat, von Bord gehen. Was machen wir jetzt?"

„Hast Du das Gift bereits gemischt?", fragte Joseph, der trotz dieser Neuigkeiten vollkommen ruhig schien.

„Ja, das Gift ist hier".

Viktor zog ein Röhrchen, das mit weißem Pulver gefüllt war, aus seiner Hosentasche.

„Wie schnell wirkt es?"

„Unmittelbar nach der Einnahme, das dauert keine halbe Minute."

„Ich werde Euch das Frühstück servieren, das Gift werde ich in den Kaffee mischen." Joseph bückte sich und griff in den Schrank unter der Theke. Zum Vorschein kam eine silberne Kaffeekanne. „Die Kanne habe ich so manipuliert, dass sie zwei voneinander getrennte Hohlräume besitzt. In dem großen Hohlraum befindet sich der Kaffee."

Er sah Viktor an: „Ich werde Dir die erste Tasse einschenken. Die kannst Du trinken – sozusagen vorkosten". Joseph zog jetzt eine kleine, durchsichtige, ballonartige Blase aus seiner Kitteltasche und zeigt auf die Blase. „In der Kanne befindet sich diese Gummiblase, hierin befindet sich ein hoch konzentriertes Gemisch aus

Kaffee und dem Gift. Unter dem Deckel der Kaffeekanne sitzt eine Stahlnadel. Wenn ich den Deckel kurz schließe, dann zerstört die Nadel die Blase und das Gift läuft in den Kaffee. Diesen Kaffee werde ich Blochin servieren".

Joseph schaute in die Runde.

"Genial, Du bist genial", rief Ron. Wieder einmal hatte sein Freund die perfekte Idee.

"Gut, dann ist Blochin tot", sagte Viktor und legte seine Stirn in Falten: *"Aber ihr habt noch nicht eure Pässe, die befinden sich noch immer in dem Tresor in Blochins Kabine."*

"Hier ist der Schlüssel des Tresors", triumphierte Joseph und hielt einen Schlüssel mit beidseitigem Bart in seiner Hand.

Viktor und Ron konnten nicht glauben was sie da hörten und sahen.

Joseph war es gelungen den Schlüssel aus der Kapitänsjacke zu stehlen, als er ihm heute das Abendessen servierte. In die Flasche Rotwein hatte er ein Schlafmittel gefüllt. Der Alte schlief seit gut einer halben Stunde auf der Brücke.

"Ich habe den Schlüssel in diese Knetmasse gedrückt, um ein Abbild zu erhalten. Ron, es ist jetzt Deine Aufgabe uns ein Duplikat im Maschinenraum zu feilen."

"Kein Problem", sagte Ron, der jetzt mächtig stolz war auch etwas zum Gelingen ihrer Flucht beitragen zu können.

"Ich gehe jetzt zurück zur Brücke und werde das Geschirr abräumen, hierbei werde ich den Originalschlüssel wieder in Blochins Jacke stecken."

"Genial, Du bist wirklich genial", entfuhr es jetzt auch Viktor, der bis zuletzt gezweifelt hatte, dass ihnen die Flucht tatsächlich gelingen könnte.

Blochin stand auf der Brücke als die „Seagull" um 05:30 Uhr im Hafen von Halifax festmachte.

„*Zeit zu frühstücken*", sagte er zu Viktor, der neben ihm stand.
„*Lass den Smutje das Frühstück servieren. Die Mannschaft wird gleich mit dem Entladen der Container beginnen.*"

Als Joseph die Kommandobrücke betrat, waren nur Blochin und Viktor anwesend. Er hatte schlecht geschlafen, er war erst sechzehn Jahre und würde heute einen Menschen töten. In ihm stiegen Zweifel empor. Bevor seine Selbstzweifel Überhand gewinnen konnten, servierte er das Frühstück und goss die erste Tasse Kaffee für Viktor ein. Der trank sofort einen Schluck und nahm die Tasse dann blitzartig von seinen Lippen: „*Verdammt heiß.*"

„*Du kannst mir die zweite Tasse eingießen, Smutje*", waren Blochins letzte Worte. Der Plan ging auf. Eine neue Welt wartete auf die drei.

Die drei bezogen gemeinsam das leerstehende Haus von Dr. Martin Hamilton in der Marketstreet. Viktor Sokolow, Ronaldo Zucchero und Giuseppe Vescova, die ein grausames Geheimnis verband, gab es endgültig nicht mehr.
Martin Hamilton, Ron Sugar und Joseph Bishop teilten das gleiche Geheimnis, doch sie sprachen nie mehr über den Mord an Oleg Blochin. Während Martin Hamilton aus den unterschiedlichsten Wirkstoffgruppen leistungssteigernde Mittel herstellte, begannen Joseph Bishop und Ron Sugar diese zu verkaufen. Im Laufe der nächsten Jahre bauten sie ein einzigartiges Dopingkartell auf. Dann gelang es Hamilton ein vielversprechendes eigenes Präparat zu entwickeln. Was die drei brauchten, um es gewinnbringend zu vermarkten, war nur noch die geeignete Versuchsperson.

31
Las Vegas
USA
Vor einem Jahr

Joseph Bishop sah, wie Ron Sugar das Foyer des "Black Rose" betrat. Begleitet wurde er von einem der Wachmänner aus dem

Sicherheitsteam von Emile Reuter, einem ehemaligen Fremdenlegionär. Das "Black Rose" war aus der Nähe betrachtet noch eindrucksvoller als von Weitem. Die Sonne Nevadas spiegelte sich in der gläsernen Gebäudehülle nahezu den ganzen Tag wider. Das dreiundsechzig Etagen hohe Gebäude wirkte durch seine Südausrichtung in der Reflektion der Sonne wie ein gigantischer Spiegel. Erst nach Sonnenuntergang, in den Abendstunden, wurde das natürliche Sonnenlicht durch tausende warmweißer LED Lichter ersetzt. Je näher man dem Gebäude kam, umso prachtvoller wirkte es. Der blonde Wachmann begleitete Sugar durch das riesige Foyer zu einem der Treppenaufgänge, der die beiden Männer hinauf in die dritte Etage führte.

"Mr. Bishop, Sie haben Besuch", meldete der Wachmann, der die letzten beiden Marmorstufen mit einem beherzten Schritt auf einmal genommen hatte, Ron Sugar an. Er stand Bishop mit gesenktem Kopf gegenüber und wartete, dass er das OK erhielt sich zu entfernen.

Bishop umarmte Sugar und begrüßte den Freund aus alten Tagen herzlich. *"Ron, schön Dich mal wieder zu sehen. Komm wir gehen in mein Büro."*

"Mensch Joseph, Du hast Dich in den letzten Jahren kaum verändert. Oder liegt es nur an der Brille?", lachte Sugar und schaute Joseph Bishop ins Gesicht. Tatsächlich trug er immer noch das dunkle Brillengestell aus alten Zeiten.
Bishop drehte dem Wachmann den Rücken zu und zeigte auf die riesige doppelseitige Eichentür auf der gegenüberliegenden Seite der Balustrade. Ron folgte Joseph in Richtung Büro, als dieser auf halbem Weg stehen blieb und sich langsam umdrehte. Der Wachmann stand weiter unbewegt mit leicht gesenktem Kopf an gleicher Stelle. *"Wie heißen Sie?"*, wollte Bishop unerwartet wissen.
"Nikolas, Sir, mein Name ist Nikolas", antwortete der Wachmann.

Bishop musterte den ca. dreißig Jahre alten, schlanken, sportlichen Mann. Irgendwie kam ihm das Gesicht bekannt vor. Er konnte sich aber nicht daran erinnern wo und wann er es gesehen hatte. War ja letztendlich auch egal. Er vertraute Emile Reuter bei dessen Auswahl der Sicherheitsleute vollkommen. Bislang hatte es noch nie Probleme mit den Männern gegeben und falls doch, hatte Bishop nichts davon mitbekommen und Reuter das Problem auf dessen Weise gelöst.

„Sie können wieder vor die Tür gehen, Nikolas", verwarf er seine Gedanken. Es gab Wichtigeres mit Ron zu besprechen. Die beiden Freunde verschwanden in Bishops Büro.

Ron Sugar war lange nicht mehr in Las Vegas, geschweige denn im "Black Rose" gewesen. Nachdem sie die Einnahmen aus ihren Dopinggeschäften vor fast zwanzig Jahren untereinander aufgeteilt hatten, waren Bishop und Sugar zunächst gemeinsam nach Las Vegas gegangen. Bishop, der immer seinem Drang illegaler Wetten und Spiele gefolgt war, hatte sein Geld in vier Jahren mehr als verdreifacht. Doch es dauerte noch einige Zeit, bis es ihm gelang seinen Machenschaften endlich eine legale Hülle über zu stülpen. Vor sieben Jahren - Sugar hatte zu dem Zeitpunkt Las Vegas bereits den Rücken gekehrt, um seiner Leidenschaft dem Fliegen nachzugehen - bot sich Joseph Bishop eine einmalige Chance. Unmittelbar am Las Vegas Strip war der Bau eines neuen Resort Hotels in vollem Gange. In kürzester Zeit hatte es seine Endhöhe von 224 Metern erreicht, als die Bauarbeiten plötzlich eingestellt und bis auf weiteres gestoppt wurden. Finanzierungsschwierigkeiten hatten den bis dahin anonymen Bauherrn zur Aufgabe dieses Mammutwerkes gezwungen. Anonym war der Bauherr, der sich ausschließlich durch ein Konsortium von Geschäftsleuten vertreten ließ, jedoch nur den Baubehörden.
Joseph Bishop kannte ihn sehr gut, gehörte er doch zu dem elitären Kreis seiner Wettpartner. Joseph war es auch der dafür sorgte, dass die Finanzierungsschwierigkeiten aufgrund der illegalen Wettverluste ein nicht deckbares Maß annahmen, so dass das Konsortium das unfertige Gebäude einer Zwangsver-steigerung unterwerfen musste, um die Bank befriedigen zu können. Die Finanzierung sollte zu einhundert Prozent durch die in New York ansässige Lehmans Brother Bank gedeckelt werden. Im Zuge der Finanzkrise beantragten Lehmans Brothers die

Insolvenz. Da die US Regierung bereits drei große Banken mit Milliarden US-Dollar gestützt hatte, wurde für die Lehmans Brothers keine weitere Unterstützung bereitgestellt, der politische Druck war einfach zu groß. Auch andere Banken, die zunächst große Teile des Geschäftes der Lehman Brothers übernehmen wollten, sagten ihre Zusagen ab. Bishop nutzte das Wirrwarr unter den Banken sowie die politische Angst einer scheinbar zu platzenden Immobilienblase und erwarb im Rahmen der Zwangsversteigerung das Gebäude sowie das umliegende Grundstück zu einem Bruchteil ihrer Werte. Automatisch verknüpft war mit dem Erwerb der Immobilie auch die Lizenz legale Glücksspiele in den Räumlichkeiten des "Black Rose", wie er den Hotelkomplex nannte, zu veranstalten. Innerhalb dieses Konstruktes hatte Bishop es geschafft, seine Einnahmen aus den illegalen Wetten sauber zu waschen. Die Investitionen, die erforderlich waren, um die Arbeiten am Gebäude wieder aufnehmen und in kürzester Zeit vollenden zu können, beliefen sich auf 500 Millionen US Dollar. Der erste Abschlag in Höhe von 100 Millionen US Dollar war in einem Jahr fällig.
Bishop und Sugar betraten das Büro und schlossen die doppelseitige Eichentür hinter sich. Vor der mittleren Wand, mit Blick auf den Strip, stand ein großer Mahagoni Tisch sowie zwei Lederstühle und ein drehbarer, in Chrom gerahmter Chefsessel. Bishop deutete in die rechte Ecke des Raumes auf die schwarze Ledercouch und die beiden ledernen Ohrensessel. Er bat seinem Freund an Platz zu nehmen.

"Setz Dich, mein Freund. Was möchtest Du trinken?"

Sugar war begeistert, als er sich in dem Raum umsah. An den drei fensterlosen Wänden hingen lebensgroße Gemälde von Fausto Coppi, Marco Pantani und Eddy Merckx. Alle drei waren berühmte Rennradfahrer vergangener Zeiten. Gläserne, brusthohe Vitrinen gliederten den großen Raum in verschiedene Zonen. In den Vitrinen standen glänzende Rennräder der legendären Embacher-Collection.

„Wahnsinn, Joseph, Du hast Deine großen Leidenschaft offensichtlich nie aufgegeben. Fasziniert Dich der Radsport immer noch?", brachte Sugar seine Begeisterung zum Ausdruck.
„Ja, das tut er. Aber sehe diese Dinge hier auch mal als eine Art Wertanlage. Womit wir beim Thema wären."

Bevor Bishop weitersprach, klopfte es an der Tür. Er hatte zwei schottische Single Malt bestellt. Zu seiner Überraschung stand der blonde Wachmann mit einem Tablett in der Tür. Joseph Bishop hob die Augenbrauen: *„Nikolas, Sie habe ich jetzt nicht erwartet."*

„Sir", antwortete der Wachmann, *„ich hatte noch im Foyer zu tun und habe der Bedienung diesen Gang abgenommen."* Er stellte die beiden Whiskeygläser auf die marmorne Tischplatte des Couchtisches und verließ den Raum.

„Ron, was hast Du? Du klangst besorgt bei Deinem Anruf? Was ist passiert und wie kann ich Dir helfen?" Bishop schlug einen freundschaftlichen, sorgevollen Ton an.

Ron Sugar sah Bishop in die Augen und begann: *„Joseph, Du erinnerst Dich, dass ich diesen Flugplatz, nachdem ich Las Vegas verlassen hatte, gemietet und eine Fluglizenz gemacht habe."* Sugar war sichtlich nervös, als er Bishop von der geplanten Expansion des Flugplatzes in Lost River und dem Investment in ein großes Parkhaus erzählte. Seine Nervosität ging in Wut über, als er von Ed Blind, dem Bürgermeister von Lost River, und seinen Parteifreunden berichtete. Von ihren Versprechungen eine erweiterte Zulassung für den Start und die Landung von größeren Flugzeugen zu erhalten.

Bishop hatte sich in einem der beiden Ohrensessel zurückgelehnt und musterte Sugar, während er aufmerksam zuhörte. Seine Gedanken beschäftigten sich bereits mit der Lösung von Sugars Problem, denn diese Lösung konnte auch seine Probleme lösen.

„Wann werden sie Lost River Airport komplett stilllegen? Was meinst Du Ron, wie lange wird es dauern?"

„Maximal noch ein Jahr. Ich denke, schneller wird es nicht gehen", war Sugars Antwort.

Bishop erhob sich aus dem Ohrensessel und ging zum bodentiefen, aus schalldichtem, getöntem Glas hergestellten Fenster auf der gegenüberliegenden Seite des Büros. Sein Blick schweifte über den Strip.

„Weißt Du, ich habe auch ein paar finanzielle Probleme...."

Er erzählte Sugar von der Rate in Höhe von 100 Millionen US Dollar, die in gut einem Jahr fällig werden würden. Könnte er nicht zahlen, dann würde auch er alles verlieren.

„Wir haben also beide ein Problem. Ich denke, wir werden es auch gemeinsam lösen."

Bishop ging jetzt vor dem Fenster auf und ab. Seine Gedanken rasten, weit in der Ferne bildete sich eine Idee. Hinter seinem geistigen Auge sah er die Lösung ihrer Probleme auf sich zukommen. Da war sie, die Lösung ihrer Probleme, sie nahm konkrete Formen an.

„Ron, hast Du schon einmal etwas vom Rad Race gehört?", fragte er unerwartet und offenbar völlig zusammenhanglos seinen alten Freund.

„Rad Race, nie gehört. Was soll das sein? Und was hat das mit unseren Problemen zu tun?"

Sugar war verblüfft.
Bishop ging zum Schreibtisch, setzte sich in den Chefsessel und fuhr seinen Computer hoch. Automatisch schaltete sich zeitgleich der große Flachbildschirm gegenüber der Ledercouch ein. Sugar konnte jetzt von seinem Platz aus verfolgen, was Bishop tat. Joseph hatte die Internetseite von Rad Race Battle, einem Rad Race Veranstalter aufgerufen.

„Es handelt sich beim Rad Race um Radrennen. Mann gegen Mann", begann Bishop mit seiner Erläuterung.

Auf dem Bildschirm waren Veranstaltungstermine und Bilder von Rennen zu sehen. Es gab Outdoor-Rennen und Indoor-Rennen. Zu fahren war immer ein Rundkurs. In Abhängigkeit von der Streckenlänge waren mehrere Runden zu fahren. Gefahren wurde im KO-System in kleinen Teilnehmergruppen, der jeweils langsamste Fahrer schied nach vorher festgelegter Rundenzahl aus. Die spannendsten Rennen waren die, bei denen die Fahrer Räder mit sogenannter starrer Nabe benutzten. Das bedeutete, nur ein Gang, kein Freilauf und keine Bremsen am Rad. Die zu fahrenden Kurse waren schnell, radikal und nichts für Anfänger. Fairness war das höchste Gebot. Die sich qualifizierten Fahrer fuhren im Finale gegeneinander, bis am Schluss der Sieger übrig blieb.

Sugar sah Bishop unglaubwürdig an, er verstand nicht was das sollte. Er wusste, dass Joseph einen Narren an Radrennen gefressen hatte, aber was hatte das mit der Lösung ihrer Probleme zu tun?

„Eine spannende Sache, aber doch eher harmlos", unterbrach Bishop Sugars Gedanken.

„Ich habe das Konzept überarbeitet, es schwirrt mit schon seit einiger Zeit durch den Kopf. Mir fehlten nur noch zwei Dinge, die ich heute gefunden habe."

Sugar hob seine Augenbrauen in der Erwartung was jetzt folgen würde.
„Mir fehlte der geeignete Ort, abseits gelegen, aber doch schnell zu erreichen und schnell wieder zu verlassen. Keine Polizeipräsenz. Und vor allem, nach der Veranstaltung kann alles in Schutt und Asche gelegt werden, nichts bleibt übrig, das jemals darauf hinweist, dass diese Veranstaltung stattgefunden hat."

Sugar verstand immer noch nicht was Bishop meinte, doch bevor er eine Frage stellen konnte, fuhr Bishop mit seinen Erläuterungen fort.

„Wir werden das Rad Race, das ich übrigens Rat Race – Rattenrennen – nenne, in Lost River stattfinden lassen. Der Platz ist optimal geeignet. Und glaube mir, sie werden wie die Ratten über sich herfallen".

Josephs Augen leuchteten, als er Sugar das Konzept im Einzelnen erläuterte. Die Regeln des Rennens waren total verschärft, alles war erlaubt, um das Rennen zu gewinnen. Je spektakulärer die Gegner zu Fall gebracht wurden, umso besser. Gewinnen konnte nur der, der sich schmerzfrei und brutal seinen Weg durch den Kurs bahnte. Runde für Runde wurde er erneut der Gefahr ausgesetzt herausgeboxt zu werden. Bei diesem Rennen würde es sich tatsächlich um ein Battle – eine Schlacht – handeln, Blut würde fließen. Auf den so ermittelten Sieger wurden höchste Wettprämien ausgesetzt. Ron sollte das Parkhaus zu einer Indoorhalle auf zwei Etagen umrüsten. Joseph würde die Wettpaten aus aller Welt besorgen. Er plante mit 150 Teilnehmern. Am Abend vor der Veranstaltung würden sich die Teilnehmer an der Wette im "Black Rose" treffen. Der Mindesteinsatz je Teilnehmer sollte 200.000 USD betragen, der maximale Einsatz je Teilnehmer sollte bei einer Millionen USD liegen. Im Jackpott würden somit zwischen 30 und 150 Millionen USD liegen. Als Gegenwert zur Absicherung der Wetteinsätze wurden den Teilnehmern Anteilsscheine des "Black Rose" verschrieben. Der An- und Abtransport nach und von Lost River erfolgte per Flugzeug. Zehn Learjets, die jeweils zehn Passagiere transportieren konnten, waren in Lost River stationiert, somit waren fünfzehn Flüge erforderlich. Ron musste für das Ereignis noch fünf weitere Maschinen chartern. Die Reichweite der Learjets beträgt 4.000 km, die Entfernung zwischen Vegas und Lost River waren knapp 1.500 km. Jeder Flug würde bei einer optimalen Reisegeschwindigkeit vom 780 km pro Stunde somit gute zwei Stunden dauern. Für das Rennen selbst benötigten Sie drei Stunden. Nach dem Ende der Veranstaltung würden die Teilnehmer wieder zurück nach Vegas geflogen werden. Die Auszahlung der Gewinne und die Auslösung der Anteilsscheine sollten im "Black Rose" erfolgen. Alles war innerhalb von maximal zehn Stunden erledigt, bevor die große Sause in Las Vegas starten sollte.

„Am nächsten Morgen wird mit den Abbrucharbeiten von Lost River begonnen, da die Lizenz ja eh erlischt, also ein ganz normales Vorgehen, ohne großes Aufsehen. Alle Spuren sind damit verwischt. Alles verstanden, Ron?"

„Ja, schon, aber wie gewinnen wir?"

„Wir nehmen natürlich offiziell nicht an den Wetten teil, sondern sind nur Organisator und Veranstalter. Unser Wetteinsatz läuft über einen neutralen Dritten – wir bleiben im Hintergrund. Ich denke, Emile Reuter, mein Sicherheitschef wird für uns wetten."

„Okay, das habe ich verstanden. Aber wie willst Du gewährleisten, dass wir auch tatsächlich gewinnen?"

Sugar starrte Bishop erwartungsvoll mit halb geöffnetem Mund an.

„Lass das mal meine Sorge sein, darum werde ich mich kümmern. Wollen wir zu Tisch gehen, ich habe mächtigen Hunger. "

Als die beiden Männer das Büro verließen, fiel Bishop auf, dass die Tür nicht verschlossen war, sondern einen Spalt offen gestanden hatte. Von der Balustrade aus blickte er in das Foyer, es herrschte reges Treiben, neue Gäste waren dabei einzuchecken. Der junge Wachmann querte das Foyer und bezog seinen Posten am Haupteingang. Bishop ging die offene Bürotür nicht aus dem Kopf, so als hätte sie jemand belauscht. Er würde mit Reuter sprechen.

32
Kelowna, Polizeirevier Headquarter
Kanada
Tag 2

„Ich hab´s!"

Corporal Tracy Lord ballte triumphierend die rechte Faust. Schnell fügte sie mit einigen Befehlen die Infos zusammen, nahm den Blick vom Bildschirm und schnellte aus ihrem Bürostuhl, um Chief Superintendent Henry, der im Nebenzimmer noch immer mit ihrem Vater Commissioner Frank Lord telefonierte, schnellstens zu informieren.

Als Tracy Henrys Büro betrat, verabschiedete er sich gerade von Tracys Vater: „*Mir ist klar Frank, dass die Beweislage gegen die offensichtlich Beteiligten noch sehr dünn ist und es sich um viele Vermutungen handelt. Aber, dass die Amerikaner gar nicht tätig werden wollen, geht mir nicht in den Kopf. Ich melde mich bei Ihnen sobald ich etwas Neues habe.*"

Henry legte wütend auf.

„*Chief*", unterbrach Tracy Henrys Wut.

„*Ich habe die Verbindung zwischen Ron Sugar, Joseph Bishop und Martin Hamilton gefunden.*"

John Henry sah erwartungsvoll in Tracys Richtung.

Tracy wischte sich verlegen eine rot-blonde Haarsträhne aus ihrem Gesicht.

„*Die drei sind gemeinsam Anfang der Achtziger Jahre nach Kanada eingewandert. Sie wurden als Besatzungsmitglieder eines Schiffes namens "Seagull" in Halifax registriert. Diese Registrierung passt nur zu zwei Profilen auf unserer Liste.*

Joseph Bishop, dem Inhaber des Hotel-Resorts "Black Rose" aus Las Vegas und Ronald Sugar dem Inhaber und Geschäftsführer des Flughafens in Lost River."

„*Sehr gut Tracy. Es ist immer wieder erstaunlich was Sie so alles aus Ihrem Computer herausholen*".

Der Superintendent war mal wieder sichtlich erstaunt.

Als Tracy Lord vor gut sechs Monaten zu seinem Team stieß, war er zunächst überhaupt nicht angetan von der neuen Situation. Computer, Internet und das ganze moderne Zeug waren eigentlich nicht die Welt von John Henry. Er liebte die klassischen Ermittlungsmethoden. Letztenendes hatte sich Tracy Lord jedoch als Glücksgriff für das Team herausgestellt. Zum einen war der junge ehrgeizige Corporal nicht nur eine gute Ermittlerin und passte menschlich hervorragend ins Team, sondern seit ihrer Zugehörigkeit waren praktisch sämtliche finanzielle Mittel, die Henry beantragte, genehmigt worden. Das war sicherlich Tracys Vater Commissioner Frank Lord dem Leiter der Division E von British Columbia zu verdanken, der die Anträge wohlwollend genehmigte. Somit hatte Henrys Team eine vollkommen neue Büroausstattung mit den modernsten Computern erhalten.

„Chief, mir ist allerdings auch aufgefallen, dass weder Bishop noch Sugar der Täter sein können, den wir suchen."

Henry stellte die Kaffeetasse zurück auf seinen Schreibtisch: *„Warum?"*

„Beide sind zu alt, Bishop ist fünfzig Jahre und Sugar zwei Jahre älter. Wir suchen jedoch einen Täter, der ungefähr Mitte dreißig ist. Tony Montana, der Amerikaner aus Portland, dessen Identität der Täter offensichtlich angenommen hat, war 35 Jahre alt."

Henry staunte. Sie hatte Recht.

„Außerdem passt das Aussehen überhaupt nicht. Ich habe gerade zwei Fotos auf meinem Handy erhalten, die Ron Sugar und Joseph Bishop zeigen. Lassen Sie uns in mein Büro gehen, ich werfe sie dann an die Wand."

Das Foto von Ron Sugar zeigte einen gebräunten, kahlrasierten Mann mit dunklem Kinnbart und braunen Augen.

Joseph Bishop war glatt rasiert, hatte dünne, bereits ergraute Haare und trug eine dunkel gerahmte Brille. Seine Augenfarbe konnte nicht erkannt werden.

Wer war hier noch mit im Spiel?

33
Kanada
Vor über 20 Jahren

Die beiden Männer standen am Rande der Radrennbahn und beobachteten wie der Junge Runde um Runde die Bahn umkreiste. Sein Stil war auffällig, sein Rücken war wie ein Buckel, so tief beugte er sich im Rad herunter. Mensch und Maschine schienen ineinander zu verschmelzen. Drei Runden kurbelten die Beine mit einhundert Umdrehungen pro Minute in gleichmäßigem Rhythmus, ehe der Körper sich urplötzlich aufrichtete, die rechte Hand zwei Ritzel hinunterschaltete und der Junge die vierte Runde stehend im Sprint absolvierte. Das ging jetzt schon seit einer Stunde so. Der ältere der beiden Männer drückte seine Stoppuhr nach jeder Runde und notierte sich die Rundenzeit für die 333 Meter. Gute 55 Kilometer hatte der Junge bereits zurückgelegt und er schien nicht müde zu werden, geschweige denn langsamer! Wie ein Uhrwerk spulte er Runde um Runde hinunter, bevor er in den Sprint ging.

Der jüngere der beiden Männer, der den älteren um weit über einen Kopf überragte, schob seine dunkle Brille in die Stirn und beugte sich hinunter, um die letzte Rundenzeit zu lesen: *„Scheint zu wirken, er wird nicht müde und er kurbelt wie eine Maschine"*, waren seine Worte als er seinem Partner auf die Schulter klopfte. *„Ich wusste Du bist ein Genie, wir werden den Jungen zum nächsten Rennen anmelden"*.

„Es ist noch zu früh, wir müssen noch in die Berge. Der Junge muss noch an seiner Technik feilen", entgegnete der Ältere.

„Okay, ich gebe Euch noch diesen Monat, aber in Vancouver will ich ihn dabei haben", der Hochgewachsene sah seinem Gegenüber mit katzengleichem Blick in die Augen, ehe er die Brille wieder von der Stirn zurück auf die Nase setzte, sich umdrehte und die Radrennbahn verließ. Es war keine Bitte, sondern ein Befehl.

Der Ältere hob die Hand und winkte dem Jungen zu: *"Lass gut sein, für heute ist Schluss. Morgen geht's in die Berge."*

"Noch vier Runden, Doc", rief Nic Wolf, der in vollem Sprint vorbeijagte.

Die beiden waren bereits um sechs Uhr in der Früh von Lake Louise aus gestartet. Doc war mit dem Wagen vorausgefahren und Nic hatte die siebzig Kilometer bis zum Fuß des Mount Sarbach mit dem Rennrad zurückgelegt. Die Stichstraße, die bis unter den Gipfel des 3155 Meter hohen Riesen führte, stieg sofort stark an, sie war die erste Herausforderung auf ihrem Weg zum Yellohead Pass. Vier weitere Pässe sollten auf ihrem heutigen Trip noch folgen, bevor die 260 Kilometer absolviert waren. Sie hatten bereits die Hälfte der ersten Steigung zurückgelegt, als die Bergstraße in die nächste Serpentine einbog. Auf dem Weg nach oben sollten eine ganze Reihe ernst zu nehmender Anstiege folgen. Doc hatte eine landschaftlich wunderschöne, aber extrem harte Route gewählt. Der Junge besaß eine entenartige Art in die Pedale zu treten. Er tanzte nicht, wenn er die Berge hochfuhr, sondern kämpfte mit dem Rad. Es hatte etwas Brutales. Doc, der den Wagen hinter Nic her steuerte, beobachtete den Jungen. *"Das kostet zu viel Kraft, ich muss ihm das Tanzen beibringen"*, folgten seine Gedanken dem Rad.

Er mochte den Jungen.

Nic, der seine Eltern vor fünf Jahren durch einen tragischen Autounfall verloren hatte, war im Waisenhaus Mount Cashel in St. Johns, der Provinzhauptstadt Neufundlands, mit 119 anderen Jungen aufgewachsen. Da Nic außer seinen Eltern keine anderen lebenden Verwandten besaß, hatte das Vormundschaftsgericht entschieden, dass Nic nach dem Tod seiner Eltern nicht in die Obhut einer Pflegefamilie gegeben wurde, sondern in eine behördliche Einrichtung. Das Gesetz, das dem Gericht diese Entscheidungsgewalt ermöglichte, stammte aus den 1950er Jahren. Vornehmlich wurden Kinder aus wohlhabenden Elternhäusern in die Obhut der Kirche gegeben. Mount Cashel wurde von den Christian Brothers, einer Glaubensgemeinschaft

der katholischen Kirche, geführt. Die Christian Brothers waren damit für den neun jährigen Nic Wolf, sowie weitere 119 Jungen verantwortlich. Sie waren ihre rechtmäßige Autorität und befugt medizinische und juristische Entscheidungen im Namen der Kinder durchführen zu können. Nics Eltern besaßen eine Textilfabrik, die nach ihrem Tod an den Meistbietenden der Region gewinnbringend veräußert worden war. Sämtlicher Erlös, der aus dem Verkauf des Besitzes erzielt wurde, ging nach ihrem Tod jeweils zu gleichen Teilen an die Glaubensgemeinschaft und das Vormundschaftsgericht über. Die Gerichte hatten somit eine lukrative Situation für Staat und Kirche geschaffen. Von dem Geld, das an das Waisenhaus ging, sollte die Erziehung der Jungen bis zu ihrem fünfzehnten Lebensjahr finanziert und gewährleistet werden. Anschließend waren die Christian Brothers bemüht den weiteren Lebensweg bis zur Volljährigkeit in die Obhut einer Pflegefamilie zu geben, sollte sich eine finden. Falls nicht, mussten die Jungen ab dem sechzehnten Lebensjahr das Heim verlassen. Sie wurden dann in eine andere behördliche Einrichtung gesteckt, in der sie bis zu ihrer Volljährigkeit blieben. Die Waisenkinder lebten in den beiden oberen Etagen des dreistöckigen, weißverputzten Hauptgebäudes, dessen Ecken und Erker mit roten Ziegeln verkleidet waren. Hier wohnten jeweils sechs Jungen in einem der zwanzig Zimmer, die mit drei Etagenbetten, Schränken und Schreibtischen ausgestattet waren. Im Erdgeschoß befanden sich die sanitären Anlagen und die Zimmer der fünfzehn Geistlichen. Dem Hauptgebäude angeschlossen, nur durch eine gemeinsame Tür voneinander getrennt, gab es ein einstöckiges Nebengebäude in dem sich die Küche und ein großer Speisesaal befanden. Das Hauptgebäude war von einem parkähnlichen Gelände umgeben, hier standen vier eingeschossige freistehende Nebengebäude, in denen sich die Unterrichtsräume, eine Sport-halle sowie zwei Werkstätten befanden. Umgeben war das komplette Areal von hohen Bäumen, die die Christian Brothers und ihre Jungs von der Außenwelt trennten. Mit fünf weiteren Jungen bewohnte Nic ein Zimmer in der zweiten Etage des Hauptgebäudes.
Das Waisenhaus in St. Johns gehörte mit zu den Einrichtungen, die Doc in regelmäßigen Abständen besuchte, um die dort lebenden Jungen ärztlich zu betreuen. Doc erinnerte sich genau als er den

drahtigen Blondschopf zum ersten Mal sah. Er war bei einem eintausend Meter Lauf gestürzt und hatte sich den Knöchel verstaucht. Doc war anwesend, da die alljährlichen Sportfeste immer von einem Arzt betreut wurden. Der Knöchel war dick geschwollen, doch Nic verzog keine Miene, als Doc den Fuß richtete. Der Junge war leicht untergewichtig, hatte aber ansonsten eine außergewöhnliche Konstitution, er war zäh und konnte Schmerzen vertragen. Doc hatte den langen Bishop noch am selben Tag angerufen, er sollte ein Fahrrad besorgen und mit Bruder Johannes, Nics verantwortlichem Erzieher, sprechen. Mit der nötigen finanziellen Unterstützung würde er ihnen den Jungen überlassen.

Zu seinem nächsten Besuch kam Doc gemeinsam mit einem hochaufgeschossenen Mann, der eine schwarze Hornbrille trug, die er ständig auf die Stirn setzte, wenn er etwas lesen musste. Sie schenkten dem Jungen ein rotes italienisches Stahlrennrad mit zwölf Gängen und silberner Gabel. Quer über das Unterrohr verlief in schwarzen Buchstaben der Name Colnago. Sie erzählten ihm, dass sie ihn zum größten Rennradfahrer aller Zeiten machen würden, wenn er genau das tun würde, was sie ihm sagten. Er verspürte an diesem Tag zum ersten Mal nach dem schrecklichen Unfall seiner Eltern wieder Freude. Von dem Tag an fuhr Nic jeden Tag mit seinem roten Renner zweimal auf den Signal Hill zum Cabot Tower, dem Wahrzeichen der Stadt, um zu trainieren. Doc kam jetzt jeden Monat in das Waisenhaus, um Nic zu untersuchen, während die anderen Kinder nur zweimal im Jahr untersucht wurden. In seinem Medizinkoffer hatte Doc immer eine Menge unterschiedlicher Medikamente bei sich, die er Nic von Zeit zu Zeit spritzte. Nic stellte kein Fragen, er merkte nur, dass er immer schneller wurde und kaum Müdigkeit während seiner Fahrten mit dem Rennrad verspürte. Die Fahrten zum Signal Hill reichten ihm schon lange nicht mehr. Bruder Johannes hatte ihm erlaubt, dass er an den Wochenenden bis Holyrood und wieder zurück fahren durfte, das waren immerhin einhundert Kilometer. Nic fuhr bereits am zweiten Wochenende bis Upper Island Cove und zurück. Auf dieser Strecke legte er 220 km und 1500 Höhenmeter zurück.

Als Nic den Gipfel des Mount Sarbach erreichte, stoppte Doc den Wagen und ging auf den Jungen zu. Er legte ihm seinen Arm auf die Schulter und hörte dessen flachen Atem. *„Wenn Du die Berge so schnell wie möglich hochsprinten willst, muss Du solange wie möglich an Deiner individuellen anaeroben Schwelle fahren"*, begann Doc mit seinen Erläuterungen.

„Du musst lockerer und kraftschonender treten, Deine Trittfrequenz musst Du auf 120 Umdrehungen pro Minute steigern. Halte die Knie näher am Oberrohr."

Doc faltete seine Hände, so dass die Handflächen sich nicht berührten. Er bewegte die Hände nun in gleichmäßigem, immer schneller werdenden Rhythmus auf und ab: *„Tac, tac, tac...., Du verstehst was ich meine?"*

Er schaute Nic hoffnungsvoll in die blauen, immer ein wenig traurig blickenden Augen.

Der Junge nickte mit dem Kopf: *„Ja, ich weiß, ich soll tanzen."*

34
Vancouver
Kanada
Vor über 13 Jahren

Zwei Monate vor seinem 16. Geburtstag, erhielt Nic Wolf eine Einladung zu einem zwei monatigen Trainingslager der Junioren-Rad-Nationalmannschaft. Gleich bei seinem zweiten Rennen belegte er den dritten Platz der preisträchtigen Meisterschaft von Toronto. Als jüngster Fahrer aller Zeiten wurde Nic bereits mit sechzehn Jahren Profifahrer und nahm an der Profistraßenweltmeisterschaft in Vancouver teil. Er startete als Außenseiter im Team von Joseph Bishop.

„Ron, hast Du die Wettscheine eingesammelt? Das Rennen startet in 15 Minuten".

Joseph Bishop winkte den immer noch durchtrainierten, muskulösen Ron Sugar zu sich.

„Alles klar, Joseph. Die Wettscheine sind eingesammelt. Wir sind die Einzigen, die auf einen Sieg von Nic Wolf gesetzt haben."
Ron Sugar rieb sich voller Vorfreude die Hände.

„Ich habe schon den Schampus geordert, die Quote liegt bei einhundert zu eins!"

Sugar und Bishop hatten zusammen 100.000 USD bei einer illegalen Wettgemeinschaft gesetzt. Bei der Wettquote würden sie 10 Mio. USD gewinnen, wenn Nic das Rennen als Sieger beendete. Hieran hatten die beiden keine Zweifel. Doc hatte gute Arbeit geleistet, sein Mittel schien zu wirken. Joseph Bishop hatte als Manager des zweitklassigen Teams "Black Rose" die entscheidenden Leute rechtzeitig geschmiert, damit seine Fahrer an dem Rennen teilnehmen konnten. Nic Wolf hatte er erst in letzter Minute als Ersatz für einen anderen Fahrer gemeldet. Er galt als große Hoffnung. Einen Sieg traute dem erst sechszehn Jahre alten Fahrer, der nur mit einer Ausnahmegenehmigung starten durfte, da jedes gemeldete Team aus fünf Fahrern bestehen musste, jedoch keiner der Wettteilnehmer zu.
Es war das Ereignis in Vancouvers Stadtteil White Rock an diesem Wochenende. Zwanzig Teams mit jeweils fünf Fahrern gingen an den Start. Auf dem schnellen fünf Kilometer langen Kurs konnten die Rennräder Geschwindigkeiten von bis zu 70 Kilometern pro Stunde erreichen. Von der Johnston Road über die Pacific Avenue führte die Strecke zum Marine Drive. Die Fahrer jagten ihre Räder durch die Straßenschleifen über gesperrte Kreuzungen zurück zum White Rock Schulgelände, das als Start und Zielpunkt diente. Spannende Schulter-an-Schulter Sprints führten die Fahrer auf die Zielgerade. Das sichere Manövrieren der Räder in diesen Positionen war für Fahrer und Zuschauer geleichermaßen berauschend. Runde um Runde arbeitete sich Nic in die Spitzengruppe der ersten sechs Fahrer, die sich nach der Hälfte der 20 Runden vom Hauptfeld abgesetzt hatte. Sie jagten den Marine Drive oberhalb der White Rock Promenade hinunter, ohne die pittoreske Kulisse der Strandpromenade wahrzunehmen. Vorbei an Restaurants und Geschäften ging es zurück in Richtung Ziel. Tausende von Zuschauern säumten die Straßen und setzten zu ohrenbetäubenden Jubelschreien an, sobald die Fahrer in

Sichtweite kamen. Die wahnsinnige Geschwindigkeit brachte die Athleten an ihre konditionellen Grenzen. Die scharfen Kurven verlangten von Nic angespannte Aufmerksamkeit, eine clevere Taktik und die entsprechende Zähigkeit, um mit den erfahreneren, älteren Profils mithalten zu können.
Nic löste sich durch einen Antritt an einer Steigung in der Schlussrunde aus der Spitzengruppe kurz vor der letzten Kurve, bevor er auf die Zielgerade einbog. Seine Hände rissen am Unterlenker, während er stehend das dicke Blatt trat. Raketenartig schoss er in Richtung Ziellinie und konnte nicht mehr eingeholt werden. Vollkommen überraschend für alle Beteiligten gewann der jüngste aller Radprofils das Rennen mit zwei Längen Vorsprung. Die Menge jubelte. Doch dann geschah etwas Unfassbares.
Kurz hinter der Ziellinie sackte er urplötzlich zusammen. Kopfüber flog er über den Lenker, als seine Hände die Kontrolle über den Lenker verloren, knickte das Rad unter ihm weg. Sein rechtes Knie bohrte sich in den Asphalt bevor er sich zweimal überschlug. Der Helm brach unter dem Aufprall bereits beim ersten Überschlag in vier Teile. Doc und Joseph Bishop, die an der Ziellinie seinen Sieg bejubelten, liefen sofort los. Die nachfolgenden Fahrer konnten den am Boden liegenden Nic umkurven, so dass es nicht zu weiteren Stürzen kam. Ron Sugar, der von der anderen Seite der Zielgeraden das Geschehen beobachtete, rannte quer über die Bahn zum Ort des Geschehens. Doc kniete sich neben Nic, während Joseph Bishop und Ron Sugar ihre Arme ausbreiteten und die anderen Menschen fernhielten. Doc entnahm seinem Koffer eine Spritze, stach die Nadel in ein Glas mit durchsichtiger Flüssigkeit und zog sie auf. Nic, der ohnmächtig am Boden lag, blutete aus seinem rechten Knie. Er spürte den Stich der Nadel nicht, als diese in sein Fleisch eindrang und sich in einem durchgehenden Hub entleerte.

„Eine Trage, wir brauchen eine Trage", rief Bishop und gestikulierte wie wild mit den Händen.

Nic wurde umgehend in das Lions Gate Bridge Krankenhaus gebracht. Die anschließende Siegerehrung musste ohne ihn stattfinden. Im Krankenhause stellten die Ärzte ein schweres

Schädel-Hirn-Trauma fest und versetzten Nic in ein künstliches Koma. Während Doktor Hamilton den Jungen ins Krankenhaus begleitete, holten Bishop und Sugar sich ihren verdienten Gewinn ab, sie hatten 10. Mio US-Dollar gewonnen.

„Wann fahren wir ins Krankenhaus, Joseph?", wollte Ron Sugar wissen.

„*Bist Du verrückt, wenn die feststellen, dass der Junge voll bis unter die Schädeldecke gedopt war, dann haben sie uns am Arsch*", war Bishops Antwort. „*Wenn Hamilton aus dem Krankenhaus zurück ist, müssen wir unsere Sachen packen und verschwinden.*"

35
San Diego, Musicbar
USA
Vor zwei Jahren

Emile Reuter drückte seinen Rücken in den abgewetzten Ledersessel der Musicbar, er hatte den Tisch in der letzten Ecke gewählt. Er mied die Öffentlichkeit so wie er es immer getan hatte. Im Nebenraum begannen die Roadies die Bühne für die aus Kentucky stammende Band Black Stone Cherry, die heute hier auftreten würde, herzurichten. Vier muskelbepackte, langhaarige Typen rollten das Equipment der Band zum Bühnenrand. Es war später Nachmittag, die Band würde erst gegen 22 Uhr auftreten. Die Musicbar würde an so einem Abend brechend voll sein. Reuter hatte die Musicbar vor acht Jahren gekauft, um sein Geld, das er bis dahin bei BW-Security, einer privaten Sicherheitsfirma, verdient hatte, in seine Leidenschaft anzulegen. Er liebte den Rock´n´Roll. Die Musicbar war eine der ersten Adressen in San Diego und lag direkt am Ocean Front Walk mit Blick auf den Pazifischen Ozean. Der vorgelagerte Biergaten war ein beliebter Treff für Harley-Fahrer und bot einen einmaligen Sonnenuntergang, der jedesmal frenetisch von den Besuchern der Bar gefeiert wurde. Reuter zog die Fäden im Hintergrund.
Die Tür zur Bar öffnete sich, als ein blonder Mann das Lokal betrat und sich suchend umschaute. Reuter hob die Hand, um auf sich aufmerksam zu machen. Er erhob sich und begrüßte den Anfang dreißig Jahre alten Mann mit einer herzlichen Umarmung.

„Morgen ist es soweit. Wie versprochen wirst Du Deinen neunen Job in Las Vegas antreten."

„Danke, Emile. Ich wusste, dass ich mich auf Dich verlassen kann."

„Lass uns einen Kaffee zusammen trinken und ein wenig über den neuen Job plaudern."
Reuter deutete dem Mann an, sich zu setzen und orderte zwei große Tassen Kaffee.

„Du wirst Deine Talente, die Du bei BW erworben hast gut gebrauchen. Ich hoffe Du hast in den letzten Jahren nichts verlernt Nikolas?"

Reuter, der nach seinem Ausscheiden bei BW und der Irak Affäre zunächst untergetaucht war, hatte neben dem Erwerb der Musicbar einen eigenen, kleinen aber lukrativen Sicherheitsdienst aufgebaut. Nun war er auf der Suche nach ehemaligen Söldnerkollegen, um diese für seine Firma zu nutzen. Schließlich hatte er seinen Job als Rekrutierer bei BW bestens gelernt. Nikolas und Reuter tranken ihren Kaffee und schwelgten in alten Erinnerungen. Nikolas hatte über sechs Monate im künstlichen Koma gelegen. Als er dann aufwachte war niemand mehr da mit dem er reden konnte. Über ein weiteres Jahr lag er im Lions Gate Bridge Krankenhaus in Vancouver bevor er entlassen werden konnte. Außer gelegentlichen Kopfschmerzen hatte er die Folgen des Schädel-Hirn-Traumas offensichtlich überstanden. Als er das Krankenhaus als genesen verlassen konnte, war er volljährig. Er hatte keine Ausbildung und der Weg zurück nach Mount Cashel in die Obhut der Christian Brothers war nicht möglich. Er war auf sich alleine gestellt. Er wollte weg aus Kanada in die USA und heuerte bei einem Transportunternehmen an, das sich auf Spezialtransporte quer durch die Vereinigten Staaten spezialisiert hatte. Die Bezahlung war schlecht, aber er hatte freie Kost und Logis. Da er nichts besaß war das die einzige Möglichkeit die er fand. Zunächst arbeitete er als Belader der Trucks, da er keinen Führerschein hatte und auch kein Geld, diesen zu machen. Nachdem er das Geld gespart hatte, erwarb er in kürzester Zeit die Qualifikation und durfte die riesigen Trucks selbst steuern. Über

zwei Jahre fuhr er kreuz und quer durch die Vereinigten Staaten, immer auf der Suche. Auf der Suche nach den Schuldigen. Schuld für seine Kopfschmerzen, die ihn seit der Entlassung in regelmäßigen Schüben heimsuchten.
Eine seiner Fahrten führte ihn an die Ostküste nach Grandy, North Carolina.

„Du erinnerst Dich, an unsere erste Begegnung im Truckers?"

„Natürlich, dieser Tag hat mein ganzes Leben verändert, wie könnte ich das vergessen."

Nikolas hatte seinen Truck am Charatoke Highway gestoppt und auf den Parkplatz zu Truckers Sports Bar, einem beliebten Truckertreff, gerollt. Er hatte die Schnauze gestrichen voll, diese langen Fahrten, die Einsamkeit, die Kopfschmerzen und die schlechte Bezahlung machten ihn fertig. Sie nährten seinen Hass. Er saß an einem der Tische und aß einen Truckers BBQ Burger, als Reuter das Restaurant betrat. Reuter hatte einen Blick und das untrügliche Gefühl für die richtigen Leute, die ihr Leben verändern wollten und bereit waren als Söldner zu arbeiten. Er sah Nikolas die Unzufriedenheit und die Einsamkeit ins Gesicht geschrieben. Er sprach den jungen Mann an und kam leicht mit ihm ins Gespräch. Noch etwas spürte Reuter in diesem Gespräch, den Mann trieb ein inneres Verlangen an etwas zu finden und etwas zu beenden auf seinem Weg in ein neues Leben. Reuter war noch nicht klar was es war, aber er würde es herausfinden, da war er sich sicher.
Freundschaft, Kameradschaft und natürlich auch Geld, das waren die Lockmittel, die auch bei Nikolas auf fruchtbaren Boden fielen. Eine Woche später stand er am Trainingscenter von BW und erkundigte sich nach einem Emile Reuter. Von weitem schon konnte man Gewehrschüsse wahrnehmen, die durch die Entfernung wie dumpfe Trommelschläge klangen. Die Schüsse fielen langsam und in gleichmäßigen Abständen, was auf konzentrierte Schützen schließen ließ. In kürzester Zeit bestand er die Aufnahmeprüfung auf der mit vierundzwanzig Quadratkilometern größten, privaten Schießtrainingsanlage der USA, die einem Truppenübungsplatz glich. Nikolas belegte Kurse in Nahkampf-

und Scharfschützenausbildung. Besondere Fähigkeiten erlernte er mit dem Gewehr und der Pistole. BW schütze Politiker, spürte Terroristen auf, entschärfte Bomben, bewachte Kraftwerke und Flughäfen. Und die besonders geeigneten Mitarbeiter zogen in den Krieg. Nach Abschluss seiner Ausbildung erfolgte Nikolas Einsatz im Irak. Er begleitete als Sicherheitskraft Vertreter von Industrieunternehmen, die während des Irakkrieges dort tätig waren. Nach dem erklärten Kriegsende unterschrieb Nikolas einen sogenannten "Black Contract" mit geheimem Inhalt, der ihn acht weitere Jahre an das Unternehmen band. Während der Besetzung des Irak kam es zu bürgerkriegsähnlichen Zuständen, tausenden Terroranschlägen, Kriegshandlungen und Gewaltkriminalität.

Nikolas tötete während dieser Einsätze immer wieder an den unterschiedlichsten Orten im Irak. Häufig schoss er ohne Not. Da er eine De-facto-Immunität besaß, war seine Straffreiheit nahezu garantiert. Doch auch das wahrlose Töten verschaffte ihm keine Befriedigung. Die zahllosen Einsätze nährten seinen Hass immer wieder aufs Neue. Er würde erst dann zur Ruhe kommen, wenn er die Ursache bei der Wurzel packen und vernichten konnte. Nach Erfüllung des Vertrages, getrieben von innerer Unruhe, kehrte er zurück in die USA. Mit dem Geld machte er sich auf die Suche die wahren Schuldigen zu finden. Er hatte alles gelernt was er für diese Suche brauchte. Der Hass hatte einen langen Atem, auch nach so langer Zeit!

Drei Jahre suchte er erfolglos, bis sein gesparter Sold zur Neige ging. Er stand vor dem Nichts – ein verpfuschtes Leben und er war nicht mal Mitte dreißig. Er erinnerte sich an Emile Reuter, der ihm versprochen hatte, in der Not immer für ihn da zu sein, wie eine Familie. Eine Familie die Nikolas nie hatte. Er wählte die Nummer, die ihm Reuter vor langer Zeit in Grandy gegeben hatte. Am anderen Ende meldete sich eine bekannte Stimme.
„Nikolas, Du wirst als Wachmann für einen Hotelkomplex in Las Vegas arbeiten. Eine interessante Aufgabe. Schicke Kleidung, höfliches Auftreten, Glücksspiel und jede Menge Frauen, das kann ich Dir sagen", lachte Reuter und riss Nikolas aus seinen Gedanken.

„Einer meiner Klienten hat mich zu seinem Sicherheitschef ernannt. Ich werde mit Dir nach Las Vegas gehen. Nicht vergleichbar mit dem was Du bisher gemacht hast. Aber Deine Ausbildung bei BW wird Dir helfen Deinen neuen Job mit Bravour zu meistern."

Reuters Schilderungen wurden immer berauschender als er den Hotelkomplex und das Ambiente, in dem Nikolas arbeiten würde, beschrieb. Vor Nikolas Augen erschienen Bilder unermesslichen Reichtums, schöner Frauen, einem Leben in Luxus. Nah am Puls der Macht.

„Lass uns auf Deine neue Zukunft anstoßen."

Reuter hob die Hand und orderte eine Flasche Champagner.

„Damit Du schon mal auf den Geschmack kommst", witzelte Reuter und knipste sein rechtes Auge.

„Auf unsere neue Heimat Las Vegas - "Black Rose" wir kommen."

Nikolas Gesichtszüge zuckten ein wenig, als er den Namen "Black Rose" hörte. Sofort war sie da die Vergangenheit.

„He, was ist los? Lass uns anstoßen." Reuter stand auf und hob sein Glas: *„Auf das "Black Rose" und unseren neuen Chef – Joseph Bishop!"*

Nikolas konnte nicht glauben was seine Ohren soeben gehört hatten. War er endlich am Ziel seiner Wünsche. Hatte er gefunden was er seit Jahren suchte? Konnte er die Dämonen vertreiben, die ihr Unwesen in seinem Kopf trieben?

Er hob das Glas an seine Lippen, sah Reuter ins Gesicht und ließ den kalten Champagner in einem Zug seine Kehle hinunterlaufen.

36
Okanagan Wenatchee National Forest
USA
Tag 2

Sie folgten dem kleinen Pfad, der sie zwischen den Bäumen hindurchführte. Das Knacken von Zweigen begleitete ihre rasante Abfahrt. Die schlanken Nadelbäume umringten sie wie die Pfeiler einer Festung, aber sie schossen durch sie hindurch. Plötzlich lichtete sich der Wald. Andy Osborne und Inspector Bill Ward hatten das Tal des Chewuch River erreicht. Sie folgten dem Fluss bis Four Point Creek, hier stießen sie auf den Coleman Ridge Trail, der sie in westlicher Richtung bis zum Fuße von Remmel Mountain führen würde. Schlangenartig zog sich der gut befahrbare Trail durch das Gehölz. Die beiden machten mächtig Tempo. Als sie nach kurzer Zeit den Scheitelpunkt einer scharfen S-Kurve erreichten, mussten sie abrupt bremsen. Andy konnte seinen Augen nicht trauen, als er plötzlich und vollkommen unerwartet seinem Bruder Bruce gegenüberstand.

„Bruce, Du lebst!", schrie er außer sich vor Freude.

In Bill Ward erwachte umgehend der Polizist. Automatisch klickte aus den Pedalen, sprang vom Rad und griff zur Waffe – Montana musste jeden Augenblick folgen warnte ihn sein Instinkt.

„Los, in Deckung!", befahl er und zeigte auf die Bäume am Rande des Trails.

„Ich glaube nicht, dass er mir gefolgt ist", meldete sich Bruce Osborne außer Atem.

Die Brüder umarmten sich in gegenseitiger Freude ihres Widersehens. Bruce berichtete über die Geschehnisse des vergangenen Tages.

„Bis wir Chopaka Mountain erreicht hatten, war alles in Ordnung. Dann, in Höhe der Brücke über den Olallie Creek verschwanden plötzlich drei meiner vier Gäste. Nur Montana blieb übrig. Wahrscheinlich hat er die drei anderen umgebracht. Mich hat er

dann gezwungen ihn bis Remmel Mountain zu führen", berichtet Bruce.

„Wie ist er bewaffnet?", wollte Bill Ward wissen.

„Er hat eine Pistole, keine Ahnung was für eine Marke. Auf jedenfall eine mit Schalldämpfer, das konnte ich erkennen."

„Wie konntest Du fliehen?", wollte Andy wissen.

„Beim Aufstieg zum Remmel Mountain ist mir die Flucht gelungen."

Bruce schilderte seinen spektakulären Sprung aus großer Höhe, seine rasende Abfahrt Richtung Coleman Ridge Trail.

„Was mir nicht klar ist, der Typ ist auf der Flucht und erklimmt die höchsten Berge. Was soll das? Die Berge kann man doch leichter umfahren?", sprach Andy Osborne das aus, was auch Bill Ward gerade durch den Kopf ging.

Bruce berichtete, dass Montana die Hütten aufsuchte, um falsche Nachrichten mit dem Datentransmitter zu senden und vor allem, um die Detailkarten mit seinem Handy zu fotografieren.

„Offensichtlich suchte er den Zielort und wollte sich nicht ganz auf meine Führung verlassen", vermutete Bruce.

„Cleveres Kerlchen", ging es Ward durch den Kopf.

„Bei den Kilometern und vor allem den Höhenmetern, die ihr zurückgelegt habt, muss der doch total platt gewesen sein", schaltete sich Andy jetzt wieder ein.

„Das ist das, was ich überhaupt nicht verstanden habe." Bruce hob die Schultern, *„der wurde überhaupt nicht müde, je weiter wir fuhren, um so fitter schien er zu sein. Der war zwar recht sportlich, aber das ist mir ein Rätsel."*

„Okay", unterbrach Bill Ward das Gespräch. „Wir sollten jetzt auf schnellstem Weg zurück in die Zivilisation. Ich brauche ein Telefon, um Kontakt zu meinen Kollegen aufnehmen zu können."

Der nächste Campground, den sie erreichen konnten, war Andrews Creek. Sie wählten den direkten, kürzesten Weg durch das Tal zwischen Coleman und Obstrucion Peak. Der technisch sehr anspruchsvolle Trail müsste sie in einer Stunde ans Ziel bringen. Die Osborne Brüder nahmen Bill Ward in ihre Mitte, so konnte der am Ende fahrende Bruce sofort helfen, falls der Inspector stürzen würde. Nach siebzig anstrengenden Minuten hatten Sie den Campground erreicht. Die drei steuerten ihre Bikes direkt zum Haupthaus. Bill warf die erforderlichen Münzen ins Telefon und rief John Henry auf dem Revier in Kelowna an. Henry hatte das Telefon auf laut gestellt und Tracy Lord war hinüber in das Büro des Chief Superintendent geeilt. Die Ermittler hörten aufmerksam zu, was Bill ihnen zu berichten hatte.

„Zusammen mit der Erkenntnis, dass das Dopingmittel nur zweiundsiebzig Stunden wirkt, müsste er eigentlich spätestens heute Abend oder morgen früh sein Ziel erreicht haben. Es bliebe dann noch der morgige Tag für irgendein Ereignis bei dem das Mittel wirken soll", fasste John Henry die Erkenntnisse zusammen.

„Ist es möglich Euch in dem Campground zurück zurufen?"

Bill Ward schaute fragend zu Andy Osborne: „Kann man dieses Telefon von Kanada aus anrufen?"

„Ja, das ist möglich, die Nummer steht in der rechten oberen Ecke."

Henry versprach Bill Ward, dass er sich in spätestens zwei Stunden wieder melden würde.

„Ok, wir werden hier warten." Bill Ward legte den Hörer auf.

„Bill, ich werde meine Frau anrufen, sie kann unseren Rücktransport organisieren. In vier bis fünf Stunden kann ein Wagen mit Hänger hier sein, um uns und die Räder nach Kanada zurückbringen."

„Ja, tu das, das ist eine gute Idee, Andy."

37
Las Vegas, Black Rose
USA
vor einer Woche

Joseph Bishop saß in seinem Büro und betrachtete das lebensgroße Gemälde, das Marco Pantani beim Anstieg hinauf zum Mont Ventoux zeigte. Eine der beiden Etappen die der Italiener bei der Tour de France im Jahr 2000 gewann. Ron Sugar war ein wenig nervös und hatte keinen Blick für die Gemälde oder die in den Glasvitrinen funkelnden Rennräder der berühmten Embacher-Collection. Er machte sich Sorgen um seinen Besitz. Es klopfte an der Tür zu Bishops Büro.

„Kommen Sie herein", antwortete Bishop auf das zweite Klopfen. Die schwere Holztür öffnete sich und Emile Reuter, der Sicherheitschef des "Black Rose" betrat den Raum.

„Mr. Bishop, Sie wollten mich sprechen."

Der drahtige Mann mit den militärisch kurz geschorenen Haaren stand kerzengrade vor Bishops Schreibtisch.

„Emile, zunächst möchte ich Sie mit meinem alten Freund Ron Sugar bekannt machen", begann Bishop und stellte die beiden Männer einander vor.

Sugar drückte Reuters Hand und verspürte einen festen, aber angenehmen Händedruck.

„Mr. Sugar ist Inhaber eines Flugplatzes im Bundesstaat Washington, gemeinsam planen wir dort, ein besonderes Event. Ich benötige einen ihrer Leute auf den hundertprozentig Verlass ist und den Sie uns, wie soll ich sagen ..... für besondere Aufgaben empfehlen können. "

Bishop machte eine kurze Pause, hob seine Brille und sah seinem Sicherheitschef in die Augen. Er kannte Reuter seit fünf Jahren, vor zwei Jahren hatte er ihn zu seinem Sicherheitschef ernannt, in dieser Zeit hatte Reuter sich immer als loyaler Mitarbeiter erwiesen. Bishop wusste von seiner Vergangenheit als Söldner bei BW, er war sich sicher, dass Reuter der richtige Mann für das heutige Gespräch war.

„Einer unserer ehemaligen Partner hat etwas. Nennen wir es ein ganz spezielles Mittel, das wir für unser Event unbedingt benötigen. Der Mann, der für uns dieses Mittel besorgen soll, müsste....... sagen wir es mal so, er müsste den nötigen Druck auf unseren Partner ausüben, damit wir dieses Mittel rechtzeig in unseren Händen halten können. Über ihn und die Einzelheiten wie er das macht, benötigen wir allerdings keine Informationen, es liegt ganz in seinem Ermessen."

Reuter räusperte sich kurz: „Mr. Bishop, ich kann Ihnen versichern, dass ich Ihnen den richtigen Mann empfehlen werde. Auch er hat die entsprechende Ausbildung bei BW erfahren und er kennt alle notwendigen Mittel, ... wie sagten Sie so treffend .... um den notwendigen Druck auf Ihren Partner auszuüben, damit Sie das bekommen was Ihnen gehört."

Bishop griff in die Schublade seines Schreibtisches, zum Vorschein kam ein geheftetes Dossier.

„Hier finden Sie alle Angaben über unseren Partner, das Mittel, das wir benötigen, den einzuhaltenden Zeitplan und den Ort der Übergabe an meinen Freund Mr. Sugar."

Der Sicherheitschef nahm das Dossier regungslos entgegen, trat einen Schritt zurück und verabschiedete sich.

38
Kelowna, Polizeirevier Headquarter
Kanada
Tag 2

Der Beamer projizierte einen exakt strukturierten Chart an die Wandtafel. Tracy hatte alle vorhandenen Daten und Fakten zusammengetragen. Auf einem zweiten Chart hatte sie eine

Detailkarte rund um die Gegend von Remmel Mountain aufgerufen. Beiden Ermittlern war klar, dass weder Joseph Bishop noch Ron Sugar, die ehemaligen Geschäftspartner von Martin Hamilton, der gesuchte Täter sein konnten.

„Dennoch sind die beiden unsere einzige Verbindung zu Hamilton und dem Dopingmittel. Ich bin mir sicher, dass sie etwas mit dem Fall zu tun haben."

John Henry lehnte sich in seinem Stuhl zurück und kratzte sich den Nacken und grübelte über Punkte, die sie eventuell übersehen hatten, nach.

„Chief, ich habe die Nachricht erhalten, dass sich Joseph Bishop angeblich zur Zeit nicht in Las Vegas aufhalten soll. Er soll mit unbekanntem Ziel verreist sein", unterbrach Tracy John Henrys Gedanken.

„Ich habe mir daraufhin sämtliche Flugdaten vom McCarran International Airport in Las Vegas der letzten beiden und vom morgigen Tag angesehen. Auf keinem der Flüge ist ein Joseph Bishop gemeldet. Bei meiner Suche bin ich jedoch auf etwas gestoßen, was mir merkwürdig vorkommt."

Henry wurde hellhörig. Immer wenn Tracy auf irgend-etwas Merkwürdiges in einer ihrer Datenbanken stieß, nahm der Fall eine unerwartete Wendung.

„Ungefähr fünfzig Kilometer südlich von Las Vegas liegt das Ivanpah Valley, ein Tal im Grenzgebiet von Nevada und Kalifornien. Hier ist der Bau eines weiteren Flughafens zur Entlastung von McCarran geplant."
„Ja, ich habe davon gelesen. Aber soviel ich weiß, wurde der Flughafen doch noch nicht gebaut. Und das Projekt auf Eis gelegt."

„Das stimmt. Lediglich der Bau eines Teils der Start- und Landebahn wurde vorgezogen. Hier sind z.Zt. elf Learjets geparkt. Es liegt eine Ausnahmeregelung vor, dass zwanzig dieser Jets heute und morgen dort starten und landen dürfen."

„Ok, das ist interessant, aber was hat das mit unserem Fall zu tun?"

Henry war noch nicht klar worauf Tracy hinaus wollte.

„Chief, noch interessanter ist, wer die Ausnahmeregelung beantragt hat."

„Wer?"

„Ein gewisser Joseph Bishop, Inhaber des "Black Rose" in Las Vegas. Die Ausnahmeregelung gilt ausschließlich für Flüge von und nach Lost River Resort Airport. Und der gehört einem gewissen Ron Sugar. Damit haben wir die Verbindung zu unserem Fall."

Tracys Augen leuchteten und ein Lächeln zeigte sich auf ihrem Gesicht. Sie fuhr mit der Computermaus über die Detailkarte rund um Remmel Mountain und setzte eine Wegemarke auf Lost River Airport. Mit dem Auto waren rund zweihundert Kilometer zwischen den beiden Punkten zurück zulegen, da man die Entfernung nur in einem großen Bogen über befahrbare Wege zurücklegen konnte. Die direkte Verbindung, quer durch den National Forest, führte über schmale Trails, sie ließ sich mit einem Mountainbike in wesentlich kürzerer Distanz zurücklegen.

„Tracy, Sie sind großartig."

Henry war begeistert.

„Der Täter könnte noch heute Lost River erreichen. Was wir noch nicht wissen ist, was haben Sugar und Bishop in Lost River geplant und wen oder was wollen Sie von oder nach Lost River bringen?"
„Tracy, haben Sie herausgefunden, wie es um die finanzielle Seite von Bishop und Sugar steht?"

„Ja. Bishop hat immense Schulden, er hat den Hotelkomplex und das dazugehörige Grundstück im Rahmen einer Zwangsversteigerung gekauft. Das Hotel war zu dem damaligen Zeitpunkt nur ein Rohbau. Er ließ es zum "Black Rose" ausbauen."

Der Beamer projizierte eine Aufnahme des imposanten über sechzig Etagen hohen Gebäudes auf die Wandtafel. Durch ihren Kontakt in den Staaten hatte Tracy herausgefunden, dass Bishop Schulden in Höhe von 500 Millionen USD hatte und in den nächsten Tagen eine Rate in Höhe von 100 Millionen USD an die finanzierende Bank zahlen musste.

„Wie sieht es bei Sugar aus?" wollte Henry jetzt wissen.

„Ihm gehört der Flugplatz in Lost River. Er hat ihn um ein größeres Gebäude mit zwei Etagen ausbauen lassen. Die Landebahn hat er auf 2000 Meter verlängert."

Tracy berichtete, dass sie herausgefunden hatte, dass man einen der Helikopter Flugplätze im Okanagan National Forest ausbauen wollte. Offensichtlich hatte sich auch Ron Sugar um diesen Ausbau beworben. Was auch immer ihm die Gewissheit gab, dass Lost River ausgebaut werden sollte, hatte Tracy nicht herausfinden können. Fakt war jedoch, dass Sugar schon vor der offiziellen Entscheidung welcher Flugplatz ausgebaut werden sollte in die Erweiterung der Landebahn und in den Bau eines neuen Gebäudes investiert hatte. Letztendlich, warum auch immer, sollte Lost River nicht ausgebaut, sondern geschlossen werden. Auch Sugar hatte dementsprechend hohe Schulden.

John Henry sah auf die Wandtafel, sah die einzelnen Schlagworte und Zuordnungen untereinander. Sie hatten jetzt ein genaues Bild von der Situation. Bishop und Sugar brauchten beide kurzfristig Geld. Ihr alter Partner Martin Hamilton hatte an einem illegalen, nicht zugelassenen Dopingmittel geforscht. Aus ihrer Vergangenheit kannten sie alle Wege, um damit Geld zu machen. Hamilton kam jedoch nicht mehr an das Mittel, da er mittlerweile pensioniert war. Sie brauchten Hamilton auch nicht für das was sie vorhatten, sondern nur das Dopingmittel.

„Bishop und Sugar müssen jemanden beauftragt haben das Mittel für sie .... nennen wir es mal .... zu besorgen", zog Henry seine Schlüsse aus den Ermittlungen.

Dopingmittel – Sportereignis – Glücksspiel waren einige der Schlagworte, die Tracy an die Tafel geworfen hatte. Plötzlich fiel der Groschen, wie aus heiterem Himmel war John Henry klar was Bishop plante.

39
Okanagan Wenatchee National Forest
USA

Da ihn der Trail tendenziell bergab führte, hatte Nikolas in den frühen Abendstunden sein Ziel erreicht. Er umfuhr die wenigen Häuser, die in dem Tal, in dem der Lost River auf den Methow River traf, lagen und gelangte so auf die gegenüberliegende Seite des Flughafens von Lost River. Eine kleine Holzbrücke führte ihn über den Fluss direkt an den Rand des Flughafens. In das dicht bewaldete Arial, das früher von Methow Indianern bewohnt wurde, war eine rund fünfzig Meter breite und fast zwei Kilometer Meter lange Schneise gerodet worden. Auf der asphaltierten Landebahn standen neun Learjets dicht nebeneinander geparkt. Es gab weder einen Tower noch einen Hangar für die Flugzeuge. Parallel zur Stichstraße erhoben sich die zwei Etagen eines langestreckten Gebäudes. Schwere Stahlträger trugen das flache Dach, die Seiten waren durch wellenförmige Stahlbleche geschlossen. Das Parkhaus des Flughafens. Als Nikolas die Stirnseite des Gebäudes erreicht hatte, öffnete sich eine der beiden Stahltüren und ein breitschultriger Mann mit kahlrasierten Schädel trat hervor.

„Hallo, sind Sie der Mann auf den ich warte?", begrüßte ihn Ron Sugar.

„Ich denke schon."

„Dann müssten Sie etwas für mich haben, auf das ich warte."

„Sicher, sonst wäre ich nicht hier."

Nikolas reichte Sugar vier Fläschchen mit einer farblosen Flüssigkeit. Sugar ließ die Fläschchen in eine Ledertasche gleiten.

„Ist Mr. Bishop auch da?"

„Nein, ich erwarte ihn und unser Team aber....", Sugar blickte auf seine Uhr, *„in gut einer Stunde."*

„ Sonst alles gut gelaufen?"

„Keine Probleme."

„Gut, Sie können das Rad hier unterstellen. Kommen Sie rein, ich zeige Ihnen kurz die Arena bis Joseph kommt", grinste Sugar zufrieden.

Nikolas betrat das hallenartige Gebäude. Sugar schaltete das künstliche Licht ein und erhellte den großen Raum. Zu seiner Verwunderung glich das Innere des Gebäudes eher einer Kartbahn, als einem Parkhaus. Lediglich im hinteren Teil waren fünfzig neue, unbenutzte Mietwagen mit der Aufschrift – Lost River Rent A Car – geparkt. Von der Decke aus konnte dieser Bereich durch das Herablassen eines blickdichten Vorhangs abgetrennt werden. Nikolas schob das Rad hinter die Abtrennung. An der rechten Seite befand sich eine Tribüne für Zuschauer von der aus das Rennen beobachtet werden konnte. In gleichmäßigen Abständen waren weißbespannte Stehtische bestückt mit Bier- und Champagnergläsern im Tribünenbereich aufgestellt. Alles sah neu und unbenutzt aus. Durch neunzig Grad Kurven, Spitzkehren und einhundertachtzig Grad Kurven schlängelte sich der Kurs durch die untere Etage, ehe er über eine Rampe in das Obergeschoss führte. Im Obergeschoß folgte die Streckenführung einer liegenden Acht, die über eine zweite Rampe zurück in das Untergeschoss führte. Die innenliegenden Flächen der Acht waren aus der Decke herausgeschnitten, so dass die Zuschauer das Rennen von hieraus zeitgleich im Ober- und Untergeschoss verfolgen konnten. Der Kurs kreuzte sich im Mittelpunkt der Acht auf gleichem Streckenniveau, hier war höchste Vorsicht geboten, wenn sich die Fahrer trafen. Unfälle waren nahezu vorprogrammiert und würden dem Rennen einen zusätzlichen Kick geben. An den Wänden waren mehrere Kameras installiert, die das Rennen auf zwei große Leinwände projizierten. Im Start- und Zielbereich direkt vor der Tribüne befanden sich unterhalb der Decke ein automatischer Rundenzähler und eine Ampelanlage.

Ron präsentierte den Umbau des ehemaligen Parkhauses nicht ohne Stolz.

„Alles fertig für morgen." Sugar drehte sich mit ausgebreiteten Armen um die eigene Achse. Er ließ seinen Blick schweifen. Anschließend ging er in den hinteren Teil und ließ den Vorhang herab, so dass die Leihwagen und Nikolas Mountainbike dahinter verschwanden.

„Eigentlich schade, dass wir in zwei Tagen alles dem Erdboden gleich machen."

Er winkte Nikolas zu sich als er die Anfluggeräusche des zehnten Learjets wahrnahm. Die beiden Männer verließen das Gebäude. Der Learjet landete sanft auf der asphaltierten Start- und Landebahn, rollte zum Parkhaus und kam nur wenige Meter vor Sugar zum Stehen. Die Tür im hinteren Bereich des Jets öffnete sich. Joseph Bishop verließ als erster das Flugzeug, ihm folgten vier junge Männer.

Bishop ging auf Sugar zu, nahm seine Brille von der Nase und begann sie mit einem Tuch zu reinigen. Er reichte Sugar die Hand: *„Hast Du das, worauf wir warten."*

„Selbstverständlich", antwortete Sugar.

Sugar zeigte auf die Ledertasche, die er sich umgehängt hatte: *„Alles hier drin"*. Er drehte sich um. *„Er hat es.....wo ist er?"*

Nikolas war verschwunden.

„Komisch", wunderte sich Sugar. *„Eben war er noch hier."*

„Kanntest Du ihn?" wollte Bishop wissen.

„Nein, aber ich glaube es war der blonde Wachmann aus Reuters Team, der mich damals zu Dir ins Büro begleitete."

„Ist Dir etwas an ihm aufgefallen?"

„*Eigentlich nicht...*", Sugar machte eine Pause, er würde Bishop nicht erzählen, dass er dem Wachmann die Arena gezeigt hatte, „*....komisch war eigentlich nur, dass er mit einem Mountainbike hier ankam.*"

„*Gut. Ron, zeige unseren vier Fahrern noch die Anlage, damit sie sich mit dem Kurs vertraut machen können. Anschließend musst Du ihnen noch das Mittel spritzen, schließlich soll Team "Seagull" morgen das Rennen gewinnen. Ich fahre schon zum Hotel, wir treffen uns später dort zum Abendessen.*"

Bishop nahm einen der Leihwagen. Sugar und die Fahrer würden später mit dem Range Rover folgen. Er hatte das Team "Seaguall" genannt, in Erinnerung an die alten Zeiten. Die Überfahrt mir der "Seagull" in ein neues Leben hatte ihm schon viel Geld beschert. Sugar fuhr den Leihwagen vor die Arena, ihm war aufgefallen, dass nicht nur der Wachmann verschwunden war, er hatte auch das Rad mitgenommen.

Als Bishop losfuhr, blickte Nikolas auf dem Bauch liegend unter einem der Büsche hervor, hinter dem er sich versteckt hatte. Er hätte Joseph Bishop und Ron Sugar einfach töten können, hier in der Einsamkeit der Wildnis. Ihre Leichen hätte er in den Methow River werfen können. Vielleicht wären sie nie gefunden worden. Aber Nikolas hatte einen anderen Plan. Er wollte Sugar und Bishop nicht bloß töten, er wollte sie vernichten.

Joseph Bishop brauchte keine zwanzig Minuten zum Freestone Inn. Er hatte das komplette Hotel für sich und sein Team sowie die umliegenden fünfzehn rustikal eingerichteten Holzhütten für die Fahrer der Konkurrenzteams gemietet.

Das Interesse an Bishops Event war so groß, dass Sugar zehn weitere Learjets anmieten musste. Bevor ihn der Jet nach Lost River flog, hatte sich Bishop mit den Wettpaten der zweihundert Teilnehmer im „Black Rose" in Las Vegas getroffen. Sie hatten ihre Wetteinsätze gezahlt, Bishop hatte die Schuldscheine gegengezeichnet und den jeweiligen Wettpaten übergeben. Im Jackpot lagen –sicher aufbewahrt im Safe des "Black Rose" – 180 Millionen

USD, die morgen ihm gehören würden, es war der größte Coup der ihm je gelingen würde, da war er sich sicher.

Die zehn teilnehmenden Teams bestanden jeweils aus vier Fahrern. Jedes Team wurde durch einen Wettpaten vertreten. Damit die Teilnehmer der Wetten und ihre Wetteinsätze unbekannt blieben, musste über die Wettpaten auf das jeweilige Team gesetzt werden. Keiner der Teilnehmer konnte somit herausfinden, wer oder wieviel Teilnehmer den Jackpot gewinnen würden. Eine absolute Anonymität war somit gewährleistet. Auf das Team "Seagull", das aus vier jungen, unbekannten Fahrern bestand, hatte nur Bishop selbst durch den Wettpaten Emile Reuter gesetzt. Reuter hatte es geschickt verstanden weitere Interessenten davon abzuhalten auf Bishops Team zu setzten. Bei einem Sieg gehörte der gesamte Jackpot Bishop.

Joseph Bishop steuerte den Wagen auf den Parkplatz des Freestone Inn, einer ehemaligen zum Luxushotel umgebauten Ranch. Die neun Busse der teilnehmenden Teams parkten auf dem seitlichen Vorplatz, die Fahrer hatten bereits die Holzhütten belegt.

40
Lost River Airport
USA

Der Range Rover mit Ron Sugar und den vier Fahrern des Teams "Seagull" hatte das Gelände gerade erst verlassen, als Inspector Bill Ward gemeinsam mit den Osborne Brüdern und Andys Frau Carol das Gelände des Lost River Airports erreichte.

John Henry hatte seinen Kollegen über die Schlussfolgerungen, die er gemeinsam mit Tracy Lord aus den vorliegenden Informationen gezogen hatte, in Kenntnis gesetzt. Offensichtlich planten Joseph Bishop und Ron Sugar hier auf dem Gelände von Lost River Airport eine Sportveranstaltung oder einen Kampf bei dem das Dopingmittel, das Martin Hamilton entwickelt hatte, zum Einsatz kommen sollte. Da den Kommissaren mittlerweile klar war, dass weder Bishop noch Sugar der Täter sein konnte, der Hamilton und die Gäste von Bike for Fun getötet hatte, baten sie

Bruce Osborne mit nach Lost River zu kommen, um den Täter zu identifizieren. Bruce Osborne war der einzige, der ihn über zwei Tage gesehen hatte und genau wusste wie er aussah.

Carol Osborne hatte die Osborne Brüder und Bill Ward am Andrews Creek Campground aufgenommen. Andy steuerte jetzt den Chevrolet Colorado auf das zweistöckige Gebäude zu. Es war keine Menschenseele zu sehen, die Startbahn war wie leergefegt, keine Flugzeuge oder Helikopter. Der komplette Komplex schien verlassen zu sein.

Bill Ward und die Osborne Brüder verließen den Chevrolet, um auf die entgegengesetzte Seite des Gebäudes zu gelangen. Carol blieb im Wagen zurück. Sämtliche Türen zum Gebäude waren verschlossen.

Inspector Ward nahm das Handy aus seiner Jackentasche. Carol hatte ihm seine Anziehsachen Sachen mitgebracht, er war froh, die Radbekleidung endlich loszuwerden, als er in seine geliebten Cowboystiefel stieg. Er wählte die Nummer des Reviers in Kelowna.

„Tracy, Bill hier."

Tracy schaltete auf mithören, so dass auch John Henry im Bilde war.

„Lost River Airport ist komplett verlassen, weder Menschen noch Flugzeuge sind hier. Das zweistöckige Gebäude ist verschlossen und hat keine Fenster. Wir können also nicht hineinsehen, um zu erkennen was sich drinnen befindet."

Bill Ward hatte die Informationen weitergegeben und wartete jetzt auf eine Reaktion aus Kanada. Was folgte war Schweigen auf beiden Seiten. Auch die Kollegen schienen ratlos.

„Wir können versuchen eine der seitlichen Türen aufzubrechen, um zu sehen was sich in dem Gebäude befindet. Aber ob uns das weiterhilft?", schlug Ward ratlos vor.

„Irgendetwas muss in Lost River oder in der näheren Umgebung passieren." John Henry hatte auch noch keine Idee was sie weiter tun sollten, aber zumindest hatte er das Schweigen aus Kanada unterbrochen.

„Außer ein paar verstreute Häuser ist nichts in der Gegend, wo irgendein Sportevent stattfinden könnte. Es muss innerhalb des morgigen Tages etwas geschehen, ansonsten ist das Mittel nicht mehr wirksam." John Henry dachte jetzt laut nach.

„Oder", meldete sich Tracy. „Es ist doch anders herum, Bishop lässt die Leute aus Lost River nach Las Vegas einfliegen und im "Black Rose" findet dieses Event statt."

„Mein Computer spuckt mir gerade aus, dass zehn Learjets auf dem Flug von Lost River nach Ivanpah Valley gemeldet sind."

„Da sich hier keine Maschine mehr befindet, müssen sie vor kurzem von hier gestartet sein", schaltete sich Bill Ward jetzt in den Gedankenaustausch ein.

„Das ist richtig", antwortete Tracy instinktiv.

„Tracy, kannst Du herausfinden, wieviel Personen sich in den Maschinen befinden und wer sie sind?" wollte Inspector Ward wissen.

„Zum Teil", war Tracys die Antwort, während sie verschiedene Klicks in Ihrem Programm setzte. „Einen Moment noch. So da haben wir´s. Jede Maschine hat einen Captain und einen First Officer gemeldet, keine Passagiere, soweit ich sehen kann….", es folgte eine Pause, „…..doch eine Maschine hat einen Passagier gemeldet. Jedoch keine Namen."

John Henry übernahm die Schlussfolgerung.

„Bis auf den einen Passagier sind die Maschinen, was den möglichen Transport von Passagieren betrifft, leer. Das heißt sie bringen erst morgen die Passagiere und zwar von Las Vegas oder Ivanpah Valley nach Lost River. Das Ereignis muss somit in Lost River stattfinden. Bill, öffne eine der Türen, irgendwas muss in dem Gebäude sein."

Henry brauchte nicht zu erwähnen, dass Bill keine Spuren hinterlassen sollte, das war ihm selber klar.

„Okay, ich rufe zurück sobald wir etwas entdeckt haben."

Bruce und Andy Osborne, die das Gespräch teilweise verfolgten, auch wenn sie nicht hörten, was aus Kanada gesagt wurde, war klar was sie brauchten. *„Leider haben wir kein Brecheisen im Werkzeugkoffer, aber ich denke das müsste auch reichen."* Andy hielt einen großen Schraubenzieher und ein Wagenkreuz zum Wechseln der Reifen in der Hand.

Das Vorhängeschloss an der hinteren Seitentür machte keine großen Probleme. Die drei Männer betraten die stockdunkle Halle. Bruce hielt seine Radlampe in der Hand und leuchtete auf der Suche nach einem Lichtschalter. Der Hauptschalter rastete ein und die Halle wurde taghell erleuchtet. Die drei Männer konnten nicht glauben was sie sahen. Hier war alles für ein Rennen vorbereitet.

Nachdem sie die Halle inspiziert hatten, schlossen sie die Seitentür und fügten das Vorhängeschloss wieder zusammen, so dass man den Einbruch auf den ersten Blick nicht erkennen konnte.

Carol, die sich kurz die Beine vertreten hatte, während die Männer die Halle inspizierten, stand direkt neben dem Chevrolet Colorado und hielt ein schwarzes Trek Mountainbike in ihrer Hand.

„Das habe ich hinter dem Busch dort vorne gefunden."

„Das ist eins von unseren Rädern. Es ist das Rad mit dem Montana gefahren ist", zeigte Bruce erstaunt auf das Bike.

„Das bedeutet, er ist hier."

Bill Ward griff automatisch zur Dienstwaffe.

Tag 3

41
Lost River Airport, Tag des Rennens
USA

Im Minutentakt landeten die zwanzig Learjets in Lost River und brachten die 200 Gäste an ihr Ziel. Ron Sugar geleitete die Gäste zur Tribüne an ihre Plätze. Bill Ward und Bruce Osborne hatten sich unbemerkt in der Hektik der ankommenden Learjets unter die Gäste gemischt. Andy und Carol Osborne warteten abseits der Lost River Road im Chevrolet. Gemeinsam hatten die vier die Nacht im Mazama Country Inn, nur unweit vom Freestone Inn, verbracht.

Joseph Bishop war es gelungen eine illustre Gesellschaft für das Ereignis zusammenzurufen. Die halbe Unterwelt aus Amerika, Europa, Russland und Asien war hier versammelt, um ihr Schwarzgeld zu vermehren und dann im "Black Rose" reinzuwaschen. Die Wettpaten hatten ihre eigenen Teams zusammengestellt auf die die Teilnehmer ihr Geld gesetzt hatten. Jedes Team hatte einen eigenen Namen der in großen Buchstaben die Trikots der Fahrer zierte.

Da gab es das Team der Amerikaner, das sich **"Bad Boys"** nannte, die Asiaten hatten zwei Teams **"Dragon"** und **"Snake"**. Die Russen waren ebenfalls mit zwei Teams **"Iwan I"** und **"Iwan IV"** vertreten. Einige der Teilnehmer fragten sich, warum auf Iwan I Iwan IV folgte und nicht Iwan II. Für die Russen war bei der Wahl des Teamnamens der Beiname wichtiger. So hieß Großfürst Iwan I mit Beinamen "Der Geldsack" und Zar Iwan IV "Der Schreckliche". Während Iwan II den Beinamen "Der Schöne" trug. Die Italiener hatten ihr eigenes Team **"Palermo"** genannt, eine Anspielung auf den Sitz der Firma für die sie fuhren. Ein Team kam aus Osteuropa und trug den witzigen Namen **"Popolski"**. Die Europäer schickten ein drittes Team mit dem Namen **"Guilty"** ins Rennen. Ein komplett in schwarz gekleidetes Team kam aus Afrika und hatte den passenden Namen **"Black Riders"** gewählt. Zu guter Letzt gab es noch Bishops Team **"Seagull"**. Aus den Boxen erklangen die letzten Töne des Rocksongs "The final countdown" als Joseph Bishop ans Mikrophon trat: *„Let´s get ready to rumble!"*

Die ersten beiden Radteams, die gegeneinander antraten fuhren für asiatische und russische Wettpaten – "Dragon" vs. "Iwan I". Die Spannung vor dem Start stieg. Einem Formeleins Rennen gleich wurden die letzten Sekunden rückwärts von zehn auf go! gezählt. Bei go! leuchtete das grüne Startlicht der Ampel auf. Aus den Boxen dröhnte nun AC DC´s "Highway to hell" das frenetisch beklatscht wurde. Zeitgleich explodierten die Muskeln der Fahrer, die sofort aus dem Stand in den Sprint gingen. Sie fuhren Räder mit starrer Nabe – nur ein Gang und keine Bremsen. Schon vor der ersten Kurve suchten sie den Körperkontakt des Gegners. Zwei Russen lagen vorne, bevor es die erste Rampe hoch ins Obergeschoß ging. Stehend peitschten Sie die Rampe hinauf auf die flache Acht. Drei Asiaten folgen. Der erste Crash des Rennens lag in der Luft, als alle acht Fahrer das Obergeschoß erreicht hatten und sich dem Kreuzungspunkt der Fahrbahn näherten. Voll Speed knallten die beiden führenden Russen durch den Kreuzungspunkt, dicht gefolgt von den drei Asiaten. Zeitgleich kreuzten die beiden zurückliegenden russischen Fahrer den riskanten Schnittpunkt und erwischten die Hinterräder von zwei Asiaten. Beide Asiaten stürzten, während der dritte über sie hinwegrollte, sich aber auf dem Rad halten konnte. Die Menge jubelte.

Jeder Kurs musste zweimal gefahren werden, nur die ersten beiden Fahrer qualifizierten sich für die Endrunde. Die beiden führenden Russen gewannen das erste Rennen. Team "Dragon" war somit komplett ausgeschieden.

Bruce Osborne hielt fieberhaft Ausschau nach dem Gesicht des Täters. Bislang konnte er ihn nirgends ausmachen.

Als nächstes rollten die Fahrer der Teams "Bad Boys" und "Popolski" ihre Räder an den Start. Die "Popolski`s" gaben von Beginn an volle Kette und zirkelten ihre Räder in Schräglage zum Scheitelpunkt der Kurven. Ständig drehten sich die Kurbeln der Räder. Die zweite Runde lag vor ihnen und das gesamte Team führte, als es zum zweiten Mal die Rampe ins Obergeschoss hochging. Die "Bad Boys" folgten in eigentlich nicht mehr aufzuholendem Abstand. Doch dann machten die amerikanischen Fahrer ihrem Namen alle Ehre. Kurz vor dem Kreuzungspunkt der Acht begannen sie Speed aus ihren Rädern zu nehmen und blockierten die sich ständig drehenden Kurbeln. Die "Popolski`s" rauschten auf den Kreuzungspunkt zu. Zu spät erkannten sie was die "Bad Boys" vorhatten. Ihre Geschwindigkeit war zu hoch, um die Kurbeln zu blockieren. Als sie den Kreuzungspunkt erreichten, opferten die "Bad Boys" zwei ihrer Fahrer, die Mitten im Kreuzungspunkt quasi auf der Stelle standen. Es kam zum provozierten Massensturz. Unter dem Applaus und dem Grölen der Zuschauer drehten die beiden unversehrten amerikanischen Fahrer ihre Runde zu Ende und qualifizierten sich für den Endlauf. Die restlichen Fahrer waren gewarnt, der zu fahrende Kurs war schnell, radikal und die Gegner warteten mit den übelsten Tricks auf. Die Regeln des Rennens waren total verschärft, alles war erlaubt, um das Rennen zu gewinnen. Je spektakulärer die Gegner zu Fall gebracht wurden, umso mehr jubelte die Menge. Bishop war rundherum zufrieden, er hatte genau den Kick getroffen auf den die Zuschauer warteten.

Bill Ward und Bruce Osborne waren sich sicher, dass sie das Gesicht des Täters im Erdgeschoss nirgends erkennen konnten. Bevor das nächste Rennen begann, wechselten die beiden Männer in das Obergeschoss.

Es folgte das Rennen "Palermo" vs. "Snake". Gewarnt von den üblen Tricks der "Bad Boys" gingen beide Gruppen das Rennen eher langsam an. Als hätten sie sich abgesprochen erreichten je ein Fahrer von "Palermo" und ein Fahrer von "Snake" als Erste das Ziel. Jedes Team hatte sich somit mit einem Fahrer für den Endlauf qualifiziert. Die Zuschauer wurden unruhig, buhten und pfiffen lauthals. Aber so waren die Regeln, die es nicht gab, allein die Platzierung war maßgebend für das Weiterkommen.
Es folgte das Rennen "Black Riders" vs. "Iwan IV", das die Schwarzen überraschenderweise mit zwei Fahrern für sich gewannen. Die Schrecklichen waren somit raus.

Inspector Ward war wieder zurück in das untere Geschoss gegangen, nachdem der Täter auch im oberen Geschoss nicht gesichtet werden konnte. Bruce würde jedoch noch weiter Ausschau halten. Aus dem Revier hatte Tracy ihm je ein aktuelles Foto von Ron Sugar und Joseph Bishop auf sein Handy geschickt. Sugar hatte er schon am Eingang gesehen und Bishop bei der Ansage zur Eröffnung des ersten Rennens, dann hatte er sie aus den Augen verloren. Er strich sich die Haare aus der Stirn während er aus dunklen Augen aufmerksam die Tribüne absuchte. Da waren sie.

Bishop und Sugar standen am Rand der Tribüne. Während sich Sugar nervös das Kinn massierte, hatte Bishop seine Brille abgenommen und begann sie zu putzen. Jetzt wurde es ernst, "Seagull" bestritten ihr erstes Rennen und mussten gegen "Guilty" antreten.

Der Countdown lief. "Seagull" hatten eine einfache Strategie ausgegeben – Vollgas bis zum Ende. Bereits nach der ersten Kurve lagen sie vorne und setzten die Strategie mit ihrer Taktik außen – innen – außen perfekt um. Jede Kurve wurde von außen an-gefahren unter Vollgas steuerten sie auf den Scheitelpunkt zu, zogen die Räder nach innen und ließen sich dann wieder aus der Kurve hinaustragen. Kaum Lenkbewegungen waren hierbei er-forderlich und sie kamen mit einem enormen Schwung aus der Kurve. In der Spitzkehre änderten sie ihre Fahrweise. Die Kurve wurde von außen angefahren und ab dem Scheitelpunkt innen durchgelenkt. Der Abstand zwischen "Seagull" und "Guilty" wurde größer. Schnell hatten die Fahrer die erste Runde hinter sich gebracht. "Guilty" gaben jetzt alles, fuhren die gleiche Taktik wie "Seagull" außen – innen – außen.

Vor der Rampe ins Obergeschoss lag die Spitzkehre.
"Seagull" waren gerade durch als "Guilty" mit brutalem Tempo folgten. Zu hoch für die Spitzkehre, sie mussten die Kurbel blockieren. Das Resultat war ein zeitraubender Drift. Zwei der nachfolgenden Fahrer untersteuerten ihre Räder, was dazu führte, dass sie einfach geradeaus weiterfuhren und stürzten. "Seagull" hatten das Rennen gewonnen. Sugar klatschte wie wild in die

Hände, während Bishop nur kurz seine Fäuste ballte, die Anspannung wich aus seinem Gesicht.

Für den Endlauf vor dem eigentlichen Finale hatten sich die Teams "Iwan I", "Bad Boys", "Black Rider" und "Seagull" mit je zwei Fahrern sowie "Palermo" und "Snake" mit je einem Fahrer qualifiziert.

Das erste Rennen der Endrunde wurde nun ausgelost. "Palermo" und "Snake" waren gesetzt, da sie nur mit jeweils einem Fahrer antraten. In jedem Rennen würden fünf Fahrer starten. Bishop wählte einen der Gäste aus, um die anderen Teams zuzulosen. Ein dicker Italiener trat an die Lostrommel und zog unter dem Jubel der anderen Gäste die Paarungen:

Rennen 1:
"Palermo" vs. "Iwan I" vs. "Bad Boys"

Rennen 2:
"Snake" vs. "Seagull" vs. "Black Riders"

Es waren jeweils drei Runden zu absolvieren. Auch hier qualifizierten sich immer die ersten beiden Fahrer für das Finale.

"Iwan I" und "Bad Boys" wurden frenetisch beklatscht, als die Fahrer die Räder an die Startlinie schoben. Der Countdown zählte herunter auf go! Das grüne Startlicht leuchtete auf. Raketenartig schossen die fünf Fahrer nach vorne. Alle waren bemüht ihre Ideallinie durch den Kurs zu finden. Die ersten beiden Runden waren schnell, verliefen jedoch ohne Stürze. Schulter an Schulter ging es auf die Rampe, die letzte Acht im Obergeschoß war zu nehmen, bevor es zurück ins Untergeschoss ging, wo Rennen 1 sein Ende finden würde. Je ein Fahrer der "Bad Boys" und "Iwan I" lagen in Front, es folgte der zweite Fahrer der "Bad Boys". Fahrer 2 blockierte plötzlich und unerwartet seine Kurbel. Das Rad begann auf der Stelle zu driften, er stürzte. Die nachfolgenden Fahrer konnten nicht mehr ausweichen. Instinktiv riss "Palermo" das Rad nach links und schleuderte Richtung Innenrand der liegenden Acht. Kopfüber stürzte er ins Untergeschoss und schlug seitlich auf dem harten Boden auf. Ein kurzer Schlag und das Schulterbein war gebrochen, er krümmte sich vor Schmerzen. Kaum eine Sekunde später folgte Fahrer 2 aus dem Team "Iwan I". Er schlug neben "Palermo" auf. Mit ausgestrecktem Arm hatte er versucht den Aufprall abzufangen, ohne Chance, das Handgelenk brach, er schlug mit dem Schädel auf die Fahrbahn. Die führenden Fahrer brachten ihr Rennen in aller Ruhe zu Ende. "Bad Boys" und "Iwan I" hatten sich mit je einem Fahrer für das Finale qualifiziert. Bishops Puls begann leicht erhöht zu schlagen, als Team "Seagull" die Räder an den Start rollte. Die Nervosität stand Ron Sugar ins Gesicht geschrieben, unaufhörlich knetete er sein Kinn. *„Noch drei Runden und wir sind im Finale"*, ging es Bishop durch den Kopf, als das grüne Startlicht aufleuchtete.

Schulter an Schulter flogen die fünf Fahrer der ersten Rampe entgegen. Gleichzeitig stiegen die Fahrer aus ihren Sätteln, um mehr Druck auf die Pedalen zu bringen. Als müssten sie durch einen Trichter, erreichten alle nebeneinander fahrend die obere Etage zeitgleich. Doch bevor sie in die liegende Acht einbiegen konnten, verkeilten sich die Fahrer ineinander und es kam zum Massensturz. Als erstes rappelten sich die Fahrer der "Black Riders" auf. Scheinbar unverletzt setzten sie das Rennen fort. Es folgte "Snake". "Seagull" bildeten das Schlusslicht, beide Fahrer waren schwer auf die Knie gestürzt. Mit schmerverzerrten Gesichtern fuhren sie weiter. "Black Riders" machten mächtig Druck, "Snake" konnte gut mithalten, während die Fahrer von "Seagull" mit ihren Schmerzen kämpften. Die Lücke zu den Führenden wurde größer.

„Wo bleibt die Wirkung des gespritzten Mittels", ging es Bishop durch den Kopf, der innerlich zu fluchen anfing.

"Snake" hatte offensichtlich seine Ideallinie gefunden und schien das Feld uneinholbar anzuführen. Gefolgt von den "Black Riders" ging es in die letzte Runde, "Snake" hatte das Untergeschoss bereits zur Hälfte hinter sich gebracht, während „Seagull" sich noch im Obergeschoss befanden. "Snake" lenkte sein Rad in die einhundertachtzig Grad Kurve ein. Im Scheitelpunkt wollte er Gas geben, um das Rad aus der Kurve herauszutreiben, als ihm urplötzlich die beiden Fahrer aus dem Team "Seagull" entgegenflogen. Sie hatten ihre Räder über den Innenrand der liegenden Acht gewuchtet und waren aus dem Obergeschoss in das Untergeschoss gesprungen. "Snake" blockierte instinktiv seine Kurbel und stürzte. Ungebremst folgten die "Black Riders", die sich zweimal überschlugen. Unerwartet brachte dieser Clou "Seagull" wieder an die Spitze des Rennens. Die drei anderen Fahrer hatten sich bei diesem Sturz so schwer verletzt, dass sie das Rennen nicht mehr aufnehmen konnten. "Segull" hatten sich für das Finale qualifiziert.

Bishop fiel die Erleichterung wie ein Stein vom Herzen. Er wurde jedoch sofort unruhig als er die beiden Fahrer zu Gesicht bekam. Beide hatten ein tennisballgroß geschwollenes Knie. Der erste Sturz war nicht ohne Folgen geblieben.

Für das Finale über vier Runden, das in fünfzehn Minuten beginnen sollte, hatten sich neben den beiden Fahrern von "Seagull" jeweils ein Fahrer der "Bad Boys" und von "Iwan I" qualifiziert. Der Fahrer, der als erster die Ziellinie überfuhr, hatte das Rennen gewonnen und würde dafür fünfzigtausend USD erhalten. Sein Wettpate würde 180 Millionen USD bekommen! Die Nervosität der Zuschauer war in der Halle mit Händen zu greifen, das anschwellende Gemurmel wurde nur noch durch Motörheads "Ace of Spades" übertönt. Die Luft war zum Schneiden dick, roch nach Alkohol und Schweiß.

Taktisch waren "Seagull" im Vorteil, da sie zwei Fahrer im Finale stellen würden. Würden die beiden mit geschwollenem Knie auch noch die Kraft für vier mörderische Runden aufbringen? Schweigend saßen die Fahrer im Startbereich, dicke Eistücher um ihre Knie gewickelt. Die fünfzehn Minuten waren schnell vergangen als es zurück an den Start ging.

"Bad Boys" und "Iwan I" war sofort klar, sie hatten nur eine Möglichkeit hier zu gewinnen, volle Pulle Gas und keine gegenseitigen Stürze provozieren. Das Finale war eröffnet. "Iwan I" raste sofort an die Spitze, gefolgt vom "Bad Boy". Um hier zu überstehen, mussten die Fahrer von "Seagull" flüssig treten, das

Blockieren der Kurbel mussten sie vermeiden, um ihre Knie nicht noch stärker zu belasten.

Trotz Vollgas konnten sich "Iwan I" und der "Bad Boy" nicht entscheidend absetzten. "Seagull" blieb ihnen im Nacken, das Mittel schien erst jetzt seine volle Wirkung zu haben. In Runde zwei wollten die Jungs es wissen und setzten gemeinsam zum Überholen an. Sie täuschten rechts auf ihrer Kamplinie den Überholvorgang an und teilten sich dann jedoch auf. Rechts und links schossen sie auf ihrer Kampflinie an "Iwan I" und dem "Bad Boy" vorbei. Die hatten jedoch nur mit einem Überholmanöver von links gerechnet, fuhren ihre Beine aus und brachten den links überholenden "Seagull" Fahrer zu Fall. Rechts schoss der zweite Fahrer von "Seagull" an ihnen vorbei. Es waren nur noch drei Fahrer im Rennen. "Seagull" gab das Tempo vor, das Knie hatte die Größe eines Handballs angenommen. Unaufhörlich kurbelte er weiter, fuhr jede Kurve in ihrer Ideallinie. Die Gegner folgten auf ihrer Kampflinie mit heißen Reifen. Jetzt bloß keinen Fehler mehr machen, die letzte Runde wurde eingeläutet. Aus den Augenwinkeln sah der vorne liegende "Seagull"-Fahrer die beiden folgenden Fahrer, die jetzt attackieren wollten. Offensichtlich konnten sie sich nicht entscheiden wer von ihnen die Attacke anführen sollte, denn der ging das größere Risiko ein bei einem Schulter an Schulter Überholmanöver zu stürzen. Das Rennen lief auf seinen Höhepunkt zu, die liegende Acht wurde in einem mörderischen Tempo genommen.

„Würde das Knie halten?", Bishop`s Gedanken rasten in nahezu gleicher Geschwindigkeit wie die Fahrer über die Bahn.

Die Rampe hinunter ins Untergeschoß war erreicht. Die letzte Spitzkehre folgte, bevor es auf die Zielgerade ging. Die Musik hatte geendet, aus dem Klatschen und Gemurmel war Stille geworden, die Spannung war kaum auszuhalten. Fast gleich auf rasten die drei Fahrer auf die Zielgerade, gingen aus dem Sattel in den letzten Sprint. Plötzlich ein lauter Knall, gefolgt von einem metallischen Scheppern. Dem "Bad Boy" war der Vorderreifen geplatzt, kopfüber ging er zu Boden. "Seagull" der mit einer Reifenlänge vor "Bad Boy" lag, riss die Kette, rollte sich ab, und schlug "Iwan I" in die Speichen seines Vorderrads, der durch die

Blockade abhob und im Sturzflug auf der Zielgeraden aufschlug. "Seagull" rollte ohne weitere Antriebsmöglichkeit über die Ziellinie. Tosender Applaus setzte ein. Bishop´s Team hatte gewonnen. Die beiden Männer fielen sich in die Arme, verließen umgehend die Veranstaltung, um Richtung Las Vegas zu starten. 180 Millionen USD warteten im "Black Rose" auf sie.
Bill Ward wählte die Nummer des Reviers und berichtete über das Radrennen. An sich war nicht illegales passiert. Es hatte lediglich ein Radrennen mit verschärften Regeln stattgefunden. Es gab verletzte Radfahrer, aber keine Anzeigen. Dass hier Wetten im Hintergrund der Veranstaltung abliefen, konnte nur vermutet werden. Beweise gab es nicht. Es war auch nicht davon aus-zugehen, dass einer der Gäste sein Geld zurück fordern würde, denn dann würde er sich selbst belasten und müsste den Nachweis erbringen woher das Geld stammte. Und was für die Kommissare viel entscheidender war, der eigentliche Täter, den sie suchten, war nirgends gesichtet worden. Sie hatten nichts in der Hand, um die amerikanischen Kollegen davon überzeugen zu können, tätig zu werden. John Henry wollte nicht aufgeben, noch nicht. Der Chief Superintendent zog seine Schlussfolgerung: *„Ihr habt das Mountainbike gefunden, wir sind uns sicher, dass der Täter zumindest in Lost River gewesen ist, das lässt nur die Schluss-folgerung zu, dass er der einzige Passagier gewesen ist, der gestern zurück nach Las Vegas geflogen ist. Bill, komm zurück nach Kanada, ich buche uns zwei Flüge nach Las Vegas, wir werden dieses "Black Rose" mal näher unter die Lupe nehmen."*

42
Las Vegas, Black Rose
USA
Gestern, Tag 2

Das Taxi setzte Nikolas auf der Rückseite des "Black Rose" ab, er bewegte sich im Schatten des Gebäudes, so dass ihn die Video-kameras nicht erfassen konnten. Er kramte einen Schlüssel-bund aus der Jackentasche und betrat das Hotel durch einen der Neben-eingänge. Über das seitliche Treppenhaus gelang er un-gesehen in die vierte Etage in der sich das Doppelzimmer befand, das er seit seiner Arbeitsaufnahme im "Black Rose" bewohnte. Nachdem er sich geduscht, rasiert und frische Kleidung angezogen hatte, packte er alle seine Sachen in einen Seesack und verließ das Zimmer. Auf dem Flur warf er den Seesack in den Wäscheschacht. Lautlos verschwand der Sack. Nikolas schob die Sackkarre, die er aus einem der Abstellräume geholt hatte vor sich her und eilte in die dritte Etage. Der Gang vor Bishops Büro war menschenleer. Mit einem Spezialschlüssel, den er sich angefertigt hatte, nachdem er das Gespräch zwischen Bishop und Sugar belauscht hatte, öffnete er die Bürotür. Gezielt ging er auf das Gemälde von Marco Pantani zu, schwenkte es zur Seite und blickte auf die dahinter liegende Tresortür.

Jetzt kam der schwierigere Teil, er war sich nicht ganz sicher, ob er die Kombination richtig entschlüsseln konnte. Er hatte Bishop in den vergangenen zwei Jahren beobachtet und seine Verhaltensweise studiert. Bishop hing an Ereignissen aus der Vergangenheit, nur aus diesem Grund hatte er sein Radteam "Seagull" genannt. Menschen, die das taten, ordneten die Buchstaben ihrem Platz im Alphabet zu, so erhielt man den gesuchten Zahlencode. Nikolas drückte auf das digitale Zahlenschloss, auf dem Display erschienen vierzehn Markierungen, die den Zahlencode ergaben. Nikolas war sofort klar welche Zahlenkombination er eingeben musste, er tippte: 21213111815195 das Schloss ließ sich durch eine Drehung nach links öffnen.

Vor ihm lagen zehn übereinandergestapelte Koffer, jeder Randvoll mit 1000 US Dollarnoten. Jeder der Koffer wog gute zwanzig Kilogramm, er würde drei, vielleicht auch vier Touren benötigen, um das Geld in den Keller zu bringen. Nikolas belud die Sackkarre mit vier Koffern und wuchtete die achtzig Kilogramm in Schräglage. Langsam rollte er sie zum Aufzug. Mit einem Duplikat des Personalschlüssels konnte er den Aufzug blockieren und so verhindern, dass der Aufzug auf einer anderen Etage stehen blieb. Er fuhr direkt in den Keller, schob die Karre in Richtung Lieferanteneingang. Es war kurz vor Mitternacht, hier war mit niemandem mehr zu rechnen. Der Wachdienst würde auf seiner routinemäßigen Runde erst um ein Uhr wieder vorbei kommen. Die Aktivitäten spielten sich um diese Uhrzeit im vorderen Bereich des Hotels ab, dort wo sich das Casino, die Bars und die drei Restaurants befanden. Nikolas hatte also gut eine Stunde Zeit.

Vor dem Lieferanteneingang stellte er die Karre mit den Alukoffern ab und ließ das verschlossene Tor hochfahren. Nikolas sprintete die Rampe hinauf und lief in den hinteren Teil des angrenzenden Parkplatzes, dort hatte er den GMC Yukon geparkt. Langsam, ohne das Licht einzuschalten, rollte der Yukon zum Lieferanteneingang und fuhr die Rampe hinunter ins Kellergeschoss.

Nach fünfzig Minuten hatte Nikolas den Yukon mit den zehn Koffern beladen und fuhr ihn zurück auf den Parkplatz. Ein letztes Mal musste Nikolas zurück in das Kellergeschoss, um seinen Seesack aus dem Wäschecontainer zu holen. Kurz bevor er mit geschultertem Seesack die seitliche Tür neben dem Tor des Lieferanteneingangs erreicht hatte, blitzte es zweimal. Die Neon-Deckenbeleuchtung war eingeschaltet worden und tauchte den kompletten Raum helles, weißes Licht. Der Wachschutz war auf seinem Rundgang im Untergeschoss angekommen. Ohne die Tür zu schließen, rannte Nikolas die Rampe hinauf. Er ärgerte sich, dass er den Yukon im hinteren Teil des Parkplatzes geparkt hatte. Die Hunde schlugen an, sie hatten den Windzug gespürt, der durch die offene Tür in das Geschoss drang. Die beiden Wachmänner zogen ihre Waffen und liefen in Richtung Rampe. Nikolas hatte den Yukon bereits erreicht und saß hinter abgedunkelten Scheiben auf dem Fahrersitz, bereit den Motor zu starten. Einer der Hunde riss an der Leine und zog den Wachmann in Richtung Yukon. Sein Kollege und der zweite Hund folgten. Nikolas umklammerte seine Waffe. Zwei Reihen vor dem Yukon zog der Dobermann unerwartet nach links und fletschte die Zähne. Vor ihm lag ein angetrunkener, gestürzter Penner auf dem Boden. Die Wachmänner führten den Penner in ihr Büro und verständigten die Polizei. Nikolas atmete tief durch, startete den Motor des Yukon, rollte langsam vom Parkplatz und reihte sich in den noch immer dichten Verkehr auf dem Las Vegas Blvd. stadtauswärts ein. Er hatte keine Ahnung wieviel Geld sich in den Koffern befand, aber dem Gewicht nach zu urteilen, musste es eine riesige Menge sein. Ausreichend für das, was er damit vorhatte.

Tag 4

43
Las Vegas, Black Rose
USA

Die beiden Kommissare fuhren die fast einhundert Meter lange, gepflasterte Zufahrt zum Hoteleingang hinauf, umkurvten den Haupteingang und parkten den Leihwagen auf der Rückseite des imposanten Gebäudes. Auf ihrem Weg zum Haupteingang hatten sie ihre Köpfe in den Nacken gelegt, um die dreiundsechzig Etagen in einem Blick zu erfassen. Über dem Haupteingang leuchtete in riesigen, dunkelroten, fast schwarz schimmernden Buchstaben der Name "Black Rose".

John Henry starrte mit offenem Mund auf die überwältigende Pracht, des in der Sonne strahlenden Gebäudes.
Tracy Lord hatte ganz offiziell einen Termin der Kommissare bei Joseph Bishop angekündigt. Durch ihren Kontakt in den Staaten hatte sie erfahren, dass Bishop die fällige Rate nicht termingerecht an die Bank gezahlt hatte. Irgendetwas musste schiefgegangen sein. Offensichtlich hatte ihm das Rennen nicht den erhofften Geldsegen gebracht, obwohl sein Team "Seagull" das Rennen gewonnen hatte. Chief Superintendent Henry war klar, dass er heute kleine Brötchen backen musste, denn offiziell konnte er Bishop nichts anhaben, zumal er auf amerikanischem Staatsgebiet gar nicht zuständig war. Da aber gegen den gesuchten Täter in Kanada wegen Mordes ermittelt wurde, hatten die amerikanischen Behörden aufgrund der guten Kontakte von Commissioner Frank Lord einem Besuch der kanadischen Kommissare in den Staaten zugestimmt. Bishop der in den Staaten als unbescholtener, guter Steuerzahler angesehen wurde, hatte sich bislang offiziell nichts zu Schulden kommen lassen. Das galt auch für Ron Sugar.

Mark Kendall und Jack Russell waren kanadische Staatsbürger, die als vermisst galten, da ihre Leichen bislang nicht gefunden werden konnten. Auch Michael Lardie galt als vermisst, er war jedoch amerikanischer Staatsbürger.

Beide Morde, sowohl der an Dr. Martin Hamilton als auch der an Tony Montana, wurden auf kanadischem Staatsgebiet vollzogen. Auch wenn Tony Montana amerikanischer Staatsbürger war, war in erster Linie die kanadische Polizei zuständig. Die Ermittlungen zum Mord an Maria Hamilton waren allein Aufgabe der kanadischen Polizei.

Der Besuch der Kommissare wurde somit als freiwillige Zeugenbefragung in einem kanadischen Mordfall betrachtet. Aus diesem Grund waren auch keine amerikanischen Kommissare anwesend.

Einer der Wachleute begleitete die kanadischen Kommissare durch das riesige Foyer zu einem der Treppenaufgänge, der sie hinauf in die dritte Etage führte.

„Mr. Bishop, Sie haben Besuch", meldete der Wachmann, nachdem er an die riesige doppelseitige Eichentür von Bishops Büro geklopft hatte, die beiden Kommissare an.
John Henry und Bill Ward betraten nach einem kurzen *„Herein"* das Büro und schlossen die Tür hinter sich.
Joseph Bishop erhob sich aus dem Chefsessel hinter seinem Schreibtisch und deutet den Kommissaren an auf der schwarzen Ledercouch Platz zu nehmen. John Henry konnte seinen Augen kaum glauben, als er die großen Gemälde von drei Radfahrern und die in den gläsernen Vitrinen ausgestellten, blitzenden Rennräder sah. Das alles musste aus Sicht des Beamten ein Vermögen gekostet haben.

„Bitte nehmen Sie Platz. Was kann ich für Sie tun", begrüßte Bishop die Kommissare mit ruhiger Stimme, so als sei nichts aufregendes geschehen.

„Mr. Bishop, mein Name ist Chief Superintendent Henry und das ist mein Kollege Inspector Ward", stellte Henry die beiden Kommissare vor.

„Wir ermitteln in einem Mordfall und wir möchten nicht lange um den heißen Brei reden. Unsere und ich denke auch Ihre Zeit ist dafür zu kostbar", ergriff Inspector Ward das Wort.

Bishop, der einen entspannten Eindruck machte, zuckte kurz mit den Gesichtsmuskeln, als der jüngere der beiden Kommissare von einem Mordfall sprach.

„Ihr alter Geschäftspartner Dr. Martin Hamilton wurde vor drei Tagen in Kanada ermordet", begann Ward. Er machte keine Umschweife, sondern sprach die bekannten Fakten direkt an. Er erläuterte, dass Hamilton an einem Dopingmittel geforscht hatte, dass ihm ein bislang unbekannter Täter entwendet hatte. Anschließend hatte der Täter Hamilton und dessen Frau erschossen. Die anderen Morde ließ der Inspector unerwähnt. Chief Superintendent Henry, der bislang geschwiegen hatte, beobachtete Bishops Gefühlsregungen genau. Er hatte den Eindruck, dass Bishop noch nicht bekannt war, das Hamilton ermordet worden war.
Inspector Ward sprach kurz über die Flucht des Täters nach Lost River und das gestern stattgefundene Radrennen, an dem er selbst als Zuschauer teilgenommen hatte. Bishop machte einen äußerst überraschten Eindruck. Er hatte offensichtlich nicht damit gerechnet, dass er unter Beobachtung stand.

„Beachtlich, was Sie in so kurzer Zeit alles herausgefunden haben wollen", war die erste Reaktion seitens Bishops.

„Mr. Bishop", John Henry ergriff jetzt zum ersten Mal das Wort. *„Mr. Bishop, das sind alles Ermittlungsergebnisse, die uns weniger interessieren. Die Verabreichung des Dopingmittels ist Sache der amerikanischen Behörden, das Rennen, die Wetten, die im Hintergrund gelaufen sind, das alles interessiert uns nicht."*

Henry machte eine Pause und sah Bishop in die Augen.

„Uns interessieren allein die Morde."

Henry fuhr fort: *„Uns ist klar, dass Sie nicht der von uns gesuchte Täter sind. Aber ... und jetzt bluffte der Chief Superintendent ... unsere amerikanischen Kollegen sehen dass möglicherweise anders. Wir gehen davon aus, dass Sie jemanden beauftragt haben,*

Hamilton das Mittel zu entwenden. Von Mord ist doch niemals die Rede gewesen, oder?"

„Nein, auf keinen Fall.....", Bishop hatte schnell reagiert, zu schnell. Er hatte mit dieser Äußerung quasi schon zu gegeben, dass er jemanden beauftragt hatte.

„Gut, nennen Sie uns seinen Namen. Wen haben Sie beauftragt? Wir werden unseren amerikanischen Kollegen dann schon erklären, dass Sie mit den Morden nichts zu tun haben. Sollten Sie uns hierbei nicht weiterhelfen können, dann müssen auch wir davon ausgehen, dass Sie doch etwas mit den Morden zu tun haben."

Bishop zog die Stirn kraus, er ärgerte sich über sich selbst, dass er so schnell reagiert hatte und dem Kommissar auf den Leim gegangen war. Er überlegte, was er nun sagen sollte. Abstreiten machte keinen Sinn, zumal er bislang tatsächlich nicht gewusst hatte, dass sein alter Geschäftspartner Hamilton ermordet worden war.   Bishop brauchte jetzt etwas Zeit, um sich über die richtige Strategie klar zu werden. Er nahm seine schwarze Brille vom Kopf und begann die Gläser sorgfältig zu putzen, sein Gehirn arbeitete auf Hochtouren. Nach einer Weile setzte er die Brille wieder auf:
„Meine Herren ich bin geschockt darüber, dass mein alter Geschäftspartner .... und Freund Martin Hamilton .... ermordet worden ist. ..... lassen Sie mich das so sagen.... Martin hat an einem leistungsfördernden Mittel geforscht ... und ich habe tatsächlich meinen Sicherheitschef damit beauftragt, dass einer seiner Leute mir dieses Mittel bringt .... ich ... ich wollte es vernichten ... glauben Sie mir mit dem Mord an Martin habe ich nichts zu tun..."

„Lassen wir das mal so dahingestellt sein. Wen hat ihr Sicherheitschef denn beauftragt?", wollte John Henry wissen.

„Das kann ich Ihnen beim besten Willen nicht sagen. Nicht, weil ich Sie nicht unterstützen will. Ich weiß es nicht", war Bishops Antwort.

„Aber ihr Sicherheitschef, wird es doch wissen?"

„Ja, ja..... natürlich."

„Mr. Bishop, wären Sie dann so freundlich ihn holen zu lassen?"

Joseph Bishop griff zum Hörer des Telefons und bestellte Emile Reuter in sein Büro.
Nachdem der Sicherheitschef sich bei Bishop rückversichert hatte, nannte er den Kommissaren den Namen des Wachmanns.

„Ich habe Nikolas Wolf, einen meiner besten Wachleute, damit beauftragt besagtes Mittel von Dr. Hamilton zu holen."

Die Kommissare begannen abwechselnd Fragen über Wolf zu stellen. Reuter gab sich wortkarg, beantwortete aber bereitwillig und höflich alle Fragen. Der Sicherheitschef wählte eine professionelle Art, die es den Kommissaren abverlangte ihm die Fragen ganz gezielt zu stellen und Reuter die Worte wie Würmer quasi aus der Nase zu ziehen. Von alleine aus gab er keine Informationen. Aber auch die Kommissare erwiesen sich in ihren Fragestellungen als geschult. Nach fast einer Stunde hatten sie alle Informationen, die sie benötigten, um sich auf die Suche nach Nikolas Wolf zu machen.
Henry und Ward verabschiedeten sich mit dem Hinweis, dass sie noch eine Nacht in Las Vegas verbringen würden und falls sie noch offene Fragen hätten, würden sie morgen noch mal wiederkommen. Bishop und Reuter sollten sich für ein mögliches zweites Gespräch bereithalten.
Ward und Henry hatten zwei Zimmer im Treasure Island gebucht. Sie checkten kurz ein, bevor sie sich auf den Weg in das gut fünfzig Kilometer südlich gelegene Ivanpah Valley machten. Tracy hatte den Flugkapitän ausfindig gemacht, der den bislang unbekannten Gast von Lost River zurück nach Ivanpah Valley geflogen hatte.

Flugkapitän Richard Brooks konnte sich noch gut an den blauäugigen, blondhaarigen Mann erinnern, der nicht ganz ein Meter achtzig groß war und den er auf Mitte dreißig schätzte. Als die Kommissare ihm das Bild, das ihnen Emile Reuter zur Verfügung gestellt hatte, zeigten, bestätigte er diesen Mann geflogen zu haben. Er hätte sich an dem besagten Abend bei ihm gemeldet und als Wachmann von Joseph Bishop ausgewiesen. Er hatte einen

Radrucksack bei sich, trug Jeans und war ansonsten unauffällig gekleidet. Nach der Landung bestellte er sich ein Taxi. Mehr konnte Richard Brooks den Kommissaren nicht sagen. Auf ihrem Weg zurück nach Las Vegas übermittelte Inspector Ward die neuen Informationen an Tracy Lord, die sich sofort damit beschäftigte herauszufinden welches Taxi Wolf abgeholt hatte. Es dauerte nicht lange und sie hatte herausgefunden, dass Bell Trans einen Wagen ins Ivanpah Valley geschickt hatten, der Nikolas Wolf zurück nach Las Vegas gebracht hatte. Zurück ins "Black Rose". Hier lebte der Einzelgänger in einem der geräumigeren Doppelzimmer, die Bishop dem Wachpersonal zu Beginn ihrer Beschäftigung zur Verfügung stellte, bevor sie eine eigene Wohnung bezogen. Wie sie von Reuter erfahren hatten, lebte Wolf jedoch seit zwei Jahren in diesem Zimmer und hatte keinerlei Versuche unternommen sesshaft zu werden und sich eine eigene Wohnung zu suchen. Reuter hatte ihnen das Zimmer gezeigt. Es war sauber aufgeräumt und wirkte unbenutzt. Keinerlei persönliche Gegenstände von Wolf befanden sich in diesem Zimmer. Hätte die Kriminaltechnik dort nach Fingerabdrücken von Nikolas Wolf gesucht, sie hätten keine gefunden. Nikolas Wolf war von der Bildfläche verschwunden. Die Frage, die sich den Kommissaren stellte war nur, warum hatte er weder Bishop noch Reuter darüber informiert. Oder log der Sicherheitschef?

44
Las Vegas, Black Rose
USA

„Emile, dieser Wolf hat mich bestohlen", Joseph Bishop war außer sich. *„Sie haben ihn ausgewählt. Ich habe Ihnen blind vertraut. Wir müssen ihn finden, lassen Sie ihre alten Beziehungen zu BW spielen. Sie und der Verein wissen doch wie sich Wolf verhält, was er zu tun und zu lassen hat."*

Emile Reuter war selbst stinksauer auf Nikolas. Hatte er sich so in ihm getäuscht? Reuter hatte in den zwei Jahren, in denen Nikolas für Bishop arbeitete, nicht bemerkt, was er vorhatte. Wolf hatte unauffällig als Einzelgänger gelebt. Hatte er eigentlich eine Familie? Nein, schon zu Zeiten von BW gab es keine Hinweise darauf, keine Briefe, keine Telefonate, nichts war Reuter bekannt.

„Emile, die Bank hat mir für die erste Rückzahlung einen Aufschub von zwei Wochen gegeben, finden Sie Wolf in dieser Zeit."

Reuter nickte: „Sie können sich auf mich verlassen".

Der Sicherheitschef machte auf dem Absatz kehrt und verließ Bishops Büro.

Joseph Bishop setzte sich in den Ohrensessel und wählte Sugars Nummer: „Ron, die Bullen waren hier, sie sind erstaunlich gut über unser Event in Lost River informiert. Wir werden Ärger bekommen. Wie weit bist Du mit dem Abriss?"

Sugar, der in den frühen Morgenstunden zurück nach Lost River geflogen war, antwortete: „Die Arbeiten laufen bereits seit heute um sechs Uhr. Wir kommen gut voran. In achtundvierzig Stunden ist von dem Gebäude nichts mehr zu sehen."

Es folgte eine kurze Pause bevor Sugar weitersprach: „Was ist mit der Kohle, konntest Du schon etwas herausfinden?"

„Nikolas Wolf, so heißt der Wachmann, wird von der kanadischen Polizei gesucht, er hat Martin getötet. Ich habe Reuter und seine Leute auf ihn angesetzt. Glaub mir, wir werden ihn finden. Die Frage ist nur ob die Zeit reicht?"

Sugar, der zweimal schlucken musste, als er von Hamiltons Tod erfuhr, überlegte laut: „Nikolas Wolf, Mensch Joseph, dieser Name kommt mir irgendwie bekannt vor."

Plötzlich wusste Bishop, wo er den Namen gehört hatte und auch das Gesicht des Wachmanns konnte er jetzt dem Gesicht eines blonden Jungen zuordnen.

Nic Wolf.

Der Junge aus dem Waisenhaus Mount Cashel in Neufundland.

Kapitel 2

**45
Montreal
Kanada
Zu Beginn des 20. Jahrhunderts**

Ruben-Nikolas Wolf gehörte zu den Menschen, die noch vor Ausbruch des ersten Weltkrieges Deutschland verließen, um nach Kanada auszuwandern. Sein Ziel war die Stadt Montreal, in der Provinz Quebec, direkt am Sankt-Lorenz Strom gelegen. Ruben hatte das Handwerk des Karders erlernt. Zu seinen Aufgaben gehörte es die Rohwolle der Schafe, die er aus den Händen der Scherer erhielt, zu kämmen und von groben Verunreinigungen zu befreien, bevor die Spinner die Wollfasern zu Fäden verarbeiteten und die Weber schließlich Tuch aus den Wollfäden produzierten.

Der Boulevard St. Laurent, der von den Einwohnern nur die Main genannt wurde, zog sich mit über zehn Kilometern Länge durch das Zentrum von Montreal. Sie teilte die Stadt in einen englischsprachigen und einen französisch sprechenden Teil. Ruben blieb wie vielen anderen Einwanderern kaum etwas anderes übrig, als direkt an der Main eine Unterkunft zu suchen. Hier lebten Engländer, Iren, Italiener, Deutsche und Osteuropäer. Nahe dem Viertel mit schmalen Wegen, Bruchbuden und Verschlägen befanden sich viele Fabrikgebäude. Es wurde ein Kauderwelsch verschiedener Sprachen gesprochen, man konnte billig wohnen und Ruben fand Arbeit in einer der nahegelegenen Textilfabriken.

Nur einen Steinwurf entfernt in Mont Royal befanden sich die Villen der reichen Unternehmer. Ruben wollte werden wie sie - ein Unternehmer.

Im Viertel der Einwanderer waren Prügeleien, Stehlen und sogar Mord an der Tagesordnung. Schnell wurde ihm klar, dass er das Wirrwarr der unterschiedlichen Kulturen verlassen musste, sobald sich ihm die Gelegenheit dazu bot.

Es sollte fast fünf Jahre dauern.

Er versuchte dem explosiven Gemisch der unterschiedlichen Kulturen aus dem Wege zu gehen, sparte sein Geld und hielt Ausschau nach Veränderung. Kurz vor seinem fünfundzwanzigsten Geburtstag lernte er Elizabeth, die Tochter des alten McLoud, kennen. McLoud war mit seiner Frau und Elizabeth aus Schottland nach Kanada ausgewandert. Elizabeth Mutter starb noch auf der Überfahrt nach Kanada an einer Lungenentzündung. McLoud, der schon in Schottland gerne ein Glas Whiskey zu viel trank, verkraftete dieses Schicksal nicht und wurde zum Trinker. Elizabeth war keine Schönheit, aber sie war eine gute, warmherzige Frau und McLoud, dieser alte Säufer, hatte das, was Ruben suchte. McLoud besaß in Montreal-Est eine kleine, heruntergekommene Textilfabrik, die zunehmend vergammelte, je mehr McLoud trank. Es verging nicht ein Tag an dem er nicht sturzbetrunken ins Bett fiel. Ruben ging nach Montreal-Est. Es dauerte kein halbes Jahr, da hatte der alte McLoud sich zu Tode gesoffen. Ruben heiratete Elizabeth, die im darauffolgenden Jahr ihr erstes und einziges Kind zur Welt brachte, einen Jungen. Ganz in der Tradition der Familie Wolf nannte Ruben-Nikolas seinen Sohn Raphael-Nikolas.

Montreal-Est war erst 1910 als eine Art Enklave innerhalb von Montreal entstanden. 1915 siedelte sich die erste Erdölraffinerie an. In den nächsten drei Jahrzehnten des 20. Jahrhunderts bauten Ruben und Raphael ihr Unternehmen zur zweitgrößten Textilfabrik Kanadas aus. In ihren Werken produzierten sie aus pflanzlichen und tierischen Fasern Gespinste, Gewebe, Filze, Vliesstoffe, Nähgewirke und Maschenwaren. Sie spezialisierten sich auf die Herstellung von Zelten, Planen und Segeln.
Durch die Lage des Fabrikgeländes unmittelbar am schiffbaren Ufer des Sankt-Lorenz-Stroms und der Nähe zur expandierenden Erdölindustrie, konnten sie ihre Waren direkt in alle Welt verschicken. In Europa war der zweite Weltkrieg ausgebrochen und Wolf & Son lieferten ihre Waren bis in die Kriegsgebiete. Gegen Ende des zweiten Weltkrieges, Raphael-Nikolas war gerade dreißig geworden, schickte ihn sein Vater auf Brautsuche. Das Unternehmen brauchte frühzeitig Erben, um auch in dritter Generation noch das Textilhandwerk ausüben zu können. Raphael war jedoch ganz im Gegensatz zu seinem Vater ein kränkelnder

Mensch, dem das Klima in Montreal zusetze. Die Sommer waren kurz, heiß und feucht. Die Winter waren von sehr kaltem, schneereichem und windigem Wetter geprägt. Nicht selten fielen die Temperaturen bis unter minus zwanzig Grad Celsius. Im Frühling und Herbst traten häufig starke Temperaturschwankungen auf, so dass die Tage mild, die Nächte aber frostig waren. Raphael war oft krank. Ruben brauchte einen Enkel, das wurde ihm mit zunehmendem Alter immer klarer. Alle Versuche Raphael mit einer der Industriellentöchter, deren Väter Unternehmer in der Erdölindustrie waren, zu verkuppeln, scheiterten kläglich. Einmal im Jahr gab Ruben ein großes Fest zu dem er Unternehmer aus der Gegend einlud. Es wurde getanzt, gelacht und getrunken. Elizabeth gab sich bei diesen Festen größte Mühe und bewirtete die Unternehmer, deren Frauen und Töchter hervorragend. Doch Raphael schien wenig Interesse am weiblichen Geschlecht zu haben.

Auf einem dieser Feste, es war im Sommer 1949, war auch Emma Bouchard, die Witwe des angesehenen französischen Schneiders Francois Bouchard in der Villa Wolf anwesend. Francois Bouchard, der Tuche direkt bei Wolf & Son kaufte, war vor einem Jahr überraschend beim Schwimmen ertrunken. Emma Bouchard hatte ein Jahr getrauert und sich von allen Festivitäten ferngehalten. Mit ihren vierzig Jahren war sie eine attraktive Frau mit üppiger Oberweite. Ruben hatte schnell erkannt, dass sie einen Blick auf ihn geworfen hatte. Bei einem Glas Champagner gab er ihr unmissverständlich zu verstehen, dass er nichts gegen eine Hochzeit mit seinem Sohn einzuwenden hätte, auch wenn der fünf Jahre jünger war und sicherlich keinerlei Anstalten ergreifen würde ihr den Hof zu machen. Voraussetzung war, dass sie schwanger wurde und ihm einen Enkel schenkte. Emma, die sich nach über einem Jahr Enthaltsamkeit, nach Sex sehnte, wusste die Waffen einer Frau gezielt einzusetzen.
Raphael, der keine Erfahrungen auf diesem Gebiet hatte, verfiel ihr sofort. Sie wurde jedoch nicht schwanger. Raphael hatte sich verliebt und wollte Emma heiraten. Da auch ihre erste Ehe mit Francois Bouchard kinderlos geblieben war, befürchtet Ruben, dass sie ihm keinen Enkel gebären könnte. Noch vor einer möglichen Hochzeit mit seinem Sohn wollte Ruben Gewissheit

und kam eines nachts zu ihr. Bereitwillig, so als hätte sie darauf gewartet, öffnete sie ihre Schenkel und gab sie sich Ruben hin. Seit dieser Nacht teilten die beiden ihr wohlgehütetes Geheimnis. Noch in dieser Nacht wurde Emma schwanger. Drei Monate später heiratete sie Raphael. Ein rauschendes Hochzeitsfest nahm seinen Lauf. Im Frühjahr 1950 erblickte Richard-Nikolas Wolf das Licht der Welt. Der Junge entwickelte sich prächtig ganz zur Freude seines Großvaters. 1957 fiel der längste und kälteste Winter über das Land herein. Es schneite tagelang und die Temperaturen fielen anschließend auf unter minus siebenunddreißig Grad Celsius. Raphael zog sich in diesem Winter eine Lungenentzündung zu, von der er sich nicht mehr erholte. Von diesem Zeitpunkt an nahm Ruben, der schon fast achtundsechzig Jahre alt war, seinen erst sieben Jahre alten Enkel mit in die Fabriken, sobald er aus der Schule kam. Er sollte alles lernen, um die Tradition der Familie auch in dritter Generation fortsetzen zu können. Richard liebte seinen Großvater über alles, war pfiffig und begriff schnell die wichtigsten Regeln, die ihm Ruben beibrachte. Bereits mit achtzehn Jahren rief Ruben seinen Enkel in die Firmenleitung. Am Werkstor prangerte von diesem Tag an in großen Buchstaben Wolf & Sons.

Richard hatte sich großartig entwickelt und war ganz das Gegenteil seines Vaters Raphael. Das Aussehen und die blond gelockten Haare hatte er von seiner Mutter Emma geerbt, die Zielstrebigkeit und der Charakter stammten von seinem Großvater. Beide hatten dieselben Ziele und erweiterten das Unternehmen um die Produktionsstufen Spinnerei, Weberei und Textilveredelung. Sie machten Wolf & Sons. somit zu einem wichtigen Partner der Bekleidungsindustrie. Kurz nach seinem Eintritt in die Firmenleitung starb Richards Großmutter Elizabeth an Herzversagen. Ruben, der nach dem Tod seiner Frau, bereits achtzig Jahre alt war, erfreute sich ganz im Gegenteil zu seinem Sohn Raphael bester Gesundheit. Gemeinsam mit seinem Enkel führte er die Geschäfte von Wolf & Sons. Raphael hatte sich bereits aus der Firmenleitung zurückgezogen und verbrachte die Tage meistens kränkelnd im Bett liegend in der Villa Wolf.
Richard-Nikolas war gern gesehener Junggeselle auf den Partys in Downtown Montreal. Trotz vieler Liebschaften hatte er die

richtige Frau noch nicht gefunden und brachte auch keines der Mädchen je nach Hause. Ruben wurde mit fortschreitender Zeit ungeduldig. Er wollte die Geburt seines Urenkels unbedingt noch vor seinem Tode erleben. Seit drei Generationen gab es im Hause Wolf nur Einzelkinder, denn auch er war als Einzelkind geboren. Immer hatten die Frauen Söhne zur Welt gebracht, so dass das Imperium, das er erschaffen hatte, weitervererbt werden konnte und der Name Wolf erhalten blieb. Emma, Rubens Schwiegertochter, hatte die Tradition der Feste im Hause Wolf nach dem Tod von Elizabeth aufrechterhalten. Noch immer wurden wichtige Unternehmer einmal im Jahr in Wolfs Villa geladen. Das anstehende Fest zu Rubens neunzigstem Geburtstag sollte unvergessen bleiben. Der Garten war herrlich geschmückt, Spanferkel drehten sich auf dem Grill, eine Musikkapelle spielte Rubens Lieblingsmusik. Der Patriarch saß in einem gepolsterten Sessel, sog genüsslich an einer kubanischen Montecristo und genoss den Sonntag. Er ließ seinen Blick über die hundert Köpfe seiner Gäste schweifen. Alle waren sie gekommen, selbst sein Sohn Raphael hatte sich aus dem Bett erhoben und saß unweit von ihm, hob ein Glas Chardonnay und prostete ihm zu. Nur Richard konnte er nirgends ausmachen. Sie hatten gemeinsam gefrühstückt, Richard hatte ihm kurz zum Geburtstag gratuliert und war dann in eine der Fabriken verschwunden, obwohl heute an einem Sonntag nicht produziert wurde und die Arbeiter ihren freien Tag hatten. Ruben hob die Hand und winkte Emma zu sich. Leichtfüßig tanzte Emma die Stufen zur Terrasse hinauf, mit ihren fast siebzig Jahren sah sie immer noch umwerfend aus. Sie trug das blonde Haar kurz geschnitten, ihr schwarzes Kleid war leicht dekolletiert und betonte ihre üppige Oberweite. Emma blieb vor dem gepolsterten Sessel stehen, beugte sich vor und drehte ihren Kopf Rubens Gesicht zu.

„Emma, hast Du Richard-Nikolas, unseren Sohn gesehen?"

Es war das erste Mal seit jener Nacht, dass Ruben von Richard als seinem Sohn sprach. Emma errötete leicht und ihr Herz begann schneller zu schlagen: „Ruben, …."

„Großvater, darf ich Dir Eva vorstellen?"

Plötzlich und vollkommen unerwartet stand Richard in der Terassentür, im Arm hielt er eine atemberaubend schöne, junge Frau.

„Eva, das ist mein Großvater Ruben-Nikolas Wolf. Großvater, dass ist Eva Granby, meine Verlobte."

Der Patriarch erhob sich aus seinem Sessel und sah Eva in die Augen, er spürte sofort, dass diese Frau seinen Wunsch nach einem Urenkel erfüllen würde.

„Seien Sie herzlich willkommen, es freut mich außerordentlich Sie kennenzulernen."

Ruben nahm Evas Hand beugte sich leicht vor und hauchte ihr ganz gentlemanlike einen Kuss auf den Handrücken. Die junge Frau errötete ein wenig.

„Emma, lass den Fotograf zu uns kommen, ich möchte, dass er uns ablichtet. Lasst uns auf das Paar anstoßen."

Der Fotograf schoss mehrere Bilder. Emma, Richard, Eva und Ruben lachten und hielten sich in den Armen. Raphael hatte der Alte nicht aufgefordert mit auf das Bild zu kommen, er war nach oben gegangen, hatte sich ins Bett gelegt und die Flasche Wein mitgenommen, um der Realität zu entfliehen und zu schlafen. Eva hatte ihre Eltern vor einem Jahr verloren. Mit achtzehn Jahren stand sie vollkommen alleine da, ohne Eltern ohne weitere Verwandte. Weinend saß sie im Notre-Dame Hospital, als man ihr die Nachricht vom Tode ihrer Eltern überbrachte. Beide erlagen den Folgen einer Fischvergiftung. Sie wusste nicht wie es weitergehen sollte, der Schmerz des Verlustes war groß und die Ungewissheit über ihre Zukunft hegte tiefe Zweifel in ihr. Sie hatte die Hände vor ihr Gesicht geschlagen und saß leise weinend im Park des Krankenhauses, als ein attraktiver Mann vor ihr stehen blieb und sie ansprach. Richard hatte sich den kleinen Finger der rechten Hand gebrochen und war zur Behandlung ins Notre-Dame Hospital gekommen. Eva nahm die Hände vom Gesicht und sah dem fremden Mann in die Augen, es war Liebe auf den ersten

Blick. Von da an sahen sich die beiden regelmäßig. Ihre Liebe zu Richard ließ ihren Schmerz erträglicher werden, mit jedem Tag, an dem sie Richard sah, wurde ihr Leben endlich lebenswerter. Eva begann wieder zu lachen und Pläne zu schmieden.
Drei Monate nach Rubens neunzigstem Geburtstag heirateten Richard und Eva. Eva zog in die Villa Wolf. Mit ihrer Schwiegermutter Emma verstand sich die junge Frau auf Anhieb. Ruben las ihr jeden Wunsch von den Augen ab. Nur ihren Schwiegervater Raphael bekam sie selten zu Gesicht, er verließ kaum mehr sein Zimmer. Richard war die große Liebe ihres Lebens. Nach zwei Jahren wurde das Glück perfekt. Eva wurde schwanger und sie brachte zwei Kinder zur Welt. Die eineiigen Zwillinge Robert-Nikolas und Ralph-Nikolas. Ruben war der glücklichste Mensch auf der Welt, war sein sehnlichster Wunsch mit der Geburt der Urenkel doch in Erfüllung gegangen. Zwei Jahre nach der Geburt der Jungen starb Raphael. Emma hatte ihn eines Morgens tot in seinem Bett gefunden. Neben ihm eine leere Packung Schlaftabletten, er hatte seinem Leben selbst ein Ende gesetzt. Die Beerdigung fand nur im engsten Familienkreis statt. Ruben spürte, dass auch seine Zeit bald kommen würde, er zog sich nun aus dem Geschäft zurück und überließ Richard alle Aktivitäten. Er wollte die letzten Jahre die ihm noch blieben mit seinen Urenkeln verbringen, um auch sie auf das Textilgeschäft vorzubereiten. Die Jungen glichen sich wie ein Ei dem anderen. Ruben hatte häufig Schwierigkeit sie auseinander zu halten. Sie verhielten sich so ähnlich, als schienen sie dieselbe Persönlichkeit zu besitzen. Robert und Ralph lernten gleichzeitig sprechen, sie begannen am selben Tag - im Abstand von nicht einmal einer Stunde - zu laufen. Sie hatten zeitgleich ihre Kinderkrankheiten, weinte der eine, fing darauf der andere auch lauthals an zu heulen. Die Jungen teilten die gleichen Vorlieben beim Essen, Spielen bis hin zur Art des Sprechens und Schlafens. Es schien, als sei ihr gemeinsames Schicksal seit dem Tag ihrer Geburt festgelegt und unlösbar miteinander verwoben. Obwohl es den Anschein hatte, dass beide Jungen nahezu ein und dieselbe Identität zu haben schienen, entpuppte sich Ralph als der ehrgeizigere und zielstrebigere von beiden. Er begann die Führung zu übernehmen. Robert folgte ihm auf Schritt und Tritt.

Emma kümmerte sich nach dem Tod ihres Mannes ausschließlich um das Wohlergehen Rubens und der Zwillinge. Völlig unerwartet musste eines Morgens der Notarzt in Wolfs Villa gerufen werden. Emma hatte am Abend vorher über starke Kopfschmerzen geklagt. Eine Gefäßwand im Gehirn war gerissen. In der Nacht entwickelten sich starke Blutungen zwischen Gehirn und Hirnhaut. Der Druck im Kopf wurde unerträglich. Emma fiel ins Koma. Noch auf dem Weg ins Krankenhaus verstarb sie. Die Familie war vollkommen geschockt, hatte Emma doch bis zu diesem Zeitpunkt immer einen gesunden Eindruck auf alle gemacht. Ruben traf Emmas Tod wie der Schlag. Keine drei Monate später starb auch Ruben-Nikolas Wolf. Der Patriarch hatte Emmas Tod nicht überwinden können. Nur einen Tag nach seinem fünfundneunzigsten Geburtstag hörte sein Herz auf zu schlagen. Innerhalb von nicht einmal einem Jahr waren Raphael, Emma und Ruben verstorben. Tiefe Trauer lag auf dem Hause Wolf. Wie unter einer gläsernen Glocke gefangen, verließen Eva und die Jungen, die sehr unter dem Verlust von Emma und Ruben litten, kaum noch die Villa. Die Jungen hingen mehr denn je wie die Kletten aneinander. Es verging kaum eine Stunde, die die beiden Jungen nicht miteinander verbrachten. Trotz seiner erst vier Jahre hatte Ralph immer mehr das Kommando unter den beiden übernommen. Ralph hatte sich zum Anführer entwickelt dessen Schutz und Nähe Robert suchte.

Richard vergrub sich bereits frühmorgens in seine Arbeit und er kehrte selten früher als nach sechzehn Stunden zurück in die Villa. Die Fröhlichkeit und Unbeschwertheit, die Eva auszeichnete, schien verloren. Richard, wurde bewusst, dass er etwas tun musste, um seine Familie aus dieser Situation wieder in eine lebensfrohe Zukunft zu führen. Was er nicht wissen konnte, es würde noch schlimmer kommen. Das Schicksal sollte in kurzer Zeit nochmals zuschlagen. Doch dieses Mal viel grausamer.

46
Kanada/USA
Vor 30 Jahren

Die Jungs lachten das erste Mal seit langer Zeit wieder, als Richard ihnen mitteilte, dass sie heute nach Detroit reisen würden, um ihren nagelneuen Cadillac Eldorado abzuholen. Mit großen Augen sahen sie die beiden Spielzeugmodelle des Eldorados, die Richard ihnen schenkte. Gemeinsam mit Eva und den Jungs flog er nach Detroit, die Rückfahrt würden sie im viersitzigen, schwarzen Cabriolet zurückgelegen. Voller Vorfreude auf dieses Ereignis, das allen vier Abwechslung bringen sollte, packte Eva drei kleine Koffer.

Neugierig liefen die Jungen durch die großräumige Suite, die Richard für die Nacht in Detroit, unweit des Elmwood Central Parks gebucht hatte. Tagsüber fuhren sie mit dem Belle Isle Boat auf dem Detroit River und setzten zur Insel Belle Isle über – eine im Fluss gelegene Insel. Mitten im Fluss hinter der langgestreckten Insel verlief die Grenze zwischen den Vereinigten Staaten und Kanada. Sie aßen zu Mittag im noblen Detroit Yacht Club, ehe sie das Belle Isle Boat zurück an das Ufer von Detroit Downtown brachte. Den Abend verbrachten sie im Rattlesnake Club, bis die Jungs todmüde in ihre Betten fielen. Richard und Eva saßen auf dem Balkon der Suite, prosteten sich zu und tranken zum Abschluss eines perfekten Tages noch ein Glas Champagner. Dann gingen auch sie zu Bett. Eva und Richard liebten sich in dieser Nacht mit einer Intensität und Hingabe, als sollte es ihre letzte gemeinsame Nacht sein. Wie Recht sie behalten sollten, konnten sie nicht wissen, als sie ermüdet, aber glücklich endlich voneinander ließen und in einen tiefen Schlaf fielen.

Das Sonnenlicht schien durch die Fenster und ein strahlend schöner Tag begrüßte sie, als sie den Cadillac vor den Werkstoren von General Motors in Empfang nahmen. Da stand sie vor ihnen, die in Blech gepresste Sehnsucht nach Sonne. Alle vier freuten sich auf die Strecke, die jetzt vor ihnen lag, auf ihrem Weg zurück nach Montreal-Est. Der schwarze Eldorado glänzte im Sonnenlicht und die Zwillinge staunten, als das schwarze Verdeck nach hinten fuhr und die roten Ledersitze zum Vorschein kamen. Die Jungs saßen auf der Rücksitzbank und Eva hatte neben Richard Platz genommen als der 5,7 Liter Motor startete. Eine unvergessliche Fahrt würde vor ihnen liegen.

Richard, der außerordentlich gut gelaunt war, schlug vor, die nördliche Route einzuschlagen und noch eine weitere Übernachtung in einem der Hotels von Airy zu planen. Er könnte Robert und Ralph dann noch den Algonquin Nationalpark zeigen. Vielversprechend sah er Eva in die Augen, die gemeinsam mit den Zwillingen jubelnd zustimmte.

Sie passierten die Grenze und der Highway 401 führte sie zügig vorbei am Lake Erie Richtung Toronto, das sie nach fünf Stunden Fahrt erreicht hatten. Hier legten sie ihre erste Pause ein und aßen im Westin Harbour Castle zu Mittag. Entlang von Lake Simcoe setzten sie ihre Reise fort. Eva hatte das Steuer übernommen, die Jungs hatten geschlafen, bis sie Huntsville erreichten, um eine weitere Pause einzulegen. In gut einer Stunde würden sie ihr Ziel erreichen.

Richard hatte das Steuer wieder übernommen und bog den Eldorado auf den Highway 60. Vor ihnen lag der Algonquin Nationalpark. Eine traumhafte Strecke folgte und sie hatten Glück, kaum Verkehr weit und breit. In weitgeschwungenen Bögen fraß sich der Parkway durch die Landschaft. Richard forderte die Jungs auf ihre Augen aufzuhalten, im Park lebten viele Elche, Wölfe und auch Schwarzbären. Die Jungen waren begeistert und konnten ihre Augen nicht vom Straßenrand nehmen, sie hofften einen der Elche zu erblicken, die dort das in Pfützen stehende salzhaltige Schmelzwasser tranken. Eva war glücklich, endlich hatte sie das Gefühl, dass alles wieder gut werden würde. Sie und Richard würden ihre Trauer in den Griff bekommen, da war sie sich sicher. Rechts von ihnen lag der Pog Lake, die Straße lief auf eine neunzig Grad Kurve zu, Richard hielt die Geschwindigkeit konstant und genoss den warmen Wind.

Völlig unerwartet schnitt ein entgegenkommender dunkler Ford Mustang die Kurve mit zu hoher Geschwindigkeit und raste unaufhaltsam auf den Eldorado zu. Richard reagierte blitzartig und riss das Steuer instinktiv nach rechts. Der Mustang rammte den Eldorado an der linken Heckseite. Richard versuchte sofort gegenzusteuern. Verflucht, der Cadillac hatte die Fahrbahn bereits verlassen und schoss auf eine Gruppe Laubbäume zu, die wie eine

Wand vor ihm auftauchten. Eva und die Jungs schrien vor Schock. Richard musste reagieren, ihm blieben nur zehntel Sekunden. Bremsen war zwecklos, er gab Vollgas und riss das Steuer wieder nach rechts. Da war sie, die Lücke in der Wand. Richard schloss die Augen, der Eldorado machte einen Satz, schoss durch die Bäume, auf die dahinterliegende Böschung zu. Kopfüber neigte sich der Cadillac dem Abgrund zu. Die Motorschnauze knallte gegen einen Felsblock, der Wagen hob ab und überschlug sich. Einer der Jungs flog in hohem Bogen aus dem Fahrzeug. Der Rest der Familie überschlug sich mit dem Cadillac. Einmal, zweimal, dann kam der Wagen auf dem nicht vorhandenen Dach zu liegen. Ungeschützt schlugen Richard und Eva mit ihren Köpfen auf den felsigen Untergrund. Der Wagen rutschte in das einige Meter tiefergelegene Flussbett und kam zwischen zwei Felsblöcken zu stehen. Das Wasser spülte den zweiten Jungen aus dem Wagen und drückte ihn auf zwei Baumstämme, die im Fluss trieben. Eingeklemmt zwischen den ineinander verkeilten Baumstämmen trieb der ohnmächtige Junge Richtung White Fish Lake.
Der Fahrer des dunklen Ford Mustang, stoppte den Wagen, hielt kurz an, blickte zu seinem Beifahrer, der kurz den Kopf schüttelte und entschied dann weiter zu fahren. Sie hatten Alkohol getrunken, zu viel Alkohol. Die beiden Polizisten der Royal Canadian Mounted Police hatten ihr Fahrzeug zwischen den Bäumen geparkt. Sie schalteten das Blaulicht ein und nahmen die Verfolgung auf, als der dunkle Ford Mustang mit überhöhter Geschwindigkeit in leichten Schlangenlinien an ihnen vorbei schoss. Trotz der Sirene hörten sie das Krachen des sich überschlagenden Fahrzeugs, als sie sich der neunzig Grad Kurve näherten, durch die der Mustang bereits in hohem Tempo gerauscht war. Zu ihrem Erstaunen hatte es nicht den Mustang erwischt, sondern ein anderes Fahrzeug war vom Parkway abgekommen und in den Fluss gejagt. Sie stoppten die Verfolgung des Mustangs und lenkten ihr Fahrzeug an den Straßenrand. Einer der beiden Beamten forderte umgehend einen Rettungswagen aus dem Huntsville Memorial Hospital an und informierte die Kollegen aus Huntsville zwei weitere Einsatzwagen zum Unfallort zu schicken. Sie sollten auf einen dunklen Mustang achten, der ihnen entgegenkommen müsste. Offensichtlich war er in den Unfall verwickelt gewesen und hatte Fahrerflucht begangen.

„*Scheiße, Scheiße*", fluchte der Beifahrer des Mustangs und kramte im Handschuhfach nach einer Straßenkarte.

„*Wir müssen hier irgendwo raus, der Parkway führt nur durch den Nationalpark. Die haben bestimmte Verstärkung und einen Krankenwagen gerufen. Wir fahren denen direkt in die Arme.*"

„*Soll ich einfach irgendwo anhalten und wir warten, bis die vorbei sind?*", schlug der Fahrer vor.

„*Das hilft uns nicht, wenn sie schlau sind, errichten sie eine Straßensperre am Ende des Parks.*"

Beide überlegten fieberhaft was sie tun könnten. Sie kamen aus Airy vom Fischen und hatten dort den ganzen Tag über jede Menge Bier gekippt. Der Mustang hatte das Tempo gedrosselt, sie wollten unauffällig bleiben. Ständig in den Rückspiegel blickend, fuhren sie mit heruntergekurbelten Fenstern am Lake of two Rivers vorbei. Ihre Ohren lauschten nach dem Geräusch der Sirene, die der Krankenwagen sicher eingeschaltet hatte.

„*Da links in den Waldweg*", wies der Beifahrer den Fahrer an. Er rückte seine Brille zurecht und fuhr mit dem Finger über die Straßenkarte. „*Der führt auf eine alte Bahntrasse, die zu einem befestigten Bike Trail umgebaut worden ist. Müsste breit genug sein für den Mustang.*"

„*Wo führt der Trail hin?*" fragte der Fahrer, der bereits in den Waldweg eingebogen war.

„*Wenn das hier alles richtig in der Karte ist, dann müsste der Trail uns um die Seen zur nächsten Straße führen, die dann wieder auf den Parkway führt. So hätten wir die Unfallstelle großräumig umfahren. Von da aus geht's zurück nach Airy und wir verschwinden einfach.*"

Nach zwanzig Minuten hatten sie die Seen umfahren und fuhren den Parkway zurück in Richtung Airy. Sie fuhren den Highway 60 noch bis Berrys Bay und stiegen dort in einem der Motels ab. Den dunklen Mustang parkten sie abseits hinter dem Gebäude, so dass er von der Straße aus nicht zu sehen war.

Er hatte die Tageszeitung aufgeschlagen vor sich liegen. Regelmäßig hatte er sie in den letzten Tagen gelesen. In der heutigen Ausgabe hatte er gefunden, was er gesucht hatte. In einem kleinen Artikel berichtete der Daily Gleaner im 1.600 Kilometer entfernten Halifax über den tödlichen Unfall, der sich im Algonquin Nationalpark ereignet hatte.

„Verursacht wurde der Unfall mit Fahrerflucht durch einen dunklen Ford Mustang, der mit zu hoher Geschwindigkeit einen entgegenkommenden Cadillac Eldorado von der Straße drängte. Wie durch ein Wunder überlebte der vierjährige Nikolas W. aus Montreal diesen Unfall nur leicht verletzt, während seine Eltern noch an der Unfallstelle verstarben."

Von seinem gleichalterigen Bruder fehlte jede Spur. Die Suche nach dem Ford Mustang lief auf Hochtouren.

Der Beifahrer ging zum Telefon und wählte eine Nummer: *„Wir müssen den Wagen verschwinden lassen. Kümmere Dich darum. Noch heute."*

47
Algonquin Nationalpark
Kanada
Vor 30 Jahren

Der fast achttausend Quadratkilometer große Algonquin Park ist ein Dickicht aus Laub- und Nadelwäldern, das durchzogen von reißenden Flüssen und über zweitausend Seen nur schwer einsehbar ist. Lediglich der Parkway 60 frisst sich schlängelnd von Osten nach Westen durch den südlichen Teil des Parks. Trotz seiner Lage im Dreieck der Städte Sudbury, Toronto und Ottawa, von wo aus jährlich über 700.000 Touristen den Park besuchen und erwandern, gibt es unzählige Regionen, die kaum ein Mensch zu Gesicht bekommen hat. Rückzuggebiete für die hier lebenden Elche, Wölfe und Schwarzbären. Sümpfe und hochragende

Felswände ermöglichen ein Leben in vollkommener Abgeschiedenheit zur Außenwelt.

Ein Leben, das auch Liam Tremblay gewählt hatte, als er entschied zusammen mit seiner Frau Lauren unerkannt und abseits aller städtischen Aktivitäten sein Leben im nördlichen Bereich des Algonquin Parks zu verbringen. Beide hatten sich nichts mehr gewünscht als eine Familie zu gründen, doch dieses Glück wurde ihnen nicht beschert. Lauren konnte keine Kinder bekommen. Mit mittlerweile fünfundfünfzig Jahren war sie auch zu alt, doch der Wunsch hatte nie nachgelassen. Immer wenn sie die Kinder ihrer Schule unterrichtete oder die Kinder ihrer Nachbarn sah, wurde ihr bewusst, dass sie an diesem Glück nicht teilhaben konnte. Die Kinder, die ihr ständig in den Straßen von Toronto begegneten, brachen ihr das Herz. Bereits vier Adoptionsanträge waren gescheitert, obwohl Liam als Agraringenieur und Lauren als Lehrerin nicht schlecht verdienten und eine Familie gut ernähren konnten. Lauren entwickelte immer verrücktere Gedanken, sie konnte nachts nicht mehr schlafen. Sie jammerte die ganze Nacht und wälzte sich in verworrenen, fiebrigen Träumen, aus denen sie weinend und schweißnass erwachte. Sie stand kurz vor dem Wahnsinn. Sie flehte Liam an, er solle ihr ein Kind stehlen, das sie dann mit all ihrer Liebe aufziehen wollte. Liam, der seine Frau über alles liebte, sah nur eine Möglichkeit, er musste Lauren isolieren und wegbringen. Weit weg von der Schule und all den Familien und Kindern, um ihren Schmerz zu lindern. Überraschend stimmte Lauren seinem Vorschlag zu. Vor fünf Jahren brachen sie sämtliche Verbindungen ab, verschwanden von heute auf morgen aus ihrem bürgerlichen Leben und zogen in den nördlichen Teil des Algonquin Parks.

Liam und Lauren lebten seit dieser Zeit vollkommen zurückgezogen, abseits jeglicher Zivilisation auf einer der kleinen Inseln in einem der nördlichen Seen. Ihre Insel hatten sie Hunters Island genannt. Ein schmaler Pfad führte vom Westufer in das Innere der Insel. Liam hatte eine Holzhütte für sich und Lauren gebaut. Lauren hatte darauf bestanden, dass neben dem Wohn- und Schlafraum ein weiteres, kleineres Zimmer errichtet wurde. Ein Zimmer, in dem sich Lauren immer dann aufhielt, wenn Liam unterwegs war. Sie ernährten sich von dem, was ihnen die Natur gab. Lauren hatte einen kleinen Gemüsegarten angelegt und einige Obstbäume gepflanzt. Neben der Holzhütte in der sie lebten, hatten sie einen Stall errichtet in dem sie einige Hühner hielten. Lediglich zu Sam Walton, einem in der Gegend ansässigen Farmer hielt Liam Kontakt. Er versorgte Liam und Lauren mit der Milch seiner Kühe und besorgte die Baustoffe, die Liam in den umliegenden Wäldern nicht finden konnten. So hatte Walton das Glas für die Fenster der mit einem Pultdach gedeckten Holzhütte und eine Kloschüssel besorgt, die den Donnerbalken ersetzte. Liam hatte das Klohäuschen etwas abseits der Holzhütte erreichtet, ein Graben mit Rohren leitete die Fäkalien direkt in den See.

Täglich ging Liam zum Fischen an einer der nahegelegenen Seen. Manchmal ruderte er mit seinem Holzboot an das Ufer des Sees, versteckte das Boot und streifte tagelang durch den Park, erlegte einen Elch, bevor er sich zurück auf den Weg Richtung Hunters Island machte. Lauren und Liam lebten in ihrer eigenen Welt, sie schienen ihr Glück, für andere kaum nachvollziehbar, doch noch gefunden zu haben.

Liam war seit vier Tagen unterwegs, er war durch das Netz von Flüssen mit seinem Boot bis in den südlichen Teil des Parks , den er eigentlich mied, da hier meistens Touristen anzutreffen waren, vorgedrungen. Mit kräftigen Zügen zog er das Stechpaddel durch das Wasser des White Fish Lake. In Fahrtrichtung sitzend sah er zufrieden auf die Beute der letzten Tage. Acht große Bieber hatte er erlegt und im vorderen Bereich des Bootes verstaut. Liam steuerte auf das westliche Ufer zu. Er war sehr früh aufgestanden und hoffte heute Abend wieder zurück bei Lauren zu sein.

Sein Blick schweifte über den See und blieb an zwei großen Baumstämmen hängen, die sich am Ufer ineinander verkeilt hatten, als er den leblosen Körper entdeckte. Liams Herz begann schneller zu schlagen. Das war kein Tier, was er da zwischen den beiden Stämmen erblickte, dass sah aus wie ein Mensch. Der Körper eines Kindes.

Liam beschleunigte den Paddelschlag und steuerte auf die Baumstämme zu. Tatsächlich, je näher Liam den Stämmen kam, umso deutlicher konnte er den kleinen Körper erkennen. Verdammt, er hatte ein totes Kind gefunden. Was war nur passiert ging es ihm durch den Kopf. Eigentlich wollte er mit dieser Situation nichts zu tun haben. Was sollte er auch machen? Andererseits wollte er vollkommen sicher sein, dass das Kind auch tot war. Und dann? Was dann? Hin- und Hergerissen zwischen Neugier und Desinteresse aber auch Angst, steuerte er weiter auf die Stämme zu, hatte die Geschwindigkeit jedoch gedrosselt.

Suchend sah er sich um, ob er wen oder was erkennen konnte. Seine Augen suchten den Uferbereich akribisch ab. Nichts war zu sehen. Er hatte die Stämme erreicht. Das Kind war tot.
Einem plötzlichen Instinkt folgend, entgegen aller warnenden Gedanken, stieg er aus dem Boot, betrachte den leblosen Körper des kleinen Jungen. Dann, einem unerklärlichen Impuls gehorchend, hob er die Leiche ein wenig an und beugte sich über sie. Liam drehte sein Ohr dem Kopf der Leiche zu, zeitgleich suchten seine Finger den Puls, den er nicht spüren konnte. Plötzlich, vollkommen unerwartet, glaubte er einen leichten, kaum spürbaren Atem wahrzunehmen. Doch, da war er wieder. Er beugte sich noch tiefer hinunter, seine Nase berührte jetzt fast den Mund des Jungen. Tatsächlich, er schien zu atmen. Er lebte. Reflexartig schlug Liam dem Jungen einmal, zweimal, dreimal ins Gesicht. Der Junge schlug die Augen auf, dann spürte Liam auch den Puls. Tatsächlich, der Junge lebte noch. Vorsichtig hob Liam den Jungen in sein Boot, wickelte ihn in seinen Schlafsack und tröpfelte ihm Wasser aus seiner Trinkflasche auf die Lippen. Er musste hier weg, ging es ihm durch den Kopf.

Liam begann zu rudern. Kräftig und gleichmäßig steuerte er das Boot gegen Norden. Der Junge war eingeschlafen, aber er atmete. In regelmäßigen Abständen stoppte er das Boot, träufelte dem Jungen Wassertropfen auf die Lippen und ließ ihn wieder schlafen. Als es anfing zu dämmern, hatte er Hunters Island erreicht. Behutsam hob er den schwachen Körper aus dem Boot und ging auf die Holzhütte zu.

Lauren konnte ihren Augen nicht glauben, als sie Liam und den Jungen sah. Hatte der Herrgott ihre Gebete doch erhört und ihr endlich das sehnlich gewünschte Kind geschenkt.

Lauren pflegte den Jungen tagein, tagaus, bis er wieder zu Kräften kam. Er sprach wenig und stellte kaum Fragen. Zu Laurens Freude konnte er sich an nichts mehr erinnern was geschehen war, bevor er eines Morgens unerwartet aus seinem Bett aufstand. Sie schätzten den Jungen auf fünf oder sechs Jahre und nannten ihn Matthäus, was Geschenk Gottes bedeutet. Matthäus erholte sich rasch, nahm an Gewicht zu und war schon bald in der Lage Lauren bei ihrer Tagesarbeit zu helfen. An dem großen Apfelbaum, dessen Äste bereits über das Pultdach der Holzhütte ragten, befestigte Liam eine Schaukel für Matthäus. Lauren unterrichtete den Jungen nun jeden Tag in Mathematik, Lesen, Schreiben und Biologie. Matthäus war wissbegierig und lernte schnell. Oft saß er abends, wenn die Sonne unterging am Ufer von Hunters Island auf einer Holzbank und sah verträumt auf den See. Irgendetwas schien ihn zu beschäftigen. Lauren merkte, dass dem Jungen irgendetwas fehlte, nur sprach er nie darüber. Tief in seinem Inneren spürte er, dass es jemanden gab. Jemanden, der war wie er. Noch konnte er sich nicht erinnern, wer es war.

Nach zwei Jahren nahm Liam Matthäus regelmäßig mit zum Fischen und auf die Jagd. An einem dieser Tage lernte der Junge auch Sam Walton den alten Farmer kennen, der sie ab und an mit der Milch seiner Kühe versorgte. Walton war ein schweigsamer Mann, der nicht viel Fragen stellte, auch wenn er sich wunderte woher Matthäus plötzlich kam. Sicherlich hatte er von dem Autounfall und dem verschwundenen Kind gehört. Das aber behielt er für sich und schwieg.

Matthäus schien in all den Jahren wenig zu vermissen, die Natur gab ihm das was er brauchte. Nur dieses Gefühl, tief in seinem Inneren wurde immer stärker, je älter Matthäus wurde. Matthäus begann im Laufe der Jahre Gefühle für Liam und Lauren zu entwickeln, so als wären sie seine leiblichen Eltern.
Eines Sommers, Matthäus war bereits ein junger Mann, da entdeckte er mit seinem Vater Liam, dass sich auf Hunters Island

eine größere Population von Ratten angesiedelt hatte. Die Ratten, die als Krankheitsüberträger bekannt waren, mussten vernichtet werden. Die beiden Männer suchten die Nester der Allesfresser auf und fanden das Hauptnest in einer Felsspalte nur unweit ihrer Holzhütte. Akribisch suchten sie die Umgebung um die Felsspalte nach Ein- und Ausgängen ab. Offensichtlich hatte die Felsspalte nur zwei Zugänge, einer im Westen und einer im Osten gelegen. Sie würden Feuer legen, um die Ratten in ihrem Nest zu verbrennen und auszurotten. Was sie jetzt brauchten war ein kräftiger Westwind, der das Feuer durch die Felsspalte trieb und eine allzu große Rauchentwicklung verhinderte. Liam hatte vor Jahren bereits einen Brunnen gegraben an dessen oberem Ende er ein Windrad errichtet hatte, um das Wasser bis zur Hütte zu pumpen.

An diesem Morgen drehte sich das Windrad bereits kräftig, als die beiden Männer die Holzhütte verließen. Schnell hatten sie die Felsspalte mit trockenem Holz und Reisig gefüllt, als die ersten Funken das Feuer entfachten. Der Wind hatte genau die richtige Stärke und kam aus der optimalen Richtung. Schnell züngelten die Flammen bis tief in die Felsspalte und trieben die Ratten zum östlichen Ausgang. Liam und Matthäus hatten hier ein senkrechtes Gatter aus Baumstämmen errichtet und es bis zur Oberkante mit Reisig gefüllt. Die flüchtenden Ratten waren gefangen. Als die ersten Tiere das Gatter unter lautem Gequieke erreichten, begann der Reisig lichterloh zu brennen. Matthäus spürte tief in seinem Innern ein Gefühl der Befriedigung als die Ratten elendig verreckten. Es schien ihm nichts auszumachen zu töten. Nach einer Stunde war das Spektakel vorüber und die Männer zählten über zweihundert tote Ratten.

Was sie nicht wissen konnten war, dass einige der weiblichen Ratten vom sogenannten Ratten-Lungenwurm, einem Parasit, der in den Lungen der Ratten lebte, befallen waren. Über ihre Ausscheidungen gaben die Ratten die Larven des Wurms weiter an die Fische, die den Kot der Ratten fraßen. Die Fische dienten somit als Zwischenwirt und damit als Träger der Parasiten.
Da Lauren, Liam und Matthäus sich häufig von Fisch ernährten, infizierten sie sich zwangsläufig mit dem Parasiten. Lediglich

Lauren erkrankte an dieser Infektion. Die infektiösen Larven wanderten entlang des Nervensystems über den Blutstrom in Laurens Gehirn. Von dort aus verbreiteten sie sich in rasender Schnelle im ganzen Körper. In nur sechs Wochen entwickelten sich aus den Larven erwachsene Parasiten. Lauren klagte unter ständigen Kopfschmerzen. Liam war machtlos ihr zu helfen und schlug vor, dass sie zurück in eine der Städte mussten, damit Lauren sich in ärztliche Behandlung geben konnte. Lauren lehnte das strikt ab. Zwei Wochen später fiel Lauren in ein Koma, aus dem sie nicht mehr erwachte. Der Ausbruch einer Meningitis führte schließlich zu ihrem schnellen Tod.

Vater und Sohn verbrannten Laurens Leichnam und begruben ihre Asche im hinteren Bereich des Gemüsegartens, neben der kleinen Holzbank, auf der sie so gern gesessen hatte. Liam hatte erkannt, dass er machtlos war Lauren zu helfen, er befürchte nun, dass sich auch   Matthäus infiziert haben könnte, ohne genau zu wissen woran Lauren überhaupt verstorben war. Er schlug Matthäus vor, zurück in die Zivilisation zu kehren. Matthäus musste sich untersuchen lassen, Liam fürchtete um das Leben seines Sohnes.

Eines Abends, als die beiden am Ufer von Hunters Island saßen und den Sonnenuntergang beobachteten, begann Liam Matthäus die ganze Wahrheit zu erzählen. Er berichtete davon, dass er Matthäus schwer verletzt gefunden hatte als dieser ungefähr fünf Jahre alt war. Er und Lauren wussten nicht was ihm passiert war, sie hatten sich jedoch auch nie darum gekümmert es zu erfahren. Er erzählte Matthäus von Laurens sehnlichstem Wunsch endlich ein Kind zu haben. Sie sahen es als Gottes Geschenk an ihn gefunden und ihm das Leben gerettet zu haben. Matthäus saß still am Ufer und lauschte den Erzählungen seines Vaters, der nicht sein leiblicher Vater war. Als Liam seine Erzählung beendet hatte, fiel dem alten Mann ein Stein vom Herzen. Endlich hatte er Matthäus alles erzählt. Matthäus war nicht wütend, er schien auch nicht enttäuscht. Ihm wurde nun klar, warum tief in seinem inneren dieses Gefühl war. Das Gefühl, das es da noch jemanden geben musste. Jemanden, den er suchen und finden musste. Jetzt hatte er Gewissheit, dass ihn dieses Gefühl nicht getäuscht hatte.

Er umarmte seinen Vater lange und innig. Am nächsten Tag brachen die beiden Männer alle Zelte hinter sich ab und gingen zurück nach Toronto. Zurück in die Zivilisation. Verabschiedet hatte sich Liam nur von Sam Walton, der all die Jahre über sein Wissen für sich behalten hatte. Die Männer drückten sich die Hand und sahen sich in die Augen. Sam erkannte Liams Trauer um Lauren und wusste, dass sein Schweigen, das er nur einem nicht beschreiblichen Instinkt folgend nicht gebrochen hatte, richtig gewesen war.

Liam hatte, bevor er Toronto zusammen mit Lauren verlassen hatte, alle Papiere und Gelder in einem Depot der Royal Bank of Canada deponiert.

Zusammen mit Matthäus ließ er sich im Toronto General Hospital untersuchen. Liam hatte sich auch infiziert und es war nur eine Frage der Zeit, bis auch er an Meningitis erkranken und sterben würde. Matthäus hatte sich offensichtlich nicht infiziert, er war zu Liams Freude kerngesund. Innerhalb von einem Monat brach die Meningitis auch bei Liam aus. Ihm fehlte die Kraft gegen die Krankheit zu kämpfen, ohne Lauren machte das für ihn auch keinen Sinn. Es dauerte nur wenige Tage bis er starb. Matthäus ließ ihn einäschern. Die Urne mit Liams Asche entwendete er aus dem Krematorium und fuhr zurück nach Hunters Island. Dort setzte er die Urne bei, direkt an der Stelle, an der Vater und Sohn auch Lauren beigesetzt hatten.

Matthäus machte sich auf die Suche- wen immer er auch suchte, er war sich sicher, dass er ihn eines Tages finden würde.

Liams gespartes Geld gab Matthäus die Möglichkeit seine Nachforschungen ein Jahr zu finanzieren. Täglich verbrachte er mehrere Stunden in den Archiven des Toronto Star, der auflagenstärksten Zeitung des Landes. Eines Tages fand er wonach er gesucht hatte. Es war nur ein kleiner unauffälliger Artikel:

Tödlicher Unfall im Algonquin Nationalpark.

„Wie durch ein Wunder überlebte der vierjährige Ralph-Nikolas Wolf aus Montreal diesen Unfall nur leicht verletzt, während seine Eltern noch an der Unfallstelle verstarben. Von seinem Zwillingsbruder Robert-Nikolas Wolf fehlte nach dem Unfall jede Spur. Verursacht wurde der Unfall mit Fahrerflucht durch einen dunklen Ford Mustang, der mit zu hoher Geschwindigkeit einen entgegenkommenden Cadillac Eldorado von der Straße drängte."

Der Unfall ereignete sich zu der Zeit, in der Liam ihn verletzt gefunden hatte. Der Unfallort war nur unweit von White Fish Lake entfernt.

Matthäus Herzschlag beschleunigte sich, als er weiter blätterte und eine zweite kurze Notiz fand:

Suche nach vermisstem Jungen aufgegeben.

„Trotz intensiver Suche nach dem vermissten Robert-Nikolas Wolf konnte weder der Junge noch sein Leichnam gefunden werden. Die örtliche Polizeibehörde hat somit beschlossen die fünftägige Suche einzustellen. Da die Familie Wolf keine weiteren Verwandten hatte, wurde der Überlebende Ralph-Nikolas Wolf in die Obhut der Christian Brothers gegeben."

Matthäus wurde klar, wer er wirklich war. Er hieß Robert-Nikolas Wolf. Sein Gefühl hatte ihn nicht betrogen, er war nicht allein. Er hatte einen Bruder, den er finden würde. Sein erster Weg würde ihn nach St. Johns, der Provinzhauptstadt Neufundlands, ins Waisenhaus Mount Cashel führen.

48
Lions Gate Hospital, Vancouver
Kanada
Vor 16 Jahren

Vorsichtig öffnete Robert die Tür des Krankenzimmers. An der gegenüberliegenden Wand, ihm den Rücken zugewandt, saß ein ihm unbekannter Mann im Rollstuhl und sah aus dem Fenster. Robert war direkt aus St. Johns nach Vancouver gereist. Im Waisenhaus von Mount Cashel hatte er erfahren, dass Ralph-

Nikolas Wolf nach dem Unfall und dem Tod der Eltern hier aufgewachsen war. Da er außer seinen Eltern und seinem minderjährigen, vermissten Bruder keine anderen lebenden Verwandten besaß, ging sämtlicher Besitz der Familie zu gleichen Teilen an die Glaubensgemeinschaft der Christian Brothers und das Vormundschaftsgericht über. Das komplette Textilimperium der Familie Wolf & Sons. war somit auf einen Schlag aufgelöst worden und vom Erdboden verschwunden.

Ralph, der ein großes Radtalent war und als jüngster Profifahrer aller Zeiten galt, war bei einem Rennen in Vancouver schwer gestürzt. Während der Untersuchungen im Lions Gate Hospital wurde festgestellt, dass Ralph über einen langen Zeitraum leistungsfördernde Dopingmittel gespritzt worden waren, die in Zusammenhang mit seinem schweren Sturz zu einem Schädel-Hirn-Trauma geführt hatten.

Der Mann im Rollstuhl ergriff die Räder und drehte sich samt Rollstuhl langsam um, als er hörte wie sich die Tür zu seinem Krankenzimmer öffnete.

Die beiden Männer sahen sich in die Augen und hielten inne. Sie konnten nicht glauben was sie sahen. Als blickten sie in einen Spiegel, sahen sie sich selbst. Nicht nur Augen, Mund und Nase glichen wie ein Ei dem anderen, selbst die Haare trugen sie gleich gekämmt. Beiden war sofort klar wer der andere war. Robert ging auf seinen Bruder zu, bückte sich leicht und nahm ihn ohne ein Wort zu sagen in seine Arme. Als Ralph dann zu sprechen begann, erschrak Robert. Zum ersten Mal bemerkte er einen Unterschied zwischen den beiden. Das waren die Folgen des Schädel-Hirn-Traumas. Ralph war durch den Sturz vor allem auf seine linke Schädelhälfte aufgeschlagen. Die größten Verletzungen erlitt somit die linke Hirnhälfte, die hauptsächlich für die Sprache zuständig ist. Ralphs Augen leuchteten vor Freude, als er den Bruder erkannte. Seine Sprechweise war schwerfällige, mühevolle und langsam. Aber er begriff all das was ihn Robert fragte. Mit undeutlicher Aussprache, ohne vollständige fehlerfreie Sätze begann er Robert über sein Leben zu berichten. Immer dann wenn er gar nicht formulieren konnte was er sagen wollte, gab Robert ihm einen Stift und Ralph schrieb es auf ein Blatt Papier.

Robert besuchte seinen Bruder von nun in regelmäßigen Abständen. Unbemerkt vom Krankenhauspersonal verschaffte er sich Zutritt zu Ralphs Zimmer. Offiziell galt er immer noch als vermisst und er wollte, dass das zunächst auch so blieb. Von Zeit zu Zeit litt Ralph an unkontrollierten Wutausbrüchen. Er begann zu fluchen und zu schimpfen, ohne dies wirklich zu wollen. Er konnte es jedoch auch nicht beeinflussen. Später, wenn die Brüder zu lachen begannen, war Ralph meist selbst durch seine Verhaltensweise irritiert und oft auch beschämt. Mit jedem Besuch erfuhr Robert mehr über das Leben seines Bruders.

Ralph war für das Team "Black Rose" und dessen Besitzer, einen Mann namens Joseph Bishop Radrennen gefahren. Auch die Namen von Bishops Partner hatte Ralph nicht vergessen: Ron Sugar und Dr. Martin Hamilton. Als Ralph diese Namen mühevoll und langsam aussprach verengten sich seine Augen vor Wut. Von allen dreien fehlte nach dem Rennen jede Spur. Sie hatten Ralph-Nikolas seinem Schicksal überlassen und sich aus dem Staub gemacht. Ralph lag bereits fast ein Jahr im Krankenhaus, bevor Robert ihn fand. Er sollte demnächst in ein Sanatorium nach Calgary verlegt werden. Da Ralph besitzlos war und auch keinen Vormund hatte, musste der Staat die Kosten für die Unterbringung in einem staatlichen Sanatorium übernehmen. Robert war klar, dass man Ralph dann nur ein Minimum an Aufmerksamkeit zukommen lassen würde. Ralph hatte etwas Besseres verdient. Ein würdigeres Leben mit privater Betreuung. Das würde eine Menge Geld kosten. Ralph würde hierfür viel Geld benötigen, sehr viel Geld. Und die, die für Ralphs Zustand verantwortlich waren, sollten auch dafür bezahlen. Ralph hatte Robert unmissverständlich klar gemacht, was er von seinem Bruder erwartete. Seit die Brüder sich wieder gefunden hatten, war in Ralphs Leben der Wille zu kämpfen wieder entfacht. Ralph hatte trotz seiner Behinderung zurück zu seiner Zielstrebigkeit gefunden, er hatte die Führungsrolle der Brüder wieder übernommen. Robert wusste, wen er zu suchen und was er zu tun hatte. Rache für seinen Bruder Ralph. Rache an den Personen, die für Ralphs

Schicksal und damit auch für sein Schicksal verantwortlich waren. Robert blickte Ralph lange in die Augen. Auch ohne Worte hatte Ralph verstanden was Robert tun würde, um ihm zu helfen. Ralph nickte und deutete auf die Schublade in seinem Nachttischschränkchen, das neben seinem Bett stand. Robert öffnete die Schublade und entnahm ihr sämtliche Papiere. Von nun an war er Ralph-Nikolas Wolf. Er hatte seinem Bruder ein Versprechen gegeben, das es nun galt einzulösen.

Dass es fast sechzehn Jahre dauern würde, konnte keiner der beiden ahnen.

Er heuerte bei einem Transportunternehmen an, das sich auf Spezialtransporte quer durch die Vereinigten Staaten spezialisiert hatte. Roberts Suche als Ralph-Nikolas hatte begonnen.

Über zwei Jahre fuhr er kreuz und quer durch die Vereinigten Staaten, immer auf der Suche. Auf der Suche nach den Schuldigen. Schuld für die Situation seines Bruders, auch Schuld für seine Kopfschmerzen, die ihn seit der Entlassung in regelmäßigen Schüben heimsuchten oder waren hierfür doch die Spätfolgen der Infektion mit dem Ratten-Lungenwurm verantwortlich? Spielten die Gene der Zwillinge verrückt? Je länger er suchte, umso weniger konnte er selbst erkennen wer er war. War er noch Robert oder war er schon Ralph? Oder, waren beide doch ein und dieselbe Person?

Kapitel 3

49
Vancouver
Kanada
Zwölf Monate später

Robert trat auf den Balkon hinaus, atmete die kühle Morgenluft ein und ließ seinen Blick über die Bucht von Horseshoe am westlichen Rand von Vancouver schweifen. Die Sonne war gerade aufgegangen. Es hatte Monate gedauert, bis er das am Ende einer Sackgasse gelegene, zweistöckige Haus gefunden hatte. Der hohe Baumbestand stelle sicher, dass die Bewohner keinen neugierigen Blicken ausgesetzt waren. Das Haus lag abgelegen, aber dennoch zentral genug, um schnell nach Vancouver zu kommen. Robert hatte das Haus unter Ralphs Namen gekauft, dessen Identität er vor sechzehn Jahren angenommen hatte. Der Makler hatte keine weiteren Fragen gestellt, als Robert anbot das Haus mit einem Aufschlag von vier Prozent bei Barzahlung in US-Dollar zu begleichen. Er verglich lediglich Roberts Aussehen mit dem Passbild in Ralphs Ausweis und konnte keinen Unterschied zu den gültigen Papieren erkennen. Robert hatte für die Zeit, in der Ralph in dem Sanatorium in Calgary lag, dessen Existenz angenommen, da er keine eigne Existenz nach dem Unfall seiner Eltern mehr besaß. Er existierte nicht in dieser Welt und das sollte auch so bleiben.

Schwieriger gestaltete sich die Suche nach einer geeigneten Pflegerin für seinen Bruder Ralph. Sie sollte nicht zu jung sein, vertrauensvoll und alleinstehend, so dass sie sich ausschließlich um Ralph kümmern konnte. Robert wollte keine Anzeige für die Suche nach einer Pflegerin aufgeben. Er wollte vermeiden, dass, sollte man ihn nach über einem Jahr immer noch suchen, irgendwelche Spuren zu seinem Bruder führen würden. Es stellte sich heraus, dass er ohne die Schaltung einer Suchanzeige keine Aussicht auf Erfolg hatte. Letztendlich entschloss er sich doch dazu zu inserieren. Hierzu schaltete er einen neutralen Vermittlungsdienst ein.

Schon beim ersten Anblick hatte Robert das Gefühl, dass Theresa genau die Person war, die er für Ralph gesucht hatte. Dem

Vermittler gegenüber behauptete er jedoch, dass keine der fünfzehn Pflegerinnen, die man ihm vorgestellt hatte, ihm geeignet erschien. Robert zahlte die vereinbarte Mindestprovision an den Vermittler und ließ die Suche einstellen. Von nun an beobachtete er Theresa jeden Tag. Drei Monate lang ließ er sie nicht aus den Augen, bevor er sie ansprach. Die aus Polen stammende Theresa Kuklinski war Mitte vierzig und unverheiratet. Sie hatte keinerlei Verwandtschaft in Kanada. Ihre in Polen lebenden Eltern waren vor fünf Jahren verstorben. Nach deren Tod war Theresa nach Kanada ausgewandert. Sie lebte allein und zurückgezogen in Edmonton. Als Pflegerin arbeitete sie bei schlechter Bezahlung im Edmonton Care Society. Theresa stimmte sofort zu, als Robert ihr anbot für ihn und seinen Bruder zu arbeiten. Pflegerin und Haushälterin in einem gut situierten, privaten Haushalt, davon hatte die kleine Polin immer geträumt als es sie nach Kanada verschlug.

Robert hob den Kopf, der Wind hatte aufgefrischt, dicke Wolken waren am Himmel aufgetaucht, gleich würde es anfangen zu regnen. Er schloss die Balkontür und ging zurück ins Haus. Robert stieg die Treppe aus der oberen Etage, in der er zwei Zimmer alleine bewohnte, hinab, als er Theresa sah, die in der unteren Etage begann den großen Tisch im Esszimmer mit Blumen zu schmücken.

„Guten Morgen Robert, ich habe heute etwas festlicher geschmückt. Ihr Frühstück steht in der Küche."

Theresa stand vor dem großen Esstisch und betrachtete das Blumenarrangement.

„Ich bin ein wenig aufgeregt, endlich ihren Bruder kennenzulernen."

Robert hatte Theresa von Ralph und den Folgen seines Schädel-Hirn-Traumas erzählt. Er hatte ihr auch anvertraut, dass er das Haus in Ralphs Namen gekauft hatte. Er wollte ihr Vertrauen von Beginn an und das hatte sich ausgezahlt. Theresa dankte ihm diese Offenheit mit absoluter Loyalität. Robert würde Ralph heute endlich nach Hause bringen.

„*Das brauchen Sie nicht*", antwortete Robert. „*Endlich ist es soweit, ich hole Ralph nach Hause. Der Flug nach Calgary dauert keine zwei Stunden. Zurück werden wir einen Leihwagen nehmen. Ich hoffe, dass wir vor Mitternacht zurück sind.*"

Fast sechszehn Jahre hatte es gedauert, aber jetzt würde er das Versprechen einlösen, das er seinem Bruder gegeben hatte. Die Bombardier CRJ705 landete pünktlich in Calgary International Airport. Robert hatte eines der 65 Tickets in der Economyklasse gebucht und führte lediglich Handgepäck mit sich. Auf direktem Weg ließ er einen der vier Terminals hinter sich. Wer Robert sah, der begegnete einem relaxten, gut gelaunten jungen Mann, der keine Eile zu haben schien. Er orderte ein Taxi, das ihn an die Kreuzung 21st Ave und 36th Street North East brachte. Robert zahlte das Taxi, stieg aus und ging den restlichen Weg zu Fuß. Im Internet hatte er den schwarzen Chevrolet Silverado entdeckt, einen gebrauchten Wagen, der für seine Zwecke geeignet erschien. Der schäbige Händler bot das alte Fahrzeug bereits seit einigen Monaten erfolglos an. Es schien keine Interessenten zu geben. Zunächst wollte der Händler Robert den Silverado nicht verkaufen, da er weder Führerschein noch eine Ausweis bei sich hatte. Schließlich einigten sie sich doch und Robert zahlte in bar einen zehn Prozent höheren Preis.

Robert steuerte den Silverado zügig, aber unauffällig durch Calgarys Straßen Richtung Riverdale Park. Er brauchte keine Karte, da er den Weg viele Male bereits gedanklich gefahren war. Der gesamte Ablauf des heutigen Tages war minutiös durchgeplant und fest in seinen Gedanken verankert. Das Sanatorium, in dem Ralph untergebracht war, lag nur unweit des Bow River. Robert stand im Schatten des Gebäudes in der Nähe eines der zahlreichen Seiteneingänge, die zum angrenzenden Park führten. Ralphs Zimmer befand sich in der dritten Etage am Anfang des Westflurs. Das Pflegepersonal hatte das Frühstück bereits abgeräumt und Ralph hatte jetzt zwei Stunden Zeit, die er wie jeden Tag im angrenzenden Riverdale Park verbringen würde. Im Anschluss hieran fand seine tägliche Sprachtherapie statt. Der junge Pfleger schob Ralph, der lediglich mit einem Jogginganzug und Hausschuhen bekleidet war, in den Park zu Ralphs Lieblingsplatz. Hier hatte er freien Blick auf den Bow River, der sich mittig durch den Park schlängelte. Der Pfleger trat die Feststellbremse des Rollstuhls hinunter, breitete die mitgebrachte Wolldecke über Ralphs Beine und machte sich zurück auf den Weg ins Gebäude. In zwei Stunden würde er wiederkommen, um Ralph abzuholen.

Robert trat aus dem Schatten des Gebäudes und ging auf Ralphs Rollstuhl zu. Ralphs Augen leuchteten, als er den Bruder sah. Die beiden Brüder begrüßten sich nur kurz, sie waren noch alleine im Park und wollten die Zeit nutzen. In Kürze würden die ersten Angler auf der gegenüberliegenden Flussseite auftauchen, da es im Bow River nur so von Regenbogenforellen wimmelte. Robert schob den Rollstuhl hinunter zum Fluss, auf dem sich einige Enten tummelten. Er reichte Ralph seine rechte Hand, die der Bruder mit festem Griff fasste. Ein kurzer Ruck und er stand auf seinen Beinen vor dem Rollstuhl. Robert schob den Rollstuhl jetzt an den Rand des Flusses und ließ ihn im dunklen Wasser des gemächlich fließenden Bow Rivers verschwinden. Ralph stand regungslos da und beobachtet den Bruder. Er hatte gelernt zu stehen und auch zu gehen. Die Brüder hakten einander unter und gingen so langsam zur seitlichen Umzäunung des Parks. Verborgen von einigen Büschen hatte Robert ein Loch in den Zaun geschnitten, durch das sie das Gelände unbemerkt verlassen konnten. Die Brüder umarmten sich jetzt innig. Keine Zwanzig Meter weiter hatte Robert den Silverado geparkt.

Vollkommen aufgebracht war der junge Pfleger nach zwei Stunden in der Verwaltung des Sanatoriums erschienen. Er konnte Ralph Wolf nirgends finden, als er ihn wie immer zu seiner Sprachtherapie aus dem Park abholen wollte. Auch der Rollstuhl und die Wolldecke waren verschwunden. Gemeinsam mit drei weiteren Pflegern suchte er erneut das eingezäunte Parkgelände erfolglos ab, bevor die Leitung des Sanatoriums entschied die Polizei zu informieren. Die Suche blieb erfolglos. Ralph Wolf war aus unerklärlichen Gründen verschwunden. Auch die Befragung von Jack Brunell, mit dem sich Ralph ein Zimmer im Sanatorium teilte, brachte keine Erkenntnisse über sein Verschwinden. Das Verschwinden gab der Polizei ein Rätsel auf, da sich sämtliche Anziehsachen von Ralph-Nikolas Wolf noch in dessen Zimmer befanden. Wo war der nur mit einem Jogginganzug und Hausschuhen bekleidete behinderte Mann geblieben?

Drei Wochen später entdeckte ein Gärtner ein Loch im Zaun der Parkanlage, das den Parkanteil des Sanatoriums vom öffentlich zugänglichen Teil trennte. Er brachte dieses Loch aber nicht in Verbindung mit dem Verschwinden eines der Insassen und reparierte daraufhin den Zaun.

Das Verschwinden von Ralph-Nikolas Wolf blieb ungeklärt und der Vorfall verschwand schnell in den Akten, da Wolf keine weiteren lebenden Verwandten hatte, denen man hätte Rechenschaft geben müssen.

Ralph und Theresa hatten sich schnell aneinander gewöhnt. Durch ihre gute Pflege machte Ralph weitere Fortschritte, er konnte sich bald ohne Rollstuhl fast eine Stunde alleine im Haus und auf dem Grundstück bewegen. Im Keller des Hauses hatte Robert sämtliche Geräte eines kompletten Trainingszirkels aufgestellt. Ralph benutzte eine Chipkarte für seine täglichen Übungen, die den Leistungsstand und die Fortschritte dokumentierte und speicherte. Auch seine Sprache wurde besser und verständlicher.

Robert verließ nun öfter das gemeinsame Haus, er hatte noch zwei wichtige Aufgaben zu erledigen, bevor er sich ausschließlich um den Bruder und das gemeinsame Leben kümmern konnte. Auch ohne miteinander zu sprechen, wusste Ralph um welche zwei Aufgaben es sich handelte, die noch endgültig zu erledigen waren.

Eines Morgens verließ Robert das Haus, er würde für ein paar Tage fort sein, um die beiden noch offenen Aufgaben zu erledigen. Theresa war gerade dabei das Frühstück, das die Brüder noch gemeinsam zu sich genommen hatten, abzuräumen, als Ralph Theresa ansah und langsam, aber mit deutlicher Stimme zu sprechen begann: *„Theresa, heute möchte ich … mit Ihnen nach Vancouver Downtown fahren. Wir werden … mir einen neuen Anzug kaufen. Ich will Robert damit überraschen, wenn er von seiner … ",* Ralph machte eine kurze Pause .., *„ Dienstreise wieder* *zurückkommt. Außerdem will ich mir ... eine Bluesplatte kaufen, ich liebe diese Musik."*

Theresa schenkte ihm ein Lächeln: *„Das ist eine großartige Idee. Wir könnten in einer Stunde aufbrechen."*

Die Sonne lachte den ganzen Tag über von einem wolkenlosen, königsblauen Himmel. Theresa schob Ralphs Rollstuhl die Robson Street hinunter und sie wurden schnell in einem der zahlreichen Designer-Shops fündig. Ralph bestand darauf den passenden Anzug alleine anzuprobieren. Er sah blendend aus, als er kerzengerade mit festem Stand vor die Umkleidekabine trat und stolz seine neuen Sachen präsentierte. Schuhe, Hemd und Krawatte vervollständigten das Bild eines jungen, glücklichen Mannes, dem man seine Behinderung so nicht anmerkte. Nachdem sie sich in einem der zahlreichen Cafés gestärkt hatten, wollte Ralph noch der sehenswerten Zentralbibliothek einen Besuch abstatten. Ralph kam aus dem Staunen kaum heraus, als er vor dem markanten Gebäude, das an das Kolosseum in Rom erinnert, stand. In einem der dutzend Plattenläden wurde Ralph auch noch fündig und kaufte sich Joe Bonamassa`s Blues-Album "Sloe Gin". Ralph und Theresa hatten einen wunderbaren Tag in Vancouver verbracht.

Sie scherzten auf der Rückfahrt, als der dunkelblaue Chevrolet mit leicht überhöhter Geschwindigkeit in eine Radarkontrolle der Polizei geriet. Ralph hatte augenblicklich seine gute Laune verloren, unkontrolliert kam es zu einem seiner Wutausbrüche. Er begann zu fluchen und zu schimpfen, obwohl er das eigentlich gar nicht wollte. Seine Sprache änderte sich in ein zuckendes, stotterndes Gegröle. Speichel lief ihm die Mundwinkel hinunter. Theresa versuchte die Polizisten zu beschwichtigen und Ralph gleichzeitig zu beruhigen. Es war zu spät, Ralph hatte die beiden Polizisten mit den übelsten Flüchen bedacht und bekam eine Ordnungsstrafe verpasst.

Wie aus dem Nichts, so als hätte jemand einen unsichtbaren Stecker gezogen, erfasste Ralph plötzlich eine unendliche Müdigkeit, die ihn in sich zusammensacken ließ. Theresa quittierte den Polizisten das Bußgeld für die Geschwindigkeitsüberschreitung und die Ordnungsstrafe. Der Bescheid und ein Bericht würden in den nächsten Tagen an ihre Adresse in Vancouver geschickt. Ralph war tatsächlich eingeschlafen und öffnete seine Augen erst wieder als sich das Tor zu ihrem Grundstück öffnete. Er hatte vergessen was passiert war. Zufrieden und erschöpft vom ereignisreichen Tag saß er in seinem Sessel, blickte auf die Bucht von Horseshoe und lauschte Joe Bonamassas Gitarrenklängen, als sich die Nadel des Plattenspielers in die Rillen von „Ball Peen Hammer" senkte.

50
Kelowna, Headquarter Polizeirevier
Kanada
An einem Mittwoch

John Henry hatte gerade seinen ersten Kaffee getrunken, als Inspector Bill Ward und Corporal Tracy Lord, die rot-blond gelockte Computerspezialistin der Royal Canadian Mounted Police, das Büro des Chief Superintendent betraten.

„John", ergriff Ward sofort das Wort.

„Guten Morgen zusammen, was gibt es denn so dringendes?" unterbrach ihn Henry.

„Guten Morgen Chief", meldete sich Tracy mit einem zarten Lächeln.

„John, es gibt einen Toten in Kamloops", fuhr Ward dazwischen.

Henry zog die Stirn kraus: *„Kamloops? Soviel mir bekannt ist, gehört die Stadt doch nicht mehr zu unserem Bereich oder hat sich da etwas geändert?"*

Das gut 170 km entfernt gelegene Kamloops gilt als einer der Verkehrsknotenpunkte in British Columbia und hatte bereits seit 1893 den Status als sogenannte incorporated City, also als Stadt mit unabhängiger kommunaler Selbstverwaltung, erhalten. Bürgermeister Peter Milton legte großen Wert darauf, dass sich diese Selbstständigkeit auch auf die Aufgaben der Polizeiarbeit bezog. Die zwei Eisenbahnlinien - der Canadian Pacific und der Canadian National -, die gemeinsam durch das Fraser Valley von Vancouver herauf führen, treffen sich in Kamloops. Außerdem kreuzen sich mit dem Hwy 5 und dem Hwy 1 zwei wichtige Verkehrsachsen, die durch das Hochgebirge Richtung Vancouver führen. Zudem fällt der nur gut zehn km von Kamloops entfernt gelegene Flughafen der neunzigtausend Einwohner großen Stadt in den sicherheitspolitischen Aufgabenbereich der Polizei von Kamloops. Nicht zu vergessen der Wasserflugplatz auf dem Thompson River.

„Nein Chief, es hat sich an unserem Zuständigkeitsbereich nichts geändert", begann Corporal Lord mit ihren Erläuterungen.

„Sie erinnern sich doch noch an den Mordfall Dr. Martin Hamilton, den wir vor etwas mehr als einem Jahr bearbeitet hatten?"

Es war mehr eine Suggestivfrage, die Tracy ihrem Chef stellte, der sich natürlich an den bislang unaufgeklärten Fall Hamilton – Nikolas Wolf erinnerte. Sie hatten Wolf, der neben Hamilton auch dessen Frau Maria ermordet hatte und der im Laufe seiner spektakulären Flucht die Mountainbiker Tony Montana, Mark Kendall, Jack Russell und Michael Lardie tötete, bislang nicht finden können.

Vor gut sechs Monaten waren die Leichen von Kendall, Russel und Lardie im Okanagan Wenatchee National Forest von den dortigen Park Rangern gefunden worden. Der Olallie Creek hatte Niedrigwasser geführt und die zwischen einigen Felsblöcken eingeklemmten Leichen freigegeben. Es war ein schockierender Anblick, der sich den Rangern bot. Aufgrund der starken Strömung des Olallie Creeks wiesen die Leichen zahlreiche Treibspuren, die sich hauptsächlich an den Köpfen der Leichen befanden, auf. Die Treibspuren führten zu so straken postmortalen Veränderungen, dass eine Identifizierung nur durch Zähne und DNA möglich war. Die amerikanischen Kollegen hatten, nachdem die Leichen eindeutig identifiziert waren, Commissioner

Frank Lord über den Fund informiert. Lord leitete diese Information an John Henry und sein Team weiter.
Der Stachel des Nichterfolgs saß tief in Henrys Brust. Der Chief Superintendent hob die linke Augenbraue und blickte in Tracys Gesicht, ohne zu antworten. Joseph Bishop der Besitzer des "Black Rose" in Las Vegas und sein Geschäftspartner Ron Sugar, die Emile Reuter den Sicherheitschef des Hotelkomplexes mit der Beschaffung eines illegalen Dopingmittels durch Nikolas Wolf beauftragt hatten, waren kurz bevor die fällige Kreditrate in Höhe von 100 Millionen USD an die Banken zu zahlen war spurlos verschwunden. Offensichtlich hatten sie die USA mit unbekanntem Aufenthaltsort fluchtartig über Nacht verlassen. Emile Reuter und seine Leute, die Bishop mit der Suche nach Nikolas Wolf beauftragt hatte, waren ebenso erfolglos wie die Kommissare geblieben. Reuter, dem keine strafbaren Handlungen nachzuweisen waren, lebte mittlerweile wieder in San Diego und verdiente sein Geld als Besitzer der Szene-Kneipe Musicbar.

Tracy hob selbstbewusst ihren Kopf: *„Ich habe in meinen Datenbanken unterschiedliche Keywords platziert, die mit unserem Fall in Verbindung stehen könnten. Automatisch erhalten wir somit Hinweise aus sämtlichen Revieren der RCMP in deren Berichten diese Keywords vorkommen. "*

Henry schaute nun etwas freundlicher in Tracys Richtung. Cleveres Mädchen ging es ihm durch den Kopf, offensichtlich hatte sie den Fall auch noch nicht zu den Akten gelegt.

„Der Tote, der gestern in Kamloops ermordet wurde, ist ein gewisser Ron Sugar."

Tracy legte ein Bild der Leiche, dass ihr die Kollegen zugemailt hatten, auf Henrys Schreibtisch. Eindeutig, das Bild zeigte den ehemaligen Geschäftspartner von Joseph Bishop.

„Ich stelle die Fakten zusammen, die bislang in Kamloops vorliegen. Ich denke, in einer Stunde bin ich soweit, dass wir uns das gemeinsam ansehen können."

„Also, bis in einer Stunde in ihrem Büro".

Henry nagte an seiner Unterlippe. Sollte der Tod von Ron Sugar in unmittelbarer Verbindung zu dem alten Fall stehen?

51
Airport, Kamloops
Kanada
Vor zwei Tagen, an einem Montag

Er hatte die Eisenbahn gewählt, um die 430 km von Vancouver nach Kamloops zurückzulegen. Das Ticket hatte er im Zug gelöst, um keine Spuren zu hinterlassen. Nachdem der Zug Vancouver verlassen hatte, verlief die Eisenbahnlinie parallel zum Fraser River, den der Zug einige Male über lange stählerne Fachwerkbrücken überquerte. Die noch tiefstehende, im Osten aufgehende Sonne sah er rechts von sich. Eine atemberaubende Strecke durch das Fraser Valley begleitete ihn, bis der Zug die nördliche Grenze des Valleys in Lytton erreicht hatte. Er sah eine Gegend geprägt von Land- und Forstwirtschaft, sein Blick fiel von Zeit zu Zeit auf die steilen, unbewohnbaren Abhänge der immer noch schneebedeckten Berge. In Lytton folgte die Strecke dem Lauf des Thompson Rivers und brachte ihn nach Kamloops. Im Thompson Hotel, gegenüber vom Hauptbahnhof, hatte er ein Zimmer für zwei Übernachtungen gemietet.

Übermorgen würde hier ein Pharmakongress stattfinden.

Zu Abend aß er im Riverland Inn mit herrlichem Blick auf den South Thompson River. Er hatte ein Rumpsteak mit Poutine - frittierte, grob geschnittene Kartoffelecken mit Cheddar-Käse und Bratensoße - und einen kleinen grünen Salat bestellt. Hierzu trank er ein Root-Bier. Nach dem Essen zog es ihn noch kurz an die Bar des Restaurants, um einen Crown-Royal, den typischen kanadischen Roggenwhisky zu genießen. Dieser weiche Blend, mit Aromen von süßem Toffee, Vanille, schwarzen Früchten und würzig-minzigen Roggennoten, stimmte ihn auf die Ereignisse der nächsten zwei Tage ein.

Das Taxi, das ihn am nächsten Morgen zum Flughafen brachte, benötigte 16 Minuten für den Weg. Die Beretta 92FS lag sicher verschlossen im Safe seines Hotelzimmers, als er das Terminal des Flughafens betrat. Er blieb kurz stehen und ließ seinen Blick durch die Halle schweifen, bevor er eine der Toiletten aufsuchte. Seinen Rucksack mit dem dunkelblauen Overall, der ihn als Mitarbeiter eines externen Sicherheitsdienstes auswies, versteckte er über dem Rost der abgehängten Toilettendecke. Im Terminal befanden sich acht Abfertigungsschalter.

Morgen würde hier die Hölle los sein.

Übermorgen begann die internationale Eishockey Weltmeisterschaft der Frauen, für die sich die Teams aus Kanada, Finnland, Russland, den USA, der Tschechischen Republik, Japan, Schweden und der Schweiz qualifiziert hatten, mit dem Eröffnungsspiel im Sandman Centre.

Kamloops erwartete über eine halbe Millionen Gäste im Verlauf der Weltmeisterschaft.

Morgen hatte Ron Sugar, der in der Gepäckabfertigung arbeitete, Dienst.

Morgen würde er die Beretta bei sich tragen.

Morgen würde Ron Sugar sterben.

52
Kelowna, Headquarter Polizeirevier
Kanada
Mittwoch

John Henry und Bill Ward hatten sich gesetzt und starrten erwartungsvoll auf die weiße Wand, als Tracy den Beamer einschaltete. In gewohnter Art hatte sie die Fakten zusammengetragen und ließ sie jetzt auf die weiße Wandtafel projizieren.

Ron Sugar arbeitete seit vier Monaten als Gepäckabfertiger im Flughafen von Kamloops. Offensichtlich war er aus den

Vereinigten Staaten nach Kanada geflüchtet, um hier ein neues Leben zu beginnen. Seine Leidenschaft für das Fliegen führte ihn nach Kamloops Airport, hier begann er wieder von unten, von ganz unten. Er war tief gefallen, aber er war seiner Leidenschaft nahe.

Heute Abend würde die Eishockey Weltmeisterschaft der Frauen in Kamloops mit dem Eröffnungsspiel beginnen. Seit zwei Tagen platzte die Stadt vor dem Andrang der Presse und der Fans beinahe aus allen Nähten. Die Abfertigung der internationalen Gäste, die über den Flughafen die Stadt erreichten, war durch eigenes Personal nicht zu bewältigen. Es waren diverse private Dienste mit den unterschiedlichsten Aufgaben betraut worden, um ein größeres Chaos zu vermeiden. Die Gruppe der Gepäckabfertiger zu der Ron Sugar gehörte, bearbeitete lediglich die Zuführung des Gepäcks für die Bänder eins und zwei. Die Arbeiten an den restlichen sechs Bändern wurden von privaten Diensten getätigt. Ein privater Sicherheitsdienst, der von BW-Security gestellt wurde, unterstütze die Polizei und den Flughafensicherheitsdienst bei deren Aufgaben.

Die Leiche von Sugar war unterhalb von Gepäckband Nummer eins zwischen den zur Verladung bereitstehenden Koffern gefunden worden. Sugar wurde durch einen gezielten Kopfschuss getötet. Bei der Tatwaffe handelte es sich um eine Beretta 92FS, eine Pistole mit Schalldämpfer. Die gleiche Waffe, mit der auch die Personen im Fall Hamilton - Wolf getötet worden waren. In einer der Toiletten hatte man einen Rucksack mit einem dunkelblauen Overall der Sicherheitsfirma BW-Security gefunden. Eine Vernehmung sämtlicher Security Mitarbeiter von BW ergab, dass keiner der Mitarbeiter fehlte, die Gruppe war, nachdem man die Leiche von Ron Sugar gefunden hatte, komplett anwesend. Das Auffinden des Firmenoveralls konnte man sich nicht erklären. Der oder die Täter waren verschwunden.

„Könnte unser Fall sein", schloss Tracy Lord ihre Präsentation.

„Zumindest die Tatwaffe weist eindeutig darauf hin", merkte Bill Ward an, der sich sein Kinn gedankenverloren knetete.

John Henry saß unbewegt auf seinem Stuhl: *„Wenn der Mörder von Sugar unser Mann ist, dann hat er entweder erstklassige Verbindungen oder er geht äußerst gezielt und taktisch klug vor. Denn er hat Sugar gefunden, wir jedoch nicht."*

Der Fall stieß ihm sauer auf.

„Was auch für ihn spricht ist, dass er in der Vergangenheit für BW-Security gearbeitet hat. Er könnte sich den Overall zu einem viel früheren Zeitpunkt oder über einen ehemaligen Kollegen besorgt haben", sprach Ward seine Gedanken offen aus.

„Und er schlägt zu einem günstigen Zeitpunkt zu, in der Hektik und dem Wirrwarr dieser Eishockeyveranstaltung wird er kaum auffallen", ergänzte Tracy.

„Er wird diesen Zeitpunkt nicht nur mit Blick auf die äußeren Umstände, also die stattfindende Veranstaltung, gewählt haben. Er wird diesen Zeitpunkt auch aus eigenem Interesse gewählt haben, es ist somit auch ein günstiger Zeitpunkt für ihn", schlussfolgerte Henry.

„Wie meinst Du das?", war Wards verblüffte Frage.

„Er hat Sugar zu diesem Zeitpunkt getötet, weil er jetzt auch Joseph Bishop gefunden hat."

John Henry machte eine Pause und fuhr dann fort: *„Auch Bishop wird er töten. Sehr bald. Ich denke er wird es noch in dieser Woche tun. Bishop wird auch in Kamloops sein. Er wird irgendwo illegale Wetten abschließen und wo kann man das besser als bei einem großen Sportereignis. Das heute stattfindende Eröffnungsspiel und das Endspiel bieten die besten Wettmöglichkeiten. Ich bin mir sicher er wird wieder zuschlagen, warum nicht heute? Wir nehmen den Fall wieder auf. Er genießt ab heute höchste Priorität."*

Der Stachel des Misserfolges in der Brust der Chief Superintendent saß tief, aber sofort entflammte erneute Leidenschaft in ihm auf der Jagd nach dem Mörder.

Mit einem "Bing" meldete sich Tracys Computer, sie hatte eine neue Nachricht erhalten. Tracy blickte auf den Bildschirm und konnte nicht glauben was sie dort sah.

„Chief, Bill, ihr werdet es nicht glauben, wir haben Nikolas Wolf gefunden."

53
Kamloops, Tag des Eröffnungsspiel, Sandman Centre
Kanada
Mittwoch

Innerhalb von sechszehn Minuten hatte ihn das Taxi gestern vom Flughafen zurück zum Hotel gebracht. Heute würde er zu Fuß gehen können, das Sandman Centre befand sich auf der gegenüberliegenden Seite des Bahnhofs. Er würde keine zehn Minuten brauchen. Die Eintrittskarte für das Eröffnungsspiel hatte er unter falschem Namen in einem Ticketcenter in Vancouver gekauft.

Joseph Bishop war nach seiner Flucht aus den Vereinigten Staaten nach Kanada direkt wieder in das Wettgeschäft eingestiegen. Zunächst hatte es ihn in die Bundeshauptstadt Ottawa verschlagen. Ottawa bot ihm als viertgrößte Stadt Kanadas mit einem großen Anteil an Behörden und Regierungsbeamten genau das richtige Klientel, das er für seine Wetten brauchte. Das Einkommen der hier arbeitenden Beamten war entsprechend hoch und dort wo politische Machenschaften zu Hause waren, da gab es auch immer Korruption und Schwarzgeld. Korruption und Schwarzgeld waren genau der richtige Nährboden für seine Aktivitäten. Bishop zog aufgrund seiner italienischen Wurzeln ins Viertel "Little Italy", das ursprünglich von italienischen Einwanderern besiedelt worden war. Hier konnte er unerkannt untertauchen. Er integrierte sich schnell, fand Anschluss und knüpfte wichtige Kontakte.

Seine Kundschaft akquirierte er vorwiegend im Casino du Lac-Leamy. „Little Italy" grenzt an Centretown, dem Herzen Ottawas und von hier war es nur ein Katzensprung auf die andere Seite des Ontario bis zum Casino. Neben der stupiden Beschäftigung an den "einarmigen Banditen" wurde den Gästen des Casinos Roulette und vor allem die Kartenspiele Bakkarat, Poker und Black Jack angeboten. Dem Casino angeschlossen war das Hilton Lac-Leamy mit seinem Theater und seinen Restaurants in denen Bishop bereits nach kurzer Zeit ein gern gesehener Gast war. Das Casino du Lac-Leamy lag auf der Landzunge des Sees in direkter Nähe des Ontarios und quasi gegenüber von Centretown. Es war ein imposantes Gebäude mit 349 Zimmern, vor dessen Haupteingang aus einem Brunnen Wasser meterhoch in Luft gewirbelt wurde und somit den kompletten Komplex eindrucksvoll in Szene setzte. Imposant, aber nichts im Vergleich mit dem "Black Rose", aber immerhin ein Anfang, denn das "Black Rose" war längst Geschichte für Joseph Bishop geworden. Aber Bishop war sich sicher, dass er eines Tages wieder ein ähnliches Casino wie das "Black Rose" mit der entsprechenden Macht und dem nötigen Ansehen sein eigen nennen würde. Hierzu würde er einen ganz großen Deal einfädeln, wie damals das Rat Race in Lost River. Heute würde er den Anfang machen.

Er hatte genügend Wettparten gefunden, die ihn nach Kamloops zum Eröffnungsspiel der Eishockey Weltmeisterschaft der Frauen begleiten würden. Er hatte einen Konferenzraum im Thompson Hotel gebucht, hier wurden die Wettgelder entgegengenommen und die Wetten geschlossen. Fünfzig Teilnehmer hatten sich angesagt. Der Wetteinsatz betrug fünfundzwanzigtausend USD pro Teilnehmer, im Topf waren somit 1,25 Millionen USD. Nicht viel für Joseph Bishop, aber immerhin ein Anfang. Das ganze Ereignis sollte unter dem Deckmantel eines Pharma Kongresses stattfinden. Anschließend würde er gemeinsam mit seinen Wettpartnern das Eröffnungsspiel sehen. Zur Auszahlung der Wetten würde man sich dann wieder im Hotel treffen.

Er saß mit schwarzer Perücke und dunklem Bart getarnt in einer Ecke der Hotel-Lobby, als Bishop das Hotel verließ. Es war später Vormittag und er folgte Bishop in dreißig Metern Abstand auf der gegenüberliegenden Straßenseite der Victoria Street. Er wechselte in die Johnson Lane bevor Bishop in die Lorne Street einbog und das Sandman Centre vor ihm auftauchte. Jetzt, da er Bishop nicht mehr sehen konnte, beschleunigte er seinen Schritt. Schnell hatte er das Sandman Signature erreicht. Das Hotel lag keine zweihundert Meter Luftlinie vom Sandman Centre entfernt. Hier hatte er in der sechsten Etage des Hotels ein Zimmer auf den Namen Martin Hamilton gebucht. Diesen Namen zu benutzen gab ihm einen zusätzlichen Kick und das Gefühl der Überlegenheit. Vorsichtig schob er den Vorhang vom Fenster zur Seite, er hatte jetzt einen Blick auf den Haupteingang des Sandman Centres. Im Sucher des Fernrohres seines schallgedämpften russischen Scharfschützengewehres konnte er Bishop messerscharf erkennen. Bishop saß auf einer der Holzbänke und schien zu warten. Noch waren die Tore des Haupteinganges geschlossen. Das Eröffnungsspiel zwischen den USA und Kanada würde erst in gut acht Stunden beginnen, es wurde mit dem Besuch von über fünftausend Zuschauern gerechnet. Die Schiedsrichterinnen kamen aus Schweden und Norwegen. Er warf einen erneuten Blick in das Zielfernrohr. Da kamen sie. Ihre Gesichter stimmten mit den Fotos überein, die auf dem Tisch neben dem Fenster lagen. Wie hatte es Bishop bloß geschafft beide Schiedsrichterinnen auf seine Seite zu bringen? Irgendetwas hatte dieser Kerl, dass er es immer wieder schaffte Menschen zu bestechen und für seine Zwecke zu benutzen. Naja, heute war es das letzte Mal. Er stellte das Gewehr zurück in den Schrank, verschloss diesen und verließ das Sandman Signature, er hatte genug gesehen. In zehn Minuten hatte er das Thompson Hotel erreicht, ging auf sein Zimmer, zog das Bett ab, packte Kopfkissen und Bettlaken in die dunkle Sporttasche, vergewisserte sich, dass er keine Fingerabdrücke hinterlassen hatte und checkte aus. Er hatte genügend Zeit für ein kleines Nickerchen im Sandman Signature bevor er Bishop töten würde.

54
Kelowna, Headquarter Polizeirevier
Kanada
Mittwoch

John Henry und Bill Ward konnten ihren Ohren nicht glauben, was Tracy Lord da gerade von sich gegeben hatte.

„Chief, Bill, ihr werdet es nicht glauben, wir haben Nikolas Wolf gefunden."
„Wie meinst Du das, wir haben Nikolas Wolf gefunden?"

Ward sah die junge Kollegin verblüfft an.

„Naja, wie es der Zufall will, ist ein gewisser Ralph-Nikolas Wolf aus Vancouver in eine Verkehrskontrolle geraten und da er sich bei der Belehrung der Polizisten wohl ordentlich daneben benommen hat, ich kann hier von Wutausbrüchen und Beleidigung lesen", schmunzelnd sah Tracy auf den Bildschirm, „ hat man ihm eine Ordnungsstrafe verpasst und die Anzeige wird an seine Adresse in Vancouver geschickt."

Tracy machte eine Pause, bevor der Beamer ein Foto aus der ID Card von Ralph-Nikolas Wolf auf die Wandtafel projizierte.

„Und hier ist er".

Tatsächlich zeigte das Foto den Nikolas Wolf, den die Beamten seit über einem Jahr suchten.

„Wahnsinn, das gibt es doch gar nicht", Inspector Ward war begeistert.

„Wann wurde er geblitzt?", wollte John Henry wissen.

„Vor zwei Tagen", antwortete Tracy.

„Kann er dann gestern Ron Sugar in Kamloops getötet haben?"

Tracy gab irgendwelche Daten in ihren Computer: „Ich prüfe die Verbindungen von Vancouver nach Kamloops – Flugzeug, Bahn, Auto."

„Ok, wir gehen folgendermaßen vor", entschied John Henry. „Ich werde Commissioner Frank Lord anrufen, er soll ein paar Beamte des Vancouver Police Departments an die Adresse in Vancouver schicken. Bill und ich werden nach Kamloops fahren. Tracy, klären Sie mit dem Veranstalter, dass wir noch zwei VIP Tickets für das Eröffnungsspiel benötigen, damit wir uns auch in der Halle bewegen können. Alle Nachrichten, die aus Vancouver und die aus

Kamloops, laufen bei Ihnen zusammen. Wir bleiben in ständigem Kontakt. Irgendwelche Fragen?"

Henry blickte in die Runde.

Frank Lord konnte sich noch gut an den bislang erfolglosen Fall erinnern und sicherte Chief Superintendent Henry seine Unterstützung zu, er würde umgehend zwei erfahrene Polizisten zu der in Vancouver angegebenen Adresse schicken.

John Henry und Bill Ward hatten Kelowna bereits über den Hwy 97 verlassen, er würde den Caprice bis zum South Thompson River führen, hier würde er in den Trans-Canada Hwy übergehen. In zwei Stunden hatten sie ihr Ziel erreicht.

55
Vancouver
Kanada
Mittwoch

Die beiden Beamten aus Vancouver stoppten den Wagen vor der Toreinfahrt zum Haus von Ralph-Nikolas Wolf. Das Tor war verschlossen und der hohe Baumbestand hinter dem Zaun aus verzinktem Stahl ließ keine Blicke auf das Grundstück zu. Einer der beiden Beamten stieg aus dem Wagen und drückte die Klingel am Tor zweimal. Oberhalb des Tores konnte er eine Kamera erkennen, die sein Aussehen dem Hausbesitzer übermittelte.

„Ja bitte", meldete sich eine Frauenstimme.

„Guten Tag, ich bin Inspector McNamarra vom Vancouver Police Department", antwortete der Beamte und hielt seinen Ausweis in die Kamera.

„Wir würden gerne mit Herrn Wolf sprechen, ist er zu Hause?"

„Ja, ich öffne das Tor."

Es folgte ein kurzes Summen und das Tor zum Grundstück fuhr automatisch auf. Ein gut fünfzig Meter langer s-förmig geschwungener Kiesweg führte zu dem zweistöckigen Haus, dessen Tür sich öffnete, als sich der Wagen der beiden Polizisten näherte. Eine kleine Frau im Alter von Mitte vierzig bat die Polizisten in das Haus. Sie führte beide in das Wohnzimmer und schloss die Tür hinter ihnen. Im hinteren Teil des Zimmers mit Blick auf die Bucht von Horseshoe saß ein Mitte dreißig Jahre alter, blondhaariger Mann in einem Rollstuhl und drehte sich mitsamt seinem Rollstuhl zu ihnen um.

„Guten Tag … die Herren, … ich bin … Ralph-Nikolas Wolf. Was … kann ich … für sie tun?"

Die Worte kamen langsam aus dem Mund des Mannes, so als wollte er ein Stottern vermeiden. Langsam und mit einer kurzen Pause nach jedem zweiten oder dritten Wort.

Inspector McNamarra blickte auf das Foto, das er in seinen Händen hielt. Kein Vertun, hier saß Ralph-Nikolas Wolf vor ihm.

„Herr Wolf, Sie sind vor zwei Tagen während einer Radarkontrolle mit leicht erhöhter Geschwindigkeit angehalten worden."

McNamarra sah Wolf jetzt ins Gesicht während sein Kollege weiter hinten im Raum stand und sein Blick das Zimmer unauffällig nach irgendwelchen Besonderheiten absuchte.

„Einen Augenblick … bitte."

Wolf drückte einen Knopf an seinem Rollstuhl. Ein Funksignal ließ das kleine Empfängergerät, das Theresa immer bei sich trug, vibrieren, so dass sie wusste, Ralph benötigte ihre Hilfe. Keine dreißig Sekunden später öffnete sich die Tür zum Wohnzimmer und Theresa trat in das Zimmer.

Sie sah in Ralphs Gesicht: *„Was kann ich für Sie tun?"*

Wolf zeigte auf McNamarra: *„Bitte … fragen Sie … Theresa, ich … kann mich nicht erinnern ….. was genau …. passiert ist."*

Theresa sah erneut in Wolfs Gesicht, der kurz nickte.

„Mein Name ist Theresa Kucklinski, ich bin die Haushälterin und Pflegerin von Herrn Wolf. Herr Wolf hatte vor einigen Jahren einen Unfall mit den Folgen eines schweren Schädel-Hirn-Traumas und ist daher in seiner Aussagefähigkeit leider eingeschränkt. Womit kann ich Ihnen helfen?"

McNamarra fragte Theresa nach der Radarkontrolle, die daraufhin bestätigte, dass sie gefahren sei, der Wagen aber auf Ralph-Nikolas Wolf angemeldet war. Die Anzeige sollte per Post kommen, wäre aber bislang noch nicht angekommen. McNamarra bestätigte, dass es sich nur um eine reine Routinekontrolle handelte, von Zeit zu Zeit würde man die Adressen überprüfen. Mit der Zustellung der Anzeige müssten sie innerhalb der nächsten drei Wochen rechnen. Die beiden Polizisten verabschiedeten sich und verließen das Haus. Als sie den Kiesweg verlassen hatten, schloss sich das Tor zum Gelände automatisch. McNamarra informierte Commissioner Frank Lord über die Vorkommnisse. Lord rief seine Tochter persönlich an, um ihr mitzuteilen, dass es sich um eine Verwechselung handeln musste, zum einen war Ralph-Nicolas Wolf in Vancouver und nicht in Kamloops, zum anderen handelte es sich um einen geh- und sprachbehinderten Mann, der unter den Folgen eines schweren Schädel-Hirn-Traumas litt. Tracy war verblüfft, dankte ihrem Vater aber für seine Unterstützung und informierte John Henry und Bill Ward, die gerade die Stadtgrenze von Kamloops erreicht hatten, entsprechend.

56
Kamloops
Kanada
Mittwoch

Bill steuerte den Caprice den Hwy hinunter und folgte der Battle Street Richtung Sandman Centre, das sie in wenigen Minuten erreichen würden, als sich Tracy erneut über Funk meldete.

„Ich habe mit dem Veranstalter gesprochen, zwei VIP Tickets sind an der Kasse hinterlegt. Wolf ist nicht mit dem Flugzeug nach

Kamloops gekommen, in den letzten drei Wochen ist kein Ticket auf seinen Namen ausgestellt worden. Er könnte nur mit gefälschten Papieren geflogen sein. Bleibt noch der Zug, hier bin ich aber noch nicht weitergekommen."

Sie machte eine kurze Pause bevor sie weitersprach: *„Es will mir einfach nicht aus dem Kopf, wie können zwei Menschen sich optisch so ähnlich sehen, den gleichen Namen haben, aber doch nicht dieselbe Person sein. Das ist doch komisch. Moment hier kommt noch eine Nachricht. Ich habe alle Hotels nach Wolf´s Namen abgesucht. Auf den Namen Ralph Wolf wurde ein Zimmer von vorgestern bis heute im Thompson Hotel gebucht. Das Hotel befindet sich in der Victoria Street."*

„Danke Tracy, da fahren wir zunächst einmal hin, bis zum Eröffnungsspiel bleiben uns ja noch einige Stunden", entschied John Henry.

Tatsächlich hatte ein Ralph Wolf das Zimmer gebucht, er hatte aber bereits ausgecheckt und das Hotel verlassen. Ward zeigte dem Mann an der Rezeption ein Bild von Wolf, der daraufhin bestätigte, dass der Gast, der das Zimmer gemietet hatte, blondhaarig und mittelgroß war und zumindest eine gewisse Ähnlichkeit mit dem Bild zeigte. Ja er könnte es gewesen sein. Er sei sich ziemlich sicher als er das Foto noch einmal genauer betrachtete, dass es dieser Mann gewesen war. Da die Zimmer noch nicht sauber gemacht worden waren, wollten die Kommissare noch einen Blick in Wolf´s Zimmer werfen. Erstaunt mussten sie feststellen, dass die Bettbezüge fehlten und das Zimmer einen sehr reinlichen Eindruck hinterließ.

„Da wollte doch einer sämtliche Spuren, die man hinterlässt, beseitigen. Das ist doch mehr als verdächtig. John, ich bin überzeugt, dass wir den richtigen Wolf verfolgen."

John Henry hatte die Stirn in tiefe Falten gelegt: *„Bill, es gibt jetzt genau drei Möglichkeiten, entweder ist Wolf mit dem Auto verschwunden oder er nimmt den nächsten Zug oder er ist noch hier."*

Die Kommissare informierten Tracy Lord und entschieden zunächst zum Bahnhof zu fahren, um zu prüfen, wann der nächste Zug nach Vancouver fuhr, obwohl sie sich nicht sicher waren, dass, wenn es sich denn um Wolf handeln sollte, er tatsächlich nach Vancouver fuhr. Aber sie hatten keine anderen Anhaltspunkte. Es gab zwei Zugverbindungen am heutigen Tag nach Vancouver, die erste in gut einer Stunde, die zweite heute Abend um 20 Uhr. Die Kommissare entschieden auf dem Bahnsteig zu warten. Trotz der vielen Menschen, die sich auf dem Bahnhofsgelände tummelten, war der Bahnsteig gut zu überblicken, denn der größte Teil der Reisenden kam an, wesentlich weniger verließen Kamloops. Ward und Henry nahmen jeweils am Anfang und am Ende des Bahnsteig Stellung von wo aus der Zug nach Vancouver starten sollte. Nach fünfzehnminütigem Aufenthalt verließ der Zug den Bahnhof wieder, Nikolas Wolf oder einen Reisenden, der seinem Äußeren ähnlich kam, konnten sie nirgendwo entdecken. Es blieben somit noch zwei Möglichkeiten, entweder er war mit dem Auto gefahren oder er war doch noch in der Stadt. Da sie Möglichkeit eins nicht überprüfen konnten, blieb ihnen nur noch Möglichkeit zwei. Was würde Wolf tun, wenn er noch hier wäre? John Henry versuchte sich in Wolf ´s Situation zu versetzten. Es gab nur eine Möglichkeit, er musste in das Eishockeystadion, um Bishop dort ausfindig zu machen. Vorausgesetzt Bishop würde heute dort erscheinen. Es war genügend Zeit, noch gab es keinen offiziellen Einlass, also würden sie als nächstes das Station inspizieren. Wo hatten sie den besten Überblick über das Geschehen? Gab es Kameras? Wovon auszugehen war. Wo waren diese platziert? Eine Menge Fragen, die es zu klären gab.
Auf der umlaufenden Tribüne drängte sich Sitzreihe an Sitzreihe. Den besten Überblick bot die unter dem Dach, mittig am oberen Rand der Haupttribüne befindliche Reporterkabine, neben der sich auch der Überwachungsraum befand. Auf acht Bildschirmen konnten die Bilder der sechs Innenraumkameras und der beiden Außenkameras, die das Geschehen auf dem Vorplatz filmten, gesehen werden. Während der Stadioninnenraum noch leer war, begann sich der Vorplatz langsam mit den ersten Zuschauern zu füllen. In einer Stunde wurden die Kassen geöffnet. Wenn die Zuschauer die über fünftausendfünfhundert Plätze eingenommen hatten, wovon heute Abend auszugehen war, denn das

Eröffnungsspiel war ausverkauft, dann war das Auffinden einer einzelnen Person äußerst schwierig. John Henry hatte auf dem Reporterstuhl platzgenommen und ließ seinen Blick durch das Station schweifen. Sein Gehirn arbeitete auf Hochtouren. Wenn Wolf Bishop im Stadium töten wollte, dann musste er in dessen Nähe kommen. Er könnte ihn zum Beispiel mit einer Giftspritze töten. Hierzu müsste er unmittelbar neben oder hinter ihm sitzen.

„Ist es möglich herauszufinden, ob ein gewisser Joseph Bishop heute anwesend sein wird und wo er sitzen wird?", fragte Henry den Organisationsleiter, der sich zusammen mit den Kommissaren in der Reporterkabine befand.

„Prinzipiell ja, wenn dieser Herr Bishop das Ticket unter seinem Namen online bestellt hat. Wenn er das Ticket unter seinem Namen an einem Ticketschalter gekauft hat, dann wird es schon schwieriger, denn dann liegen die Daten nur vor Ort vor. Im Nachhinein könnten wir diese natürlich zu Verfügung stellen."

„Okay, bitte lassen Sie prüfen, ob er sie online bestellt hat. Bitte tun Sie das auch für einen Ralph-Nikolas Wolf. Und schicken Sie bitte eine Kopie aller Online-Bestellungen an unsere Kollegin Tracy Lord."

Ein erster Blick auf die Online-Bestellungen ergab keinen Treffer, weder unter dem Namen Bishop noch Wolf waren Tickets online bestellt worden.

Es schien, als würden sich die Kommissare in einer Sackgasse befinden. Bill Ward, der die ganze Zeit über schweigend im Raum stand, räusperte sich und sagte: *„John, Tracy hat mir eine SMS geschickt und fragt, ob es möglich ist eine Konferenzschaltung zwischen uns zu organisieren. Offensichtlich ist ihr etwas aufgefallen, das sie mit uns besprechen möchte."*

„Sie können unseren Presseraum benutzen, dort sind Sie ungestört und ein Telefon gibt es auch", antwortete der Organisationsleiter ungefragt. Er war sehr bemüht die Kommissare zu unterstützen. Er fürchtete nichts mehr, als wenn man das Spiel heute Abend absagen müsste.

Henry und Ward hatten im Presseraum platzgenommen, als sich Tracy Lord auf der anderen Leitung meldete: *„Chief, Bill ich habe mir die Online-Bestellungen der Tickets mal etwas genauer angesehen. Tatsächlich finden wir keinen der gesuchten Namen, weder Bishop noch Wolf. Auch nach Ron Sugar habe ich gesucht, alles Fehlanzeige. Mir ist jedoch aufgefallen, dass ein großes Kartenkontingent von fünfzig zusammenhängenden Tickets von einem Pharmaunternehmen bestellt worden ist. Dieses Unternehmen führt zudem einen Kongress im Thompson Hotel durch. Organisiert wird dieser Kongress von einer Gesellschaft namens "rosa nera". Diese Gesellschaft habe ich nirgendwo finden können. Jetzt hat es bei mir klick gemacht. "Rosa nera" ist italienisch und bedeutet "black rose". Das kann doch kein Zufall sein. Bishop hat immer wieder ein Faible für Namen, die in seiner Vergangenheit eine Rolle gespielt hatten. Ich sende einen Plan in welchem Block die 50 Plätze reserviert wurden."*

„Klasse Arbeit Tracy, was würden wir nur ohne Sie und Ihren Computer machen?" John Henry war wirklich begeistert. Tracy hatte es wieder einmal geschafft ihnen eine vielleicht entscheidende Information zeitnah zu geben.

Sie wussten zwar nicht, wo genau Bishop sitzen würde, aber jetzt brauchten sie sich nur um einen Block zu kümmern. Und was entscheidender war, Wolf würde an Bishop nur unmittelbar herankommen, wenn er mit in dem Block saß. Das jedoch war fast auszuschließen.

Die Kommissare gingen zurück in den Überwachungsraum, zwei Kameras würden ausschließlich den ausgewählten Block überwachen. Commissioner Frank Lord war mittlerweile durch Tracy über den Stand der Ermittlungen informiert worden. Als Leiter der übergeordneten Behörde hatte er die Kollegen in Kamloops angewiesen, dass Chief Superintendent Henry den Einsatz heute Abend leiten würde. Der Plan sah vor, dass man nahezu verdeckt vorgehen wollte, um eine mögliche Panik im Inneren der Arena zu verhindern. In Zivil gekleidete Beamte wurden an sämtlichen Ausgängen platziert. Zudem befanden sich an den Auf- und Abgängen zum überwachten Block jeweils sechs

Beamte. Alle waren untereinander per Funk miteinander verbunden. Henry und Ward würden sich während des Spiels im Überwachungsraum aufhalten.

Die ersten Zuschauer strömten in das Innere des Stadions, da die Kassen mittlerweile geöffnet hatten. In gut einer Stunde sollte der Anpfiff erfolgen. Henry und Ward, die bei einer Tasse Kaffee im Überwachungsraum saßen, gingen die Einzelheiten des Ablaufes noch einmal akribisch durch, nachdem sie allen Beamten ihre Posten und Aufgaben zugewiesen hatten.

„*Eins geht mir nicht aus dem Kopf*", begann Henry das Gespräch. „*Wir halten es doch für unwahrscheinlich, dass sich Wolf unter den fünfzig Gästen im überwachten Block befindet. Wenn dem wirklich so ist, dann hat er keine Möglichkeit Bishop während des Spiels zu töten. Er muss es also vor oder nach dem Spiel tun. Im Gedränge vor den Eintrittskassen könnte er in die Nähe von Bishop kommen.*"

„*John, da ist Bishop*", Bill Ward zeigte auf den Bildschirm, der ihnen die Bilder vom Vorplatz sendete. Joseph Bishop stand unweit der Hauptkasse in einem Pulk von mehreren Leuten umgeben, die sich jetzt in Richtung Haupteingang bewegten.

„*Lass uns nach draußen gehen, ich will in Bishops Nähe sein.*"

Der Vorplatz hatte sich mittlerweile nahezu vollständig gefüllt. Bill Ward hatte Tracy kurz informiert, dass man Bishop entdeckt hatte.

Sie konnten Bishop sehen, der immer noch den gleichen Brillentyp trug, er stand keine zehn Meter von ihnen entfernt. Aufgrund seiner Größe überragte er einige seiner Begleiter um fast einen Kopf, sie würden ihn nicht mehr aus den Augen verlieren. Die Gruppe bewegte sich langsam weiter in Richtung Haupteingang. Es waren jetzt nur noch fünf Meter und sie hatten das Innere der Arena erreicht. Plötzlich und unerwartet war Bishop verschwunden. Er war in sich zusammengesackt, so als wäre er auf einen Schlag ohnmächtig geworden. Henry und Ward bahnten sich ihren Weg durch die Menge. Es dauerte keine zehn Sekunden, da hatten sie den am Boden liegenden Bishop erreicht. Ward kniete sich instinktiv zu ihm hinunter. Blut lief aus Bishops Hinterkopf. Ward drehte den Kopf leicht zur Seite. Die Kugel war durch Bishops linkes Auge wieder ausgetreten und steckte jetzt irgendwo im Putz der gegenüberliegenden Wand. Aufgrund von Bishops Größe war sonst niemand verletzt worden, die Kugel war über die Köpfe der umstehenden Zuschauer hinweggeflogen. Joseph Bishop war tot, gezielt mit nur einem Schuss hingerichtet. John Henry, der jetzt neben Bishops Leiche stand suchte akribisch die Gegend ab. Wo konnte der Schütze sein. Henrys Handy meldete sich.

„Tracy hier."

„Tracy, Bishop wurde gerade erschossen. Wo kann Wolf bloß stecken?"

„Chief, in knapp zweihundert Meter Entfernung befindet sich das Sandman Signature Hotel. Können sie es sehen."

Henry drehte seinen Kopf in Richtung des Hotels.

„Ja, kann ich und hoch genug ist es auch. Aber alle Fenster, die in unsere Richtung zeigen sind verschlossen. Wenn, dann müsste der Schütze auf dem Dach sein."

„Chief, in dem Hotel hat ein Gast unter dem Namen Martin Hamilton ein Zimmer gemietet. Wolf ist in dem Hotel."

Henry gab Ward ein Zeichen, ihm zu folgen. In kurzen Sätzen schilderte er, was Tracy herausgefunden hatte. Bill Ward setzte zum Sprint in Richtung Hotel an. Henry folgte ihm nach wenigen Metern bereits kurzatmig nach Luft schnappend. Er informierte die Kollegen sich um Bishops Leiche zu kümmern und Verstärkung ins Sandman Signature zu schicken.

Bill Ward hatte in kürzester Zeit das Hotel erreicht.

„Hamilton, wo finde ich das Zimmer von Martin Hamilton", brüllte er mit gezogenem Dienstausweis den verwirrt blickenden Rezeptionist an.

„Sechste Etage, Zimmer 609", war die prompte Antwort.

Ward nahm den Aufzug, die SIG P220 im Anschlag. Ohne Unterbrechung fuhr der Aufzug in die sechste Etage, die Fahrstuhltür öffnete sich langsam. Ward trat auf den Flur. Zimmer 609 war das neunte Zimmer auf der rechten Seite mit Blickrichtung zum Sandman Centre.

Ward klopfte an die Zimmertür und sagte: *„Roomservice, bitte öffnen Sie."*

Stille. Kein Geräusch drang aus dem Zimmer. Ward zog die Karte, die ihm der Rezeptionist geistesgegenwärtig gegeben hatte, durch den Schlitz des Türöffners. Mit einem kurzen Summen öffnete sich die Tür. Das Doppelzimmer war leer. Auch im angrenzenden Bad befand sich niemand. Was Bill Ward sofort auffiel war, dass auch hier sämtliche Bettlaken fehlten. Wolf hatte das Zimmer offensichtlich gereinigt und schon verlassen.

Ward hörte wie sich die Aufzugtür öffnete. Er trat aus dem Zimmer 609 in den Flur. Hellwach, die SIG im Anschlag.

John Henry trat aus dem Aufzug, immer noch nach Luft schnappend.

„Und? Wolf ist schon weg, oder?", fragte Henry wohl ahnend das Wolf verschwunden war.

Der Chief Superintendent betrat das Zimmer. Während Ward den Kleiderschrank inspizierte, schob er den Fenstervorhang zur Seite und gab den Blick auf den Vorplatz des Sandman Centre frei. Mittlerweile hatten die anwesenden Polizisten den Bereich um Joseph Bishop abgesperrt und eine Gasse gebildet. Ein Krankenwagen stand bereit. Auf die Zuschauer wirkte es eher so, als hätte eine Person einen Ohnmachts- oder Schlaganfall erlitten und würde jetzt in ein Krankenhaus gebracht. Die befürchtete Panik unter den Zuschauern blieb aus. Plötzlich bemerkte Henry das kleine Loch in der Fensterscheibe.

„Bill, hier", Henry zeigte auf das Loch in der Scheibe, „er hat mit einem Glasschneider ein Loch in die Scheibe geschnitten. Groß genug für den Lauf eines Präzisionsgewehrs. Deshalb habe ich auch kein offenes Fenster gesehen, aus dem auf Bishop geschossen wurde."

„Wenn er mit dem Auto geflohen ist, haben wir keine Chance. Uns bleibt nur noch die Zugverbindung um 20 Uhr".

John Henry sah auf seine Armbanduhr.

„Der Zug fährt in zehn Minuten."

Der Zug Calgary-Vancouver befand sich schon am Abfahrtgleis, als die Kommissare den Bahnhof erreichten. Die meisten Reisenden waren bereits eingestiegen. Hinter dem Zugwagen, waren fünf Wagen zweiter Klasse, ein Speisewagen, zwei Wagen erster Klasse und fünf weitere Wagen zweiter Klasse angekoppelt. Der Zug würde in zwei Minuten losfahren.

„Ich werde mit dem Zug nach Vancouver fahren. Du nimmst den Caprice", entschied John Henry. „Wir treffen uns in Vancouver am Pacific Central Station."

Der Chief Superintendent stieg in den ersten Wagen zweiter Klasse, der sich direkt hinter dem Zugwagen, einer Diesellok, befand. Gegen Mitternacht würde der Zug in Vancouver sein. Inspector Ward würde um diese Zeit mindestens eine Stunde schneller sein, da die Strecke mit dem Wagen rund achtzig Kilometer kürzer war.

Der Zug fuhr los.

Henry verfolgte folgenden Plan. Während der Fahrt zwischen den einzelnen Städten, in denen der Zug hielt, ging er langsam durch die Wagen. Er tat so, als würde er gedankenverloren seinen Platz suchen. Jedesmal wenn der Zug hielt, stieg er aus, um auf dem Bahnsteig zu kontrollieren, welche Reisenden den Zug verließen und ob Wolf unter ihnen war.

Der in Calgary gestartete Zug war stark frequentiert und auf den einzelnen Bahnhöfen zeichnete sich ein stetiges Kommen und Gehen der Reisenden ab. Jeder Großraumwagen der zweiten Klasse hatte achtzig Sitzplätze. Die geschlossenen Abteilwagen der ersten Klasse hatten je Wagen zehn Abteile mit jeweils sechs Sitzplätzen. Es war für Henry nicht einfach den Überblick über die neunhundertzwanzig Reisenden, die er kontrollieren wollte, nicht zu verlieren. Die zweite Klasse Wagen waren gut zu kontrollieren, da es hier keine geschlossenen Abteile gab und er nahezu jeden Reisenden aus seinem Augenwinkel ins Gesicht sehen konnte. Als er den Speisewagen, ohne Wolf zu Gesicht bekommen zu haben, erreicht hatte, machte er eine kurze Pause, setzte sich zu einem älteren Herrn an den Tisch des vollbesetzten Speisewagens, bestellte Kaffee und ein Sandwich.

Der nächste Halt war Lytton. Henry trank seinen Kaffee, aß das Sandwich und verließ den Zug, um die Aussteigenden zu beobachten. Nichts auffälliges, der Zug hielt zehn Minuten, bevor sich die Türen wieder schlossen und die Diesellok den Zug auf Touren brachte. Ihm kam eine Idee, wie er die Reisenden der ersten Klasse kontrollieren konnte, ohne dass es auffiel. Henry ging zurück zum Zugwagen und klopfte an die verschlossene Tür. Einer der beiden Bahnbediensteten, die sich neben dem Lokführer im Zugwagen befanden, schob den innenliegenden Riegel zur Seite und öffnete die Tür. Henry wies sich als Chief Superintendent der RCMP aus.

„Wo befindet sich der Kartenkontrolleur? Können Sie ihn unauffällig in den Zugwagen bitten?", fragte er einen der Bahnbediensteten, nachdem er erklärt hatte, dass er auf der Suche nach einem bestimmten Passagier war.

Jeff Dulat, ein stämmiger, untersetzter Endfünfziger, war seit dreißig Jahren bei der Canadian Pacific Railway als Zugbegleiter beschäftig. Er hatte schon viel erlebt. Aber dass ihn ein Chief Superintendent der RCMP um seine Uniform bat, das war auch für ihn neu. John Henry sprach mit Dulat unter vier Augen und erklärte ihm wie er sich den weiteren Ablauf der Fahrscheinkontrolle bis zur Endstation Vancouver vorstellte. Dulat, der bereits die Fahrscheine der Reisenden in den fünf hinteren Wagen der zweiten Klasse und in dem ersten Wagen der ersten Klasse kontrolliert hatte, sollte zunächst die Fahrscheine der vorderen fünf Wagen der zweiten Klasse kontrollieren, in denen Henry bereits war. In dieser Zeit würde Henry durch die fünf hinteren Wagen der zweiten Klasse gehen, um zu sehen, ob sich Wolf unter den hier anwesenden Reisenden befand. Anschließend würden sie sich wieder im Zugwagen treffen. Henry würde dann Dulats Uniform, zumindest Jacke und Mütze anziehen, um den zweiten Wagen der ersten Klasse, den Dulat noch nicht kontrolliert hatte, in Augenschein zu nehmen. Die Reisenden würden Henry für einen Zugbegleiter halten. Sollte sich Wolf auch hier nicht befinden, dann würde Henry nochmal die Fahrscheine der Reisenden im zweiten ersten Klasse Wagen kontrollieren. Hier würde er einfach behaupten, dass ein Schichtwechsel des Zugbegleiters stattgefunden habe und daher eine weitere Kontrolle erforderlich wäre.

Die beiden Männer machten sich auf den Weg durch den Zug. Henry konnte bei seinem Gang durch die Wagen der zweiten Klasse kein Gesicht entdecken, das er hätte Wolf zuordnen können. Wie verabredet trafen sich die beiden Männer wieder im Zugwagen. Da sie von ähnlicher Statur waren, passte Henry das Jacket von Dulat einigermaßen. Dass die Uniform dunkelblau war, Henry aber eine graue Hose trug, dürfte den Reisenden kaum auffallen. John Henry öffnete die Tür des ersten Abteils. Sechs Fahrgäste waren anwesend, vier Frauen und zwei ältere Herren. Er ließ sich oberflächlich die Fahrscheine zeigen und knipste diese mit Dulats Ticketzange entsprechend ab. Nach und nach kontrollierte er alle Abteile des Wagens. Auch im letzten Abteil waren alle Sitzplätze belegt. Es hielten sich jedoch nur fünf Reisende im Abteil auf. Eine Frau mit ihren zwei Kindern und ein älteres Ehepaar. Nachdem sich Henry nach dem fehlenden Reisenden erkundigte, wurde ihm mitgeteilt, dass der junge Mann vor kurzem das Abteil verlassen hatte. Er müsste sich aber noch im Zug befinden, da sich sein Gepäck, eine dunkle Sporttasche, noch im Ablagenetzt des Abteils befand. Henry bedankte sich für die Auskunft und verließ das Abteil. Der fehlende Reisende musste sich entweder auf dem WC oder im Speisewagen befinden, denn im Seitengang der ersten Klasse befand sich zurzeit niemand.

Die beiden nächsten WC´s befanden sich jeweils am Anfang und Ende des Speisewagens. Henry stand zwischen den beiden Wagen der ersten Klasse und blickte den Seitengang des zweiten erste Klasse Wagens hinunter. Ein männlicher Passagier stand am Fenster bei geöffnetem Oberlicht. Henry überlegte kurz was er als nächstes tun sollte. Den noch nicht durch ihn kontrollierten Wagen in Augenschein nehmen oder nachschauen, ob sich .... Henry hatte plötzlich das Gefühl, als würde ihn jemand beobachten, er drehte sich um und blickte zurück in Richtung Speisewagen. Am Ende des Wagens stand ein Reisender Henry mit dem Rücken zugewandt, so als hätte er sich gerade umgedreht. Der Reisende verschwand im Speisewagen. Henry war unschlüssig, dann ging er schnellen Schrittes in Richtung des noch nicht kontrollieren Wagens, warf in jedes Abteil einen flüchtigen Blick, ohne etwas zu sagen, er wollte keine Zeit verlieren. Er hielt Blickkontakt mit dem Seitengang des ersten Wagens. Am Ende des zweiten Wagens angekommen, machte er auf dem Absatz kehrt und lief zurück in den ersten Wagen, denn er hatte nichts Auffälliges entdeckt. Henry öffnete erneut die Tür des Abteils in dem der Reisende fehlte. Sein Platz war immer noch frei und die Sporttasche lag im Gepäcknetz. Henry trat vor das Abteil. Plötzlich meldete sich die Stimme eines Zugbegleiters: *„In fünfzehn Minuten erreicht der Zug Vancouver Pacific Central Station."*

Henry ließ das Abteil nicht mehr aus den Augen, er platzierte sich im Türbereich zwischen den beiden erste Klasse Wagen. Er schaute auf seine Armbanduhr. Noch zehn Minuten bis Vancouver Pacific Central Station. Der Reisende war noch nicht erschienen. Noch fünf Minuten, die ersten Reisenden verließen die Abteile und stellten sich mit ihren Koffern in die Seitengänge. Henry ging zurück in das Abteil, das ältere Ehepaar war damit beschäftigt ihr

Gepäck, zwei mittelgroße Koffer, aus dem Gepäcknetz über ihren Köpfen zu holen. Die Frau und ihre zwei Kindern saßen noch in ihren Sitzen. Als das ältere Ehepaar auf den Gang trat, stand auch die Frau auf, um das Gepäck aus dem Gepäcknetz zu holen. Henry half ihr dabei, den großen Koffer herunter zu heben. Die Kinder hatten ihre Rucksäcke umgeschnallt. Henry setzte sich in den Sitz des fehlenden Gastes. Würde er noch kommen?

Sein Gepäck lag noch im Abteil und der Kopfbahnhof Vancouver Pacific Central Station war die Endstation. Der Zug lief in den Bahnhof ein und begann mit lautem Quietschen zu bremsen. Nach kurzer Zeit standen die stählernen Räder still und die Reisenden begannen auszusteigen. Henry erhob sich und stellte sich an die Tür des Zugabteils. Innerhalb von fünf Minuten hatte sich der Wagen geleert und Henry blickte den Gang hinunter, doch niemand kam, um das Gepäck, die dunkele Sporttasche, zu holen. Henry drehte sich um, nahm die Sporttasche aus dem Gepäcknetz, stellte sie auf den Sitz. Leicht ließ sich der Reißverschluss öffnen. Henry konnte nicht glauben was er sah, als er neben der Bettwäsche aus den Hotels auch eine mattschimmernde Waffe erblickte. Ein schallgedämmtes russisches Scharfschützengewehr und eine Packung Unterschall-Spezialmunition Kaliber 9x39mm befanden sich in der Sporttasche. Henry war die Waffe bekannt, ein Gewehr, das für eine Reichweite von bis zu vierhundert Meter geeignet war. Bei fast völliger Lautlosigkeit wies es eine besonders hohe Präzision auf Entfernungen bis zweihundert Meter auf. Mit dieser Waffe war es kein Problem aus dieser Entfernung noch eine Stahlplatte von fünf Millimeter Stärke zu durchschlagen. Die Waffe wurde im sowjetisch-afghanischen Krieg und in den Tschetschenienkriegen eingesetzt.

„War Wolf während seiner Zeit bei BW Security nicht auch dort eingesetzt?", ging es John Henry durch den Kopf.

Jetzt war ihm klar, dass Wolf im Zug gewesen war, offensichtlich muss er etwas bemerkt haben und hatte es vorgezogen die Waffe im Abteil liegen zu lassen. Henry war sich sicher, dass sie klinisch gereinigt war und man keine Fingerabdrücke oder sonstige

Hinweise finden würde. Henry griff zum Mobiltelefon. Bill Ward musste bereits im Bahnhofsgelände sein.

„Bill, Wolf muss im Zug gewesen sein, ich habe ihn zwar nicht zu Gesicht bekommen, aber ich habe ein russisches Scharfschützengewehr gefunden. Halte Ausschau nach ihm, er muss gerade aus dem Zug sein. Wir treffen uns am Ende des Bahnsteigs."

Der Bahnhof, der bereits 1919 eröffnet wurde, führt sieben Gleise, die über vier Bahnsteige zu erreichen sind, auf das Bahnhofsgelände. Die Bahnsteige liegen außerhalb des Bahnhofsgebäudes auf gleicher Geländehöhe, so dass die Reisenden direkt von den Bahnsteigen in das Gebäude gelangten. Der Zug aus Calgary war auf Gleis drei eingelaufen. Inspector Ward stand unmittelbar am Kopf des Bahnsteiges, so dass alle Reisenden von Gleis drei, die in das Gebäude wollten, seinen Weg kreuzen mussten. Wolf musste ihm in die Arme laufen.

Auch John Henry hatte den Zug mittlerweile verlassen, immer noch trug er Jeff Dulat`s Mütze und Jacke.

Die Reisenden hatten es eilige und drängten an Inspector Ward vorbei in das Bahnhofsgebäude. Wards Augen wanderten wie die eines Luchses von links nach rechts und von rechts nach links. Wolf konnte er nirgends entdecken. Verdammt wo war der Kerl bloß, er konnte sich doch nicht in Luft aufgelöst haben. Dann sah er John Henry, der die Mütze und Jacke eines Zugbegleiters anhatte. In seiner rechten Hand hielt er eine dunkle Sporttasche.

„Ich habe ihn nicht gesehen, ich bin mir hundertprozentig sicher, dass er hier nicht durchgekommen ist", raunzte Ward.

Die beiden Kommissare sahen sich ratlos in die Augen.

„Da!", rief Henry plötzlich und zeigte in Richtung Gleis fünf. Bill Ward drehte sich augenblicklich in die angezeigte Richtung und konnte gerade noch erkennen wie eine Person aus dem Gleisbett von Gleis fünf auf den Bahnsteig stieg und in der Menschenmenge auf dem Weg ins Bahnhofsgebäude verschwand. Während sich die

Kommissare auf den Bahnsteig konzentriert hatten, war er über die Gleise entkommen.

Vor dem Bahnhofsgebäude befinden sich vierundzwanzig Buslinien und ein großer Taxistand – er hatte genug Möglichkeiten zur Flucht. Mittlerweile war Jeff Dulat aus dem Zug gestiegen und ging auf Henry zu: *„Chief Superintendent, ich konnte beobachten, wie ein junger Kerl mit blonden Haaren quer über die Gleise zu Gleis fünf gelaufen ist."*

„Das bestätigt das, was wir auch noch gesehen haben, aber leider zu spät, um noch eingreifen zu können", bedankte sich Henry bei dem aufmerksamen Zugbegleiter und gab ihm Jacke und Mütze zurück.

„In der Bahnhofszentrale befindet sich ein Überwachungsraum, wenn Sie die Bilder vom Einlaufen unseres Zuges sehen möchten, dann folgen Sie mir bitte", schlug Dulat vor.

„Sehr gute Idee". Die Kommissare folgten Dulat.

Bildschirm drei der vier Bildschirme im Überwachungsraum zeigte die Person, die quer über die Gleise drei, vier und fünf lief. Figur und Laufstiel ließen auf einen mittelgroßen mit Jeanshose, schwarzen Turnschuhen und schwarzer Jacke gekleideten Mann schließen. Durch das tief in die Stirn gezogene schwarze Baseballcap konnte man jedoch kein Gesicht erkennen. Im Bahnhofsgebäude tauchte die Person auf Bildschirm zwei wieder auf und eilte Richtung Hauptausgang. Bildschirm eins zeigte den Hauptausgang. Da war er wieder und lief über den Vorplatz, das Gesicht war jetzt besser zu erkennen, da ihn die Kamera von vorne erwischt hatte.

„Zoomen Sie das Gesicht heran", befahl Ward. Der Überwachungsbeamte zog den Bildschirm auf. Blonde Haare lugten unter dem Baseballcap hervor.

„Geht das Gesicht nicht noch schärfer?"

„Die Ähnlichkeit ist da, er könnte es sein", meinte Henry. „Aber gehen Sie nochmal zurück auf die komplette Perspektive."

Am linken Bildrand verschwand die Person aus dem Blickfeld der Kamera. Zu erkennen war jedoch noch der Kotflügel und Teile der Motorhaube eines dunkelblauen Chevrolets. Der Wagen fuhr los und kam komplett ins Bild. Die Person mit dem Baseballcap saß auf dem Beifahrersitz. Der Fahrer des Wagens war eine wesentlich kleinere Person. Ob Mann oder Frau konnten die Kommissare nicht erkennen. John Henry schaute auf seine Uhr. Es war 00:50 Uhr.

„Bitte schicken Sie eine Kopie der Aufzeichnungen per Express an unser Quartier in Kelowna zu Händen Corporal Tracy Lord."

An Bill Ward gewandt sagte John Henry*: „Heute werden wir nichts mehr tun können, wir nehmen uns ein Zimmer hier in Vancouver. Morgen versuche ich einen Termin bei Frank Lord in Surrey zu bekommen."*

57
Vancouver/Surrey
Kanada
Donnerstag

Direkt nach dem Frühstück waren sie losgefahren. Der Caprice hatte keine dreißig Minuten von Vancouver Central bis Surrey gebraucht. Die Kommissare standen vor dem Hauptquartier der Division E der Royal Canadian Mounted Police, einem sechsstöckigen Bau mit Flachdach, umgeben von einem zwei Meter hohen Zaun und inmitten einem parkähnlichen Gelände südlich des Fraser Rivers. Commissioner Frank Lord, der Leiter der Behörde, hatte sein Büro im obersten Stockwerk des Hauptgebäudes mit Blick auf den Park.

Die Division E ist die größte Polizeibehörde in der Provinz Britisch Kolumbien. Einige Städte und Gemeinden haben zwar ihre eigenen Polizeikräfte, wie zum Beispiel Vancouver, da die RCMP aber auf allen drei Ebenen: Bund, Länder und Kommunen präsent ist, hat sie die Möglichkeit, eine große Anzahl von Polizeibeamten aus der Provinz und in ganz Kanada zu mobilisieren. Sie ist die Leitstelle für zahlreich integrierte Polizeieinheiten sowie der städtischen Polizeiabteilungen unter anderem auch in Vancouver. Zudem hat sie Zugriff auf eine breite Palette von Spezialeinheiten, wie die Einheit von Chief Superintendent John Henry aus Kelowna.

Frank Lord begrüßte die Kommissare. John Henry mit einer herzlichen Umarmung und Bill Ward mit kräftigem Handschlag.

„Inspector McNamarra vom Vancouver Police Department müsste auch jeden Moment erscheinen. Ich habe ihn für heute Morgen hier herbestellt, damit er uns über seinen Besuch bei Ralph-Nikolas Wolf direkt berichten kann. Außerdem sind Sie in Vancouver außerhalb Ihres Amtsbereiches, so dass wir einen Beamten vom zuständigen Vancouver Police Department benötigen, wenn wir rechtmäßig vorgehen wollen, damit uns später kein Anwalt ein Formvergehen vorwerfen kann. "

Der Commissioner hatte kaum ausgesprochen, als es an der Tür klopfte. Der 1,95m große Hüne McNamarra stand in Uniform gekleidet in der Tür, tippte mit der rechten Hand an den Schirm seiner Mütze und grüßte. Frank Lord deutete auf den runden Tisch gegenüber dem Fenster mit Blick auf den bewaldeten Park und bat alle drei Platz zunehmen.

„Frank, als erstes bitte ich Sie die Sporttasche mit dem Präzisionsgewehr und der Bettwäsche der Kriminaltechnik zu übergeben. Sie haben die Möglichkeit den notwendigen Druck auszuüben, so dass wir möglicherweise noch heute Ergebnisse bekommen können", bat John Henry.

Lord hob den Telefonhörer und keine fünf Minuten später konnte John Henry die Sporttasche einem der Beamten überreichen. Henry fasste kurz zusammen was sich in Kamloops ereignet hatte. Er berichtete dann über die Zugfahrt nach Vancouver und der möglichen Verwicklung und Entdeckung von Nikolas Wolf.

„*Alles weist darauf hin, dass es sich bei der Person aus dem Zug unserer Einschätzung nach*", er deutete mit der linken Hand auf Bill Ward und sich, „*um Nikolas Wolf handelt.*"

Inspector McNamarra berichtete über seinen Besuch bei Nikolas Wolf und Theresa Kucklinski in Vancouver: „*Wenn ich den Nikolas Wolf, den ich in Vancouver zu Gesicht bekam, mit dem von Ihnen beschriebenen Nikolas Wolf vergleiche, so kann das nicht ein und dieselbe Person sein. Unabhängig davon, ob er es zeitlich überhaupt geschafft haben könnte an all den Orten zeitnah gewesen zu sein.*"

„*Um das wirklich herauszufinden, benötigen wir einen gentechnischen Fingerabdruck*", schlussfolgerte Commissioner Lord.

„*Das wird aber nur möglich sein, wenn die Kriminaltechniker die DNA aus den hoffentlich in der Bettwäschen enthaltenen Hautzellen oder Haaren gewinnen können*", bemerkte Henry.

Zum Glück befanden sich alle notwendigen Apparaturen für dieses molekularbiologische Verfahren hier in Surrey.

„*John, gehen wir einmal davon aus, dass die Techniker DNA finden können, wie sieht dann die weitere Vorgehensweise aus?*", wollte Lord wissen.

„*Wir müssten zurück zu Nikolas Wolf und ihn um eine Speichelprobe bitten, damit wir die DNA Profile abgleichen können, um festzustellen, ob es sich um ein und dieselbe Person handelt.*"

„*Das wird aber nur funktionieren, wenn Wolf dem freiwillig zustimmt.*"

„*Wir haben noch das Bild der Kamera vom Bahnhof. Ihre Tochter hat von mir eine Kopie erhalten und wird sich damit beschäftigen. Vielleicht ist da ja auch noch etwas herauszuholen*", schlug Henry in hoffnungsvollem Ton an.

Lord griff erneut zum Telefon und rief in der Kriminaltechnik an:
„Ich will nicht ungeduldig sein, aber wann können wir mit ersten Ergebnissen rechnen?"

Der Techniker am anderen Ende der Leitung erläuterte, dass man im ersten Schritt das sogenannte Rapid-DNA-Profiling einsetzen würde, wofür miniaturisierte Geräte mit extrem gestrafften Programmen verwendet werden.

„Das bedeutet, es wurden Hautpartikel oder Haare in der Bettwäsche gefunden?"

„Ja, wir haben auch Speichel gefunden", war die knappe Antwort des Technikers.

„Also, wie lange?"

„Für das reine Profiling benötigen wir neunzig Minuten, sagen wir in zwei Stunden können Sie mit den ersten Ergebnissen rechnen. Wir brauchen jedoch seine Vergleichs-DNA".

„Das ist uns klar".

Lord legte auf. Commissioner Frank Lord überlegte fieberhaft, wie er legal an eine Gewebe- oder Speichelprobe von Wolf kommen konnte, als das Telefon klingelte.

Tracy war am Apparat. Frank Lord stellte auf Lautsprecher.

„Guten Morgen zusammen", hörten sie Tracys offensichtlich gut gelaunte Stimme. *„Ich habe die Bilder vom Bahnhof ausgewertet. Zu fünfundachtzig Prozent handelt es sich um Nikolas Wolf. Ich schicke die Bilder gleich auf den Computer meines Vaters. Auf einem weiteren Bild sind Teile des Nummernschildes des dunkelblauen Chevrolets zu erkennen. Die sichtbaren Teile stimmen mit dem Nummernschild von Wolf´s Wagen überein. Im äußeren Bereich des PKW Parkplatzes gibt es eine weitere Kamera, die die linke Seite des Chevrolets gefilmt hat. Hier ist der Fahrer zu erkennen. Es ist eine Frau."*

„*Das hört sich ja großartig an*", jubelte der sonst so besonnene Frank Lord.

„*Jetzt kann ich den Staatsanwalt informieren. Wir beantragen einen Durchsuchungsbefehl. Wenn Wolf keine Speichelprobe abgeben möchte, dann nehmen wir Zahnbürste und Kamm mit, irgendetwas wird sich schon im Haus befinden aus dem wir die DNA extrahieren können.*"

Die Männer verabschiedeten sich von Tracy.

Als die Bilder eintrafen, bestätigte McNamarra, dass es sich bei der Frau um Wolfs Pflegerin Theresa Kucklinski handelte. John Henry und Bill Ward brachen gemeinsam mit Inspector McNamarra auf, um Ralph-Nikolas Wolf einen Besuch abzustatten. Bis sie Wolfs Haus erreichten, hatte Frank Lord einen Durchsuchungsbefehl vom zuständigen Staatsanwalt erhalten, da war er sich sicher. Zwei Beamte würden das Dokument dann nach Vancouver bringen. Sie wollten keine Zeit mehr verlieren.

Die drei Beamten hatte ihre Vorgehensweise folgendermaßen festgelegt.

Inspector McNamarra würde den offiziellen Teil übernehmen. Was bedeutete, dass er die Kommissare vorstellen, Wolf auf seine Rechte hinweisen und falls es dazu kommen sollte, eine mögliche Verhaftung aussprechen würde, da er rein rechtlich hierfür zuständig war. John Henry würde die Befragung von Wolf durchführen, während Bill Ward beobachtend tätig sein sollte. Die drei Kommissare brauchten knapp eine Stunde bis sie die Bucht von Horseshoe am frühen Vormittag erreicht hatten. Langsam bog Inspector McNamarra, gefolgt von Ward und Henry, in die Isleview Road ein. Die beidseitig von Büschen und Bäumen besäumte Sackgasse führte sie in einem weitgeschwungenen Bogen zum letzten Haus der Straße. McNamarra stieg aus dem weißen Ford und ging auf das Tor zu. Ward und Henry verließen den Caprice ebenfalls und folgten ihm. Mit erhobenem Arm deutete McNamarra auf die Kamera oberhalb des Tores, bevor er klingeln wollte. Das Tor öffnete sich automatisch, ohne dass

McNamarra geklingelt oder sich jemand gemeldet hatte. Langsam rollten die Fahrzeuge auf den s-förmig geschwungenen Kiesweg an dessen Ende ein zweistöckiges, mit roten Ziegeln gedecktes Haus erschien. Links neben dem Haus sahen sie die geräumige Garage vor dessen Tor der blaue Chevrolet mit offenem Kofferraum stand. Die Polizisten verließen ihre Fahrzeuge. Ward und Henry stiegen die Stufen zum Haupteingang hinauf, während McNamarra die parallel dazu verlaufende Rampe benutzte. Unerwartet stand die Haustür weit offen, doch niemand war zu sehen.

Inspector McNamarra klingelte. Im Flur erschien Nikolas Wolf im Rollstuhl sitzend, den er mit beiden Händen steuerte. Er blickte überrascht, als er die drei Männer sah. Offenbar erkannte er McNamarra wieder, als er an ihn gewandt, freundlich mit stockender Sprache sehr konzentriert fragte: *„Inspektor, Sie … waren doch erst … gestern hier, was gibt … es noch wichtiges?"*

Henry und Ward konnten ihren Augen nicht glauben, der Mann vor ihnen im Rollstuhl musste Nikolas Wolf sein. Wenn nicht, hatte er einen Doppelgänger.

McNamarra stellte die Kommissare kurz vor und überließ dann John Henry das Wort. Doch bevor der etwas sagen konnte, erschien die Frau, die McNamarra als Theresa Kucklinski auf dem Foto im blauen Chevrolet erkannt hatte, im Flur.

„Meine Herren, könnten Sie sich bitte kurz fassen, wie sie erkennen können, haben wir einen auswärtigen Termin und sind gerade dabei das Haus zu verlassen. Ich kann ihnen versichern, dass wir die Anzeige bezahlen werden. Wie ich bereits gestern sagte, liegt uns diese aber noch nicht schriftlich vor."

Henry blickte Theresa ins Gesicht: *„Wir sind nicht wegen der Anzeige hier, sondern wir suchen einen Mann, der Herrn Wolf wie aus dem Gesicht geschnitten ähnlich sieht. Dieser Mann hat ein Verbrechen begangen und wir müssen einwandfrei nachweisen, dass es sich nicht um Herrn Wolf handelt. Würden Sie uns einen Moment hineinlassen, dann können wir Ihnen alles erklären."*

Theresa blickte zu Wolf, der seinen Kopf nach unten senkte und nickte. Die drei Kommissare betraten gemeinsam mit Wolf und Theresa das angrenzende Wohnzimmer. Das große Panoramafenster gab einen sagenhaften Blick auf die Bucht von Horseshoe, die großzügig geschnittene Terrasse und den weitläufigen Garten frei. Wolf rollte den Rollstuhl vor das Fenster und deutete den Polizisten an auf den beiden Couchen Platz zu nehmen.

„Möchten Sie … Kaffee?", fragte er höflich.

„Nein, nein, wir wollen Ihre Zeit nicht länger in Anspruch nehmen", antwortete Henry, obwohl er, wenn es hart auf hart kommen würde, noch Zeit benötigte, denn der schriftliche Durchsuchungsbefehl lag ihm noch nicht vor. Andererseits wunderte sich der Kommissar, dass Wolf im Gegensatz zu Theresa Kucklinski offensichtlich nicht so sehr in Eile war.

„Darf ich Sie fragen, was für einen Termin Sie heute haben?", begann Henry die Unterredung. Er versuchte jetzt Zeit zu gewinnen.

„Arzt", antwortete Wolf wie aus der Pistole geschossen.

„Wofür benötigen Sie die gepackten Koffer?" Henry waren die beiden gepackten Koffer auf gefallen, die neben dem vor der Garage stehenden Chevrolet mit offenem Kofferraum standen.

„Krankenhaus."

Auch diese Antwort kam prompt.

Bill Ward beobachtet Theresa Kucklinski, die neben der Wohnzimmertür stand und bei jeder von Wolfs Antworten ihre gefalteten Hände so stark ineinander presste, dass ihre Fingerkuppen weiß anliefen. Sie schien nervös zu sein.

„Hoffentlich nichts Schlimmes."

„Routine."

Auch diese Antwort kam schnell und ohne zu zögern. Entweder schien Wolf die Wahrheit zu sagen oder er war auf dieses Gespräch gut vorbereitet.

„Meine Herren", Theresa meldete sich jetzt zu Wort. *„Könnten wir jetzt zum Punkt kommen, wir sind in Eile."*

Doch Wolf schüttelte den Kopf.

„Haben Zeit ... Arzt wartet", lachte er.

John Henry drehte seinen Kopf zur Seite und sah Bill Ward an, offenbar hatte sie den gleichen Gedanken. Wolf spielte auf Zeit, er machte keine Anstalten, das Gespräch zu beschleunigen. Oder war es seiner Krankheit zu zuschreiben, dass er nicht anders reagierte. Eher unwahrscheinlich. Die Frage, die sich den Beiden stellte, wofür benötigte er die Zeit?

Henry kam jetzt auf den Punkt.

„Herr Wolf, wären Sie bereit uns eine Speichelprobe für einen DNA-Abgleich zu geben, damit wir ihre DNA mit der des Täters vergleichen können?"

Bevor Wolf antworten konnte, ergriff Theresa erneut das Wort: *„Haben Sie hierfür eine richterliche Anweisung?"*

Doch bevor Henry Ihr erläutern konnte, dass diese in kurzer Zeit eintreffen würde und sie dann aber warten mussten und noch mehr Ihrer Zeit in Anspruch nehmen müssten, da hob Wolf seine Hand, so als meldete er sich in der Schule.

„Gut ... kein Problem."

Er öffnete seinen Mund und bleckte die Zähne mit einem: *„Aaah"*.

Offensichtlich schien er Gefallen an der Unterredung und dem Speicheltest zu haben. McNamarra holte zwei Glasröhrchen, in denen sich jeweils ein Wattestäbchen befand, aus einer Ledertasche, die er bei sich führte. Er ging auf Wolf zu, der ihm immer noch seinen offenen Mund entgegenhielt. McNamarra strich mit den Wattestäbchen nacheinander über die seitlichen Innenseiten des Mundes, um so genügend Speichel aufzunehmen. Anschließend steckte er die Wattestäbchen in die Glasröhrchen, verschloss diese und legte sie zurück in die Ledertasche.

„Ich werde die Klinik informieren, dass wir später kommen. Offensichtlich benötigen Sie hier ja noch jede Menge Zeit", meldete sich Theresa zu Wort und verließ das Zimmer.

Bill Ward folgte ihr nach gut fünfzehn Sekunden. Sie stand in der Küche. Die Tür war einen Spalt weit geöffnet. Den Telefonhörer an ihr Ohr gedrückt hörte Ward sie sagen: *„Wir werden später kommen. Die Herren benötigen noch Zeit. Ralph macht seine Sache sehr gut."*

Dann legte sie auf.

Bevor sie die Küche verließ, klopfte Ward an die Küchentür: *„Ich müsste mal zur Toilette, wo finde ich die?"*

„Zurück zum Flur, die erste Tür linke Seite", war Theresas bissige Antwort.

Während Ward sich auf den Weg zur Toilette machte, ging Theresa zurück ins Wohnzimmer. Kaum hatte sie die Wohnzimmertür hinter sich geschlossen, ging Inspector Ward schnellen Schrittes in die Küche, hob den Telefonhörer und drückte die Wahlwiederholung. Auf dem Display erschien eine Mobilnummer, die sich Ward in sein Notizbuch notierte. Am anderen Ende der Leitung meldete sich eine Männerstimme: *„Ja, Theresa was gibt es noch, ich bin gleich verschwunden".*

„Inspector Bill Ward, mit wem spreche ich?"

Die Verbindung war augenblicklich unterbrochen.

Hier ist noch jemand im Haus oder auf dem Grundstück ging es Ward umgehend durch den Kopf. Deshalb auch das Spiel auf Zeit. Ward sprintete zurück ins Wohnzimmer: *„Hier ist noch jemand im Haus oder auf dem Grundstück."*

Er lief an Theresa vorbei zur Terassentür, die er mit einem Zug öffnete. Dann sah er den blonden Mann quer über das Grundstück laufen. Er lief Richtung Bucht zur Wasserseite des Gartens. Ward sprang auf die Terrasse, gefolgt von McNamarra, der die Situation sofort begriffen hatte.

„Bleiben sie stehen!", schrie Ward, doch der Flüchtende war bereits hinter einem der Büsche im hinteren Teil des Gartens verschwunden.

McNamarra hatte Ward bereits eingeholt, seine Waffe im Anschlag, rannte er in vollem Sprint auf den Busch zu, dem Flüchtenden auf dem Fersen. Was er nicht wissen konnte, der Flüchtende hatte sich hinter dem Busch in verdeckter Stellung fallen gelassen. Von diesem Zeitpunkt an schien alles in Zeitlupe abzulaufen. Die Waffe des am Boden liegenden Flüchtlings blitzte zweimal hintereinander kurz auf und traf McNamarra in die rechte Schulter und das linke Bein. McNamarra überschlug sich dreimal und landete in vollem Lauf wenige Meter vor dem Gebüsch. Ward warf sich mit einem Hechtsprung instinktiv zu Boden, rollte sich zur Seite und feuerte die SIG P220 mittig in das Gebüsch, kam wieder auf die Füße und sprang über den Busch auf die andere Seite. Wenige Meter hinter dem Busch führte eine Treppe hinunter zum Wasser der Salish Sea. Am Ende der Treppe befand sich ein Holzsteg, der in das Wasser führte. Ward rannte die Treppe hinunter. Er konnte noch sehen wie sich der blonde Mann zu ihm umdrehte und den Gashebel des rund acht Meter langen Sport-Cruisers bis zum Anschlag durchdrückte. Wards Waffe blitzte auf. Die Kugel schlug seitlich in den Oberkörper des Flüchtenden. Mit Vollgas schoss das Boot in die Bucht hinaus. Ward hätte schwören können, dass es sich um Nikolas Wolf handelte, den er getroffen hatte. Ward lief zurück in den Garten. John Henry kniete neben dem aus Schulter und Bein blutenden McNamarra, er hatte mit seinem Mobiltelefon bereits einen

Notarzt informiert und sprach zu McNamarra: *„Die Sanitäter kommen gleich."*

An Ward gewandt: *„Hole schnell ein Tuch aus dem Haus, wir müssen die Blutungen stoppen."*

Ward lief zurück zum Haus, um einige Tücher zu besorgen. Zu seiner Verblüffung befanden sich weder Wolf noch Theresa Kucklinski im Wohnzimmer. Er lief zum Vordereingang, die Haustür stand sperrangelweit offen. Was er sah schockte ihn. Der blaue Chevrolet war verschwunden, mit ihm Wolf und Theresa. Offensichtlich hatten sie die Gelegenheit genutzt, um zu fliehen. Zurückgelassen hatten sie nur Wolfs Rollstuhl, der noch im Wohnzimmer stand.

McNamarras Verletzungen erwiesen sich als nicht lebensbedrohend, der Notarzt hatte die Blutungen gestillt und ihm ein Schmerzmittel gespritzt. Er war auf dem Weg in eines der nahegelegenen Krankenhäuser.

Das umgehend informierte Vancouver Police Department ließ die Horseshoe Bucht mit Booten nach einem verletzten blonden Mann absuchen. Commissioner Frank Lord hatte zusätzlich alle zur Verfügung stehenden Hubschrauber mit der Suche nach dem Flüchtigen beauftragt. Aufgrund der Aussage von Inspector Ward suchten sie nach dem Doppelgänger von Ralph-Nikolas Wolf.

Rund um Horseshoe Bay bis hin zu Vancouver West wurden Straßensperren errichtet, um nach dem blauen Chevrolet mit Theresa Kucklinski und Ralph-Nikolas Wolf zu fahnden. Alle Bemühungen die drei zu finden blieben jedoch erfolglos.

Die Kriminaltechnologie des Vancouver Police Department hatte Wolfs Haus auf den Kopf gestellt. Es war einfach zu erkennen, dass drei Menschen gemeinsam in dem Haus lebten, Theresa Kucklinski, Ralph-Nikolas Wolf und eine weitere männliche Person. Im Keller des Gebäudes befand sich ein großer stählerner Tresor, randvoll gefüllt mit US Dollars, es musste sich um mehrere

Millionen handeln. Geld aus dem illegalen Rat Race in Lost River, das einmal Joseph Bishop gehört hatte.

Commissioner Frank Lord bat Henry und Ward zur Lagebesprechung für den übernächsten Tag in sein Büro nach Surrey. Zur Überraschung der beiden Kommissare sollte auch Tracy Lord an der Besprechung teilnehmen. Bis dahin würden auch die kompletten Ergebnisse des DNA-Abgleichs vorliegen.

58
Vancouver/Surrey
Kanada
Samstag

Corporal Tracy Lord war ein wenig nervös, als sie mit unter den Arm geklemmten Laptop aus dem Streifenwagen stieg, der sie gerade vom Flughafen nach ihrem einstündigen Flug abgeholt hatte. Sie war erst heute Morgen mit der ersten Maschine in Kelowna gestartet, da sie gestern noch bis spät in die Nacht sämtliche Fahndungsergebnisse, die ihr bekannt waren, zusammengetragen hatte. Sie war überrascht wie schnell sie die ersten Ergebnisse des DNA-Abgleichs noch während der laufenden Tests erhalten hatte, so dass sie umgehend aktiv geworden war.

Commissioner Frank Lord hatte einen der Besprechungsräume in der fünften Etage des Hauptgebäudes der RCMP in Surrey reserviert. Als Tracy den Raum betrat, waren neben ihrem Vater, Chief Superintendent John Henry und Inspector Bill Ward noch zwei weitere Männer und eine Frau anwesend.

Der Commissioner umarmte Tracy kurz zur Begrüßung, nachdem sie den Raum betreten hatte. Sie sah umwerfend aus in ihrem dunkelblauen Kostüm, hatte ihr rot-blondes Haar straff nach hinten gekämmt und zu einem Zopf zusammen gebunden. Frank war mächtig stolz auf seine Tochter. Tracy begrüßte die übrigen Anwesenden kurz per Handschlag, ehe der Commissioner das Wort ergriff und die Anwesenden einander vorstellte.

Bei den beiden Männern handelte es sich um Chief Superintendent Jakob Brown, den Leiter des Kriminaltechnischen Dienstes der RCMP und um Superintendent Daniel Cool vom Vancouver Police Department, der den Einsatz der Suchaktion nach Theresa Kucklinski, Ralph-Nikolas Wolf und der bislang unbekannten, männlichen Person geleitet hatte. Weiter anwesend war Professor Dr. Ruth Cranes eine anerkannte Humangenetikerin. Die attraktive, Anfang fünfzig jährige Professorin trug ihre braunen Haare kurzgeschnitten, hatte ein wenig Rouge aufgelegt und lächelte bescheiden, als Frank Lord sie als Koryphäe der Humangenetik vorstellte. Henry und Ward verstanden noch nicht, weshalb der Commissioner Dr. Cranes zu dieser Besprechung eingeladen hatte.

Der Beamer warf einen Stadtplan von Vancouver an die Wand, als Superintendent Daniel Cool, ein blond gelockter, leicht untersetzter, mittelgroßer Typ von seinem Platz aus die Fernbedienung auf den Beamer richtete. Ein leichter Knopfdruck und an der Wand erschien die erste Straßensperre, die gestern nach der Flucht von Theresa Kucklinski und Ralph-Nikolas Wolf eingerichtet worden war.

Cool begann mit seinen Erläuterungen: *„Die Flucht mit dem blauen Chevrolet konnte nur über den Marine Drive und den Hwy 1 erfolgen. Die Flüchtenden hatten ungefähr einen Vorsprung von einer halben Stunde, bevor wir informiert worden sind und die Kontrollen durchführen konnten. Wir hatten in Höhe Tantalus Park die erste Straßensperre errichtet, nur für den Fall, dass sie Horseshoe Bay gar nicht verlassen hatten, sondern sich noch ganz in der Nähe aufhielten. Wovon wir eigentlich nicht ausgegangen waren. Bei einem Wechsel auf den Hwy 99 und einer Flucht in nördlicher Richtung hätten sie in der halben Stunde bis in das nördlich gelegene Squamish kommen können. In Nord-Süd-Richtung verläuft der Sea to Sky Highway bzw. der British Columbia Highway 99 durch das Stadtgebiet von Squamish. Die dortigen Kollegen hatten den Hwy abgeriegelt."*

Auf der Straßenkarte erschien jetzt eine weitere Straßensperre südlich vom Ortseingang der Stadt Squamish, die nach dem gleichnamigen Indianerstamm benannt worden war, der in diesem Teil von British Kolumbien vor dem Eintreffen der ersten Europäer lebte.

„Bei einer Flucht in südlicher Richtung, also in Richtung Stadtzentrum, hätten sie nach Überquerung einer der beiden Brücken über das Hafengebiet die verschiedensten Möglichkeiten zur Flucht gehabt. Wir haben die Hauptverkehrsadern durch Sperren versucht zu kontrollieren, was bei dem bekannten Verkehrsaufkommen nur mit großer Mühe und punktuell möglich war."

Auf der Wand erschienen fünf weitere Kontrollpunkte in Höhe South Vancouver, Marpol, Killarney, Metrotown und Burnaby.

„Leider konnten wir sie nirgends finden. Die Suche nach der dritten männlichen Person, die über das Wasser geflüchtet war, war leider ebenso erfolglos."

Ein Blick auf die Karte verdeutlichte das nur zu gut. Die vielen der Horseshoe Bay vorgelagerten Inseln – wie Bowyer Island, Gambier Island und Bowen Island, um nur einige zu nennen, machten eine erfolgreiche Suche nach einem flüchtenden Boot nahezu unmöglich.

„Danke, Superintendent Cool für Ihre Ausführungen", beendete Commissioner Lord die Präsentation des Einsatzleiters.

„Chief Superintendent Brown, was können Sie uns über die Ergebnisse der DNA-Analyse berichten?", bat Lord den kahlköpfigen, hageren Leiter des Kriminaltechnischen Dienstes, dessen aschfahles Gesicht eine überdimensioniert große Hakennase zierte, um seine Ausführungen.

Jakob Brown räusperte sich kurz, bevor er mit seinen Ausführungen begann. Auf der weißen Wand erschien das Bild des Strukturmodells eines Ausschnitts aus der DNA-Doppelhelix mir zwanzig Basenpaaren. Je ein DNA-Strang vom Vater und einer von der Mutter, es handelte sich hierbei um die DNA von Ralph-

Nikolas Wolf, die aus der durchgeführten Speichelprobe gewonnen worden war. Im Anschluss hieran teilte sich der Bildschirm an der Wand. Auf der linken Seite blieb die DNA-Doppelhelix von Ralph-Nikolas Wolf sichtbar, auf der rechten Seite erschien eine zweite DNA-Doppelhelix. Der Laie konnte zunächst keinen Unterschied erkennen. Diese DNA wurde aus den Haaren und Speichelresten der Bettwäsche, die sich in der Sporttasche befanden, gewonnen.

„Zur Bestimmung der Identität haben wir eine Fragment-längenanalyse durchgeführt, um einen sogenannten Genetischen-Fingerabdruck zu erhalten. Ich schiebe jetzt die beiden Abbildungen der jeweiligen Doppelhelix übereinander. Wie Sie erkennen können, sind sie deckungsgleich. Das bedeute, es handelt sich um dieselbe Person", schloss Brown seine Ausführungen.

Unterschwelliges Gemurmel durchzog den Besprechungsraum.

„*Oder*", jetzt übernahm Commissioner Lord wieder das Wort.

„Oder, und deshalb ist Professor Cranes heute zu uns gekommen, es handelt sich um eineiige Zwillinge, denn Zwillinge haben dieselbe DNA."

Ruth Cranes erhob sich aus ihrem Stuhl, sie war sich bewusst, dass nun alle Augenpaare der anwesenden Personen auf sie gerichtet waren. Aber das kannte sie ja aus ihren Vorlesungen, die sie als Honorar-Professor regelmäßig auf den verschiedensten Kongressen hielt.

„Grundsätzlich kann man sagen, dass eineiige Zwillinge die gleiche DNA aufweisen. Es besteht jedoch die Möglichkeit, dass zwei Personen, die nicht miteinander verwandt sind ein gleiches DNA-Fragment aufweisen. Das sowohl von väterlicher als auch von mütterlicher Seite. Die Wahrscheinlichkeit dieser Möglichkeit beträgt eins zu hundert. Aufgrund der kurzen Zeit wurden bislang vier DNA-Fragmente untersucht. Ein möglicher Irrtum liegt somit bei eins zu hundert Millionen. Das Team von Chief Superintendent Brown wird jedoch noch vier weitere Tests machen."

Dr. Cranes blickte zu Brown, der bestätigend nickte, dann fuhr sie mit ihren Erläuterungen fort.

„Eine befruchtete Eizelle teilt sich in zwei Embryonalanlagen auf, es entstehen somit zwei Keime, aus denen zwei Menschen mit demselben Erbgut heranreifen. Untersucht man das wissenschaftlich aber ganz genau, dann stellt man fest, dass das Erbgut der beiden Zwillinge nicht zu 100% identisch ist. Aufgrund von minimalsten Mutationen zu Beginn der Embryonalentwicklung, können auch eineiige Zwillinge anhand ihrer DNA unterschieden werden. Moderne Methoden der DNA-Sequenzierung machen es möglich, dass wir diese Unterschiede aufdecken können. Sie können jedoch davon ausgehen, dass es sich bei Ralph-Nikolas Wolf und dem bislang unbekannten Mann um eineiige Zwillingsbrüder handelt. Hierauf weisen auch noch andere Fakten hin."

Es stand also fest, dass sie es mit zwei Männern zu tun hatten. Nur wer von ihnen war der Täter?

„Aufgrund seiner Behinderung wird Ralph-Nikolas Wolf die Morde nicht ausgeführt haben können. Wir können also davon ausgehen, dass der Täter somit sein Zwillingsbruder ist?", resümierte John Henry und blickte in die Runde, die zustimmend nickte.

„Dr. Cranes", wandte sich Henry an die Humangenetikerin.

„Da uns bislang nicht bekannt war, dass Ralph-Nikolas Wolf einen Zwillingsbruder hat, was können Sie uns über das Verhalten von Eineiigen Zwillingen sagen?"

„Für eine Verhaltensanalyse ist es wichtig zu wissen, ob die Zwillinge gemeinsam oder getrennt voneinander aufgewachsen sind", wollte Dr. Cranes wissen.

John Henry zog die Stirn kraus, woher sollte er das wissen.

„Sie sind getrennt voneinander aufgewachsen", unterbrach Tracy Lord die Gedanken des Chief Superintendent, der sie daraufhin erstaunt ansah.

„*Ich habe bereits frühzeitig die Information erhalten, dass es sich bei Ralph-Nikolas Wolf und dem anderen gesuchten Mann um Zwillinge handelt. Daraufhin habe ich alle bisherigen Untersuchungsergebnisse zusammengefasst und bin dabei auf einige Neuigkeiten gestoßen, die uns bislang so noch nicht bekannt waren.*"

„Gut wenn man an einen Vater an der richtigen Stelle sitzen hat", ging es Inspector Ward durch den Kopf.

In gewohnter Manier hatte Tracy ihren Laptop an den Beamer angeschlossen, der den Stammbaum der Familie Wolf beginnend bei Ruben-Nikolas Wolf bis zu den Zwillingen Ralph-Nikolas und Robert-Nikolas Wolf an die Wand projizierte.

Tracy fuhr unbeirrt fort: „*Der Tradition der Familie Wolf folgend hatten alle männlichen Nachkommen einen Vornamen der mit R begann und den Beinamen Nikolas erhalten. Die Zwillingsbrüder Ralph und Robert sind die Kinder von Richard-Nikolas und Eva Wolf. Als die Jungen vier Jahre alt waren, hatten die Eltern einen tödlichen Autounfall im Algonquin Nationalpark. Ralph überlebte als einziger diesen Unfall, sein Bruder Robert, der unauffindbar aus dem Fahrzeug geschleudert worden war, gilt seit dieser Zeit als verschollen. Die Verursacher des Unfalls konnten nie ermittelt werden. Da es keine lebenden Verwandten mehr gab, wuchs Ralph im Waisenhaus Mount Cashel in St. Johns, der Provinzhauptstadt Neufundlands auf. Ich konnte mit Bruder Johannes, einem der Christian Brothers und Ralphs Erzieher, sprechen. Bruder Johannes hatte ein gutes Verhältnis zu Ralph und bestätigte mir, dass Ralph häufig von seinem Zwillingsbruder sprach, den man aber nicht finden konnte. Ralph war ein großes Radtalent, als jüngster Fahrer aller Zeiten wurde er bereits mit 16 Jahren Profifahrer und nahm an der Profistraßenweltmeisterschaft in Vancouver teil. Er startete als Außenseiter im Team von Joseph Bishop. Er nannte sich zu dieser Zeit Nic Wolf.*"

„Darf ich Sie hier kurz unterbrechen?", meldete sich Dr. Cranes zu Wort.

Tracy hielt kurz inne: „*Gerne.*"

„Wir haben ja soeben erfahren, dass die Zwillinge ab dem Alter von vier Jahren gezwungenermaßen und für sie vollkommen unerwartet getrennt voneinander aufgewachsen sind. Um ihre anfängliche Frage zu beantworten, kann ich folgendes hierzu erläutern", Dr. Cranes sah jetzt zu John Henry.

„ Da die eineiigen Zwillinge Ralph und Robert genetisch nahezu identisch sind, aber getrennt voneinander aufgewachsener sind, kann man Rückschlüsse darauf ziehen, welche Eigenschaften angeboren und welche erlernt sind. Die Innigkeit ihrer Beziehung zeigt sich schon darin, dass Ralph sich nicht mehr Ralph nennt, sondern den gemeinsamen Beinamen Nikolas oder die Abkürzung Nic als seinen Hauptnamen wählt. Nur eine Gemeinsamkeit, die die Brüder eint. Sieht man sich die Bilder der Brüder heute an, so ähneln sie sich, obwohl sie getrennt voneinander aufgewachsen sind immer noch in ihren Gewichtsmerkmalen, beide hatte eine nahezu identische Figur. Beide trugen immer noch sehr ähnliche Frisuren. Aber bitte Corporal Lord fahren Sie fort "

Tracy berichtete kurz über die Dopingmittel die Ralph von Dr. Hamilton verabreicht worden waren, den schrecklichen Radunfall und den Folgen des Schädel-Hirn-Traumas, die zu seiner Behinderung führten.

Endlich hatten sie den Namen des gesuchten Täters: Robert-Nikolas Wolf.

„Was wissen wir über Robert?", stellte Frank Lord die alle interessierende Frage an seine Tochter.

Auch John Henry und Bill Ward sahen Tracy erwartungsvoll an. Was hatte sie in den letzten Tagen herausgefunden, während die beiden Kommissare in Vancouver waren? War sie in den unterschiedlichsten Datenbanken erfolgreich?

„Robert war nach dem Unfall der Eltern aus dem Cadillac geschleudert worden und unauffindbar. Man vermutete, dass er in einen Fluss gefallen und ertrunken war. Seine Leiche konnte man jedoch nicht finden. Allein war er nicht überlebensfähig. Da er aber wie wir heute wissen noch immer lebt, muss er irgendwo im

Algonquin Park aufgewachsen sein. Bis auf ein paar Farmer leben so gut wie keine Menschen in dem Park. Bruder Johannes teilte mir mit, dass ihn das Leid, das Ralph durch den Verlust des geliebten Bruders plagte, keine Ruhe ließ. Er verfolgte die diversen Zeitungsartikel, die eine kurze Zeit über den Unfall und die Suche nach Robert Wolf berichteten. Als man die Suche aufgab, kam auch Bruder Johannes nicht zur Ruhe. Er schrieb seinem alten Schulkameraden, der als Farmer im Algonquin Park lebte, einen langen Brief, in dem er ihn um Mithilfe bat, er sollte die Augen aufhalten, wenn man den Jungen oder seinen Leichnam eines Tages im Algonquin Park finden sollte, dann bat er ihn um Information. Jahrelang hörte er nichts von seinem alten Schulfreund Sam Walton. Erst vor drei Monaten, kurz vor Waltons Tod schrieb ihm der Freund. Bruder Johannes hatte mittlerweile jedoch keinen Kontakt mehr zu Ralph-Nikolas Wolf und wusste auch nicht ob und wenn ja wo er lebte."

Auf der Wand erschien eine Kopie des Briefes.

Sam Walton glaubte, dass der gesuchte Junge unter dem Namen Matthäus bei Liam und Lauren Tremblay, einem Aussteigerpaar, das der Zivilisation den Rücken gekehrt hatte, aufgewachsen war. Liam und Lauren Tremblay waren bereits verstorben. Zusammen mit Matthäus alias Robert-Nikolas Wolf hatten sie auf einer Insel im nördlichen Teil des Algonquin Parks gelebt. Sie nannten die Insel Hunters Island. Die Insel hatten sie verlassen, als Lauren starb und Liam krank wurde.

"Robert war zu dieser Zeit ungefähr achtzehn Jahre alt", beendete Tracy ihre Ausführungen.

Commissioner Frank Lord unterbrach die Sitzung für eine kurze Pause, orderte Sandwiches und frischen Kaffee. Alle Beteiligten mussten die Fülle dieser Informationen zunächst einmal verarbeiten, um dann die richtige Strategie für die weitere Vorgehensweise zu analysieren.

Chief Superintendent John Henry ergriff nach der Pause als erster das Wort: *"Professor Cranes, könnte es sein, dass Robert, nach dem er die Insel verlassen und seine - nennen wir sie mal Adoptiveltern -*

aufgrund dieser Krankheit verstorben waren, die Suche nach seinem Zwillingsbruder aufnahm?"

"Unbedingt, davon können Sie mit sehr hoher Wahrscheinlichkeit ausgehen. Eineiige Zwillinge sind genetisch betrachtet Klone, vor allem Erfahrungen in der Kindheit hinterlassen deutliche Spuren in ihrem Verhalten, aber auch in ihrer Psyche und sogar der Hirnfunktion. Diese Situation wurde durch den Unfall und das Trennen der Zwillinge abrupt beendet. Wie ein psychisches Trauma verbindet dieses Erlebnis die Zwillinge. Der Wunsch nach Wiedervereinigung wird sie ihr Leben lang begleiten. Aber auch Ralph wird diesen Wunsch verspürt haben, nur war er durch seine Krankheit nicht in der Lage aktiv etwas zu tun. Er wird unter dieser Situation extrem gelitten haben. Das Wiedersehen mit dem Bruder, muss ihm wie eine Erlösung vorkommen", erläuterte Dr. Cranes die Situation in der sich die Brüder befunden hatten.

"Nehmen wir einmal an", führte John Henry seine Gedanken weiter.

"Also nehmen wir an, Robert findet Ralph, erfährt von seiner Krankheit, erfährt, wer die Schuldigen dieser Krankheit sind – nämlich Hamilton, Bishop und Sugar – dann wäre es doch logisch, dass er sich auf die Suche nach ihnen macht, um sich für das zu rächen, was sie seinem Bruder angetan haben."

"Genau, John, das wäre logisch", pflichtet Frank Lord den Gedanken des Chief Superintendent bei.

Jetzt ergriff Bill Ward das Wort: *"Er findet Hamilton, Bishop und Sugar, stiehlt ihnen die Millionen und tötet sie, nachdem er für sich und seinen Bruder ein neues zu Hause geschaffen hat."*

"Genauso könnte es gewesen sein. Was uns zu der Frage bringt, wohin ist er geflohen? Und wie kann er sicherstellen, dass er wieder mit seinem Bruder zusammen sein wird?", sprach Henry die Fragen aus, die allen im Kopf herumschwirrten.

Zwei Fragen um deren Antworten sie sich nach einer weiteren Pause widmen wollten.

59
Vancouver Horseshoe Bay
Kanada
Donnerstag

Die Kugel hatte Roberts Oberkörper seitlich von hinten erwischt, zwischen zwei Rippen trat sie zur Vorderseite wieder aus. Er hatte Glück, dass nur eine blutende Fleischwunde zurückblieb. Notdürftig hatte er sich einen Druckverband angelegt.

Der weiße Sport-Cruiser nahm Kurs auf Bowyers Island nachdem er zunächst unter voller Geschwindigkeit von fast 70 Stundenkilometern auf Bowen Island zugesteuert hatte, dann aber, als er außer Sichtweite war, den Kurs änderte. Der Innenbordmotor trieb den Cruiser den Howe Sound nach Norden hinauf. Die pittoreske Bucht an der Straße von Georgia im Nordwesten von Vancouver erstreckt sich über eine Länge von 44 Kilometern ins Land, bevor sie bei Squamish endet. Am südlichen Ufer des Howe Sound verläuft der Sea to Sky Highway, der die verschiedenen Gemeinden verbindet. Eine dieser Gemeinden ist Britannia Beach auf die das Boot vorbei an Anvil-Island mit mittlerer Geschwindigkeit zusteuerte. Keiner würde mit dieser Fluchtrute rechnen, die letztendlich in einer Sackgasse endete. Logischer wäre gewesen über den Howe Sound nach Süden zu fliehen, um über die Straße von Georgia auf das offene Meer zu gelangen.

Keine fünf Kilometer hinter Britannia Beach gab es eine Abzweigung vom Sea to Sky Hwy, die direkt an den Strand führte. Hier würde er Theresa und Ralph treffen, sollte ihnen die Flucht gelungen sein. Immer wieder hatten sie den Fall der Fälle durchgespielt, sollte die Polizei Robert doch noch ausfindig machen. Theresa kannte die Strecke im Schlaf. Das Versteck für den Chevrolet oberhalb einer nicht mehr aktiven Sandgrube, inmitten einer Gruppe von Bäumen, hatten sie sorgfältig ausgewählt. Die alten Festmachestege der Schleppkähne waren wasserseitig noch funktionstüchtig, so dass Robert hier anlegen und das Boot festmachen konnte.

Theresa und Ralph warteten bereits in der Höhe der Bootsstege, als sie Robert und das Motorboot heranrauschen sahen. Robert ließ Ralph, festangeschnallt auf dem Steuersitz, das Boot steuern, während sich Theresa fachmännisch um seine Verletzung unter Deck in der geräumigen Kabine kümmerte. Ralph hatte zum linksseitigen, dünnbesiedelten Ufer des Sound gewechselt und steuerte das Boot bis kurz vor Squamish, dann wechselten die Brüder das Steuer wieder.

Robert fuhr flussabwärts in den Squamish River. In Höhe von Paradise Valley stoppten sie und verließen das Boot. In der Nähe des Paradise Valley Campground hatte Robert auf einem der Waldparkplätze vor seiner Reise nach Kamloops einen dunklen Dodge Charger geparkt, der sie innerhalb einer Woche an ihr Ziel bringen würde. Die Brüder waren wieder vereint. Auch Theresa würde bei ihnen bleiben. Robert war sich sicher, dass die Polizei sowohl den Chevrolet als auch das Boot finden würde, aber bis dahin hatten sie genug Vorsprung und keiner kannte ihr Ziel, da war er sich sicher.

60
Kelowna
Hauptquartier
Kanada
Eine Woche später

Innerhalb von zwei Tagen nach der Flucht hatte man den blauen Chevrolet am Rande einer ehemaligen Sandgrube, inmitten einer Gruppe von Bäumen, in der Nähe von Britannia Beach entdeckt. Ralph Wolf und Theresa Kucklinski waren über den Sea to Sky Highway nach Norden geflüchtet. Entweder waren sie hier auf Robert getroffen, um dann gemeinsam weiter mit dem Motorboot zu fliehen oder sie hatten das Fluchtfahrzeug gewechselt. Für den Wechsel des Fluchtfahrzeuges gab es jedoch keine Hinweise, da man in der Umgebung des Chevrolets keinerlei Spuren eines anderen Fahrzeuges gefunden hatte. Somit blieb nur die gemeinsame Flucht mit dem Motorboot. Der nördlichste Punkt der

Fluchtroute war Squamish, hier endete der Howe Sound an der Mündung des Squamish Rivers.

Nachdem man den Chevrolet gefunden hatte, konzentrierte sich die Polizei von Squamisch auf die Suche nach dem weißen Motorboot. Nach drei weiteren Tagen hatte man den weißen Sport-Cruiser auf einer der im Fluss liegenden Sandbänke in der Nähe vom Paradise Valley Campground gefunden. Von hieraus verlor sich die Spur der Flüchtigen.

„Sollte er uns wieder durch die Lappen gehen!", fluchte Bill Ward, der Tracy Lord gegenüber im Büro saß.

Mittlerweile war eine weitere Woche vergangen, ohne eine neue Spur zu haben.

Die Tür öffnete sich und John Henry betrat den Raum: *„Ich habe heute Morgen mit Professor Ruth Cranes telefoniert. Sie hat mittlerweile alle vorliegenden Fakten ihrer Zwillingsanalyse ausgewertet und kommt zu dem Ergebnis, dass aufgrund des äußerst starken Zusammengehörigkeitsgefühls der beiden Brüder nur ein Fluchtziel in Frage kommt, an dem sich zumindest einer der beiden geborgen fühlt. Da Ralph lange Zeit im Waisenhaus Mount Cashel in St. Johns und später im Sanatorium verbracht hat, kommt eigentlich nur der Ort in Frage an dem sein Zwillingsbruder Robert aufgewachsen war. Das heißt, wir müssen in den Algonquin Park. Wir müssen Hunters Island finden, dann finden wir auch die Brüder."*

„Chief, der Algonquin Park liegt in Ontario, gute viertausend Kilometer von hier entfernt, außerhalb unseres Zuständigkeitsbereiches", merkte Tracy an.

„Ich weiß, das muss Ihr Vater klären."

61
Algonquin Park
Kanada

John Henry wischte sich mit dem Ärmel seines Blousons den Schweiß von der Stirn und führte das Fernglas wieder vor seine Augen. Durch das Dickicht der Bäume konnte er den schmalen Pfad auf der gegenüberliegenden Seite des Seeufers erkennen. Die Insel lag gute fünfzig Meter vom Ufer entfernt, nicht ganz mittig im See, näher dem Ostufer zugewandt. Bill Ward fuhr mit dem Zeigefinger seiner rechten Hand über die Karte:

„Komplett vom Wasser umgeben, wir können nur mit dem Boot übersetzten."

Sie hatten aus Surrey den offiziellen Auftrag erhalten, mit der Suche nach Hunters Island zu beginnen. Die Kollegen aus Ontario waren informiert und hatten ihre Unterstützung angeboten, sobald die Kommissare fündig geworden waren. Alle Formalitäten mussten penibel genau und unter Berücksichtigung aller Vorschriften ablaufen. Ward und Henry hassten diese Formalitäten, kosteten sie doch immer eine Menge Zeit. Wurden sie jedoch missachtet, bestand die Gefahr, dass man einen gefassten Täter nach der Überführung aufgrund von Verfahrensfehlern wieder laufen lassen musste. Das wollten die beiden Kommissare und auch Commissioner Frank Lord unbedingt vermeiden. Der vom zuständigen Staatsanwalt aus Ontario unterzeichnete Haftbefehl ließ den beiden Kommissaren jedoch jegliche rechtliche Freiheit, einschließlich einer möglichen Verhaftung des Täters im Zuständigkeitsbereich von Ontario.

Tracy Lord, die sämtlich Fakten zum Fall Hamilton/Wolf akribisch genau in ihrem Computer speicherte und mit allen erforderlichen Genehmigungen dokumentierte, hatte Kontakt zu William Walton dem Sohn des alten Sam Walton aufgenommen, der nach dem Tod seines Vaters die Farm weiter bewirtschaftete. Der fünfzig Jahre alte, kernige Farmer konnte sich nur noch schwach an das Aussteigerpaar und den Jungen erinnern, kannte sich aber in der Gegend hervorragend aus. Keine der Inseln in den vielen Gewässern hieß offiziell Hunters Island. Aufgrund der Erzählungen seines Vaters kamen aber eigentlich nur drei Inseln in Frage.

William Walton hatte den Kommissaren nach langen Diskussionen schließlich zugestimmt, sie zu den drei möglichen Inseln zu führen. Das Geld, das sie ihm für seine Führung angeboten hatten, konnte er gut gebrauchen. John Henry hatte er jedoch dringend abgeraten sie auf dem anstrengenden Trip zu begleiten. Dem Chief Superintendent fehlte schon allein aufgrund seines Gewichtes die körperliche Fitness für die per Ruderboot und zu Fuß zurückzulegenden Entfernungen. Henry hatte jedoch darauf bestanden dabei zu sein.

Bereits am Abend des ersten Tages bereute er seine Entscheidung. Die drei Männer – Henry, Ward und Walton - hatten den halben Tag zu Fuß auf schmalen Waldwegen zurückgelegt, bevor sie das Ruderboot, das an einem der Seen vertäut war, benutzen konnten. Ihre drei Rucksäcke und die beiden kleinen Zelte hatten sie im Boot verstaut. Die beiden Inseln, die sie am ersten und zweiten Tag ihrer Reise aufgesucht hatten, waren unbewohnt.

„Wir werden zunächst bis zur nächsten Landzunge Richtung Ostufer laufen, ohne das Boot mitzunehmen", schlug William Walton vor. „Henry, sie sollten aber hier beim Boot bleiben. Einer muss auf die Sachen aufpassen. Ward und ich können dann ohne Gepäck in einer Stunde zurück sein."

John Henry stimmte Waltons Vorschlag zu. Er war froh über jede Pause, die er machen konnte. Innerlich tobte er, dass er nicht auf Waltons Vorschlag eingegangen war, nicht mitzukommen. Andererseits würde er in zwei Jahren in Pension gehen, die Suche nach dem mehrmaligen Mörder Wolf könnte sein letzter großer Fall sein und den musste er unbedingt lösen. Er wollte dabei sein, wenn sie ihn festnehmen würden. Von Zeit zu Zeit nahm er das Fernglas und suchte das gegenüberliegende Ufer der Insel ab, um irgendeinen Hinweis zu entdecken. Die Sonne ging langsam unter, tauchte das Wasser aber immer noch in gleißendes Licht. Ein Licht mit dessen Hilfe er hoffte den Täter zu finden.

Es wurde allmählich dunkel, als die beiden Männer zurückkehrten. Von der Landzunge aus konnten sie nahezu die komplette Insel überblicken.

„Von der Ostseite aus konnten wir die Reste eines alten Windrads erkennen. Ein eindeutiges Zeichen, dass die Insel einmal bewohnt war", berichtete Bill Ward seinem Kollegen, der ihm daraufhin das Fernglas reichte.

„Bill, unweit rechts vom Pfad, habe ich eine Holzbank entdeckt, sie ist nur schwer zu erkennen, da sie vom ganzen Gestrüpp fast komplett überwuchert ist."

Ward nahm das Fernglas und suchte die von John Henry beschriebene Stelle ab, dann sah er was Henry entdeckt hatte.

„Ein weiteres Zeichen dafür, dass hier einmal Menschen gewesen sind."

Sollten sie Hunters Island tatsächlich gefunden haben?

Sie entschieden noch eine halbe Stunde zu warten, um dann im Schutz der Dämmerung mit dem Boot überzusetzten.

John Henry saß auf dem Boden und lehnte sich zurück an den Baumstamm, er schloss seine Augen, eine weitere halbe Stunde Pause würde ihm gut tun. Die schwüle Luft hatte ihn müde und kraftlos gemacht. Eine Mücke ließ sich auf seinem Unterarm nieder. Er schlug mit der anderen Hand danach und wischte das Blut mit dem Finger ab. Der Schweiß lief dem Chief Superintendent aus allen Poren und er wünschte sich nichts mehr, als in seinem klimatisierten Büro in Kelowna bei einer guten Tasse Kaffee zu sitzen.

Mit nahezu lautlosen Paddelschlägen trieben sie auf die Insel zu. Walton befestigte das Boot mit einem Seil an einer der aus dem Wasser ragenden Baumwurzeln. Zum Glück hatten Sie an Taschenlampen gedacht, denn die Sonne war mittlerweile untergegangen und der Mond erleuchtete die Umgebung nur schwach. Zu seiner Rechten konnte Bill Ward eine Lücke im Grün erkennen, einen Pfad, der mitten in das Dickicht hineinführte. Langsam folgten sie dem geschwungenen Pfad ins Innere der Insel.

Der Schein ihrer Taschenlampen war auf den Pfad gerichtet, der in großen Teilen bereits wieder durch verschiedenste Pflanzen zugewachsen war. Ward ging voran, ihm folgte Henry und Walton bildete das Schlusslicht. Eine Zeitlang mussten sie die Pflanzen mit ihren Füßen hinunter treten, ohne zu wissen, ob sie dem Pfad noch folgten. Dann endlich konnte Ward den Boden zwischen seinen Füßen wieder sehen. Der Pfad machte jetzt einen s-förmigen Bogen an dessen Ende ein gemauerter Brunnen mit hölzernem Rahmen und das alte Windrad erschienen.

Ward hob die Hand und gab das Zeichen anzuhalten. Er schaltete seine Taschenlampe aus und ging in gebückter Haltung auf den Brunnen zu. Henry und Walton folgten ihm in kurzem Abstand. Keine dreißig Meter hinter dem Brunnen erblickten die Männer im schwachen Licht des Mondes einen verfallenen Stall und eine Holzhütte. Ein großer Ast eines Apfelbaumes lag schwer auf dem Pultdach der Hütte. An der gegenüberliegenden Seite des Baumes hing eine Kinderschaukel, dessen linkes Seil gerissen war. Die Ferngläser der Kommissare wanderten auf ein kleineres Gebäude, an dessen Außenwand Pilze wuchsen. Eine Außentoilette. Keine Frage, hier hatten vor langer Zeit Menschen gelebt.

Die Ferngläser schwenkten zurück zur Holzhütte, aus dessen vorderseitigem, mittlerweile blind gewordenem Fenster das flackernde Licht einer Kerze oder Öllampe zu erkennen war. Die Männer knieten nebeneinander und blickten auf das schwach erleuchtete Fenster, als ein plötzliches Rascheln ihre Blicke links neben den Brunnen wandern ließen. Im spärlichen Licht des Mondes fielen ihre Blicke auf eine Gruppe von Ratten, die hinter dem Brunnen verschwanden. Henrys Nackenhaare stellten sich auf beim Anblick der Nager.

Dann wechselten ihre Blicke wieder zurück zum Haus. Walton hob seinen Kopf und blickte über den oberen Rand des Brunnens. Das Licht im Fenster war erloschen. Zwei unmittelbar nacheinander abgefeuerte, wummernde Schüsse aus einer großkalibrigen Waffe zerrissen die Stille. Die erste Kugel schlug in den seitlichen Holzbalken des Rahmens knapp über dem Brunnen ein und ließ das Holz zersplittern. Die zweite Kugel traf Walton mittig in dessen Kopf. Ruckartig kippte Walton nach hinten, noch bevor sein kniender Körper den Boden erreichte, war er tot.

Henry und Ward ließen sich seitlich zu Boden fallen und suchten Schutz hinter der Brunnenmauerung.

Die beiden Kommissare gaben sich gegenseitig einige Zeichen, um das weitere Vorgehen zu koordinieren. Sie entschieden sich für jetzt oder nie. Henry kniete sich seitlich links neben den Brunnen und feuerte seine Waffe viermal hintereinander Richtung Fenster der Holzhütte. Ward war rechts vom Brunnen in gebückter Haltung unter dem Feuerschutz von Henrys bellender Waffe zum Haus gelaufen. Henrys zweiter Schuss hatte die Fensterscheibe komplett zerspringen lassen. Ward sprang im Hechtsprung durch das Fenster und landete unsanft inmitten der Glasscherben. Einige drangen bei der Landung in seinen linken Oberarm und hinterließen tiefe Schnittwunden. Das Adrenalin im Körper des Inspectors erstickte den Schmerz im Keim. Die Taschenlampe, die er oberhalb der Waffe befestigt hatte, leuchtete auf höchster Stufe brennend den Raum aus. Ward konnte noch soeben erkennen, wie eine Person den Raum durch die zufliegende Zimmertür nach nebenan verließ. Er feuerte zweimal. Die Kugeln drangen durch das morsche Holz der Tür und trafen die flüchtende Person in Rücken und Kopf. Ward robbte zur Tür, zog sich im Schutz der Wand hoch und trat die Tür auf. Vor ihm lag die Leiche von Theresa Kucklinski. Im Lichtkegel der Taschenlampe sah er, dass die Haustür geöffnet war. Bevor er begriff, wer sich wo befand, fielen zwei Schüsse nahezu gleichzeitig. Aus dem Rahmen der Haustür fiel die Silhouette einer Person rückwärts zurück in die Hütte – einer der beiden Wolfbrüder. John Henry musste geschossen haben. Ward sprang in Richtung Tür. Kniete neben dem Mann nieder. Reflexartig hielt er zwei Finger an die Halsschlagader. Tot.

Seine Lampe leuchtete in Richtung Brunnen. John Henry lag am Boden. Wards Puls begann zu rasen und hämmerte in seiner

Schläfe, als er in Richtung Brunnen zurück rannte. Henry hatte einen Daumen in die blutende Wunde seiner Halsschlagader gesteckt.

„Er ... ist zum ... Boot geflüchtet", stammelte der Chief Superintendent.

Blut sickerte durch seine Finger, als sich der Daumen schmatzend aus der Wunde löste. Schwallartig pumpte Henrys Herz das Blut aus seinem Hals, das sich einer Fontäne gleich auf Ward ergoss, der neben Henry kniete und dessen Kopf in seinen Händen hielt.

Der Chief war tot.

Bill Ward reagierte jetzt reflexartig, sprang auf und rannte den Pfad zurück zum Boot. Als er das Ufer erreichte, sah er das Boot führungslos auf dem Wasser treiben. Kein Mensch war weit und breit zu sehen. Ihm fuhr ein Gedanke blitzartig durch den Kopf. Robert Wolf würde nicht ohne seinen Bruder fliehen. Ward schlich zurück zum Haus. Im fahlen Mondlicht konnte er Robert Wolf erkennen, der über der Leiche seines Bruders kniete. Seine Waffe lag neben Ralphs Körper.

Ward ging mit Waffe im Anschlag auf Robert Wolf zu.

Der Inspektor schrie ihn an: *„Steh auf du Mistkerl!"*

Wolfs Kopf drehte sich in Wards Richtung und sah genau in das gleißende Licht der Taschenlampe. Er konnte nur Wards schemenhafte Silhouette erkennen. Robert Wolf war klar, eine falsche Bewegung und der Kommissar würde nicht zögern ihn zu erschießen. Ein kurzer Blick und Wolf griff zur Waffe.

Ward zögerte keine Sekunde und schoss zweimal. Beide Kugeln zerfetzten Wolfs Herz.

62
Kelowna
Kanada

Commissioner Frank Lord fiel es sichtlich schwer die richtigen Worte zu finden, als die sechs uniformierten Sargträger den Leichnam von Chief Superintendent John Henry im würdevoll geschmückten Sarg zu Grabe ließen. Weit über einhundert Menschen nahmen Abschied von John Henry, der auf dem städtischen Friedhof von Kelowna beerdigt wurde. Während sein verletzter linker Arm in einer Schlinge steckte, hatte Bill Ward seinen rechten Arm um Tracys Schulter gelegt. Ein anderer Anlass hätte ihn glücklich gemacht die Frau, für die er offensichtlich mehr empfand als er sich selbst eingestehen wollte, in seinem Arm zu halten.

Henry war mit einundzwanzig Jahren in den Polizeidienst der Royal Mounted Canadian Police eingetreten, er hatte sich in seinen vierzig Dienstjahren bis zum Chief Superintendent hochgearbeitet. Er war ein Mann der seinen Beruf von der Pike auf gelernt hatte. Seit über vier Jahren war er Leiter einer Sondereinheit der RMCP, die sich auf Geiselnahme und Mord spezialisiert hatte. Henry hatte diese Einheit auf Wunsch von Commissioner Lord aufgebaut, er war der Kopf, das Herz und die Seele dieser Einheit. Ein Jahr später stieß sein Partner Inspector Ward zu dieser Einheit. Obwohl Henry Polizist mit Herz und Seele war, hatte er sich auf seinen in zwei Jahren beginnenden Ruhestand gefreut. Gemeinsam mit seiner Frau Rita wollte das kinderlose Ehepaar die Zeit genießen und hatte eine mehrwöchige Reise quer durch Europa geplant. All diese Wünsche und Ziele, die sich Henry noch vorgenommen hatte, waren durch seinen Tod hinfällig geworden. Wer Rita, mit der John Henry fast vierzig Jahre verheiratet ist, sah, konnte erahnen, dass Johns Tod ihr das Herz gebrochen hatte.

Die RCMP war ihrem Ruf wieder einmal gerecht geworden und hatte auch diesen Fall gelöst. Doch dieser Erfolg konnte die Ermittler nicht über den Tod von Chief Superintendent John Henry, der im Laufe der Ermittlungen sein Leben verloren hatte, hinwegtrösten.

In ihrem Abschlussbericht hatte Professor Dr. Ruth Cranes nach der Obduktion der Leichen von Ralph und Robert Wolf und einer Analyse der beiden Gehirne folgendes festgehalten:

Die Ergebnisse der Analyse wiesen einen deutlichen Zusammenhang zwischen Genen, Gehirnstruktur und Verhalten der Zwillinge nach. Die Gehirnstrukturen beider Gehirne zeigten vererbte Aspekte der Intelligenz und kognitive Störungen auf. Wahrnehmungsstörungen, die es Robert zu gewissen Zeiten nicht mehr ermöglichten zu unterscheiden wer er war. War er Ralph oder war er Robert? Ralph-Nikolas Wolf war trotz seiner Behinderung der führende Kopf der Zwillinge. Nachdem sich die Brüder wiedergefunden hatten, benutzte den gesunden Körper seines Bruders als seine Waffe, um sich an den Menschen, die für seine Behinderung verantwortlich waren zu rächen.

Das Spritzen der von Dr. Martin Hamilton entwickelten Substanz hatte dazu geführt, dass Robert Wolf nicht nur seine Leistung auf der Flucht durch den Okanagan Wenatchee National Forest ins nahezu unermessliche steigern konnte, auch sank seine Hemmschwelle zu morden bei gleichzeitiger Zunahme seiner Aggression. Er entwickelte sich zu einer brutalen, schmerzunempfindlichen Kampfmaschine. Nach dem Tod seines Bruders auf Hunters Island wollte er nicht mehr weiterleben. Aus diesem Grund griff er zur Waffe und sah seinen eigenen Tod als Erlösung seiner Qualen an.

Der dunkle Ford Mustang, der den tödlichen Unfall vor über dreißig Jahren im Algonquin Park verursacht und zum Tod von Richard-Nikolas und Eva Wolf geführt hatte, konnte nicht gefunden werden. Die Fahrerflucht blieb unaufgeklärt.

Zwei Monate nach Henrys Tod starb auch Rita, ihr Herz hatte eines Nachts einfach aufgehört zu schlagen.

Commissioner Frank Lord hatte ein Problem. Er musste nach dem Tod von John Henry Inspector Bill Ward und seiner Tochter Corporal Tracy Lord erklären, dass er keinen Sinn darin sah - ohne John Henry - die Sondereinheit weiter existieren zu lassen. Seine

Entscheidung stand fest, er würde die Einheit auflösen und die beiden Polizisten anderen Einheiten zuordnen.

Frank Lord saß in seinem Büro und blickte in den Park hinaus, er grübelte immer noch, ob diese Entscheidung richtig war, als das Telefon klingelte.

Am anderen Ende der Leitung meldete sich eine ihm altbekannte Stimme.

Plötzlich hatte Lord eine Idee, wie er das Problem lösen konnte.

ENDE

Leseprobe

Das Geheimnis des Rock ´n ´ Roll

> *„White man came across the sea*
> *brought us pain and misery*
> *killed our tribes, killed our creed*
> *took our game for his own need"*
>
> **Iron Maiden – "Run to the hills"**

Ein ganz normaler Morgen

Der Schweiß lief ihm von der Stirn und er musste einen Gang herunterschalten, um die Trittfrequenz beizubehalten. Der nächste Anstieg wartete bereits vor seinem inneren Auge. Bruce Dickinson und seine Mannen peitschten ihn immer wieder mächtig an, ihr „Run to the hills" sorgte für den zusätzlichen Adrenalinstoss, als er den Straßenverlauf geradeaus verließ, um in die nächste Serpentine einzubiegen. Zehn Prozent Steigung lagen vor ihm. Seine Beine kurbelten ununterbrochen, stetig führte ihn der Weg bergauf. Bis zum nächsten Sommer würde er in Topform sein, um die 1.226 Höhenmeter des Sechzehnkilometer langen Anstiegs von Les Cabannes hinauf zum Plateau de Beille auch tatsächlich zu meistern. Heute musste noch der Rollentrainer hinhalten, denn es goss draußen in Strömen. Hornstein nutze seinen freien Tag, um gezielt für seine Reise in die Pyrenäen zu trainieren. Der leidenschaftliche Rennradfahrer verließ die Sitzposition, stieg jetzt aus dem Sattel und ging in den Wiegetritt über. Fast gleichzeitig griffen seine Hände weiter nach vorne und umschlossen die Bremshebel. Im Rhythmus der Musik beschleunigte er seinen Tritt, um die maximale Kraftübertragung der Beine auf die Kurbeln zu erzielen. Mehr als die Hälfte des brutalen Anstiegs hatte er jetzt hinter sich gebracht. Iron Maiden hatten ihren Teil der Bergetappe gerade beendet, als sein Handy klingelte. Am Ton erkannte Hornstein sofort, dass es sich um einen dienstlichen Anruf handelte.

„Scheiße!", fluchte er, als er zurück in den Sattel ging, um das Rad auslaufen zu lassen. Schweißgebadet und mit keuchendem Atem klickte er seine Füße aus den Pedalen und stieg vom Rad. Jeder kennt das

Gefühl, wenn man an seinem freien Tag gestört wird. Immer dann, wenn man beschäftigt ist. Verfluchte Technik, früher hatte man frei und war dann auch nicht zu erreichen. Heute war man immer und überall erreichbar. Wo sollte das noch hinführen? Das Handy klingelte bereits zum sechsten Mal, als er die Gesprächstaste drückte. *„Hornstein",* meldete er sich immer noch nach Luft schnappend. *„Dr. Drews",* vernahm er die Stimme des Oberstaatsanwalts am anderen Ende der Leitung. *„Herr Hornstein ich benötige Sie umgehend, in Frankreich hat ein Massaker mit mehreren Toten stattgefunden und man braucht unsere oder besser gesagt Ihre Hilfe."*

Keine vier Stunden später hatte Harald Hornstein seinen Koffer gepackt und saß bereits im Zug nach Grenoble.

Der Hauptkommissar der Düsseldorfer Mordkommission fragte sich, warum sie ausgerechnet ihn zu diesem Fall hinzuzogen. Er sprach nicht einmal Französisch und es lag sicherlich auch nicht daran, dass er gemeinsam mit dem leitenden französischen Kommissar Emile Le Fuet vor gut einem Jahr ein Seminar in Frankfurt besuchte, bei dem die beiden sich näher kennengelernt und festgestellt hatten, dass sie dieselbe Leidenschaft für das Rennradfahren teilten.

Hornstein hatte seinen Sitz im 1. Klasse Abteil des ICE eingenommen und klappte den Deckel seines Laptops auf, um sich mit den bisher bekannten Informationen vertraut zu machen. Die französischen Kollegen hatten die Fakten zusammengetragen und als PDF nach Deutschland gemailt. Mit einem Doppelklick öffnete er das Dokument. Seine Augen flogen über den Text, der in deutscher Sprache von Le Fuet abgefasst war:

„Sechs Tote, drei Männer und drei Frauen. Keiner hatte Papiere bei sich, als sie in einem verlassenen Hotel in der Nähe des Col d`Iseran aufgefunden wurden. Keine Handys. Zwei Überlebende, die sich zurzeit in der psychiatrischen Abteilung einer privaten Klinik in der Nähe von Val d´Isere befanden. Alle waren offenbar getrennt voneinander in ihren Fahrzeugen angereist, an allen Fahrzeugen fehlten die Kennzeichen. Nationalität der Opfer unbekannt, jedoch alle weißhäutig. Wahrscheinlich europäisch, eher west- als osteuropäisch", vermutete Le Fuet.

Hornstein rieb sich die Augen, als der Zug einen Tunnel durchquerte und das matte Licht im Abteil aufflackerte. Nach kurzer Zeit hatte er sich an die Lichtverhältnisse gewöhnt und las weiter:

„Alter der Toten ca. 45 - 50 Jahre, Personenbeschreibung, Fundort, Todesursache."

Plötzlich meldete sich sein Handy mit dem Riff von "Highway to hell".

„Hornstein".

„Hallo Harald, Emile hier", meldete sich Le Fuet am anderen Ende. „Hallo Emile, ich brauche noch ca. drei Stunden bis ich in Grenoble ankomme."

„Gut, ich werde dich am Hauptbahnhof abholen. Sieh zu dass du eine Mütze Schlaf im Zug nehmen kannst, dann können wir gleich zur Klinik nach Val d´Isere fahren."

„Emile, warum wolltet ihr dass ich nach Grenoble komme?"

„Das kann ich dir....." Die Verbindung riss ab, als der ICE in den nächsten Tunnel jagte.

Hornstein blätterte weiter in dem Dokument, seine blauen Augen flogen über den Text:

- **männliche Person 1**

1,79m groß, schwarz-graue Haare, sehr kurz geschnitten, hohe Stirn, 75 kg, muskulös, Nadeleinstich am Hals, tödliches Gift, Leiche außerhalb des Hauses gefunden

- **männliche Person 2:**

1,83m groß, lichte grau-blonde Haare, kurz geschnitten, 79kg, schlank, Leiche vergiftet im Haus auf dem Bett neben der weiblichen Person 1 gefunden, Gesicht stark entstellt durch ätzende Salzsäure, herausgebrochene Zähne, gehäutete Handflächen

- **männliche Person 3:**

1,74m, 73 kg, schlank, schwarzes Haar, Leiche aufgespießt am Kleiderhaken, im Keller des Hauses gefunden

- **männliche Person 4:**

1,80m, 80 kg, dunkelbraunes Haar, befindet sich zurzeit in der Psychiatrischen Klinik in Val d´Isere

- **männliche Person 5:**

1,86m, 95 kg, graues Haar, befindet sich zurzeit in der Psychiatrischen Klinik in Val d´Isere

- **weibliche Person 1:**

1,69m groß, mittellange dunkle Haare, 59kg, sportliche Figur, Leiche vergiftet im Haus auf dem Bett neben der männlichen Person 2 aufgefunden

- **weibliche Person 2:**

1,68 groß, kurze blonde Haare, 61kg, weibliche Figur, im Keller erschlagen, Leiche im Haus auf dem Bett gefunden

- **weibliche Person 3:**

1,70m, mittellange blonde Haare, 59kg schlank, Halsschlagader durchtrennt

Hornstein klappte den Laptop zu nachdem er sich mit den dürftigen Informationen, die bis jetzt vorlagen, vertraut gemacht hatte. Er bestellte ein Bier und zog sich zurück in das Schlafwagenabteil. Etwas Schlaf würde ihm guttun.

Der ICE erreichte Grenoble in den frühen Morgenstunden. Hornstein putze sich die Zähne und kämmte sich mit nassen Händen die dunklen Haare aus dem Gesicht. Trotz der grauen Strähnen sah man ihm die 55 Jahre kaum an. Er war sportlich, schlank. Lediglich die Fältchen um seine blauen Augen wiesen darauf hin, dass er bereits in den Sechzigern das Licht der Welt erblickt hatte. Mit seinen schwarzen Cowboystiefeln, seiner abgewetzten Motorradlederjacke und seinem Dreitagebart sah er eher wie ein Rockmusiker als wie ein Kommissar der Mordkommission aus. Hornstein verließ den Zug und sah Le Fuet auf Anhieb. Der kleine, schmächtige Mann mit den stechenden dunklen Augen und dem tiefschwarzen Haar lehnte locker am Bahnhofkiosk und blätterte in einer Tour Zeitschrift. Als er Hornstein sah, hob er einen Arm zum Gruß und legte das Rennradmagazin zurück an den Kiosk. Die beiden begrüßten sich mit einer kurzen freundschaftlichen Umarmung wie es für die Franzosen typisch war.

„Hätte nicht gedacht, dass ich dich so schnell wiedersehe", raunzte Hornstein. *„Und im Vergleich zum Seminar haben wir es nicht mit grauer Theorie zu tun sondern mit brutaler Realität. Komm, mein Wagen steht direkt am Haupteingang im Halteverbot. Für die gut 170 km bis Val d´Isere werden wir bestimmt noch 3 Stunden brauchen. In den Bergen hatten wir vor einer Woche bereits einen vorzeitigen Wintereinbruch, so dass wir ab 1000m Höhe nur noch langsam vorankommen. Ich erzähle dir die Einzelheiten im Wagen auf dem Weg zur Klinik."*

„Harald", begann Le Fluet, *„du erinnerst dich doch bestimmt noch an unser gemeinsames Seminar in Frankfurt? Wir sind seit gut einer Woche mit dem Fall beschäftigt, die sechs Leichen sowie die zwei Überlebenden habe ich persönlich in der fast seit zwei Jahren verlassenen Nobelherberge „Refugee´ des trois pics" in der Nähe des Col de Iseran gefunden. Wir stehen vor einem Rätsel, keiner der beiden Überlebenden hat bisher ein Wort mit uns gesprochen. Wir haben beide voneinander getrennt untergebracht. Der eine faselt verworrenes Zeug von seiner Mutter und scheint psychisch krank zu sein, der andere sitzt die ganze Zeit vor einer Spiegelwand und starrt diese fassungslos an."*

Der blaue Citroen hatte den Stadtverkehr von Grenoble und die A 41 bereits verlassen. Le Fuet und Hornstein befanden sich jetzt auf der Autobahn 43 Richtung Albertville. Der Himmel hing voller grauschwangerer Wolken, der nächste Schneefall ließ nicht mehr lange auf sich warten.

Hornstein schmunzelte. *"Ich denke besonders gerne an die gemeinsamen Abende in diesem bestimmten Etablissement".* Er musste unwillkürlich an die Woche in Frankfurt denken. Jeden Abend hatte er nach Tagungsschluss gemeinsam mit Emile in dem Frankfurter Edeletablissement verbracht. Und dort mit Trixi Gold und ihren Gespielinnen rauschende Sexpartys gefeiert. Es war Usus, dass die Kunden in dem Etablissement Namen ihrer Sternzeichen erhielten und entsprechende Masken trugen, um so eine gewisse Anonymität zu bewahren. Hornstein der Steinbock und Emile der Widder. Es war eine phantastische Woche.

"Du wirst es nicht glauben, einen Tag nach den Morden habe ich einen Brief von Trixi Gold erhalten, der in unmittelbarem Zusammenhang mit unserem Fall steht. Der Brief befindet sich im Handschuhfach vor dir. Bitte lese ihn selbst."

Hornstein runzelte die Stirn, öffnete das Handschuhfach, entnahm den Brief und begann zu lesen.

"Lieber Widder,

ich werde mich am 09. Oktober in der Nähe des Col´de Iseran, nicht weit von Val d´Isere mit meinem ehemaligen Lehrer treffen. Er hat mir während meiner Schulzeit etwas Fürchterliches angetan. Ich muss an diesem Treffen teilnehmen, um meine alten Schulfreunde nicht in Gefahr zu bringen. Ich fürchte jedoch, dass an diesem Wochenende etwas Schreckliches passieren könnte. Ich hoffe ich irre mich. Falls ich dich am 09. Oktober bis 23.00 Uhr nicht angerufen habe, benötige ich deine Hilfe. Bitte informiere deinen deutschen Freund - den Steinbock – er wird dir helfen den Fall zu lösen.

Danke, Trixi"

Dem Schreiben beigefügt war ein weiteres Schreiben, sowie eine Anfahrtsskizze zum Refugee´ des trois pics:

"Hallo ~~Beate,~~ **Trixi**

du wirst es nicht glauben, aber die Vergangenheit holt euch alle ein. Keiner von euch wird mir entkommen. Nur du kannst deine Freunde retten.

Laufe nicht wieder weg!

Ludwigs Tod kann nicht ungeschehen gemacht werden, aber das Leben deiner Freunde hängt von deinem Kommen ab."

Als Hornstein von Ludwigs Tod las, spürte er einen leichten Stich in seiner Herzgegend. Er las weiter.

„Laufe nicht wieder weg!

Die Entscheidung liegt allein bei dir!

Das Ende des teuflischen Plans ist noch nicht erreicht.

Ich erwarte dich am 09. Oktober in den französischen Alpen, nahe des Col d´Iseran im „Refugee des trois pics".

Unterschrift W.S.

Der Name Beate war durchgestrichen und durch Trixi ersetzt worden.

„Trixi Gold hieß offensichtlich Beate mit bürgerlichem Namen", ging es Hornstein durch den Kopf.

Hornstein drehte seinen Kopf zu Le Fuet:„Ist Trixi oder Beate mit unter den Toten? Und woher kannte Sie Deine Anschrift?"

„Wir wissen es noch nicht, eine der drei weiblichen Leichen könnte es sein, aber ich habe sie ja auch immer nur mit Maske gesehen. Ich habe keine Ahnung woher sie meine Anschrift kannte, der Brief war an meine Dienststelle auf meinen Namen adressiert. Ich habe ihr gegenüber niemals meine wahre Identität preisgegeben. Du kanntest doch selbst die Spielregeln, du warst der Steinbock und ich der Widder. Keine Vornamen, keine weiteren Details."

„Merkwürdig", Hornstein rieb sich gedankenverloren das Kinn und schaute nach draußen, es hatte zu schneien begonnen.

„Genau das ging mir auch durch den Kopf als ich diesen Brief erhalten habe. Ich habe mich dann mit zwei meiner Kollegen sofort auf den Weg zum „Refugee´ des trois pics" gemacht. Komisch war auch, dass die Nobelherberge bereits seit gut zwei Jahren geschlossen und verlassen war. Als wir ankamen fanden wir jedoch einen voll ausgestatteten Hotelberieb vor, jedoch ohne Angestellte aber mit sechs Leichen – so, als hätte der oder die Mörder die Herberge gezielt für dieses Verbrechen ausgesucht – luxuriös ausgestattet, einsam gelegen, welcher Teufel hat hier seine Hand im Spiel?"

Gegen 8:30 Uhr hatten sie die Psychiatrische Klinik in der Nähe von Val d´ Isere erreicht. Der Wagen passierte das große Eingangstor und Le Fuet steuerte ihn durch den parkähnlichen Vorgarten vorbei an dem schlossartigen U-förmigen Hauptgebäude direkt vor ein angrenzendes zweistöckiges Nebengebäude. Die Eingangstür war verschlossen, Le Fuet hatte jedoch die notwendigen Schlüssel.

„Immer den Gang entlang bis zum hinteren Treppenhaus", Le Fuet deute mit dem rechten Arm in die entsprechende Richtung.

„Einer der Überlebenden befindet sich im Kellergeschoss, der andere in der oberen Etage. Wir haben Sie getrennt voneinander jeweils in den letzten Zimmern des Ganges untergebracht."

Klirrend fiel Glas zu Boden.

Ein kreischendes, völlig verzerrtes *„Ich bin unschuldig",* hallte durch das Treppenhaus, gefolgt von einem markerschütternden *„Nein, tun Sie das nicht!"*

„Das kommt aus dem Kellergeschoss", Le Fuet fuchtelte in Richtung Treppenhaus. *„Schnell nach unten".* Der wachhabende Beamte vor der Tür des Kellergeschosses hatte die vergitterte Tür bereits geöffnet. Er hob kurz die Hand zum Gruß. *„Herr Kommissar, eine der Schwestern wollte gerade das Frühstück in die Zimmer bringen, wir haben im Kellergeschoss begonnen."*

Hornstein, Le Fuet und der Wachmann liefen den Flur hinunter in Richtung des letzten Zimmers. Vor der Tür kniete eine Krankenschwester und hielt sich beide Hände vor ihr Gesicht, das

Frühstückstablett war ihr zu Boden gefallen. Die Tür stand weit offen, als die beiden Kommissare das Zimmer erreichten.

Die Erlösung

> *„No more reasons why*
> *it´s your turn to cry*
> *you´re hurtin´ inside*
> *no more faith in you*
> *your dark side´s coming thru"*
>
> **Magnum – "The last goodbye"**

Er begann leicht zu zittern. Sein Kopf hämmerte im Takt der rostbraunen Wassertropfen, die unaufhörlich von dem Wasserhahn in das Becken fielen.

Plop, plop, plop…..

Seit mehreren Tagen - oder waren es bereits Wochen - befand er sich alleine in der muffigen, kleinen Zelle, lag auf dem Bett und starrte an die Decke. Der Putz löste sich bereits an einigen Stellen.

Plop, plop, plop…..

Er beobachtete die fette Spinne, die in der linken Ecke des schmalen, vergitterten, schmierigen Fensters begann, ihr Netz zu spinnen. Eine willkommene Abwechslung, die den Gedankenschmerz kurzzeitig schwinden ließ. Das Spinnenweibchen hatte ein Ei-Paket außerhalb des Netzes abgelegt und dieses mit einem Kokon umhüllt.

Der Kokon hatte die Größe eines Tischtennisballs angenommen.

Dreimal am Tag hörte er, wie sich von außen der Schlüssel im Türschloss drehte. Die Tür wurde dann langsam geöffnet und man stelle ihm eine Mahlzeit und ein Glas Wasser auf den abgewetzten Holztisch, der an der linken, nikotingelb gefärbten Wand des Raumes stand.

Es war immer die gleiche Schwester, die die Mahlzeiten brachte. Sie sprach kein Wort. Er starrte ununterbrochen an die Decke. Nur wenn er hörte, wie sich der Schlüssel im Schloss drehte, dann bewegte er seine Augen leicht zur Seite und blickte vom Bett aus in den matten Spiegel, der über dem Waschbecken neben der Kloschüssel hing. Obwohl man ihm seine Brille weggenommen hatte, konnte er dennoch die Schwester im Spiegel erkennen, ihren weißen Kittel, die grauen Haare und die roten schmalen Lippen.

Wie lange er bereits hier war, wusste er nicht, da er das Gefühl für die Zeit bereits verloren hatte. Auch wenn die drei Mahlzeiten, die er jeden Tag erhielt sich voneinander unterschieden und er sie somit eigentlich dem Morgen, dem Mittag und dem Abend zuordnen konnte, so war sein Gefühl für die Tageszeit völlig verschwunden. Es kam ihm so vor, als hätte die Schwester die Mahlzeiten absichtlich vertauscht, um sein Zeitgefühl durcheinander zu bringen. Hatte er heute nicht bereits zwei warme Mahlzeiten erhalten oder kam ihm das nur so vor? Häufig brannte nachts ein grelles Licht in der Zelle und tagsüber war es eher düster. Es war auch egal, wie lange er bereits hier war und ob es Tag oder Nacht war. Die Konsequenzen für ihn waren die gleichen, ob mit oder ohne Zeitgefühl, ob am Tag oder in der Nacht.

Nein, all diese Umstände waren nicht so tragisch.

Auch nicht die unsaubere Zelle. Obwohl Ekel in ihm aufstieg, wenn er den schmutzigen Raum betrachtete. Hätte er nur einen Putzlappen, er würde den Dreck beseitigen. So sorgfältig wie er es jeden Tag im Finanzamt getan hatte, als er die winzigen Staubpartikel, die sich während seines Arbeitstages ansammelten, von der Tischplatte entfernte.

Nein, auch das würde er aushalten.

Auch nicht das Verlangen, sich endlich wieder zu waschen, um den ganzen Schmutz von seinem Körper zu entfernen, dieses Verlangen nach Reinheit, er würde es unterdrücken können.

Immer dann, wenn er vor Erschöpfung in einen kurzen, unruhigen Schlaf verfiel, erzeugten seine Gedanken unwirkliche, virtuelle Bilder in seinem Kopf. Schweißgebadet wachte er auf und versuchte diese Gedanken zu verdrängen.

Seit der ganzen Zeit, die er hier verbrachte, beschäftigte ihn eigentlich immer nur ein wiederkehrender Gedanke, der ihm fürchterliche Angst bereitete. Der Gedanke bohrte sich tief in sein Gehirn und verursachte Schmerzen, die untrennbar mit dem Geräusch eines unaufhörlich quietschenden Zahnarztbohrers verbunden waren.

Nicht das unfassbare Massaker der vergangenen Tage im Refugium, nicht die Befürchtung lebenslänglich in dieser Zelle zu sitzen und wegen Mordes verurteilt zu werden, obwohl er unschuldig war, bereiteten ihm Angst und verursachten die wirren Gedanken in seinem Kopf.

Nein, das Alles war nicht so tragisch!

Allein der Gedanke an Mutter und ihren entsetzlich verzerrten, gespenstigen Gesichtsausdruck bereitete ihm Angst. Eine solche Angst, dass die psychischen und physischen Schmerzen in ihm ihn verrückt werden ließen.

Mutter würde kommen, um ihn zu bestrafen, das war ihm klar.

Er war einfach losgefahren, ohne ihr zu sagen wohin. Er fühlte, wie die Brandnarbe an seinem Unterarm wieder anfing zu schmerzen.

Er spürte unsagbare Angst in sich aufsteigen.

Ihm war klar, dass er Mutter zuvor kommen musste, denn ihre Strafe würde gnadenlos sein. Nur das Wie, das war ihm noch nicht klar. Zu stark schienen die Schmerzen in seinem Gehirn, zu stark, um einen klaren Gedanken zu fassen.

Sein Blick fiel erneut auf die fette Spinne. Ihm fiel auf, dass der Kokon außerhalb des Netzes bereits die Größe eines Tennisballs erreicht hatte. Die Spinne hatte bereits ein beachtliches Netz gesponnen hatte. Ein Netz, das sich auch um seinen Hals legen würde. Ein Netz, dem er offensichtlich nicht entkommen konnte.

Das Seelentier hatte das Netz verlassen und pirschte sich an der Wand entlang in seine Richtung. Ihre kräftigen Beine würden ihr große Sprünge ermöglichen. Der Vorderkörper und die Stirn der Spinne waren weiß behaart. Haare, die ihn wieder an Mutter erinnerten, auch ihre ehemals dunklen Haare waren mittlerweile einer Mischung aus eisgrau und schneeweiß gewichen. Vier riesige nach vorn gerichtete Augen starrten ihn plötzlich an, bevor das Seelentier seinen kräftigen Körper mit acht armdicken Beinen scheinbar direkt auf ihn zu bewegte.

Die Spinne schien immer größer zu werden. Sein Blick fiel kurz auf den Kokon, der mittlerweile fußballgroß angeschwollen war, er war zum Bersten gefüllt. Er konnte jetzt die schlauchförmige Giftdrüse zwischen den Kieferfühlern genau erkennen. Aus den Spinndrüsen lief ein schleimiges Sekret, das an der Luft zu festen Schnüren erstarrte. Die behaarten Beine des Seelentiers hatten an ihren Enden zwei Krallen, die wie bei Raubtieren ein und ausgefahren werden konnten, sie griffen nach ihrer Beute. Sie griffen nach ihm.

„Nein!" schrie er, „du wirst mich nicht kriegen, ich werde dir zuvorkommen".

Wild und unkontrolliert fuchtelte er mit seinen Armen herum, er musste die klebrigen Spinnweben beseitigen, bevor sie ihn ganz einhüllten. Sie schienen dick wie Seile zu sein.

Hatte er genügend Kraft, um sie zu lösen?

Er spürte, wie sich eins der Seile bereits um seinen Hals legte und ihm die Kehle zuschnürte. Er wollte seine Augen öffnen, doch die Lider waren bereits zugesponnen und verklebt. Alles war dunkel um ihn herum, lediglich ein kleiner Spalt ließ noch ein wenig Licht in seine Augen dringen. Er hörte wie sich der Schlüssel im Schloss drehte.

Dann konnte er sie sehen. Mutter war gekommen, um ihn zu holen und zu bestrafen. Sie stand in der Tür und trug den weißen Schwesternkittel, ihre Lippen leuchteten knallrot. Sie ließ das Tablett fallen.

Mit letzter Kraft riss er die Spinnenweben von seinem Hals. Er holte tief Luft, sprang mit einem Satz aus dem Bett und lief zum Waschbecken. Er legte seinen Kopf tief in den Nacken und holte Schwung. Mit voller Wucht schlug er seine Stirn gegen den matten Spiegel. Unter einem großen Knall zerbärste das Glas des Spiegels. Er spürte keinen Schmerz. Eine große Platzwunde klaffte auf seiner Stirn. Das warme Blut lief ihm in die Augen.

Er blickte zu Boden, dann sah er sie.

Die Erlösung.

Schnell bückte er sich. Diese Chance würde er nicht wieder bekommen, das war ihm klar. Plötzlich war er hellwach. Sein rechter Arm glitt zu Boden, mit festem Griff umklammerte er die am Boden liegende riesige Scherbe, die sich aus dem Spiegel gelöst hatte.

Ruckartig drehte er sich um und rief in den Raum: *„Nie wieder wirst du mich quälen, nie wieder wirst du mir meine Träume stehlen, nie wieder wirst du mir das nehmen, was ich liebe!"*

Mit einem einzigen, festen, gezielten Schnitt, durchtrennte er sich die Halsschlagader. Er sackte zu Boden. Blut sprudelte aus seinem Hals. Sein Herz pumpte mit gleichmäßigem Takt das Blut auf seine Schulter.

Er fing an zu lachen, die Erlösung war endlich gekommen.

Seine letzten Worte hallten durch den Raum:

„Ich bin unschuldig!"